중국의
근대적
문학의식
탄생

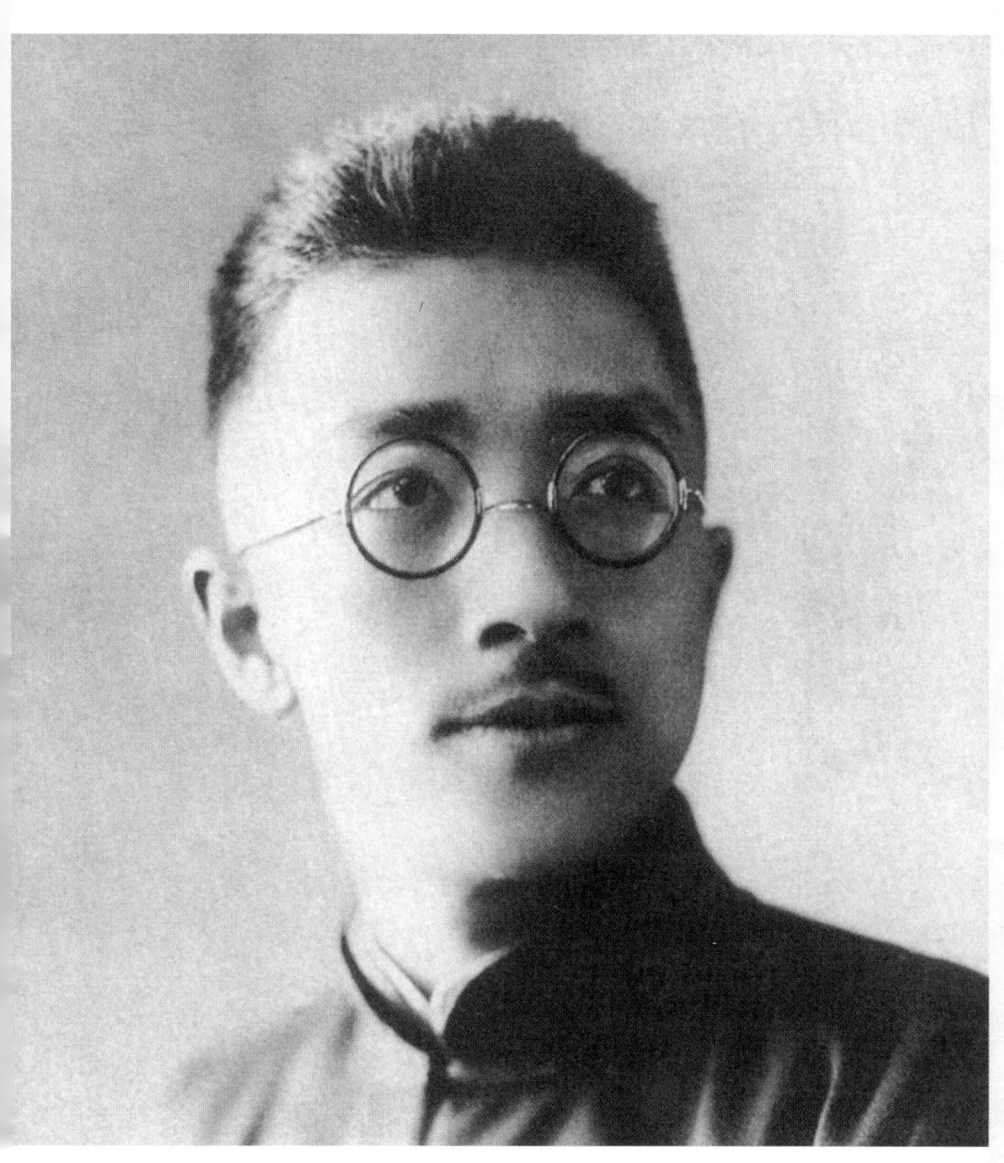

북경대학 재임시절의 胡適(1921년)

不是怕風吹雨打，
不是羨爛斑香重，
只喜歡那折花的人，
高興和伊親近。

花瓣兒紛紛落了，
勞伊親手收存，
寄與伊心上的人，
當一封沒有字的書信。
一九五五年作瓶花詩 通之。

胡適의 일기 필적

胡適이 참여한 백화보 『경업순보』

胡適이 미국유학 시기에 江冬秀(나중에 부인이 됨)에게
보낸 사진과 글(1914년)

1920년 胡適(우2), 蔡元培(좌2), 蔣夢麟(좌1), 李大釗(우1)

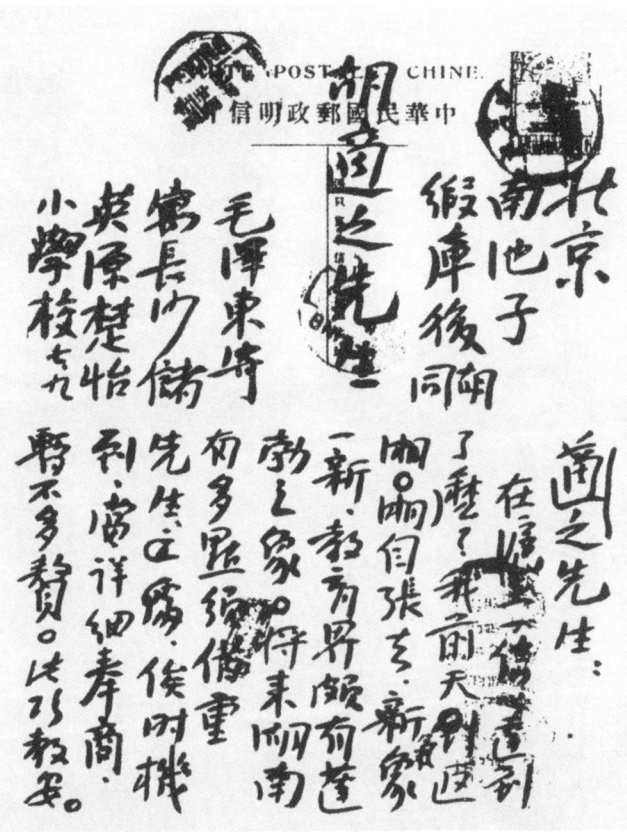

毛澤東이 胡適에게 보낸 엽서(1920년 7월 9일). 湖南 교육계의 발전을 위해 胡適의 도움이 필요하다는 내용이 담겨 있다.

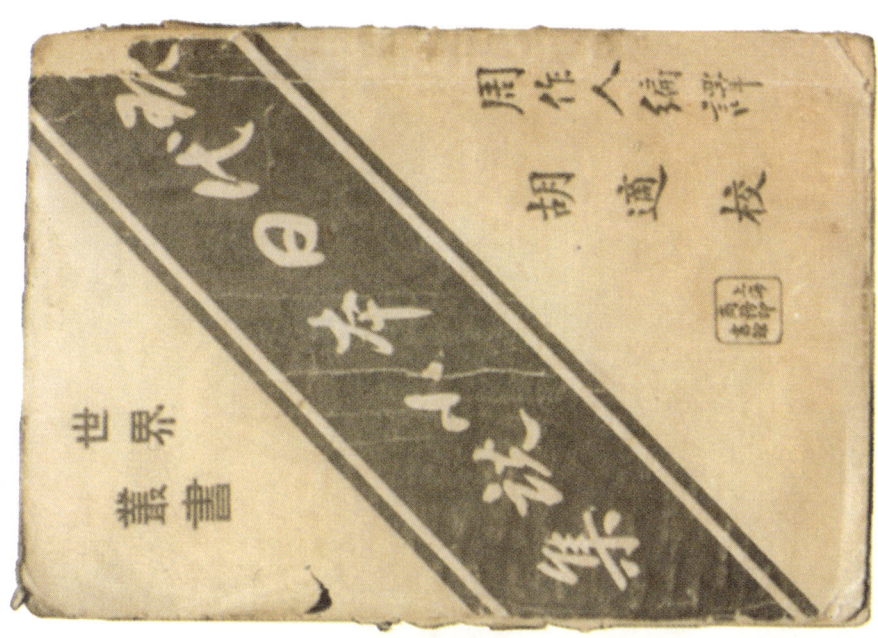

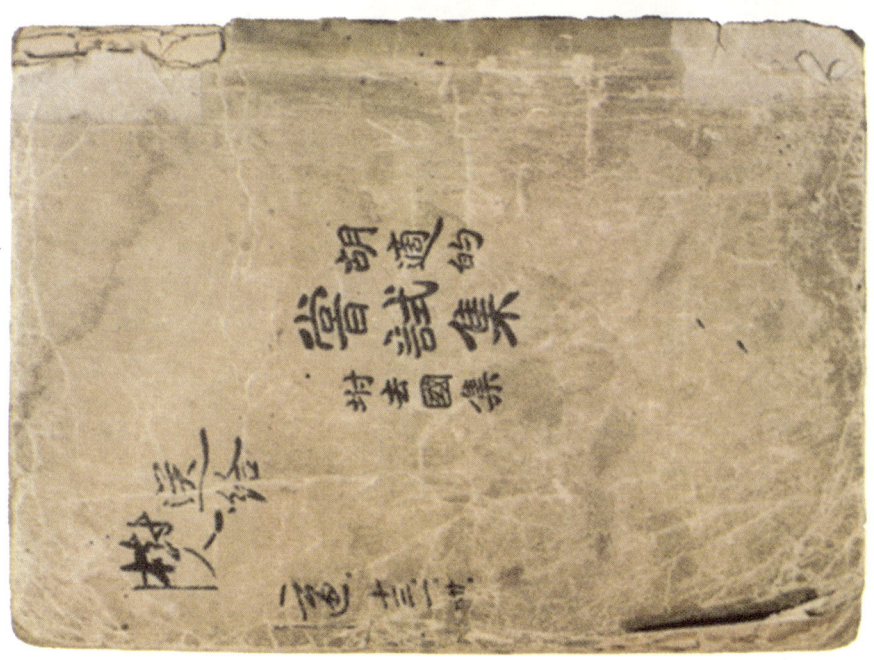

胡適의 시집 『상시집』과 周作人이 편역한 『현대일본소설집』

종합계몽지 『신청년』과 陳獨秀

王敬軒君來信 （圈點悉依原信　本社誌）

大廈某在辛丑壬寅之際有感於朝政不綱強鄰虎視以爲非採用西法不足以救亡負笈就梅

後見士氣囂張人心浮動道德敗壞一落千丈青年學子勁頼詆毀先聖蔑棄儒書倡家庭革命之邪說

婦女則入一入學堂尤喜撫拾新學之口頭禪語以賢母良妻爲不足學以自由戀愛爲正理以再嫁失節

視闊步恬不知恥鄙人觀此乃知提倡新學流弊甚多途哄不敢聲辛亥日者過友人案頭見有貴

誌爲心傷某離具恐公移山之志奈無魯陽揮戈之能遁跡黃冠者巳五年矣

大欺昌明聖道之論蓋青年於陷溺廻狂瀾於旣倒乎固巵假讓稍有識者慮無不髮指且狂吠之談又

狄斥末足必欲使之遠禽獸不遠乎資鞺排斥孔子廢滅綱常之論者殆多西敎僧徒各是其是亦不必置辯惟貴報又

駁斥又親貴報對於西敎從不排斥以是知貴報諸子殆多西敎僧徒

終之末三卷中乃大放厥詞幾於無冊縱之四卷一號更以白話行文且用種種奇形怪狀之鉤挑以代

是從常韻西洋文明勝於中國中國宜亟起效法此等鉤想亦是效法西洋文明之一但就此形式而

不待言中國文字字字可整故可於每字之旁施以圈點西洋文字長短不齊於是不得不於此而省

不能不多變其在句中重要之處祇可以二鉤記其上下或亦用密點乃誌於二句之後拙考如此而省

忿此貴報對於中國文字葉悍低忘亡可該至於

거짓으로 문학혁명을 공격하여 토론을 일으키기 위해 '王敬軒'이라는 필명으로 『신청년』에 투고한 錢玄同의 「문학혁명의 반향」

북경 시절의 魯迅

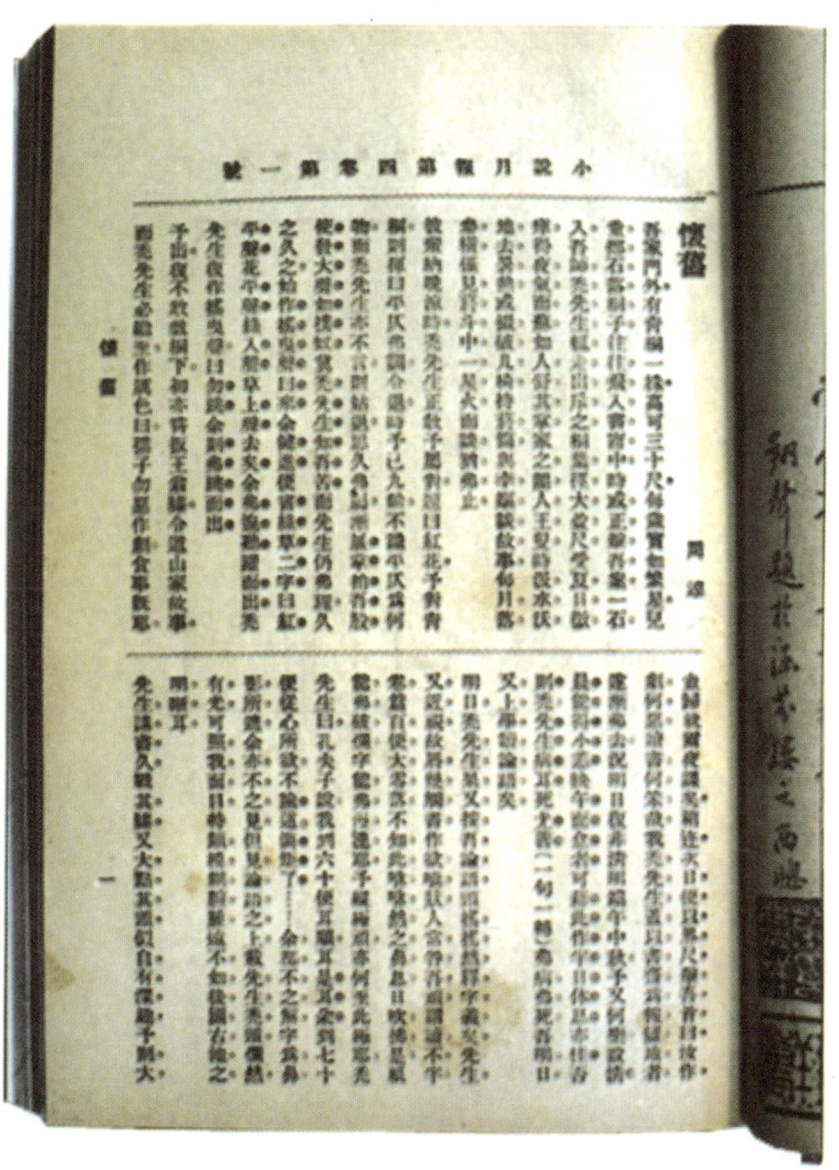

『소설월보』에 발표된 魯迅의 문언소설 「그리운 옛날」

『신청년』에 발표된 魯迅의 소설. 왼쪽부터 「광인일기」, 「공을기」, 「약」, 「고향」

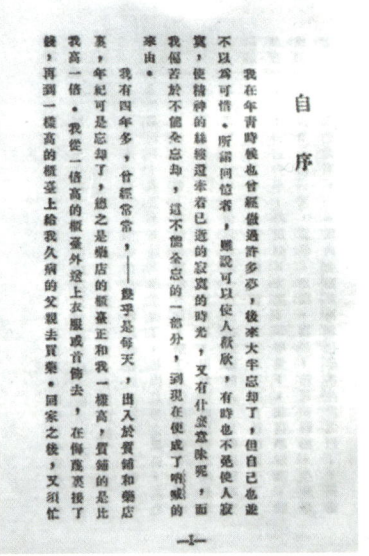

소설집 『납함』과 서문 「자서」

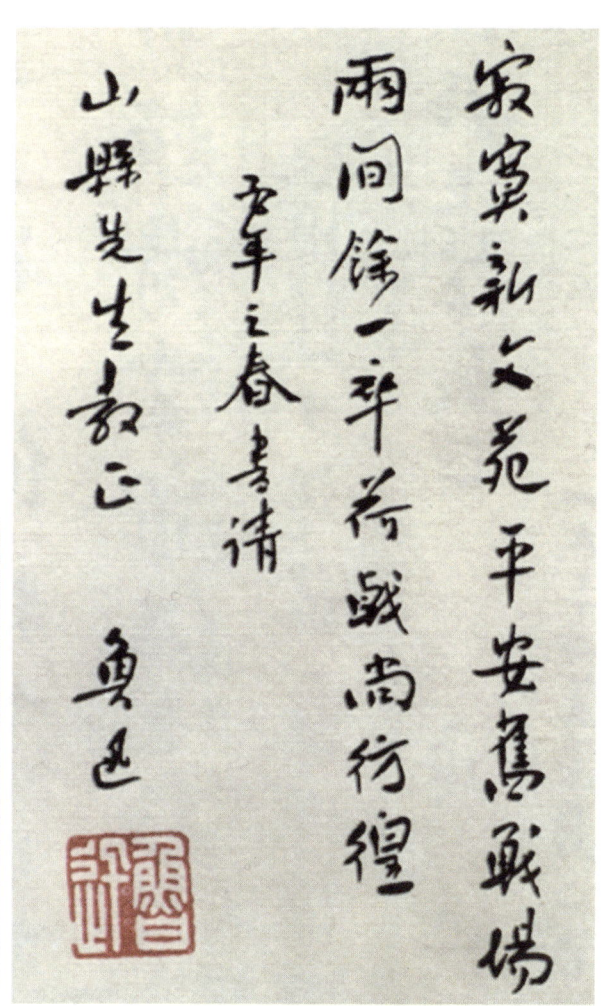

소설집 『방황』과 작품의 내용을 상징하는 魯迅의 친필 시

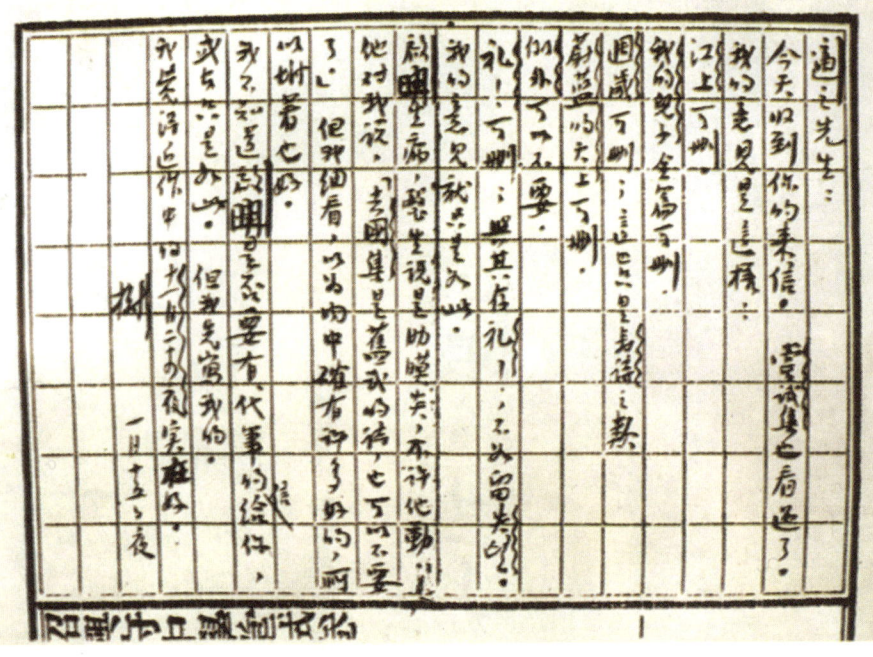

학술적인 토론을 위해 魯迅이 胡適에게 보낸 편지

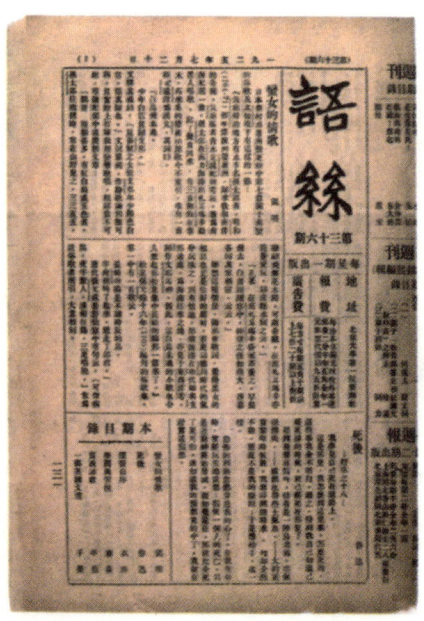

魯迅이 동생 周作人과 함께 편집한 잡지 『어사』

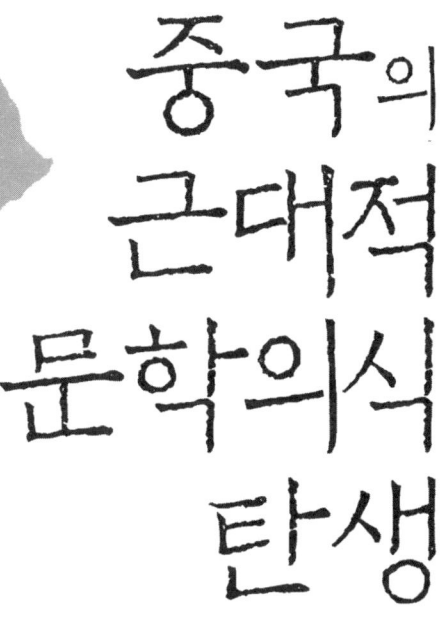

중국의
근대적
문학의식
탄생

홍석표 지음

선학사

1990년대 이후 근대문명에 대한 비판이 화두로 떠오르면서 서양문명 중심의 세계관이 흔들리고 근대문명의 한계를 극복하기 위한 여러가지 가능성들이 모색되어 왔다. 즉 근대문명 혹은 서양문명 중심의 세계관을 넘어설 수 있는 대안문명에 대한 논의가 진지하게 진행되어 왔다. 이러한 상황에서 우리는 대안문명으로서 어떤 방향을 모색할 수 있을까? 문명권 단위로 생각할 때, 우리는 동양문명권, 좁게는 동아시아문명권에 속해 있는 만큼 우리가 속해 있는 문명권 내에서 여러 가지 대안문명의 가능성을 논의해야 할 것이다. 같은 동아시아문명권에 속해 있는 한국, 중국, 일본은 과거사 면에서 크게 뒤틀려 있는데, 이러한 뒤틀린 역사를 바로잡고 미래 공존의 새로운 이념을 창출하기 위해서도 '동아시아문명'이라는 주제는 매우 중요한 과제로 다가온다.

동아시아문명권 내의 개별 국가들이 공존할 수 있는 이념은 일국 내에 국한해서 탐색될 수 있는 것은 아니다. 전체 동아시아문명이라는 문명권 단위로 사고할 때 공존을 위한 이념은 현실화될 수 있다. 동아시아 국가의 공존을 위한 이념을 창출하는 데 있어 우리는 중국이나 일본보다 유리한 위치에 있는 것 같다. 일본은 동아시아 근대사를 뒤틀리게 한 원인이므로 새로운 이념의 제시가 그렇게 설득력 있어 보이지 않는다. 또 중국은 여전히 전통의 무게 때문에 '창조'의 측면에서 일정한 한계를 가질 수 있다. 우리는 중국처럼 전통의 무게도 그리 크지 않고,

일본처럼 과거사에 대한 책임도 없으므로 미래 공존을 위한 이념을 현실화하는 데 훨씬 유리한 위치에서 논의를 전개할 수 있을 것이다.

오늘날 한·중·일 지식인네트워크 구성이나 동아시아문화공동체 구성에 대한 논의가 활성화되고 있는 것은 바로 이러한 문제의식에서 출발하고 있다. 다만 이러한 움직임에 못지않게 우리는 동아시아 근대의 형성과 그 실상에 대한 정확한 고찰도 동시에 진행해야 한다. 미래 공존을 위한 동아시아 상상을 위해 지난 과거 동아시아 근대가 어떤 경로를 밟아 형성되었는지 그 실상을 파악하는 데도 눈을 돌려야 하는 것이다. 과거에 대한 올바른 이해가 선행되어야 우리가 지향해야 할 방향을 모색하는 데 적극 나설 수 있기 때문이다.

전통적으로 중국문학은 동아시아 문학에서 중심 영역을 차지해왔고, 중국 현대문학 역시 동아시아문학이 근대화되는 과정의 한 축을 형성해왔다. 그런 만큼 중국문학의 근대화는 동아시아문학의 근대화 과정을 이해하는 데 매우 중요하다. 동아시아의 근대에서 문학이 어떤 근대적 '知'로 수용되었다는 점과, 중국 현대문학 역시 서양근대의 충격으로 촉발되어 오락의 대상이라기보다 근대국가를 이루어 가는 과정의 핵심적인 방법론으로 인식되었다는 점은 주목을 요한다. '계몽의 문학', '구국의 문학' 의식이 중국현대문학사 전개에 관통하고 있다는 사실이 이를 뒷받침해준다. 그렇기에 동아시아의 근대를 이해하는 데 문학은 가장 중요한 범주 중의 하나이며, 중국 현대문학의 전개는 그것을 가장 잘 체현하고 있다. 이 점에서 중국 현대문학의 성립에 절대적인 기여를 한 胡適과 魯迅은 중국문학의 근대화뿐만 아니라 동아시아의 근대를 이해하는 데도 반드시 거쳐야 할 주요 연구대상이다. 胡適의 백화문운동과 魯迅의 소설창작을 분석하여 그들의 근대적 문학의식을 검토하고

이를 통해 중국문학의 근대화 과정을 구명하는 것은 매우 의미 있는 작업이 될 것이다.

이 책은 중국문학이 근대화되는 과정에서 질적 변화로서 신문학을 구상했던 것으로 보이는 胡適과 魯迅을 연구대상으로 삼아 미시적·실증적 분석을 토대로 그들의 근대적 문학의식을 검토하고, 그것이 중국의 근대적 문학의식의 형성으로 연결됨을 논하였다. 특히 胡適은 백화문운동을 통해 언어문자의 측면에서 중국문학의 근대화에 기초를 제공했고 魯迅은 소설창작을 통해 내용과 형식의 측면에서 중국문학의 새로운 지평을 열었으므로 胡適의 백화문운동과 魯迅의 소설창작을 중심으로 연구를 진행하였다.

백화문운동은 만청(晚淸) 시기부터 진행되어 왔다. 이 때의 백화문운동은 대체로 글자를 모르는 일반대중들에게 이해하기 쉬운 백화문으로 새로운 문화와 사상을 전달하려는 것이었다. 이른바 '민지(民智)'를 열고 '실학(實學)'을 보급하기 위한 것이었다. 그러나 1917년 胡適이 주창한 문학혁명(백화문운동)은 전통적으로 문학의 도구로 사용되어온 문언문인 고문(古文)을 폐기하고 백화문을 전용(專用)하자는 것이었다. 그것은 '살아있는 글'로서 '문학의 국어', '살아있는 문학'으로서 '국어의 문학'에서 보듯 문학언어의 개혁을 통한 국어의 수립과 그러한 국어로 된 문학의 수립을 위한 것이었다.

전통 중국에서 글쓰기는 대체로 '문장은 도를 담아야 한다'라는 '문이재도(文以載道)'의 관점에서 조화로운 우주의 질서를 구현하는 형이상학적이고 신성한 철학적 의미를 지녔으며, 우주 질서가 구체적으로 드러난 모습인 성현의 도(道)를 구현하는 행위였다. 그래서 전통적인 글쓰기는 일상어와는 구별되는 상징성이 뛰어난 문언문으로 씌어지지 않으면 안되었다. 그러나 만청 시기를 거치면서 근대적 주체에 대한 관심이 확대되어 전통적인 글쓰기에 변화가 시작되었다. 胡適이 본격적으로 백화문운동을 전개하면서 이제 글쓰기는 이전의 '문이재도'의 관점에서 벗어나 근대적 주체인 개인의 '감정'과 '사상'을 중시하게 된다. 이는 개인의 감정과 사상을 미학적 감수성에 귀속시키는 일이며, 그리하여 미학적 감수성으로서의 개인의 감정과 사상의 자발적 표출이 곧 문학이라는 관념이 형성된다. 개인의 감정과 사상의 자발적 표출로서의 문학은 말하는 것과 동일하게 표현될 때 온전하게 구현될 수 있는데, 이 때 언문일치의 백화문이 문학도구로 확정되는 것이다. 이처럼 문학도구로서 백화문의 전용을 주장한 胡適의 백화문운동은 근대적 주체의 확립을 전제로 하는 것이었다. 이러한 맥락에서 胡適의 백화문운동을 이해하면 비로소 그것이 사상혁명의 의미를 지니고 있었음이 밝혀진다. 나아가 그것은 중국문학의 근대적 변화를 가져오는 출발점이 된다.

또한 胡適의 백화문운동은 전통적으로 유지되어 왔던 중국문학사의 이원적 구조를 일원적 구조로 통합하는 것을 의미한다. 胡適의 분석에 따르면, 중국의 전통문학은 '고문전통사(古文傳統史)'와 '백화문학사(白話文學史)'가 길을 달리하여 나란히 발전하여 왔다. 이러한 이원적 구조를 단일한 구조로 통합하는 것이 중국문학의 근대화에 기초가 되는데, 근대적 주체의 이념에 따를 때 '백화문학사'를 중심으로 중국문학사의 이원적 구조를 일원적 구조로 통합하는 것은 자연스런 일이다. 이제 중국문학은 근대적 주체의 확립을 문학적으로 구현할 수 있는 백화문이 문학도구로 확정되고 중국문학사가 단일한 구조로 통합되면서 근대문학으로서의 신문학을 수립할 수 있는 토대가 마련된 것이다.

魯迅이 단편소설 「광인일기」와 중편소설 「아Q정전」을 발표하면서 중국 신문학이 본격적으로 시작되었음은 주지의 사실이다. 「광인일기」는 광인이 '역사' 속에서 '인의도덕'이라는 봉건이데올로기를 발견하고 그것이 사람을 잡아먹는, 즉 사람의 정신을 잡아먹는 근원임을 고발한 가장 추상적인 주제를 다루고 있는 작품이다. 「아Q정전」은 「광인일기」에서 다루었던, '인의도덕'의 이데올로기가 식인현상으로 나타남을 아Q의 구체적인 개성을 통해 보여주고 있는 작품이다. 「광인일기」가 '역사'와 '인의도덕'이라고 하는 가장 추상적인 주제를 다루는 일반성(보편성)을 문제삼고 있는 작품이라면, 「아Q정전」은 그 일반성이 구체적인 아Q의 개성 속에서 어떻게 드러나고 있는가 하는 특수성을 문제삼고 있는 작품이다.

魯迅은 중국현실을 '창문도 없고 절대로 부술 수 없는 쇠로 된 방'으로 비유하였는데, 魯迅 소설은 이러한 중국의 암흑사회 구조를 보여준다. 魯迅 소설은 '존재할 생명력과 가치가 이미 상실된', '기형적인 도덕'에 대해 '이견'을 제시하는 것이 일차적 목표였고, 거기에 등장하는 인물은 '역사의 중량과 수적 우세라는 무의식적 덫에 걸려 이름 없는 희생이 되고 만' 사람들이다. 이들은 '체질과 마찬가지로 정신도 기형화해 버렸기 때문에 그런 기형적인 도덕에 대해서 이견을 가질' 수 없는 사람들이다. 작가의 입장에서 보면 魯迅 소설은 그러한 사람들에 대한 추도대회를 주관하는 것이고 텍스트(작품)로서의 魯迅 소설은 추도대회장이며 독자로서 魯迅 소설을 읽는 행위는 죽어간 사람들에 대한 추도대회에 참가하는 것이 된다. 그 추도대회에 참가함으로써 비로소 독자는 '자신이나 다른 사람이나 모두 순결하고 총명하고 용감하게 전진해야 할 것과 허위의 가면을 벗어야 할 것과 자기를 해치고 남을 해치는 세상의 모든 몽매와 폭력을 제거할 것을' 맹세하여 새로운 도덕의 세계로 나아가게 되는 것이다. 즉 魯迅 소설은 중국의 암흑사회 구조를 보여주므로 그것은 질서파괴의 의미를 지니며, 독자는 비극적 정화를 거쳐 새로운 도덕의 세계로 나아갈 것을 맹세하게 된다. 魯迅 소설은 현실의 모순을 문학(소설)을 통해 해소하는 것이 아니라 그러한 모순을 가장 예리하게 반영하여 독자들에게 보여줌으로써 비극적 정화를 가져 온다. 魯迅이 '역사에서 화해하지 못한 것은 소설에서 화해시켜주고 보답이 없는 것은 보답을 받게 하는' 전통적인 '기만문예'를 비판한 것은 바로 이 때문이다. 따라서 魯迅 소설은 근대적 주체의 확립을 구체적인 문학적 실천을 통해 보여주고 있으며, 공식문화에 편입되지 않으려는 이데올로기 비판적 성격을 지닌다는 점에서 중국의 근대적 문학의식 형성에 중요한 역할을 했다고 할 수 있다.

이상은 이 책의 내용을 간략히 요약한 것이다. 끝으로 언급할 것은, 동아시아문학의 근대화 과정의 특징을 구명하기 위해서는 당연히 한국·중국·일본 문학의 근대화 과정을 통합적으로 논의해야 한다는 점이다. 다만 이 책은 중국문학의 근대화 과정만을 다루었으니 매우 제한적일 수밖에 없다. 동아시아문학의 근대화 과정을 통합적으로 논의하는 것은 단시일에 이룰 수 있는 과제가 아니며 저자의 능력을 벗어나는 일이기도 하다. 먼저 개별 국가의 문학의 근대화 과정을 심도 있게 고찰한 뒤에 이를 바탕으로 연구영역을 더욱 확대해나갈 수 있을 것이다. 따라서 이 책의 소임은 중국문학의 근대화 과정을 논증함으로써 동아시아문학의 근대화 과정의 주요한 한 측면을 드러내는 것으로 그친다.

저자 씀

:: **차례** 중 국 의 근 대 적 문 학 의 식 탄 생

I

서 론

중국이 1978년 개최된 제11기 3중전회(中全會)에서 '개혁개방'정책을 새로운 국가시책으로 확정하면서 학술계와 문화예술계에서도 그에 상응하는 새로운 변화를 맞이하였다. 이러한 새로운 변화에 힘입어 문학 연구자와 비평가들은 단순히 철학적 인식론이나 정치적·계급적 시각에서 벗어나서 미학, 심리학, 정신분석학 등 여러 학문분야의 도움을 받아 다양한 시각에서 문학을 연구하고 비평하기 시작했다. '방법론의 해'라고 평가되는 1985년 이후 이러한 현상은 더욱 두드러졌고, 그것은 중국문학, 특히 중국의 현·당대문학을 연구하는 데 새로운 시각과 지평을 열어놓았다.

처음에는 서양의 새로운 이론, 예를 들어 1960년대 이후 발흥한 '구조주의', '기호학', '수용미학', '신화비평', '형식주의' 등에 눈을 돌려 무조건적이고 직접적으로 수입하려 했으나, 그 후 중국 나름의 독자적인 문학(문화)이론을 구축하려는 경향으로 나아갔다. 陳思和의『중국 신문학 정체관(中國新文學整體觀)』이나 陳平原의『중국소설 서사모식의 전변(中國小說敍事模式的轉變)』등의 저서는 서양의 다양한 문학이론을 수입하여 새로운 방법론을 적용한 연구 결과이지만, 1980년대 후반부터 일기 시작한 중국 나름의 독자적인 문학이론의 구축이라는 이념을 구현하고 있다고 볼 수 있다. 陳思和가 중국 신문학을 '총체관(整體觀)'의 입장에서 연구할 것을 제기한 것이라든지, 陳平原이 중국 현대소설을 '전통의 창조적 전화(轉化)'라는 관점에서 바라보려 한 것은 바로 그러한 경향을 반영하고 있다. 또한 1990년대까지 중국에서 가장 광범위하게 받아들여져 왔던 '20세기 중국문학'이라는 개념도 그러한 새로운 경향을 반영하고 있다.

1985년 북경 근교의 만수사(萬壽寺)에서 개최된 '청년학자 창신(創新) 좌담회'에서 북경대학의 錢理群, 黃子平, 陳平原은 '20세기 중국문학'이라는 개념을 새롭게 정립하여 아편전쟁(1840년) 이후의 중국문학을, 이전에 근대문학, 현대문학, 당대문학으로 나누어 연구하던 관점을 비판하고, 전체를 하나의 과정으로 이해할 것을 제기했다. 이것은 19세기 말 이후의 중국문학은 세계문학으로 편입되는 과정이며 신구(新舊)교체를 통해 역사적 단절을 가져오는 하나의 과정 속에 놓여 있는 것으로 파악하는 것이다. 즉 "20세기 중국문학은 전세기 말과 금세기 초에 시작되어 지금까지 계속되고 있는 문학과정이며, 고대중국문학에서 현대중국문학으로 변화 이행하고, 최종 완성되는 과정이다. 그리고 중국문학이 '세계문학'의 총체적인 국면으로 나아가 유입되는 과정, 동서문화의 대 충돌과 교류 가운데 문학분야에서(정치, 도덕 등의 다양한 분야와 마찬가지로) 현대 민족의식(심미의식을 포함하여)을 형성하는 과정, 언어예술을 통해 오랜 중화민족과 그 영혼을 굴절시키고 표현하여 신구교체의 위대한 시대에서 새로운 탄생과 봉기를 획득하는 과정이다."1) 이러한 관점을 수용하면서 陳思和는 문학의 역사비평적 시각을 견지하여 문학의 '총체관'의 틀 속에서 현대 중국문학을 연구한『중국 신문학 정체관』이라는 책을 내놓았다. 이것은 아편전쟁 이후의 중국문학을 보는 그때까지의 시각을 비판하고 새로운 연구방법을 적용한 중국 신문학 연구의 실례를 보여준다.

물론 1990년대 들어 중국 신문학을 연구하는 방법으로 '20세기 중국문학' 또는 '신문학 총체관'만이 있는 것은 아니다. 신문학 연구자들이 여러 가지 방법으로 연구를 진행해오고 있음은 물론이다. 王富仁의 지적대로 현대문학(신문학)이 현실의 문학에서 역사의 문학으로 바뀌고 있으며, 현대문학 연구가 현실의 문학 연구에서 역사의 문학 연구로 바뀌고 있기2) 때문에 다양한 방법으로 접근할 수 있는 개관적인 환경이 이미 마련되어 있다. 현재 중국에서 거론되고 있는 몇 가지 연구방법을 예거한다면, '선봉파(先鋒派)', '학술파(學術派)', '사회파(社會派)'의 연구방법을 들 수 있다.3) '선봉파'는 영미의 문학연구방법을 주로 도입하여 중국 현대문학을 냉정한 해부의 대상으로 삼는다. 계몽주의적 연구가 자신들의 경향성으로 인해 현대문학의 총체적인 틀을 짜는데 비해 '선봉파'는 서사 시점 등과 같이 문학적 특징을 중심으로 그 틀을 구성한다. '학술파'는 중국 현대문학 연구가 하나의 학문으로 자리잡도록 만들었으며, 많은 역사적 자료들을 사람들이 받아들이기 쉬운 이론적 관점들과 더불어 제공하고, 나아가 그것을 정리하고 연구하는 데 주력하고 있다. '학술파'는 작가연구, 사단유파(社團流派) 연구, 문학현상연구 분

---

1) 錢理群・黃子平・陳平原,「論二十世紀中國文學」(『文學評論』1985年 第5期), 藍棣之・李復威 主編,『尋找的時代』(北京師范大學出版社, 1992), p.143.
2) 王富仁,「現代文學研究展望」,「世紀之交的現代文學研究筆談」참조.
3) 王富仁, 앞의 글 참조.

야에서 풍부한 자료를 찾아내고, 더 나아가 그 자료를 정리·분석하여
더욱 풍부하게 하고 있다. '사회파'는 당대생활의 체험 가운데서 현대문
학 연구의 관점을 찾아내려는 것인데, 계몽주의적 연구가 의식적으로
자신들의 사상과 사회정치를 구분 짓는데 비해 그들은 사회정치를 자
신들의 사회역사학의 시야 속으로 포섭하고 그것에 보다 높은 역사적
지위를 부여한다. '사회파'는 1930, 40년대 좌익문예사조와 현실주의
문학작품의 분석과 연구에 다시 한 번 주목한다.

　이처럼 다양한 연구방법이 시도되고 있지만 현재 소장파들의 문제의
식이 내포되어 있고 많은 호응을 얻고 있는 '20세기 중국문학' 또는 '신
문학 총체관'이 중국문학의 주요한 연구방법으로 인식된다. 따라서 '20
세기 중국문학'론과 '신문학 총체관'을 좀더 면밀하게 검토할 필요가 있
다. 신문학 연구의 새로운 방법으로 제기된 '20세기 중국문학'론 또는
'신문학 총체관'은 신시기(新時期) 중국의 사상사적·정신사적 배경을
반영하고 있는 당연한 논리적 귀결로 보인다. 錢理群, 黃子平, 陳平原
등이 제기한 '20세기 중국문학'이라는 개념은 신시기의 상황논리 속에
서 필연적으로 나올 수밖에 없다. 이 개념 속에는 변화하고 있는 중국
문학이라는 의미가 내포되어 있으며, 중국문학은 아직도 '문학의 근대
화'4)를 위해 지속적인 운동 속에 놓여 있음을 보여준다. '20세기 중국

---

4) '근대화'라는 용어는 원래 영어의 모더니제이션(modernization)의 번역어인데, 이와 유사한
　것으로는 '근대' 혹은 '근대적'(modern)이라는 말이 있고 또 '근대성'(modernity), '근대주
　의'(modernism)라는 말이 있다. 이들 용어들은 모두 '근대 이념'이라는 보편적 가치개념을
　상정하고 있는 것으로 볼 수 있다. 그런데 근대주의(modernism), 즉 'modernism'은 사회과학
　에서는 근대성을 긍정하고 더러는 근대화를 주창하기도 하지만 우리말의 '모더니즘'이 그
　러하듯 일반적으로 예술에서는 서양의 19세기 후반 또는 20세기 초에 본격화하며 여러 면
　으로 종전의 근대 이념에 반발하는 흐름을 지칭하는 것이므로 '근대 이념'이라는 가치개
　념과는 다른 의미로 사용되고 있다. 중국에서는 '근대 이념'이라는 가치개념을 상정하고
　있는 '근대화', '근대적', '근대성'이라는 의미로 '現代化', '現代的', '現代性'이라는 말을 주
　로 사용하고 있다. 백낙청은 영어의 'modernization'은 '근대화/현대화', 'modern'은 '근대적/

문학'이 제기된 것은 이전의 '현대문학' 개념이 지닐 수밖에 없는 시간
적 제약성, 즉 1917년(또는 1919년)부터 1949년까지의 짧은 30년 간
의 협소함에서 기인하는 것만은 아니다. 30년 간의 문학을 현대문학이
라 규정할 때 그 이후의 문학, 이른바 당대문학은 문학의 근대화에 성
공한 것으로 이해될 수 있다. 왜냐하면 현대문학이라는 명명 자체가 어
느 정도 가치개념을 내포하고 있고, 시간적 개념이 포함되어 있긴 하지
만 그것이 발전한 단계로서 당대문학을 가정할 수 있기 때문이다. 물론
근대문학, 현대문학, 당대문학이라는 시대구분법 자체가 가치개념을
배제한 정치적인 시대구분법에 따른 것이지만, 현대문학·당대문학의
구분 자체가 어느 정도 질적 차이를 은연중에 드러내고 있다. 현대문
학·당대문학이라는 시대구분법의 기저에 깔려 있는 이러한 무의식적
가치개념을 가정할 때, 5·4문학을 잇자는 신시기의 문학논의는 현대
문학·당대문학이라는 시대구분법 속에서는 자기모순에 빠지고 만다.
5·4문학을 잇자는 움직임은 현금의 중국문학이 근대화에 성공한 것
으로 볼 수 없으며, 새로운 문학을 수립하기 위해 그 정통성을 5·4문
학에서 찾고자 하는 것이기 때문이다. 즉 5·4문학이라는 전통의 기초
가 없었다면, 문화대혁명 이후 갑자기 나타난 신시기 문학이 짧은 몇
년 동안에 그처럼 빠르게 번영과 발전을 이룩할 수 없었을 것이며, 신
시기 문학은 처음 몇 년 동안에는 마치 5·4시기의 그 새로웠던 분위
기로 되돌아가는 듯이 보였던 것이다.5) 신시기에서 일어나고 있는 여

현대적', 'modernity'는 '근대성/현대성'으로 번역이 모두 가능하다고 말하고 있는데, 주로
한국에서는 '근대화', '근대적', '근대성'이라는 용어를 더 많이 사용하고 있다.(백낙청, 「문
학과 예술에서의 근대성 문제」, 『창작과비평』1993년 겨울호 참조) 따라서 이 책에서는 중
국인들이 사용하는 '現代的', '現代化'라는 용어를 '근대적', '근대화'라는 말과 동일한 것
으로 보며, 대체로 중국인들의 말을 따를 때는 '現代的', '現代化'라는 용어를 그대로 사용
하고, 필자가 논지를 전개할 때는 '근대적', '근대화'라는 용어를 사용한다.

러 가지 문학현상이 5·4시기의 문학현상과 표면상으로 유사하게 전
개되고 있는 이상, 그들은 30년 동안의 현대문학을 근대화의 과정으로
보고 은연중에 그 이후의 문학을 더욱 발전한 단계로 보는 종래의 관점
을 그대로 수용할 수는 없었다. 오히려 서양충격 이후 현금의 신시기까
지 문학의 근대화를 위한 전체적인 하나의 운동과정으로 이해할 수밖
에 없다. 그럴 때만이 5·4문학을 잇자는 신시기의 문학적 움직임을
논리적으로 설명할 수 있기 때문이다. 그리하여 '20세기 중국문학'이라
는 개념을 도입하여 서양충격 이후의 중국문학을 근대화의 과정, 또는
근대화를 위한 운동의 과정으로 보자는 것이다. 陳思和의 '신문학 총체
관'도 '20세기 중국문학'과 같은 맥락에 놓여 있다. '신문학 총체관'은
운동의 과정으로 보되 다만 문학사를 역사비평적 관점에서 '총체관'이
라는 거시적 안목으로 보자는 것일 뿐이다.

　'20세기 중국문학'의 개념이든 '신문학 총체관'의 개념이든 이들은 동
일하게 20세기 이후의 중국문학을 하나의 과정으로 보자는 것이며, 그
이면에는 중국문학의 근대화 추구에 대한 열망을 담고 있다. 이것은 정
치적으로 볼 때 鄧小平이 집권한 이후 정책노선으로 채택된 '4개 현대
화' 정책을 문학적으로 구현하고 있는 논리로 볼 수 있다. 그래서 陳思
和는 현대화(근대화) 추구를 신시기에 전개되고 있는 중국문학의 기본
적 주제로 파악하고 있는 것이다. "문학이 신시기로 들어서면서 세 번
째 단계가 시작되었을 때, 20세기 자연과학의 업적이 다시 한번 밀려
들었다. 현대과학과 현대문명은 다시 일원성을 회복했다. 사회가 전체
적으로 현대화를 추구함에 따라 현대문명이라는 주제는 새롭게 드날리

---

5) 陳思和, 『中國新文學整體觀』(上海文藝出版社, 1987), p.45 참조.

게 되었다. 나는 이 점과 관련하여 문명과 어리석음의 충돌을 신시기 소설의 기본 주제로 보는, 한 평론가가 내린 결론에 동의한다. 이러한 주제는 20세기 중국 신문학의 기본 주제의 한 부분이다."6) 이러한 陳思和의 관점은 신시기 중국을 바라보는 黃修己의 시각과 동일하다. 黃修己는 21세기를 바라보는 시점에서 중국민족의 주된 구호가 '현대화(근대화)'임을 강조하고 하루속히 세계를 따라잡을 것을 강조했다.7) 이러한 근대화 추구는 현금의 중국 지식인들의 내면에 자리하고 있는 기본적인 열망으로 보인다.

陳思和에 따르면 중국 신문학사 연구는 3단계를 거쳐왔다.8) 제1단계는 1930년대 초에 시작되었다. 1935년 상해의 양우도서공사(良友圖書公司)에서 『중국신문학대계(中國新文學大系)』 10권이 출판되면서 최초로 신문학 10년(1917~1927년)이라는 개념이 성립되었고, 王哲甫가 1933년에 산서성립교육대학(山西省立敎育大學)에서 『중국신문학운동사(中國新文學運動史)』를 강의하면서, 그리고 1933년에 朱自淸이 청화대학(淸華大學)에서 '중국신문학연구(中國新文學硏究)'라는 제목으로 강의를 시작하면서 '신문학'에 대한 연구가 시작되었다. 제2단계는 '중국현대문학사'에 대한 연구이며, 여기서 '현대문학'이란 세계적인 의미의 현대(Modern)를 뜻하는 것도 아니고 또한 시간적인 의미의 당대(Contemporary)를 뜻하는 것도 아니다. 그것은 특별한 정치적 개념이며 1919년에서 1949년 사이의 '신민주주의'혁명 시기를 가리키는 것이다. 그러므로 어떤 문학사에서는 '신민주주의 시기의 문학'이라고 하기도 한다는 것이다. 당시는

---

6) 陳思和, 앞의 책, pp.54~55.

7) 黃修己, 「世紀末的沉寂」, 「世紀之交的現代文學硏究筆談」 참조.

8) 陳思和, 「韓文版 『中國新文學整體觀』 序」 참조.

학문에 대한 정치적인 제약이 상당히 컸으므로 '중국현대문학사'는 단지 '중국현대혁명사' 보급을 위한 교육의 한 부분이었고 새로운 정권의 영광된 역사와 그 합법적인 지위를 증명하는 요소였다는 것이다. 예를 들어 1950, 60년대의 정치적 박해 속에서 문학사가들은 정치적 박해의 합리성을 증명하기 위해서 숙청 당하고 박해받은 작가들의 이름과 작품을 문학사 저작 속에서 삭제해버렸을 뿐 아니라 정치적인 필요에 의해 문학사의 진상을 왜곡하기도 하였다는 것이다. 제3단계는 1985년에 처음으로 제기된 '20세기 중국문학'에 대한 연구시기로서, 앞서 언급한 바와 같이 '20세기 중국문학'이라는 개념과 陳思和 자신의 '신문학 총체관'이 대표하는 새로운 중국문학사 연구 경향이다. 제3단계의 연구 경향에서 전제하고 있는 것은 통시적으로는 연구 영역을 확대하고 공시적으로는 세계문학 속의 중국문학을 구상하자는 것이다. 문학사에 대한 연구 경향이 이렇게 3단계를 거쳐왔다는 陳思和의 설명은 역사적 사실을 지적한 것이면서 동시에 신시기에 새롭게 제기된 문학사 연구방법의 역사적 의미를 부여하는 것이다. 또한 신시기에 일어난 문학현상을 문학사 속에서 설명하기 위한 방법론 찾기로 이해된다.

陳思和는 중서문화의 충돌을 근현대시기 이후 중국문학의 기본적인 현상으로 보면서 중서문화의 충돌을 '동보태(同步態)'와 '착위태(錯位態)'라는 개념으로 설명한다. 그리고 5·4시기와 신시기는 중서문화의 충돌이라는 측면에서 동일한 상황, 즉 '동보태'가 최고의 포화상태에 이르렀다고 지적하였다.

20세기 중외문학 교류사를 회고해 보면 동보태가 최고의 포화상태에 도달했던 시기가 두 번 있었다. 하나는 5·4신문학 초기이고 다른 하나는 최근의 신시기이다. 이는 중국 신문학의 양대 황금기이며 둘 다 전면적으로 세계문학으로부터 시정(詩情)을 흡수함으로써 스스로를 개혁하고 풍부하게 할 수 있었던 시기이다. 그러나 두말 할 필요도 없이, 개방적인 이 두 시기에도 중외문학의 착위태는 여전히 존재하고 있었고 아울러 독특한 민족성의 매력을 드러내고 있었다. 어느 민족의 문학이건 그 발전은 모두 착위를 필요로 한다. 착위가 있어야만 비로소 자기(自己)가 있는 것이다. 관건은 착위의 위치에 달려 있다. 그것이 앞에 위치하면 적극적인 요소가 되어 세계문학의 총체틀 속에 축적되며 그 공헌도 크다. 만약 뒤에 위치하면 세계문학의 총체틀 속에서 과거에 나타났던 정보를 중복하는 것에 불과하며 그 의의도 작다.9)

이렇게 중서문화의 충돌 속에서 형성된 중국 신문학은 비판과 반비판이 반복되는 순환의 길을 걸어왔다. 胡適의 구문학에 대한 비판에서 초기 마르크스주의자들의 胡適 비판까지, 혁명문학파의 5·4문학에 대한 비판에서 당이 지도하는 동지들(예를 들면 張聞天, 劉少奇 등)의 좌익 문학운동 중의 좌경 폐쇄주의에 대한 비판까지, 胡風의 항전시기 봉건문화와 부르주아 문화에 대한 비판에서 1950년대 毛澤東의 胡風 문예사상의 비판과 호풍파(胡風派)의 숙청까지, 周揚의 1950년대 수정주의 지식인에 대한 비판에서 문화대혁명 중의 姚文元의 周揚에 대한 비판까지, 문화대혁명 중의 좌경 문예사조가 수많은 문예가들에게 행한 박해에서 문화대혁명이 끝난 뒤 지식인들이 좌경 문예사상을 반격하고 청산하기까지, 중국의 문예운동은 꼬리에 꼬리를 무는 순환의 길을 걸어왔다. "이러한 일련의 순환 가운데 두 부분이 전체적인 원형운동의

---

9) 陳思和, 『中國新文學整體觀』, pp.24~25.

방향을 결정했는데 하나는 항일전쟁 뒤 이루어진 해방구문학이었고, 다른 하나는 문화대혁명이 끝난 뒤 나타난 신시기 문학이었다."10) 해방구문학은 毛澤東의 '연안문예강화(延安文藝講話)' 이후 중국의 문예정책의 중심이 된 방향이며, 문화대혁명이 끝난 뒤의 신시기 문학은 해방구문학의 연장선상에 놓여 있던 문화대혁명 때까지의 문예정책을 비판하고 다양화와 개방화를 추구하여 중국문학이 새롭게 정립된 것을 의미한다고 할 수 있다.

이제까지 중국에서 논의되어왔던 신문학사에 대한 연구경향과 연구방법 및 그것의 실제적 적용을 중심으로 살펴보았다. 중국에서 논의되고 있는 각각의 연구방법은 그 나름의 의미를 가지고 있음은 의심의 여지가 없다. 한쪽의 방법이 다른 쪽의 부족한 점을 보충하는 상호보완적인 성격을 지니고 있기 때문이다. 특히 '20세기 중국문학'론 또는 '신문학 총체관'은 毛澤東의 '연안문예강화' 이후 중국문학이 정치에 예속되어 왔던 관행에서 벗어나려는 중국 신문학 연구자들의 새로운 연구경향을 대표한다고 할 수 있다.11) 이것은 문학의 독자성을 회복하는 것이기도 하고 중국문학을 세계문학의 한 구성부분으로 인식하려는 개방적인 태도를 견지하는 것이며, 지금까지 문학사에서 배제되어 왔던 많은 신문학 작가들을 문학사 속에 다시 편입시켜 중국 신문학사의 온전한 체계를 구축하자는 것이므로 중국 신문학에 대한 연구의 새로운 지

---

10) 陳思和, 앞의 책, p.42.

11) 抗戰文藝 이후 중국 新文學의 정치에의 편향에 대해 劉再復은 이렇게 말했다. "항전문예는 각 방면에서 5·4문학, 좌익문학에 비해 수준이 높다거나 5·4문학이 진화하여 발전한 것이라고 말할 수는 없다. 그것은 정치 면에서의 진화이며 예술 면에서는 오히려 퇴화였다. …… 문학을 완전히 정치에 봉사하는 도구로 만들었으며 군대의 일종으로 만들었다. 이러한 편향은 특수한 역사시기에는 필요하고 합리적일 수 있지만, 편향이 보편화되면 부득이한 편향의 현상과 방침은 항구적인 준칙이 되어 문학의 재난을 초래하게 된다.(「從"五四"文化精神談到强化現代文學硏究的學術個性」, 『中國現代文學硏究叢刊』1989年 2期, p.10)

평이 열리게 되었다는 것을 의미한다.

중국 신문학의 탄생은 구문학에 대한 비판에서부터 시작되었음은 주지의 사실이다. 신문학이라는 용어 자체가 원래 구문학에 대한 반대의 의미를 지니고 있기 때문이다. 구문학에 대한 비판은 중서문화의 충돌이라는 지난한 경험 속에서 이루어졌다. 따라서 중서문화의 충돌과 그로 인해 파생되는 문학가들의 대응방식이 곧바로 중국 신문학의 전개과정으로 연결된다.

중국은 서양충격 이후 이중의 과제를 해결해야 했다. 하나는 반제(反帝)의 과제이고 다른 하나는 반봉건(反封建)의 과제였다. 이러한 과제는 물론 정치·경제사적으로 부여된 과제였다. 문학은 정신의 결과물 중에서 가장 민감한 부문 중의 하나이므로 중국이 처한 위기에 대해 문학도 당연히 정치·경제사적 과제인 반제·반봉건의 과제를 떠맡아야 했다. 이러한 반제·반봉건의 관점에서 중국 신문학을 해석하려는 경향이 그동안 중국인들의 신문학에 대한 주된 이해방식이었다.12) 이와 달리 1980년대에 들어 문화사적인 맥락에서 중국 신문학이 담당해야 했던 과제를 李澤厚는 '구망(救亡)'과 '계몽(啓蒙)'이라는 말로 표현하고 있

---

12) 李何林은 1939년『近二十年中國文藝思潮論』(上海生活書店, 1940) 「自序」에서 "중국 신문학은 반제반봉건의 문학이다"라고 하였는데, 그 후 중국 신문학은 대체로 반제반봉건의 관점에 따라 해석되어 왔다. 또 1950년 李何林은 자신의『近二十年中國文藝思潮論』의 관점을 일부 비판하면서 "고문·문언문을 반대하는 투쟁과 백화문의 제창은 비록 자산계급적인 문학운동이지만 무의식중에 무산계급사상의 인도와 영향을 받은 소자산계급과 일부 자산계급의 문학투쟁이며, 자산계급의 공헌은 그 중에서 가장 약한 하나의 고리에 지나지 않았다는 사실을 몰랐다"라고 지적하고, "5·4시대(및 그 이후)의 중국 신문학은 무산계급사상 영도하의 반(半)식민지·반(半)봉건 국가의 인민대중의 반제·반봉건·반매판자산계급의 신민주주의 문학이다"라고 지적했다.(李何林, 「『近二十年中國文藝思潮論』自評」,『李何林文論選』, 人民文學出版社, 1986, p.247) 이러한 관점이 중국 신문학에 대한 주된 이해방식이었다.

다. 표면적으로 보면 반제의 과제와 '구망'의 과제는 동일하고 반봉건의 과제는 '계몽'의 과제와 동일하다. 그러나 李澤厚의 관점은 문학의 독자성을 문화사적 맥락에서 새롭게 파악하는 것이므로 반제·반봉건의 과제와는 약간 다른 차원에 놓여 있다.

  서양충격 이후 중국 지식인들이 직면했던 이중의 과제란 앞서 언급한 바와 같이 반제·반봉건의 과제였고 李澤厚 식의 '구망'과 '계몽'의 과제였다는 것은 움직일 수 없는 사실이다. 그런데 정치·경제사적 맥락에서의 반제·반봉건의 과제, 문화사적인 의미의 '구망'과 '계몽'의 과제는 정신사적으로 볼 때 동일하게 '저항'으로 나타난다. 다시 말하면 서양충격 이후의 중국 지식인들은 이중의 저항에 부딪힌 것이다. 아편전쟁의 결과 중국은 세계자본주의에 노출되었고 그때부터 서양에 대한 저항이 시작되었다. 처음 이것은 물리적 저항(정치적 저항)으로 나타났다. 물리적 저항은 국력을 신장하기 위한 부국강병정책으로 표면화된다. 먼저 추진된 양무운동(洋務運動)이 그것이며, 이어 청일(淸日)전쟁에 패함으로써 저항의 강도를 높이기 위한 유신변법운동(維新變法運動)이 그것이다. 그러나 결과적으로 완전한 실패로 끝을 보게 되고 물리적 저항은 곧바로 실패감(정신적 위기의식)으로 이어진다. 실패감은 새로운 저항을 낳는다. 그것은 실패감에 대한 내면적인 저항이다. 내면적인 저항은 근본적인 변혁의 필요성에 대한 절박감으로 이어지는데, 실패감에 대한 내면적인 저항은 근본적인 변혁으로서의 근대화 논리로 이어지고 그것은 정신혁명으로서의 사상혁명운동으로 전개된다. 『신청년(新靑年)』을 중심으로 중국 지식인들이 민주와 과학을 제창하고 신문화운동을 전개했던 것은 바로 이러한 실패감에 대한 내면적 저항으로서의 근대화를 구상했기 때문이다. 그리고 그것이 문학적으로 반영된 것

이 문학혁명(文學革命)이다. 문학혁명이 사상혁명운동의 한 부문운동이
었다는 점이 이를 뒷받침해준다.

　문학혁명이 사상혁명의 한 부문운동이었다는 것은 문학혁명이 문학
의 근대화 논리에 입각해 문학의식13)의 근대적 변화를 전제로 하고 있
었기 때문이다. 즉 근본적인 변혁이 필요하다는 자각과 더불어 실패감
에 대한 내면적 저항이 문학적으로 구현되면, 문학의식의 근대적 변화
를 전제로 하는 문학의 근대화를 추구하게 되는데, 그것이 곧 문학혁명
이다. 문학혁명이 이러한 관점에서 이해될 때 그것은 사상혁명의 한 부
분운동으로 자리잡을 수 있는 것이다.

　문화대혁명이 끝이 나고 중국이 개혁·개방이 되면서 중국인들은 새
로운 실패감(정신적 위기의식)을 맛보게 된다. 이러한 실패감은 문화대혁
명에 대한 반성(反思)의 결과이기도 하지만 개혁·개방이 진행되면서
세계사에서 중국의 위치가 새롭게 점검되었기 때문이다. 앞서 인용하
였듯이 陳思和가 "문명과 어리석음의 충돌을 신시기 소설의 기본 주제
로 보는, 한 평론가가 내린 결론에 동의한다"고 말하고 "이러한 주제는
20세기 중국 신문학의 기본 주제의 한 부분이다"고 했을 때, 그것은 실

---

13) 철학적인 의미에서의 <의식>은 객관적 실재를 관념적인 형태로 반영하고 모사하는 능
　력, 물질적인 것을 관념적인 것으로 바꾸는 능력을 특징으로 하는 복잡한 활동을 가리킨
　다. 의식은 정돈되지 않은 지각과 사유의 우연한 흐름이 아니라 일정한 구조를 갖고 있으
　며 일정한 법칙에 따라 모습을 갖춰 나간다. 그런데 이 글에서 사용하고 있는 <의식>은
　이러한 철학적 의미를 내포하지만, 오히려 다양한 관념들의 기저에 깔려 있는 심층적인
　정신구조 또는 사유구조의 의미에 훨씬 가깝다. 그렇다면 <문학의식>은 문학에 대한 의
　식이며, 문학에 대한 정신구조 또는 문학에 대한 사유구조를 의미한다. 즉 문학의식은 문
　학가들의 다양한 문학이론이나 문학관의 기저에 깔려 있는 공통적인 정신구조 또는 사유
　구조의 의미를 띠게 된다. 특히 이 글에서 사용하는 문학의식은 인식론적인 측면이 강하게
　부각된다. 인식론적인 정신구조의 근대적 변화로 인한 문학의식의 근대적 변화에 관심을
　갖는다. 그리하여 <근대적 문학의식>이라 말할 때, 그것은 인식주체의 근대적 변화에 따
　른, 다시 말하면 근대적 주체의 확립에 따른 문학의식의 근대적 변화를 가리킨다.

패감의 다른 표현으로 보인다. 신시기에 들어 5·4시기의 문학을 새롭게 조명하고 5·4정신을 잇자는 구호가 제출된 것은 다름 아닌 실패감에 대한 내면적 저항이라는 측면에서 5·4시기와 신시기는 등가이기 때문이다.

1989년 천안문(天安門)사건으로 해외로 망명하게 되었던 네 명의 작가 劉賓雁, 蘇曉康, 鄭義, 蘇煒 등은 일본의 『세계(世界)』지(誌) 1994년 6월호 좌담에서 동일하게 이러한 실패감을 말하고 있다. 중국이 근대화에 실패함으로써 세계사에서 낙오자로 떨어진 것을 실감한 것이다. 蘇曉康은 문화적 위기감에서 파생되는 실패감에 대해 이렇게 말하고 있다.

> 바로 오늘날 중국이 겪는 고뇌의 배후에는 문화적 위기감이 있다. 그것은 대외개방과 더불어 지금 여전히 근대화의 낙오자임을 재발견한 중국인의 고뇌이고, 그 고뇌로부터 『하상(河殤)』이 나온 것이다. 78년부터의 대외개방정책은 중국인에게 세계에서의 중국의 위치를 재확인시켜주었다. 전통적 교육에서 중국은 세계 중심에 있는 대국이었고, 공산주의 교육에서는 세계혁명의 중심이었으며 문화혁명기에 세계 각지에서 유행됐던 마오쩌둥 숭배도 중국인을 우쭐하게 했었다. 그런데 세계를 향해 활짝 문이 열리자, 처음에는 부러움과 함께 모방심을 갖게 하다가 그것이 차츰 세계와의 거리감, 낙오감으로 변했다. 백 년 전에 영국은 아편을 중국에 들여왔는데, 현재 서방세계는 강렬한 상업문화를 갖고 중국으로 들어오고 있다. 겉으로는 평정을 가장하고 있지만, 그런 것들은 중국인의 낙오감을 한층 더 자극시킨다. 공산주의 중국은 기껏 30년이었는데, 대외개방을 하자마자 공산당의 문화나 제도 전체가 위기에 떨어졌다. 그 심리적 붕괴는 청나라 말의 위기에 필적하는 것이다.[14]

북경대학(北京大學) 중문과 교수인 謝冕도 역시 이러한 실패감을 느끼고 있음을 솔직히 시인하고 있다. "근 백 년 동안 우리 중국인들은 희망도 가졌으며 항쟁도 했으며 부분적으로 목적을 달성하기도 했다. 그러나 여전히 세기(世紀)의 낙오자로 존재하고 있다. 낙오의 감정은 잔인하게 중국을 후려치고 있으며 우리들로 하여금 세기말이라는 풍문 속에 우뚝 서서 이러한 비량감(悲凉感)을 떨쳐버릴 수 없게 하고 있다."15) 낙오감은 실패감의 다른 표현이다. 바로 실패감을 느끼는 순간 그 실패감에 대한 내면적 저항이 싹트고, 그 저항의 논리로 5·4시기에는 신문화운동(신문학운동)이 전개되었고, 신시기에는 5·4신문화운동의 정신을 복원하고 새로운 사상문화운동이 전개되고 있는 것이다. 신시기의 지식인들이 5·4시기의 상황논리와 유사하게 서양의 다양한 사상과 이론을 수입하고 연구하고 있는 것은 이 때문이다. 陳思和가 20세기 이후 중외문학 교류사에서 '동보태'가 최고의 포화 상태에 이른 시기로서 5·4시기의 신문학 초기와 최근의 신시기를 예로 들었던 것도 이러한 논리 속에서 설명될 수 있을 것이다.

중국 신문학이 실패감에 대한 내면적 저항에서 탄생했다고 한다면, 신문학 시기의 작가들은 이러한 실패감에 대한 저항의 과제를 어떻게 설정하고 그 해결방안을 어떻게 구상했는가를 이해하는 것이 중국 신문학을 정신사적 맥락에서 이해하는 방식이 된다. 물론 그 실패감에 대한 저항의 과제는 근대화라는 이념으로 나타날 텐데, 문화대혁명 이후의 중국 신시기 문학이 근대화 논리를 포함하고 있는 것도 이러한 실패

---

14) 「'중국적 급진'으로부터 민주로─해외 망명 중국지식인들의 좌담회」, 『韓國文學』1995년 봄호, p.251.

15) 謝冕, 「"二十世紀中國文學叢書"總序」, 『新世紀的太陽』(時代文藝出版社, 1993) 참조.

감과 관련되어 있기 때문이다. 그리고 문학혁명을 통해 완성된 5·4신문학도 이러한 실패감에서 비롯되었으므로 문학의 근대화 추구와 밀접하게 관련되어 있다.

전통적으로 중국문학은 동아시아 문학에서 커다란 영역을 차지해왔고, 중국 신문학은 동아시아 문학이 근대화되는 과정의 한 축을 형성해왔다. 그런 만큼 중국문학의 근대화 과정은 동아시아 문학의 근대화를 이해하는 데 매우 중요한 실마리를 제공해줄 것으로 기대된다. 동아시아 문학의 근대화는 한·중·일 삼국의 문학의 근대화를 통합적으로 검토할 때 깊이 있는 논의를 할 수 있겠지만 우선 중국문학의 근대화에 대한 이해를 바탕으로 확대해나갈 수 있을 것이다. 중국문학의 근대화는 아편전쟁 이후 이른바 만청(晚淸) 시기부터 시작되지만, 문학사적으로 볼 때 좀더 근본적인 변화가 발생한 문학혁명 시기부터 보는 것이 타당할 것이다. 문학혁명 이후 중국에서는 전문적인 작가가 등장하고 문학의 형식, 문학관 및 그 이면에 자리잡고 있는 문학의식의 근본적인 변화가 뒤따르면서 전통문학과 크게 다른 새로운 문학이 시작되었기 때문이다. 이른바 신문학이 시작되면서 중국문학은 근대화의 길로 본격적으로 들어선 것이다. 특히 신문학운동은 陳獨秀, 胡適, 魯迅, 周作人 등을 중심으로 하는 잡지 『신청년(新靑年)』을 매개로 시작되었던 만큼 그들의 문학적 대응방식에 대한 이해는 중국문학의 근대화를 이해하는 데 기초가 된다. 특히 魯迅은 중국에서, 胡適은 대만(臺灣)에서 높이 평가되어 왔고, 胡適이 문학의 근대화 문제를 최초로 제기했다고 한다면 魯迅은 문학의 근대화를 문학적 실천(소설창작)을 통해 보여주었으므로 胡適과 魯迅에 대한 연구는 중국문학의 근대화 과정을 이해하는 데 중요한 실마리를 제공해줄 것이다. 더욱이 胡適과 魯迅은 개인사적 편력이 유사하면서도 차이를 가진다. 동일하게 전통교육을 받았고, 그 후 신학문을 접하게 되었으며, 또한 해외유학 경험으로 서양문학에 대한 이해를 기본 소양으로 가지고 있었다.16) 그러나 신문학운동에 참가한 이후 5・4운동이 진전되면서 지식인들의 분열과 재편성이 진행될 때는 서로 다른 방향으로 나아가게 된다. 이들의 이러한 유사와 차이는 역동적인 중국현대사의 장(場) 속에서 공적인 유사와 차이로 나타난다. 이러한 유사와 차이에 대한 이해는 중국 신문학의 전개 자체가 가질 수밖에 없는 다양성과 그리고 기본적인 동일성을 포착하는 계기가 될 것이다.

문학〈의식〉은 구체적이고 개별적인 문학현상의 기저에 깔려 있는 근본적인 문제일 수 있다. 다시 말하면 중국의 근대적 문학〈의식〉의 형성에 대한 검토는 중국문학의 근대화 혹은 근대성을 이해하는 기본적인 출발점이 될 수 있다. 본 연구는 중국문학이 근대화되는 과정에서 질적 변화로서의 신문학을 구상했던 것으로 보이는 胡適과 魯迅을 연구대상으로 삼아 미시적・실증적 분석을 토대로 이들의 근대적 문학의식을 검토하고 그것이 중국의 근대적 문학의식의 형성으로 연결됨을 고찰하고자 한다. 특히 胡適은 백화문운동을 통해 언어문자의 측면에서 중국문학의 근대화에 기초를 제공했고 魯迅은 소설창작을 통해 문학의 내용과 형식의 측면에서 중국문학의 새로운 지평을 열었으므로, 胡適의

---

16) 魯迅은 1881년 浙江省 紹興에서 태어났고, 유년시절 紹興에서 전통교육을 받았다. 1898년 18세의 나이에 紹興을 떠나 南京으로 가서 3년 반 정도의 기간동안 신식교육을 받았다. 1902년에는 국비유학생으로 선발되어 일본유학 길에 오르고, 일본에서 7년을 보낸 뒤 1909년 귀국하였다. 胡適은 1891년 上海에서 태어났고, 부친을 따라 臺灣에 잠시 머물렀으며, 1895년 4세 때부터는 부친의 고향인 績溪에서 전통교육을 받았다. 1904년에는 셋째형을 따라 上海로 가서 신식교육을 받았으며, 1910년에는 미국유학을 떠나 그곳에서 7년을 보내고 1917년에 귀국했다.

백화문운동과 魯迅의 소설창작을 중심으로 중국문학의 근대화 과정으로서 근대적 문학의식의 형성을 검토할 것이다.

중국에서 백화문운동은 문학혁명 시기에 胡適에 의해 처음으로 제기된 것은 아니었다. 19세기 말부터 백화문에 대한 인식이 높아지면서 지속적으로 백화문운동이 진행되어 왔다. 따라서 근대적 문학의식의 〈형성〉이라는 측면에서 胡適의 백화문운동만을 한정해서 논할 수는 없고, 19세기 말부터 진행되어온 만청 시기의 백화문운동도 함께 검토되어야 한다. 그리고 본 연구는 주로 신문학 초기에 한정하여 진행하는 것이므로 魯迅 소설은 『납함』과 『방황』을 분석의 대상으로 삼는다. 물론 〈형성〉이라는 측면에서 魯迅의 최초의 창작소설이라 할 수 있는 문언소설 「그리운 옛날(懷舊)」도 분석의 대상으로 삼을 것이다. 그리고 본 연구는 胡適의 백화문운동과 魯迅의 소설창작이 주요 논의대상이지만, 이를 좀더 깊이 있게 이해하기 위해서 신문학 초기에 발표된 글만을 한정하여 논의하지는 않을 것이다. 즉 胡適의 백화문운동과 魯迅의 소설창작을 이해하기 위해 그와 관련된 여타의 글들을 상위 텍스트의 의미로 함께 검토한다. '부분 없이는 전체가 그리고 전체 없이는 부분이 이해될 수 없다'는 방법론을 취한다.

1917년 胡適의 「문학개량추의(文學改良芻議)」가 발표되고 陳獨秀의 「문학혁명론(文學革命論)」이 발표되면서 중국문학은 전통문학과 다른 새로운 문학이 시작되었다. 이러한 새로운 문학을 중국에서는 '신문학(新文學)' 또는 '현대문학(現代文學)'이라고 부른다. 王瑤는 '5·4'에서 시작한 중국현대문학을 습관적으로 '신문학'이라 부른다고 지적하고 '신'이라는 말은 봉건사회의 '구문학'과 상대되는 의미에서 생겨났으며, 그것은 '사상에서 내용에 이르기까지' 모두 과거의 문학과 전혀 다른 모습

을 가지고 있음을 말한다고 지적하였다.17) 따라서 신문학은 구문학에
대한 반대의 의미를 지니며, '신'의 의미에서 보듯 전통과 구별되는 새
로운 문학이 시작되었음을 뜻한다. 그리고 1949년 이후에는 신문학이
라는 용어가 '5·4'이래의 중국문학에 대한 범칭으로 사용되어 왔
다.18) 唐弢는 중국 현대문학은 5·4운동시기부터 시작되었다고 지적
하고 아편전쟁 이후의 근대문학은 그 선도역할을 했다고 말하고 있
다.19) 錢理群과 溫儒敏은, '중국현대문학 30년'(1917~1949)은 20세
기 중국문학의 중요한 구성부분이며, 무술변법(戊戌變法) 전후부터 '5·
4'신문화운동까지의 20년은 현대의식 면에서 중국 신문학의 온양기·
준비기로 구분하고, '5·4'신문화운동에서 중화인민공화국 성립까지의
30년 간의 문학발전을 20세기 중국현대문학의 '상편', 중화인민공화국
성립 이후의 문학을 20세기 중국현대문학의 '하편'으로 구분하고 있다.
또 전체 20세기 중국문학은 중국사회의 대 변동, 민족의 대 각성, 대
분발의 산물이며 동시에 동서방문화의 상호충돌과 영향의 산물이라고
지적하였다.20) 이렇게 볼 때, 신문학은 5·4신문화운동 이후의 중국
문학을 지칭하며, 그것은 현대문학이라 부르기도 한다. 다만 현대문학
은 1917년부터 1949년까지의 신문학을 가리키지만, 최근에는 '20세
기 중국문학' 개념에서 보듯 근대·현대·당대문학이라는 삼분법의 현
대·당대문학을 통칭하여 부르는 말이다. 이는 1917년 이후의 중국문
학을 이해함에 문학의 '현대화'(근대화)라는 가치개념을 가정한 질적 변
화를 염두에 두고 있기 때문이다. 許志英이 '문학 현대화'라는 가치개

17) 王瑤, 『中國新文學史稿(上)』(上海文藝出版社, 1982), p.1.

18) 徐瑞岳·徐榮街 主編, 『中國現代文學辭典』(中國礦業大學出版社, 1988), p.934 참조.

19) 唐弢, 『中國現代文學史』(人民文學出版社, 1979), p.1.

20) 錢理群·吳福輝·溫儒敏·王超冰, 『中國現代文學三十年』(上海文藝出版社, 1987), p.1.

넘을 가정하고 '현대문학'이라는 용어를 사용해야 한다고 말하고 있는 것도21) 가치개념을 가정한 명명이라는 점에서는 동일하다.

본 연구에서는, 현대문학이라는 용어가 은연중에 가치개념을 내포하고 있지만 이 용어가 가지는 모호성22) 때문에 오히려 구문학에 반대되는 새로운 문학의 시작을 의미하는 신문학이라는 용어를 1917년 이후의 중국문학을 지칭하는 것으로 사용한다. 그리고 신문학은 1917년 이후의 문학을 지칭하지만 여기서는 구문학과 대립되면서 새롭게 중국문학의 근대화를 기획했던 5·4시기를 전후한 시점의 문학을 특히 강조하는 의미로 사용한다. 5·4신문화운동의 한 부문 운동이었던 문학혁명을 포함하며, 魯迅의 소설(『납함』, 『방황』)이 창작되던 시점, 좀더 확대하면 1917년부터 1920년대 중반까지의 중국 신문학의 첫 번째 10년 시기(1917~1927년)의 문학을 지칭하는 것으로 사용한다.

---

21) 許志英, 「現代文學與文學現代化」, 『中國現代文學硏究叢刊』1987年 第3期, pp.88~89 참조.
22) 근대·현대·당대문학 시기구분에 관한 다양한 논의는 金時俊 교수의 『中國現代文學史』 (지식산업사, 1992) 緒論의 '1. 中國現代文學史의 범위'를 참고하면 된다. 1986년 9월 中國 社會科學院 文學硏究所 주최로 열린 '中國近代·現代·當代文學史分期問題討論會'에서 논의되었던 내용을 요약하여 설명하고 있는데, '현대와 당대를 한데 묶자는 의견', '근대문학과 현대문학을 함께 묶어 근대문학 또는 현대문학이라고 하자는 의견', '근대·현대·당대문학은 고전문학과는 엄연히 구별되므로 하나로 묶어 현대문학이라고 하자는 의견'이 특히 주목할 만하다. 金時俊 교수는 "대승적 견지에서 중국문학은 고대문학과 현대문학의 두 시기로 분류하되, 분류의 경계는 淸國이라는 봉건제국이 멸망하고 中華民國이라는 근대민주국가가 수립된 1911년으로 하는 것이 타당할 것 같다"라고 하였다.

Ⅱ

신문학 형성의 배경

1. 새로운 지식층의 형성

5·4신문화운동은 대체로 해외유학 경험을 가진 사람들에 의해 추진되었다. 신문화운동이 진행되면서 신문학을 창조하고 신문학의 새로운 방향을 설정했던 것도 해외유학을 마치고 돌아온 유학생들이었다. 『신청년』을 창간하여 사상혁명과 문화운동을 추진했던 陳獨秀는 일본유학과 프랑스유학의 경험이 있었고, 「문학개량추의」를 발표하여 문학혁명을 처음으로 제기한 胡適도 7년 간의 미국유학 경험이 있었다. 「인간의 문학(人的文學)」을 발표하여 신문학이 담아야 할 사상적 내용을 제시한 周作人도 일본유학 경험이 있었고, 「광인일기」를 발표하여 중국근대소설의 새로운 지평을 열었던 魯迅도 일본유학 경험이 있었다. 중국 신문학에서 최초로 결성된 문학사단인 문학연구회(文學研究會)와 창조사(創造社)의 성원들도 대부분 해외유학 경험을 가진 사람들이었다. 그러므로 신문학의 형성과 관련하여 이들 해외유학 경험을 가진 새로

운 지식층의 형성에 주목할 필요가 있다.

19세기 말 이후의 중국의 개혁운동들은 중국자체의 전통적 이론과 역사적 실례들에 의해서도 영향을 받았지만 해외유학을 마치고 귀국한 유학생들에 의해서 서로 상이한 방식으로 영향을 받았다. 사실 서양에서 귀국한 유학생은 청말(淸末)부터 있었다. 그러나 이들은 소수에 불과했고, 또 중국 내에서 발전하고 있는 개혁운동에 거의 참가하지 못하여 운동의 주도권과 지도력은 보통 서양언어를 이해하지 못한 사람들에 의해 장악되었다.1) 梁啓超의 지적처럼 "저속하고 잡다하고 천박하고 잘못된 온갖 폐해를 면할 수 없었으니, 때문에 운동은 20년에 걸쳐 끝내 건실한 기초조차 세울 수 없었고, 생겼다가도 시들어버려 사회에서 경시되었다."2) 이와는 대조적으로 신문학 초기에 사상과 활동 양면에서 새 출발은 해외유학생들의 귀국과 연결되어 있었다.

중국이 최초로 유학생을 보낸 나라는 미국이었다. 1872년에 벌써 중국청년 30명이 미국에 파견되어 교육을 받았고, 1915년에 미국의 학교 및 대학에서 공부하고 있던 중국인 유학생 수는 1,200여 명이었다.3) 이들 재미유학생들의 의식을 살펴보기 위해서는 1915년 일본의 21개조 요구에 대한 이들의 반응을 검토할 필요가 있다. 일본의 21개조 요구 소식은 재미유학생 간에 대단한 흥분을 불러 일으켰다. 그것은 유미학생총회(留美學生總會)의 기관지 『유미학생월간(留美學生月刊)』에 반영되어 나타났다. 이 월간잡지 1915년 3월호는 이 문제에 관한 토론으로 가득 채워졌다. 어느 논설에 의하면 "우리는 최선의 국익이 되

---

1) 梁啓超, 『淸代學術槪論』(東方出版社, 1996), p.89.

2) 梁啓超, 앞의 책, p.89.

3) 周策縱, 『5·4운동―근대중국의 지식혁명』(광민사 198), p.33 참조.

는 일을 하고 필요하다면 목숨도 바쳐야 한다. …… 중국은 이제 무엇보다도 인재를 필요로 한다. 그러므로 우리의 의무는 명백하다. 귀국하자!"라고 했다. 일부 유학생들은 심지어 미국 국방성이 지도하는 병영생활로 여름방학을 보내려 했다.4) 재미유학생 간에 전반적 분노의 감정은 몹시 격앙되어 있었지만, 냉정을 지키자는 소수의 의견도 있었다. 이 때 胡適은 유학생에게 주는 공개편지에서 이렇게 말했다.

> 나는 우리 학생들이 조국을 떠나 이토록 먼 곳에서 이러한 위기를 처리하는데 있어 마땅히 냉정을 지켜야 한다고 생각한다. 우리들의 책임은 공부하는 데 있다는 사실을 잊지 말아야 한다. 신문잡지가 우리들의 학업을 흔들어 놓아서는 안 된다. 진실하고 차분하게 조용히 흔들림 없이 학업에 전념해야 한다. 만일 조국이 다행히 위기에서 벗어나면 장차 국가를 진흥시키기 위한 준비를 해야 한다. 나는 반드시 그럴 것이라고 믿지만 만약 그렇지 못하다면 폐허 속에서 국가를 부흥시켜야 한다. …… 극동문제는 현재 일본과 싸움으로써 또는 어떤 한 강국이나 열강들의 외부간섭에 의해 최종적으로 해결될 수 있는 것은 아니다. …… 최종적인 해결방법은 반드시 어딘가에 있을 것이지만, 현재로선 우리들이 그것을 알지 못하고 있을 뿐이다. 나 역시 그러한 방법이 어디에 있는지 알지 못하며, 어디에도 없다는 사실만은 알고 있다. 우리들은 힘을 합쳐 차분하고 냉정하게 그것이 어디에 있는지 연구해내자.5)

이 공개편지가 발표된 후 재미유학생 사이에 격론이 일어나 胡適은

---

4) 周策縱, 앞의 책, p.33 참조.
5) 胡適, 「致遊學界公函(AN OPEN LETTER TO ALL CHINESE STUDENTS)」, 『胡適留學日記(下冊)』(海南出版社, 1994), pp.28~29.

심한 공격을 받았다. 胡適의 1915년 5월 25일자 일기에 의하면, 『월보(月報)』의 주필이었던 鄭煦堃은 "목석 같은 심장을 가지고 있으며 나라를 사랑하지 않는다"고 비난하였고, 『전보(戰報)』의 주필이었던 譚湛溪는 胡適에게 편지를 띄어 "그대 문장의 결론은, 말을 타고 선회만 하고 활을 당기지만 고의로 쏘지 않는 것과 같이 군대를 통솔하는 기교가 단지 중국과 일본을 합병하려는 데 지나지 않는 것일 뿐이다. 그대가 과연 이런 주장을 하는 것인가? 동아대제국의 신하가 되는 것도 부러운 일이고, 목전의 애국자들의 난폭한 행동도 두려운 일이므로 절반쯤 거절하고 절반쯤 찬성하는 것도 필경 크게 잘못되었다고 할 수는 없을 것이다."라는 풍자적인 말로 공격을 가했다.6)

이러한 논쟁에서 중요한 것은, 재미유학생들 사이에 국가적 위기에 직면하여 그러한 위기를 극복할 수 있는 방법을 나름대로 모색하고 있었다는 점이다. 국가적 위기에 대한 胡適의 대응은 위 공개편지에서 알 수 있듯이 온건노선이었다. 胡適은 '준비론'에 입각하여 학업의 중요성을 강조하고, 유학생들이 정치적인 문제에 흔들림 없이 장차 구국의 기회가 주어질 때까지 학업에 전념해야 한다고 했다. 또 胡適은 일본과 전쟁을 시작하는 물리적인 저항이나 혹은 열강들의 간섭에 의한 정치적인 해결은 최종적인 해결방법이 못된다는 점을 지적하였다. 그렇다면 胡適이 생각하는 최종적인 해결방법은 무엇인가? 물론 胡適은 현재로선 그 방법이 어디에 있는지 알 수 없다고 말하고 있다. 다만 '최종적인 해결방법은 반드시 어딘가에 있을 것이다'라는 확신만을 가지고 있었을 뿐이다.

---

6) 胡適, 『胡適留學日記(下冊)』, p.41 참조.

　그런데 胡適이 생각하고 있던, 어딘가에 있을 '최종적인 해결방법'은 다음과 같은 胡適의 일기 속에서 추론해볼 수 있다. 胡適은 1915년 2월 21일자 일기에 "나라에 해군이 없어도 부끄럽지 않다. 나라에 육군이 없어도 부끄럽지 않다. 나라에 대학이 없고 공공도서관이 없고 박물관이 없고 미술관이 없으면 이것이 바로 부끄러운 일이다. 우리나라 사람은 이러한 부끄러움을 씻어야 할 것이다."[7]라고 쓰고 있다. 胡適은 당시 자신의 영어 선생이었던 아담스(Adams) 교수로부터 "중국에는 대학이 있는가?"라는 질문을 받았고, 이어서 아담스 교수는 "중국이 고유한 문명을 보전하고 신문명을 창조하려면 국가적 대학이 없으면 안 된다. 일국의 대학은 일국의 문학과 사상의 중심이니, 대학이 없으면 이른바 신문학·신지식은 근거를 상실한다. 국가의 선무(先務)는 이보다 더 큰 것이 없다."라고 설명했다. 이에 胡適은 "세상에 어찌 대학이 없는 나라를 용납할 수 있는가!"라는 감개를 표현했다.[8] 여기서 우리는 胡適이 생각하는 최종적인 해결방법이란 '해군'이나 '육군'과 같은 물리적인 저항이 아니었다는 사실을 확인할 수 있다. 오히려 胡適의 최종적인 해결방법은 '공공도서관', '박물관', '미술관'과 관련된 문화와 사상의 문제에 있었다고 추론할 수 있다. 즉 胡適은 아담스 교수의 지적처럼 '문학'과 '사상', '신문학'과 '신지식' 등 문화와 사상의 문제에 관심을 가졌던 것이다. 胡適의 준비론은 바로 이러한 문화와 사상의 문제를 해결하기 위한 준비론이었다. 당시로서는 온건주의로 비판받았지만 적어도 국가적 위기를 극복하고 중국을 변혁하는 방법으로서 문화와 사상에 눈을 돌렸다는 점은 5·4신문화운동을 전개할 수 있는 새로운 지식층

---

7) 胡適, 앞의 책, p.3.
8) 胡適, 앞의 책, pp.2~3 참조.

이 형성되고 있었음을 보여준다.

청(淸) 정부는 청일전쟁(1894년) 이후 1896년에 처음으로 일본에 유학생을 보냈다. 그 수효는 의화단운동 후까지는 매우 적었으나 1901년부터 1906년까지 급속히 신장되었다. 1906년 일본에는 약 12,000명의 중국인 유학생들이 공부하고 있었다. 사실 5·4운동시기를 포함하여 1903년부터 줄곧 중국인 해외유학생의 압도적 다수가 일본에서 공부하고 있었다. 1896년 정식으로 일본에 유학생이 파견되면서 그후 지속적으로 재일유학생의 숫자는 증가하였고, 1903년에 이르면 일본유학이 하나의 유행으로 자리잡았다.9) 魯迅도 1902년 관비로 일본유학을 떠나게 되었는데, 바로 이러한 추세를 반영하고 있다. 재일유학생 수의 변화추이를 보면 다음과 같다.

〔표 1〕 재일유학생 수의 변화추이10)

연 도	유학생 수
1896년	13명
1898년	61명
1901년	274명
1902년	608명
1903년	1,300명
1904년	2,400명
1905년	8,000명
1906년	12,000명
1907년	10,000명
1909년	3,000명
1912년	1,400명

---

9) 王錦厚, 『五四文學與外國文學』(四川大學出版社, 1989), p.62 참조.
10) 王錦厚, 앞의 책, p.62 참조.

　　일본유학생들은 정부에서 파견한 학생과 자비로 유학하는 학생들로
양분될 수 있으며, 그 동기나 목적은 복잡하였지만 처음에는 대체로 '서
양의 책을 읽고 일본의 기풍을 받아들이는 것(讀西洋書, 受東洋氣)'이었다.
즉 먼저 서구화(근대화)에 성공한 일본을 통해 서양문화(실용적인 학문)를
받아들이자는 것이 주된 취지였다. 그들은 주로 신문잡지를 발간하거나
조직과 단체를 결성하여 정치적인 색채를 강하게 띠었다. 이것은 중국
내의 정치상황을 반영한 것이며, 일본이 중국과 지리적으로 가까운 이점
이 있었기 때문이다. 재일유학생들이 만든 신문잡지는 다음과 같다.

〔표 2〕[11] 일본에서 발행된 재일유학생의 신문잡지

잡지 이름	창간 년도	주요 편집인
開智錄	1899년	鄭貫公, 馮自由
譯書滙編	1900년 12월	坂崎斌
國民報	1901년 5월	戢翼翬, 秦力山, 沈翔雲
新民叢報	1902년 2월	梁啓超, 蔣智由, 馬君武
游學譯編	1902년 11월	楊守仁, 陳天華, 黃興
新小說	1902년 10월	趙毓林
湖北學生界	1903년 1월	劉成禺, 李書城
浙江潮	1903년 2월	蔣方震, 馬君武
江蘇	1903년 4월	秦毓鎏, 黃宗仰
直說	1903년 2월	直隸 일본유학생 編
女子魂	1904년	抱眞女士
白話報	1904년 9월	演說練習會主編
二十世紀之支那	1905년 6월	宋敎仁, 黃興, 田桐
醒獅	1905년 8월	馬君武, 陳去病, 柳亞子
民報	1905년 10월	章太炏, 朱執信, 胡漢民
復報	1905년 5월	田桐, 柳亞子

---

11) 王錦厚, 앞의 책, pp.63~64 참조.

雲南	1906년 10월	李根源, 張熔西
鵑聲	1906년	雷鐵崖, 董修武
音樂小雜志	1906년 1월	李叔同
法政雜志	1906년 2월	張一鵬
新譯界	1906년 10월	范熙壬
洞庭波	1906년	楊守仁
中國新報	1907년 1월	楊度, 胡茂如
漢幟	1907년 1월	景定成, 陳家鼎
中國新女界雜志	1907년 2월	燕斌
天義報	1907년 6월	何震, 劉師培
四川	1907년 11월	雷鐵崖, 鄧絜
河南	1907년 12월	河南 일본유학생 編
醫藥學報	1907년 1월	醫藥學會編
政法學報	1907년	沈其昌
漢風	1907년 2월	時牲
科學一斑	1907년 7월	留日學生科學研究會
遠東聞見錄	1907년 6월	李士銳
二十世紀之中國 女子	1907년	恨海女士
關隴	1908년 2월	陝甘 일본유학생 編
夏聲	1908년 2월	陝西 일본유학생 編
江西	1908년	江西 일본유학생 編
日華新報	1908년	본사 編
農桑雜志	1908년	본사 編
憲法新志	1909년 8월	吳冠英

〔표1〕, 〔표2〕를 통해 볼 때 1905, 1906년을 고비로 재일유학생은 수적으로나 활동 양면에서 급격한 신장을 보이고 있다. 이러한 변화는 중국의 변혁을 담당할 새로운 세력이 성장하고 있었음을 보여주며, 또한 중국의 변혁에 있어서 재일유학생들의 역할이 지대하였다는 점을

보여준다. 그리고 1905, 6년을 고비로 일어난 재일유학생의 수적 증가와 활동의 증대는 중국의 정치정세의 변화와 맞물려 있었다. 1905년을 경계로 이들 재일유학생들 사이에 그토록 영향력을 행사했던 梁啓超의 입헌군주제의 주장은 그들로부터 더 이상 호응을 얻을 수 없었다. 당시 재일유학생들 사이에서 혁명이란 일반적 흐름이었으며 梁啓超는 시대에 뒤떨어져 가고 있었다. 1905년 11월 새롭게 성립된 혁명단체인 중국동맹회(中國同盟會)의 기관지『민보(民報)』가 발간되면서부터 梁啓超의『신민총보(新民叢報)』는 호소력을 잃게 되었던 것이다.12)

중국의 정치적 영향력이 1905년을 경계로 입헌파(立憲派)에서 혁명파(革命派)로 옮겨가고 있을 무렵 魯迅은 1906년 3월 일본의 선대의학전문학교(仙臺醫學專門學校)를 중퇴하고 許壽裳과 함께 문예운동을 제창할 것을 상의하게 된다. 그 후 魯迅은 1907, 8년 사이에「인간의 역사(人之歷史)」,「마라시력설(摩羅詩力說)」,「과학사교편(科學史教篇)」,「문화편지론(文化偏至論)」,「파악성론(破惡聲論)」 등 일련의 논문을 발표한다. 魯迅은 먼저「인간의 역사」에서 진화론을 소개하고「문화편지론」에서 유럽의 정신사와 현재 중국의 상태를 분석한 뒤 문제해결을 위한 대안을 제시한다. 그는 유럽의 정신사의 흐름을 정리하면서 물질문명과 다수를 존중하는 사상적 흐름에 맞서는 새로운 사상적 흐름인 '개성을 존중하고 물질을 배척하는(尊個性 排物質)' 조류를 읽어낸다.13) 이러한 조류는 앞선 조류의 편향을 극복하는 것이며 진화론적인 관점에서 전대(前代)의 것을 뛰어넘는 것이었다. 魯迅은 이러한 서양근대의 새로운 사

---

12) 토마스 쿠오,『陳獨秀評傳』(민음사, 1985), p.51 참조.

13) 魯迅은 서양 근대문명에 대한 비판을 담고 있는 니체 사상에 주목한 것이다. 이 점은 魯迅이 서양근대이성에 대한 비판적 입장을 견지하게 되는 출발점이 된다. 서양근대이성에 대한 魯迅의 비판적 입장은 제5장에서 검토될 것이다.

상적 조류를 읽어냄으로써 당시 국가적 위기에 처한 중국을 구제할 수 있는 방법으로 유럽의 새로운 사상적 조류를 제창하게 된다. 그는 당시 중국을 유린하던 서양열강들은 유럽의 정신사에서 '개성을 존중하고 물질을 배척하는' 조류 이전의 시대에 해당하는, 다수를 존중하고 물질을 숭배하는 것으로 이해했다. 이렇게 서양열강의 현상(現狀)을 분석함으로써 魯迅은 국가적 위기를 극복하기 위해서는 유럽의 새로운 사상적 조류를 받아들여야 한다고 생각했다. 그 결과 양무파는 유럽의 새로운 사상적 조류 이전의 '물질숭배'만을 따르려는 것이고 유신파는 '다수를 존중'하는 것만을 따르는 것으로 분석했다. 그리하여 '개성을 존중하고 물질을 배척하는' 새로운 사상적 조류의 입장에서 양무파와 유신파를 비판하고, 그 편향을 바로잡기 위해서는 정신혁명과 제2의 유신으로서의 신문화운동이 절실하다고 생각했다. 魯迅은 장편의 논문인 「마라시력설」의 결론 부분에서 이렇게 피력했다.

　　이제 중국에서 찾아보아, 정신계의 전사라고 할 만한 사람은 어디에 있는가? 지극히 진실한 소리를 내어 우리들을 훌륭하고 강건한 데로 이끌 사람이 있는가? 따스하고 훈훈한 소리를 내어 황폐하고 차가운 데에서 우리들을 구원해낼 사람이 있는가? 가정과 나라가 황폐해졌지만 최후의 애가(哀歌)를 지어 천하에 호소하고 후손에게 물려줄 예레미아는 아직 나오지 않고 있다. 그런 사람이 태어나지 않은 것이 아니면 태어났지만 군중에게 살해되었을 것인데, 그 중의 한 경우이거나 혹은 두 경우 다이기 때문에 중국은 마침내 적막해졌다. 사람들은 오로지 껍데기의 일만 도모하여 정신이 날로 황폐하게 되었으니, 새로운 조류가 밀려와도 마침내 그것을 지탱하지 못한다. 사람들은 모두 유신을 말하고 있는데, 이는 바로 지금까지의 역사가 죄악이었다고

자백하는 소리이며, 회개합시다 라고 말하는 것과 같다. 그러나 유신이라고 했으니 희망 역시 그와 함께 시작될 것이므로 우리가 기대하는 바는 신문화를 소개할 지식인이다. 다만 10여 년 동안 소개가 끊이지 않았지만 가지고 들어온 것들을 살펴보면, 떡을 만들고 감옥을 지키는 기술 이외에 다른 것은 없었다. 그렇다면 중국은 이후 적막이 영원히 계속될 것이다. 그러나 제2의 유신의 소리가 장차 다시 일어날 것임은 예전의 일로 미루어 보아 의심할 수 없는 사실이다.[14]

이 글은 1908년 일본의 동경에서 발행되던 중국인유학생 잡지인 『하남(河南)』에 실렸던 논문이다. 여기서 魯迅은 신문화의 소개가 10여 년 동안 끊이지 않았다고 했는데, 이것은 1898년 유신변법이 제기된 이후 1908년 당시까지 전개되었던 중국 지식인들의 유신운동을 지칭하는 것으로 보인다. 魯迅이 보기에 梁啓超 등이 진행해온 유신운동은 빈약한 것일 뿐이었으므로 '제2의 유신의 소리가 장차 다시 일어날 것임은 예전의 일로 미루어 보아 의심할 수 없는 사실'이었다. 양무파나 유신파는 말단을 붙잡고 근본인 정신을 놓치고 있는 것으로 이해했던 魯迅은 정신의 문제가 근본임을 자각했다. 근본인 정신을 확립하지 못하면 모든 것이 사상누각에 지나지 않는다는 것이다. '떡을 만들고 감옥을 지키는 기술 이외에 다른 것은 없었기' 때문에 마침내 중국은 '황폐하고' '적막한' 암흑상태에 이른 것이다. 그리하여 魯迅은 이제 제2의 유신으로서 근본인 정신을 진작시키기 위한 신문화운동이 절실하다고 판단하고 '신문화를 소개할 지식인'의 출현을 희망하였으며, 또한 그러한 역할을

---

14) 「摩羅詩力說」, 『墳』, 『魯迅全集(1)』(人民文學出版社, 1991), p.100.

스스로 떠맡는다고 생각했다.

또한 그는 '지식사업'과 관련하여 '도덕력(道德力)'과 '초과학의 힘(超科學之力)'을 신뢰하였다. "도덕력에 의해 편달되지 않고서 오로지 지식에만 의존하여 과학연구를 진행하면 이룩할 수 있는 것은 보잘것없음은 자명한 이치에 속한다. 발견의 요인 가운데 그 도덕력 또한 포함되는 것이다." "과학의 발견이란 언제나 초과학의 힘을 받아들이는 법이다."15) 魯迅이 언급한 '도덕력'이나 '초과학의 힘'이란 정신이나 문화의 문제로 포섭될 수 있을 것이다. 魯迅은 단순한 과학지식보다는 정신혁명이 더 급선무라고 인식했고, 나아가 그 정신혁명을 위해 문학이 필요하다고 생각했다.16) 중국의 많은 해외유학생들이 처음에는 실용적인 학문에 눈을 돌렸으나 점차 문학이나 철학으로 전공을 바꾸게 된 것도 이와 관련이 있다. 이러한 魯迅의 사유 속에서 문화운동 또는 정신혁명으로서의 제2의 유신을 담당할 새로운 지식층이 형성되고 있었음을 알 수 있다.

胡適이나 魯迅의 경우처럼 해외유학생들은 서양문화에 대한 이해가 깊어지면서 문화, 사상, 정신, 문학에 관심을 가지게 되었고, 중국의 국가적 위기를 극복하기 위한 방법으로 새로운 문화운동을 전개해야 한다는 자각이 생겨나기 시작한 것이다. 이러한 자각을 실천하는 구체적 운동이 1915년 陳獨秀의 『신청년』을 중심으로 본격적으로 전개된다. 문학혁명도 바로 새롭게 형성된 지식층에 의해 주도된 것이다. 물론 이들의 영향을 받은 청년 학생들은 지지자들이었다. 巴金은 그의 장편소설 『가(家)』에서 청년 학생들의 신문화운동에의 호응을 이렇게 표

---

15) 「科學史教篇」, 앞의 책, p.29.
16) 「自序」, 『吶喊』, 앞의 책, p.417.

현했다. "그들은 그곳 성내에 단 한 집 있는 신간서적 책방에서 최근 출판된 『신청년』 한 권과 『매주평론(每週評論)』 두세 권을 사왔다. 그 속에 실린 한 구절 한 구절은 불꽃처럼 그들 형제의 정열을 타오르게 했다. 그 신기한 논설이나 열렬한 문장은 항거할 수 없을 만큼 커다란 힘으로 그들 세 사람을 압도했고 생각해 볼 여지도 없이 재깍 그들을 설복시켜 버렸다. 그래서 『신청년』, 『신조(新潮)』, 『매주평론』, 『일요평론(日曜評論)』 등이 잇달아 그들의 수중으로 들어갔다."17) 이렇게 청년학생들의 지지 속에서 해외유학 경험을 가진 새로운 지식층은 신문화운동을 적극적으로 추진할 수 있었던 것이다.

2. 서양 근대문학의 영향

1939년 李何林은 1917년부터 1937년 사이의 중국 신문학의 문예사조를 논하면서 중국 신문학에 끼친 서양문학의 영향에 대해 이렇게 서술했다. "이렇게 짧은 20년 기간 동안 한편으로 세계 각 국의 근 이삼백 년의 문예사조의 영향을 받아들였으며, 다른 한편 국내외의 정치경제·사회문화의 변천에 따라 중국의 문예사상은 많든 적든 18세기 이래의 유럽 각 국의 모든 문예사조의 영향을 받았다. 낭만주의, 자연주의, 사실주의(현실주의), 퇴폐파, 유미주의, 상징파 및 신사실주의(사회주의 현실주의, 동적 현실주의, 신현실주의로 불린다) 등이 그것이다. 그러나 남들이 이삼백 년 동안 발전시켜 온 그러한 사조유파는 우리들이 '20

---

17) 巴金, 『家』(청람문화사, 1985), pp.43~44.

년'으로 압축하여 그것을 반영하였다."18) 중국은 이러한 서양문학의
영향을 대체로 일본을 경유하여 받아들였다. 일본은 명치유신(明治維
新)을 단행하여 한・중・일 삼국 중에서 가장 먼저 근대화에 성공하여
세계 자본주의로 편입되었다. "최근 반세기 동안 일본은 봉건사회의 허
물을 벗어버리고 자본주의제도 속에 편입되었다. 그 진보의 속도는 사
람을 놀라게 하기에 충분하였으며, 구미(歐美)가 이삼백 년 동안 진행
해온 과정을 일본은 50년만에 따라잡았다."19) 문학적 상황도 마찬가
지였다. 일본의 근대문예는 일본의 전반적인 사회구조의 발전과 동일
하게 비약적으로 발전하였다. 周作人은 일본의 근대문예, 특히 일본의
근대소설을 소개하면서, 일본은 "명치 45년 동안 문예부흥 이래의 유
럽 사상을 차례대로 통과하였으며, 현재에 이르러 이미 현대세계의 사
조를 따라잡아서 '일상생활' 속에서 함께 즐기고 있다."20)라고 하였다.
또 郭沫若은 1934년 일본의 단편소설을 번역하고 그 서문에서 일본의
단편소설을 높이 평가하였다. "일본인의 현대문예작품, 특히 단편소설
은 확실히 매우 훌륭한 성과를 거두었다. 일본인 중에는 일본의 문예는
이미 구미(歐美)의 문단을 넘어섰다고 과장되게 말하는 사람이 있지만
공평하게 평가한다면, 일본의 단편소설은 확실히 구미의 수준에 도달
했으며, 특히 제제(帝制)시대의 러시아나 프랑스의 대작가의 작품 수준
에 도달했다."21) 周作人이나 郭沫若의 지적은 당시 일본에 대한 중국
인들의 인식을 짐작할 수 있는 대목이다. 일본이 먼저 근대화를 시작하
였다는 점에서, 그리고 그 근대화가 이미 서양의 수준에 도달했다는 점

---

18) 李何林, 『近二十年中國文藝思潮論』(上海生活書店, 1940), 「自序」.

19) 郭沫若, 「日本短篇小說集・序」, 『郭沫若集外序跋集』(四川人民出版社, 1983), p.309.

20) 周作人, 「日本近三十年小說之發達」, 『新青年』第五卷 第一號, p.32.

21) 郭沫若, 「日本短篇小說集・序」, 『郭沫若集外序跋集』, p.310.

에서 중국인들은 일본을 경유하여 서양문화를 받아들이고자 하였다. 중국인들이 서양문화를 받아들이는 데 일본은 지리적 조건으로 볼 때 서구보다 훨씬 유리한 점이 있었다. 1920, 30년대에 활동한 중국의 많은 신문학 작가들이 일본유학을 경험했다는 사실은 이점을 충분히 증명해준다. 1928년 郭沫若은 "중국문단의 대부분은 일본유학생들이 건축하여 이루어진 것"이라고 하여, 중요한 문학사단의 주요 작가들은 모두 일본유학생이었으며, 이밖에 미국에서 돌아온 혜성(慧星)과 국내에서 일어난 신인(新人)이 있지만 이들의 노력은 일본유학 출신의 작가들에 훨씬 미치지 못하고 그들도 일본유학 출신의 영향을 받았다고 설명했다. 그래서 郭沫若은 "중국의 신문예는 일본의 세례를 깊이 받았다"고 강조했다.22)

중국에서 문학의 중요성을 자각한 것이 만청 시기에 처음 있었던 일은 아니다. 曹丕(187~226)는 「전론·논문(典論·論文)」에서 "문장은 나라를 다스리는 대업이며, 영원히 썩지 않는 훌륭한 일이다"23)라고 하였다. 曹丕의 이러한 견해는 '문장(文章)'이 입언(立言)의 범주에 속한다고 보았기 때문이다. 이 때의 '문장(文章)'이란 오늘날의 문학일반과는 다른 개념이며 '문(文)'일반에 훨씬 가까웠을 것이다. 그러나 문학도 '문(文)'일반에 든다고 할 때 '문장(文章)'은 문학적인 글쓰기로 환치할 수도 있을 것이다. 따라서 만청 시기의 중국 지식인들은 일본과 서양에서 문학이 사회를 촉진하고 정치를 개혁하는 데 큰 역할을 했다는 사실을 자각하면서, 이전의 문학(文章)의 중요성에 대한 인식을 새롭게 강조한

---

22) 麥克昂(郭沫若), 「桌子的跳舞」, 『文學運動史料選(第二冊)』(上海敎育出版社, 1979), p.100 참조
23) 曹丕, 「典論·論文」, 郭紹虞 主編, 『中國歷代文論選(第一冊)』(上海古籍出版社, 1982), p.159.

측면이 있었다. 그들이 주목한 것은 전통적으로 가장 중시되어 왔던 문학양식인 시와 산문이 아니라 소설이었다. 주지하다시피 만청 시기에 처음으로 소설의 사회적 가치를 인식한 사람은 梁啓超였다.

梁啓超의 소설에 대한 자각은 일본 명치시대의 문학의 영향을 많이 받았다. 梁啓超는 1898년 유신변법이 실패한 후 1912년 민국(民國)이 성립할 때까지 일본에서 망명생활을 했다. 망명하기 전에는 黃遵憲의 영향을 받아 『시무보(時務報)』의 주편으로 있으면서 "일본의 변법은 이가(俚歌, 통속적인 노래)와 소설의 힘에 의존하였는데, 이로써 아이들을 즐겁게 하였고 우매한 백성을 지도하였으니 이보다 더 좋은 것은 없다"[24]라고 생각했다. 梁啓超는 일본으로 망명한 직후 『청의보(淸議報)』의 창간에 착수하였고, 1902년에는 『신민총보(新民叢報)』와 『신소설(新小說)』을 주관하였다. 梁啓超는 『신소설』창간호에 발표한 「소설과 대중정치와의 관계를 논함(論小說與群治之關係)」이라는 글을 통해 소설계혁명(小說界革命)을 제창하였고, 스스로 東海散士의 정치소설 『가인지기우(佳人之奇遇)』를 번역하여 『청의보』창간호에 싣고 35기까지 연재하기도 하였다. 그리고 梁啓超는 직접 정치소설을 창작하기도 하였는데, 『신중국미래기(新中國未來記)』(1902년)는 그가 창작한 정치소설로서 일본의 『미래기(未來記)』에서 영감을 받아 지어진 것이었다.

일본의 정치소설도 19세기 초·중엽 유럽에서 유행하던 정치소설의 영향을 받은 것이었다. 정치소설은 정치의 개혁을 위한 문학의 효용론에서 비롯되었다. 정치개혁을 위한 문학의 효용론은 1830년에서 1848년 사이에 유럽에서 생활의 정치화가 진행되면서 문학에 있어서

---

24) 梁啓超, 「蒙學報演義報合敍」, 『飮冰室文集(其二)』, p.56.

도 정치화의 경향이 강화되어 대두했다.25) 그 결과 1830년이래 유럽
에서는 목전의 정치적·사회적 문제와의 연관성에 비추어 문학작품을
평가하는 것은 상례가 되었고 문학을 정치를 위한 도구로 이해하여 순
수미학적, 형식미학적, 비공리적(非功利的) 예술비평은 설자리를 잃게
되었던 측면도 있었다.26) 따라서 梁啓超의 정치소설의 제창과 소설
계혁명은 일본적 굴절을 거친 서양문학의 영향을 받은 것이라 할 수
있다.

  일본 정치소설은 일반적으로 1880년에서 1890년 사이에 크게 유
행했고, 명치 초기의 자유민권운동과 관련되어 있었다. 일본의 많은
지식인들은 소설을 통해 그들의 사회·정치적 입장을 표현하고 국민을
계몽하고 정부정책에 영향을 주려고 하였다. 그리고 정치소설의 성행
은 명치유신 이후 서양 문학작품의 번역과 그것의 일본적 변형과 깊은
연관이 있었다. 梁啓超가 1898년 일본에 도착했을 때, 정치소설은 유
행이 지난 지 이미 10년이나 흘렀다. 일본의 새로운 청년세대들은 정
식으로 서양의 다양한 문학이론과 양식을 수입하여 실험하고 있었다.
일본의 근대소설 이론을 확립한 坪內逍遙(1859~1935)가 『소설신수
(小說神髓)』를 출판한 것은 1885년의 일이었다. 坪內逍遙는 『소설신
수』에서 정치소설과 같은 문학의 지나친 공리주의적 관점을 비판하고
문학의 자주성과 사실주의를 제창하였다. 2년 후에 서양소설의 영향
을 받은 일본 최초의 근대소설인 二葉亭四迷(1864~1909)의 『부운
(浮雲)』이 출판되었다. 그 후 서양의 다양한 문학사상, 기교와 형식(낭
만주의, 신낭만주의, 자연주의, 상징주의)이 연속적으로 그리고 동시 병존의

---

25) 아놀드 하우저, 『文學과 藝術의 社會史』(창작과비평사, 1989), p.13 참조.
26) 아놀드 하우저, 앞의 책, p.18 참조.

양상으로 일본 문단에 소개되고 실험되었다. 이러한 과정으로 20년을 경과하는 사이에 일본은 근대문학을 발전시킬 수 있었던 것이다. 그러나 梁啓超는 당시 일본문학의 이러한 발전에 대해 크게 관심을 보이지 않았다. 그는 일본문학 중에서 명치 초기에 유행했던 정치소설에만 흥미를 가졌을 뿐이었다. 그의 소설에의 관심이 주로 정치소설에 한정되어 있었던 것은 중국의 정치정세와 관련이 있지만 당시 일본에서 이미 유행으로 자리잡은 문학 표현방식으로서의 구어체로 된 일본어를 梁啓超는 쉽게 읽을 수가 없었던 원인도 있었다.27) 대부분의 정치소설은 소위 한문 직역체(直譯體)로 씌어진 것이어서 본문은 한자가 80% 이상이었고, 그것은 중국의 문언(文言)을 일본식 훈독으로 만든 일어(日語)였다. 중국인들은 이러한 자료를 읽을 때 힘들이지 않고 한자를 골라내어 그것을 다시 한자어법의 순서에 따라 재배열하면, 완전하다고는 할 수 없으나 중국 문언문의 문자를 해독하는 것과 거의 비슷하게 되었던 것이다.

이와 달리 유학생을 중심으로 일부 새로운 지식인들은 서양 근대문학에 관심을 보이기 시작했고, 또 서양 근대문학의 영향으로 형성된 일본의 근대문학에 관심을 보이기 시작했다. 이들은 초기에는 梁啓超의 정치소설의 영향을 받았지만 본격적으로 문학에 관심을 갖기 시작하면서 梁啓超의 정치소설의 영향에서 벗어나서 서양 근대문학과 그 영향으로 탄생한 일본 근대문학에 관심을 보이기 시작했다. 예를 들면, 1903년『월계여행(月界旅行)』,『지저여행(地底旅行)』등 프랑스의 과학소설을 번역할 당시 魯迅은 梁啓超의 소설의 효용론적 관점을 그대로

---

27) 鄭淸茂[美],「日本文學思潮對中國現代作家的影響」, 賈植芳 主編,『中國現代文學的主潮』(復旦大學出版社, 1990), p.7 참조.

수용하고 있었으나28) 본격적으로 문학에 투신하면서 1907년에는 「마라시력설(摩羅詩力說)」을 써서 서양의 낭만주의 시인들의 정신을 제창하였고, 1909년에는 『역외소설집(域外小說集)』을 출판하여 동유럽의 단편소설을 번역 소개하였다. 이는 본격적으로 문학에 종사하기 시작한 새로운 지식인들은 梁啓超의 정치소설의 영향에서 벗어나서 서양 근대문학에 관심을 보이기 시작했음을 의미한다.

周作人은 坪內逍遙의 『소설신수』와 二葉亭四迷의 『부운』이후에 나타난 일본문학의 발전과정을 소개하였는데, 1918년 4월에 쓴 「일본 최근 30년 동안 소설의 발달(日本近三十年小說之發達)」이라는 글을 『신청년』제5권 제1호에 게재했다. 이 글에서 周作人은 『원씨물어(源氏物語)』이래 명치시대의 정치소설 이후까지를 간략하게 회고한 다음 『부운』을 시작으로 일본의 '신소설'을 소개하고 있다. 그는 『부운』이 사실주의와 '인생을 위한 예술파'의 작품이라 하였고, 유파 · 형식 · 이론 면에서 일본소설의 다양한 경향을 이렇게 소개하였다. '연우사(硯友社)'는 '예술을 위한 예술'의 이론을 주장하였고, '문학계(文學界)'는 유럽 낭만주의에 대한 모방을 표방하는 일파이며, '관념소설(觀念小說)', '비참소

---

28) 「月界旅行 · 弁言」, 『譯文序跋集』, 『魯迅全集(10)』, p.152 참조 "대개 과학에 대해 낱낱이 진술하면 보통사람들은 그것에 염증을 느껴 끝까지 다 읽지 못하고 어느새 졸음이 찾아오는데, 사람을 강인하게 만드는 어려움이 바로 이러하다. 소설의 능력을 빌려 우맹(優孟)의 의관으로 삼으면 비록 이치를 분석하고 심오한 철리(哲理)를 이야기하더라도 거기에 몰두하여 피곤함도 생기지 않을 것이다. …… 따라서 학리(學理)를 취하면서 엄숙함을 제거하고 부드럽게 해서 독자들에게 눈으로 보아 마음으로 깨닫도록 하고 애써 사색하지 않아도 되게 한다면, 반드시 부지불식간에 한줄기 지식을 획득할 것이며 유전(遺傳)되는 미신을 타파하고 사상을 개량하여 문명에 도움이 될 것이니, 그 힘의 위대함은 이와 같도다! 우리나라의 소설 중에 인정(人情), 고사(談故), 풍자(刺時), 괴기(志怪) 등을 내용으로 하는 것은, 놓아두면 대들보까지 가득 차고 운반하면 소가 땀을 흘릴 정도로 많지만 오직 과학소설은 기린의 뿔과 같이 희귀하다. 지식이 황폐하고 협소한 것은 이것이 실로 한 이유일 것이다. 따라서 오늘날 번역계(飜譯界)의 결점을 제거하고 중국인들을 인도하여 앞으로 나아가게 하려면 반드시 과학소설로부터 시작해야 한다."

설(悲慘小說)', '사회소설(社會小說)' 등은 개인과 가정·사회도덕과의 충돌에 관심을 보이고 그 해결방법을 모색한 것이었다. '자연주의'는 사실주의가 발전한 것으로서 러·일전쟁 이후에 유행하게 되었으며 프랑스의 자연주의 작가인 졸라와 모파상의 영향을 받았다. 夏目漱石(1867~1961)을 필두로 森鷗外(1862~1922)를 포함하는 '여유파(餘裕派)'는 조직적인 사단(社團)은 아니지만 조용히 인생을 감상하는 것이 문학에 대한 최고의 태도라고 생각하였다. 마지막으로 '신주관주의'는 반자연주의운동의 하나로서 두 가지 특별한 경향을 가지고 있다. 하나는 향락주의로서 자연파에서 퇴폐파로 변한 작가가 제창한 것으로 永井荷風(1879~1959)이 있다. 다른 하나는 이상주의로서 이것은 처음 일군의 이상주의 청년들이 주장한 것이며, 그들의 사상과 의식은 서양의 민주주의, 진화론, 사회주의, 자유주의와 톨스토이의 인도주의를 혼합한 것이었다. 周作人의 이 글의 목적은 일본에서 일어나고 있는 근대문학의 변화를 중국에 소개하는 것이었고, 그를 통해 중국도 일본의 성공사례를 본받아 서양문학을 배워야 한다는 것이었다. 周作人은 일본이 성공하고 있는 반면 중국이 그렇지 못한 것은 '중국인들은 모방하려 하지 않고 모방할 줄 모르기 때문'이라고 지적했다.

　우리들이 만약 이러한 병폐를 구하고자 한다면 역사적인 낡은 사상에서 벗어나야 한다. 진심으로 먼저 다른 사람을 모방해야 한다. 그런 후에야 모방으로부터 독창적인 문학을 이끌어낼 수 있다. 일본이 바로 모범이 된다. 앞에서 말한 바와 같이 중국의 오늘날 소설의 정황은 마치 명치 17, 8년의 모습과 비슷하다. 그래서 지금 절실한 방법을 찾는다면 바로 외국의 저작을 번역하고 연구할 것을 제창하는 일이다. 그러나 먼저 소설의 의의를 설명하여야

비로소 사람들을 자부잡가(子部雜家)에 끌어넣는다는 오해를 면할 수 있고 또
『정충악전(精忠岳傳)』과 같은 한서(閒書)에 함께 넣으려 한다는 오해를 면할
수 있을 것이다. 종합적으로 말하면 중국이 신소설의 발달을 바란다면 반드
시 처음부터 시작해야 한다. 지금 가장 긴요한 책은 소설이란 무엇인가를
논하고 있는 『소설신수(小說神髓)』이다.[29]

周作人은 여기서 중국인들은 반드시 일본의 예를 본받아 서양 근대
문학을 모방해야 하며 새로운 문학관념을 위해서는 坪內逍遙의 『소설
신수』가 필요하다고 강조하고 있다. 周作人의 주장은 일본을 본받아야
한다는 점에서는 梁啓超와 동일하다. 그러나 梁啓超가 문학의 사회적
기능을 지나치게 강조하여 정치소설을 제창하였다면, 周作人은 坪內
逍遙의 『소설신수』를 높이 평가하고 있듯이 문학의 내재적 가치에 주
목하여 서양 근대문학 또는 서양 근대문학의 영향을 받은 일본 근대문
학을 받아들일 것을 강조한 것이다. 周作人이 "소설의 의의를 설명하여
야 비로소 사람들을 자부잡가에 끌어넣는다는 오해를 면할 수 있고 또
『정충악전』과 같은 한서에 함께 넣으려 한다는 오해를 면할 수 있을 것
이다"라고 한 것도 서양의 근대문학관념을 받아들여야 한다고 보았기
때문이다. 다시 말하면 周作人은 일본의 경우처럼 서양 근대문학의 모
방을 통해 중국도 독창적인 20세기의 신문학을 창조하길 희망했던 것
이다. 周作人은 "일본의 신문학은 바로 조화를 추구하지 않고 다만 모
방을 잘했다―또 단지 사상의 형식만을 모방한 것이 아니라 그것의 정
신을 자신의 마음속에 쏟아 붓고 혼합하였는데, 그런 다음 혼신의 힘을

---

29) 周作人, 「日本近三十年小說之發達」, 『新靑年』第五卷 第一期, p.48.

기울여 훌륭히 모사하고 독창적으로 만들었다"30)라고 했다. 이렇게 문학의 내재적 가치가 발견되고 서양 근대문학에 대한 모방이 제창되면서 중국 신문학이 서양 근대문학의 영향으로 새롭게 형성될 수 있는 기본적인 조건이 마련된 것이다.

그리하여 중국의 일부 해외유학생들은 문학에 관심을 가지면서 서양 근대문학의 소개에 치중하게 되었고, 또한 서양 근대문학의 영향을 받은 일본문학에 주목하게 되었다. 그들은 일본이 서양으로부터 무엇을 배웠으며 어떻게 배웠는가에 관심을 가지고 성공한 일본의 경험을 따라가는 것이 서양 근대문학을 배우는 첩경이라 생각했다. 때문에 서양의 문학작품, 서양의 문학이론과 관련된 일본의 많은 책들이 중국으로 번역 소개되었다. 유럽의 작품은 모두 일본어 번역본을 중역한 것이었으며, 그것은 또 절반 이상이 영어 번역본을 일본어로 옮긴 것이었다. 비록 일본의 장·단편소설이 번역되긴 하였지만 이들은 일본적 특징을 가지고 있는 것들이 아니라 서양 문학이론의 영향을 받은 일본인의 창작품이었다.31)

胡適이 소설창작의 방법과 기교 면에서 중국은 서양에 비해 훨씬 낙후되어 있다고 생각하여 중국의 소설창작을 제고시키고 풍부하게 하기 위해 서양의 유명한 작가의 작품을 번역할 것을 극력 제창한 것도 동일한 이유에서 비롯되었다. 胡適은 미국 유학시기 중 1912년부터 틈틈이 서양의 유명한 작가의 단편소설 17편을 번역하여 『단편소설(短篇小說)』 제1집·제2집으로 묶어서 1919년과 1933년에 각각 상해 아동도

---

30) 周作人, 앞의 글, 앞의 책, p.32.
31) 鄭淸茂[美], 「日本文學思潮對中國現代作家的影響」, 『中國現代文學的主潮』(復旦大學出版社, 1990), p.11 참조.

서관(亞東圖書館)에서 출판했다. 이들 17편의 단편소설은 프랑스, 영국, 러시아, 미국, 스웨덴, 이탈리아의 작품을 번역한 것이었다. 胡適이 외국소설을 번역하여 소개한 목적은 '신선한 혈액'을 수입하여 '낡은' 중국의 전통문학을 새롭게 하기 위한 것이었다.

이렇게 새로운 지식인들이 서양 근대문학에 관심을 가지면서 그 영향으로 신문학가들은 이전과는 다른 새로운 문학관념을 가지게 되었다. 중국의 전통문학에서는 인성(人性)의 자연스런 표현이 억제되어 왔다. 문학이 의미를 가지는 것은 그것이 우주만물의 근원 혹은 본체를 가리키는 '도(道)'를 표현할 수 있을 때 가능한 것이었다.[32] 그러나 신문학 시기에 들어서면서 상황은 달라졌다. 문학은 더 이상 '문이재도(文以載道)'의 관점에서 이해되지 않고 개성의 자연스런 표현으로 이해되었다. 茅盾은 5·4시기 문학사조를 평가하여 "인간의 발견, 즉 개성의 발

---

32) 宋의 周敦頤는 『通書·文辭』에서 '文所以載道也'라고 하여 문장은 '道'를 담는 것이며 '道'를 위해 봉사하는 것이라고 하였다. 도학자로서 周敦頤이가 말하고 있는 '道'란 대체로 儒家思想을 가리킨다고 볼 수 있다. 그러나 전통적으로 중국에서 道란 儒家思想만을 가리키는 것은 아니며 대체로 우주만물의 근원 혹은 본체를 가리킨다. 『易·繫辭上』에서 "한 번은 陰하면 한 번은 陽하는 것을 道라고 말한다(一陰一陽之謂道)"라고 하였고, 이에 대해 韓康伯의 注에는 "道라고 하는 것은, 이름 붙일 수도 없으며 그것으로 통하지 않는 것이 없으며 그로부터 유래되지 않은 것이 없는 것을 가리킨다. 그것을 비유하여 道라고 말한다(道者, 何無之稱也, 無不通也, 無不由也, 況之曰道.)"라고 풀이하였다. 또 『老子』에서는 "만물이 혼돈되어 있다가 먼저 하늘과 땅이 생기고, …… 나는 그 이름을 알지 못하므로 道라고 이름을 붙인다.(有物混成, 先天地生……, 吾不知其名, 字之曰道.)"라고 하였고, 『韓非子』에서는 "道라고 하는 것은 만물의 근원이며 모든 이치의 근거이다.(道者, 萬物之所然者, 萬理之所稽也.)"라고 하였다. 이 때의 '道'란 우주만물의 근원 혹은 본체를 가리킨다. 문학의식 면에서 보면, 전통중국에서 문학은 대체로 우주의 질서인 '道'를 현상하는 매개체로 인식되었다. 도학자들에게 '道'란 儒家思想이 될 수 있겠지만 본고에서 말하는 '道'란 儒家思想만을 지칭하는 것도 아니며, 그렇다고 봉건적 이데올로기를 의미하지도 않는다. 인식론적 측면에서 인식 능력과 인식 기능의 능동적 담지자를 인식의 주체라고 할 때, 前近代的 인식의 주체는 중세적 신이나 우주의 질서를 나타내는 道이며, 혹은 그것을 구체적으로 매개하는 성현 또는 군자의 道이다. 따라서 본고에서 말하는 '道'란 바로 前近代的 인식의 주체로서의 道를 뜻하며, 그런 의미에서 본고에서 사용하는 '文以載道'는 도학자들이 사용했던 것과는 일정한 차별을 가진다.

전 그리고 개인주의는 5·4시기 문학운동의 주요한 목표가 되었다. 당시의 문학비평과 창작은 모두 의식적으로 혹은 무의식적으로 이러한 목표를 지향하였다."33)라고 하였다. 魯迅은 5·4운동을 회고할 때 "최초 문학혁명자들의 요구는 인성의 해방이었다"34)라고 하였다. 따라서 새로운 지식층이 형성되면서 이들은 서양 근대문학 또는 서양 근대문학을 모방한 일본 근대문학에 관심을 보이면서, 문학의 사회적 효용을 강조한 梁啓超의 정치소설의 영향에서 벗어나서 문학의 내재적 가치에 주목하고, 인성의 자연스런 표현으로서의 문학이라는 관념을 가지게 되었다. 5·4시기에 이르러 그것은 새로운 문학운동으로 자리잡게 되었다.

---

33) 茅盾, 「關于創作」, 『茅盾文藝雜論集(上)』, p.298.
34) 「『草鞋脚』小引」, 『且介亭雜文』, 『魯迅全集(6)』, p.20.

胡適의 백화문운동과
근대적 문학의식

중국에서 수천 년 동안 이어져온 문학언어로서 문언문인 고문(古文)은 역사의 전환기에 해당하는 19세기 말 20세기 초를 거치면서 커다란 도전을 받게 되었다. 급변하는 전환기의 시대 상황 속에서 고문은 당시의 새로운 이념과 정신을 담을 그릇이 되기에는 너무나 경직되어 있었다. 그것은 '죽은 글(死的文字)'로서 '살아있는 문학(活文學)'을 만들어낼 수는 없었다. 문언문으로서 경직된 고문은 새로운 시대의 변화를 감당할 만한 활력을 잃었으므로 그에 대한 비판과 새로운 문학도구를 수립하려는 문체개혁의 필요성이 19세기 말부터 대두했다. 특히 1917년 문학혁명이 제기되면서 그것은 본격화되었다.

본 장에서는 중국 신문학의 형성 경로를 문학도구로서 언어문자의 문제에 한정하여 검토하려고 한다. 그러니까 중국에서의 근대적 문학의식의 형성을 문학언어의 관점에서 고찰하려는 것이다. 문학언어의 측면에서 근대적 문학의식은 문언문인 고문을 반대하고 그에 대한 대안으로 제시된 백화문(白話文)의 확립으로 나타났는데, 백화문이 새로

운 문학용어로 정착되는 과정은 중국 신문학이 건설되는 중요한 계기
가 된다. 새로운 문학용어로서의 백화문의 확립은 5·4시기를 거치면
서 다양한 논의 과정 속에서 정착되고 완성되었지만, 가장 먼저 제기하
였고 또 가장 큰 영향력을 행사했던 胡適을 중심으로 논의하는 것은 당
연한 일일 것이다.

胡適의 백화문운동을 역사적 맥락에서 이해하기 위해서는 먼저 문학
혁명 이전의 백화문운동의 전개양상을 검토해야 한다. 胡適이 백화문
을 문학용어로 채택할 것을 주장하였다고는 하지만, 胡適 역시 이전의
상당한 경험의 축적이 있었기 때문에 그러한 주장을 할 수 있었다. 다
음으로 胡適의 백화문운동의 전개과정과 그의 이론적 주장을 검토한
다. 이것은 백화문운동이 어떠한 논의 과정에 속에서 이루어졌고 그 핵
심적인 내용은 무엇인지 이해하기 위한 것이다. 마지막으로 백화문의
확립이 중국의 근대적 문학의식의 형성과는 어떠한 연관을 가지는지
검토한다. 백화문이 중국의 문학용어로 정착되었다는 것은 문학혁명의
이름에 걸맞게 이전의 전통문학과는 다른 새로운 문학, 즉 근대문학이
시작되었음을 뜻한다는 것을 검토할 것이다.

1. 胡適에 대한 새로운 평가

문학혁명(백화문운동)은 5·4운동을 거치면서 완성되었으므로 5·4
운동과 함께 생각하지 않을 수 없다. 5·4운동은 1919년 5월 4일 북
경의 학생들이 중국정부의 굴욕적인 대일본(對日本) 정책에 항의하여
시위를 시작하였고 그 결과 사회적 격동과 지식혁명에 이르게 되는 일

련의 동맹휴학・파업 및 관련사건들을 일컫는 것이지만, 일반적으로
1917년부터 전개된 신문화운동 또는 신문학운동을 포괄하여 5・4신
문화운동이라고 부른다. 5・4신문화운동은 서양의 과학과 민주주의
사상을 강조하고 중국의 전통적인 윤리, 관습, 문학, 역사, 철학, 종교
그리고 사회・정치적 제도들에 격렬한 변동을 일으켰다. 周策縱은 이
러한 5・4신문화운동에 대해 "어쨌든 운동은 전체 역사발전의 한 단
계, 즉 사실상 전(前) 세기 서양의 충격 이후 근대세계에 적응하려는 중
국의 장구한 변질과정에서 가장 종국적・결정적인 단계의 하나로서 생
각되어야 한다"1)라고 했다. 이것은 역사적 단절로서 5・4운동의 의미
를 강조하려는 것이다. 물론 이러한 역사적 단절의 의미는 5・4운동의
사회・정치적 의미에서만 발견되는 것은 아니다. 문학의 측면에서도
강하게 발견된다. 5・4운동이 신문화운동의 중심 축이었던 문학혁명
에서 촉발되었다는 사실이 이를 증명한다. 그런데 주의할 것은, 문학
혁명은 일반적으로 胡適의 「문학개량추의(文學改良芻議)」에서 시작하
므로 胡適에 대한 평가 여하에 따라 문학혁명의 의미가 축소되거나 확
대될 수 있다는 점이다. 1930년대에 5・4문학 부정론이 대두된 것도
胡適의 평가와 관련되어 있었다. 따라서 胡適에 대한 평가는 문학혁명
의 의미를 정립하는 데 먼저 짚고 넘어가야 할 사안이다.

瞿秋白이 『노신잡감선집(魯迅雜感選集)』의 서언에서 "5・4 이후 얼마
뒤 『신청년』중의 胡適 일파도 투항하여", "주의(主義)를 적게 연구하고
문제를 더 많이 연구하자고 부르짖었다"2)라고 비판한 이래로 胡適은

---

1) 周策縱, 『5・4운동―근대중국의 지식혁명』(광민사, 1980), p.17.
2) 何凝(瞿秋白), 「魯迅雜感選集・序言」, 『文學運動史料選(第二冊)』(上海教育出版社, 1979), p.272 참조.

문학혁명에서의 역할이 과소 평가되었다. 1950년대에 또 한 차례 중
국에서는 胡適 사상에 대한 비판이 진행되었고, 그 후 胡適에 대한 평
가는 정치적 입장에서만 이루어졌다. 周芳芸은 이와 관련하여 "여러 해
동안 적지 않은 역사학자와 문학사가들은 이 시기(문학혁명 시기—인용
자)의 역사와 문학운동을 평가할 때 종종 그 사람이 누구냐에 따라 그
의 글을 부정하는 태도를 드러내어 실사구시의 과학적인 태도가 결핍
되어 있었다. 胡適의 「문학개량추의」를 전면적으로 부정한 것은 비교
적 확실한 실례가 될 것이다."3)라고 지적하였다. 이렇게 정치적 입장
에서만 胡適이 평가됨으로써 胡適은 형식주의자로 비판받아왔고 문학
혁명에서의 역할도 평가절하되었다. 胡適의 「문학개량추의」는 '문학형
식에만 맴돌고 있는 것'에 지나지 않는다라는 평가도 이러한 맥락에서
나온 것이다. 周芳芸은 胡適을 새롭게 평가해야 함을 강조하며 이렇게
결론지었다.

> 胡適의 문학개량의 주장은 결코 문학형식에만 맴돌고 있는 것이 아니다.
> 그것은 시대의 흐름을 반영하고 있으며 반(半)봉건 반(半)식민지의 중국 자산
> 계급 지식인의 요구를 대표하고 있고 또 어느 정도 인민의 요구를 반영하고
> 있어서 형식을 위한 형식의 개량주의와는 본질적으로 구별된다. 바로 이러한
> 이유 때문에 「문학개량추의」는 중국 현대문학사에서 신구(新舊)문화의 분수
> 령이 될 수 있었고, 중대한 사회적 영향을 끼칠 수 있었다.4)

周芳芸은 胡適의 「문학개량추의」가 신구문화의 분수령이 되기에 충

---

3) 周芳芸, 「胡適「文學改良芻議」之我見」, 『中國現代當代文學硏究』1981年 第15期, p.7.
4) 周芳芸, 앞의 글, 앞의 책, p.8.

분하고, 또 당시 중대한 사회적 영향을 끼쳤다는 점에서 긍정적인 평가
를 내리고 있다.

黃川도 周芳芸과 비슷한 관점을 개진하였다.

> 1934년 劉半農이 병사한 후 魯迅은 「유반농 군을 추억하며(憶劉半農君)」라
> 는 글을 써서 그의 죽음을 추도하였다. 魯迅은 이 글의 말미에서 다음과 같은
> 의미심장한 말을 했다. "나는 10년 전의 半農을 사랑한다. 그러나 최근 몇
> 년의 그를 나는 미워한다. …… 나는 타오르는 불꽃으로 그의 전적(戰績)을
> 밝게 비추기를 바라며, 날조하기를 좋아하는 사람들이 이전의 半農의 영광과
> 그의 죽은 시체를 함께 진흙탕의 심연으로 끌어넣지 말기를 바란다." 매번
> 이 단락을 읽을 때마다 언제나 오랫동안 胡適에 대한 평가가 공평하지 않았
> 다는 생각이 들었고, 또 우리들이 胡適의 이전의 영광과 그의 죽은 시체를
> 함께 진흙탕의 심연으로 끌어넣는 잘못을 범했다는 생각이 들었다. …… 최
> 근 2년 동안 胡適의 공과를 다시 평가하려는 글이 여러 편 발표되었다.[5]

이러한 胡適에 대한 긍정적인 평가는 개혁·개방정책이 실시됨에 따
라 1980년을 전후해서 나타난 중국의 새로운 정치적 상황과 무관하지
않겠지만, 역사적 맥락에서 胡適을 객관적으로 평가하려는 진지한 움
직임으로 볼 수 있다. 중국에서는 5·4신문화운동과 관련하여 최근까
지만 해도 胡適에 대한 관심이 상대적으로 적었다. 이는 자유주의자로
평가되는 胡適의 정치적 입장 때문이었다. 그런데 신문학 수립을 위한
백화문운동을 생각할 때 胡適은 매우 중요한 의미로 다가온다. 왜냐하

---

5) 黃川, 「不要把胡適的"光榮和死尸一同拖入爛泥的深淵"─評「文學改良芻議」」, 『中國現代當
　　代文學硏究』 1981年 第15期, p.12.

면 백화문의 확립을 통한 신문학의 수립은 胡適이 제기한 문학혁명에 서부터 시작하기 때문이다. 또한 언어 문제는 사유 문제와 직결되어 있 어 백화문의 확립 자체가 문학에 대한 새로운 사유구조를 만들어내기 때문이다.

劉再復은 5·4신문학운동은 언어혁명에서 시작하였다고 보고, 이러 한 언어혁명은 사상혁명과 문화혁명을 가져왔는데, 이것은 언어부호체 계의 변화의 배후에는 전체적인 관념가치체계의 변혁이 가로놓여 있기 때문이라고 했다.6) 백화문의 확립과 사유구조와의 관련성에 대해 易 竹賢도 이렇게 지적했다. "5·4운동의 정치적인 도움을 얻어 백화문이 전국적으로 승리를 거두게 되었다. 이러한 승리는 문학 영역에만 국한 되는 것이 아니고 문화의 혁신과 보급에, 그리고 민족사유방식의 전환 과 민족의식의 각성에 매우 심대한 영향을 주었다."7) 따라서 백화문의 확립은 언어형식적 측면에서 새로운 문학도구의 수립이라는 의미로만 축소되는 것은 아니다. 새로운 문학도구의 수립은 문학 영역을 넘어서 서 문화 영역 그리고 정신과 사유구조에까지 그 영향력이 파급된다. 백 화문의 확립을 통해 사유방식의 전환이 가능하고 민족의식의 각성이 가능하다는 易竹賢의 지적은 바로 백화문의 확립을 언어형식의 문제로 만 볼 수 없다는 점을 시사해준다. 胡適이 새롭게 평가되는 이유도 바 로 여기에 있다.

---

6) 劉再復, 「從"五四"文化精神談到强化現代文學硏究的學術個性」, 『中國現代文學硏究叢刊』 1989年 2期, p.2 참조.

7) 易竹賢, 『胡適與現代中國文化』(武漢大學出版社, 1993), p.2.

2. 문학혁명 이전의 백화문운동

(1) 梁啓超의 '신문체(新文體)'

1894~1895년의 청일전쟁에서 청나라가 일본에 패하자 중국의 지식인들은 미증유의 모욕감을 느끼면서 새로운 각오와 더불어 직접적인 행동에 뛰어들기 시작했다. 개혁에 대한 지식인들의 요구는 1898년의 변법운동(變法運動)에 이르러 절정에 달했다. 그러나 변법운동은 100일 천하로 끝이 나고 위로부터의 개혁에 대한 지식인들의 환상은 깨어지고 말았다. 이러한 환상이 깨어지면서 지식인들은 새로운 방법을 찾게 되었다. 그들은 '여론'이라는 것을 발견하였는데, 여론을 통해 중앙정부에 대해 압력을 가하고자 하였다. 그리고 당시 많은 지식인들은 여론을 조성하는 데는 신문잡지가 더 없이 좋은 수단이라는 것을 깨달았다.

19세기 후반기에 이미 민간주도의 신문잡지가 출현하였으며, 이들 신문잡지는 급속하게 확장되어 나갔다. 이것은 개혁에 뜻을 둔 중국 지식인들의 노력 때문이었다. 梁啓超가 주간한 『강학보(强學報)』(1895년 창간)와 『시무보(時務報)』(1896년 창간)는 康有爲를 대표로 하는 유신파의 기관지였다. 1898년 변법이 실패하자 梁啓超는 일본으로 망명하여 『청의보(淸議報)』(1898년 창간)와 『신민총보(新民叢報)』(1901년 창간)를 창간하였다. 嚴復은 梁啓超를 모범으로 삼아 『국문보(國聞報)』(1897년 창간)를 창간하였고, 狄楚靑은 『시보(時報)』(1904년 창간)를 창간하였다. 章炳麟도 『소보(蘇報)』(1897년 창간)와 『국민일일보(國民日日報)』(1903년 창간)를 창간하였다. 1906년에 이르러 상해만 해도 이미 66종

의 신문잡지가 발행되고 있었으며, 이 기간 동안 발행된 신문잡지의 총
수는 239종에 달했다.8)

  이들 신문잡지는 기본적으로 거기에 참가하는 사람들의 정치선전을
목적으로 창간되었지만 국민을 계몽하고 여론을 형성한다는 면에서 모
두 일치하였다. 이들 신문잡지는 국민들을 계몽하고 여론을 형성하여
자신의 정치적 기반을 넓히기 위한 것이었던 만큼 호소력 있는 문장이
필수적이었다. 특히 梁啓超는 '신문체(新文體)'라는 새로운 독특한 문체
를 가지고 당시 많은 사람들로부터 환영을 받았다. 梁啓超의 새로운
문체에 대해서 胡適은 당시의 경험을 이렇게 술회했다.

  나는 징충(澄衷)에서의 1년 반 동안에 약간의 정과(正課) 이외의 책을 읽었
  다. 嚴復이 번역한 『군기권계론(群己權界論)』은 이 시절에 읽었던 것 같다. 嚴
  선생의 글은 너무 고아(古雅)하였기 때문에 젊은 사람들이 그에게서 받은 영
  향은 梁啓超의 영향만 못했다. 梁 선생의 문장은 명료하고 유창한 가운데 짙
  은 열정을 띠고 있어서 읽는 사람은 그를 따라가지 않을 수 없었고, 그를
  따라 생각하지 않을 수 없었다.9)

  이 글은 胡適이 상해에서 신식교육을 받던 당시를 회상한 것이다.
胡適은 1904년 13세의 나이로 셋째형을 따라 상해에 도착하여 매계
학당(梅溪學堂)에 입학함으로써 전통교육에서 벗어나 신학문을 접하게
되었고, 1905년 두 번째로 들어간 징충학당(澄衷學堂)에서는 당시 유

8) 李歐梵, 「文學的趨勢1 — 對現代性的追求 1895~1927年」, 費正淸[美] 編, 『劍橋中華民國史
   1912~1949年 上卷』(中國社會科學出版社, 1994), p.508 참조.
9) 『四十自述』, 曹伯言 選編, 『胡適自傳』(黃山書社, 1986), p.47.

행하던 梁啓超의『신민총보』를 애독했다. 신학문에 눈을 뜬 학생들은 당시 『천연론(天演論)』의 번역으로 유명하고 고문가(古文家)로 이름을 날리던 嚴復의 문장보다 오히려 梁啓超의 문장을 더 좋아했다. 그것은 梁啓超의 문체가 '명료하고 유창한 가운데 짙은 열정을 띠고 있었기' 때문이었다.

梁啓超는『시무보』의 창간호에「변법통의(變法通議)」를 발표하여 사회개혁의 필요성을 강조하고 그를 위해서는 신사상의 도입이 절실하다고 역설했다. 그런데 이 신사상을 사회의 일부 지배층만이 아니라 모든 일반대중이 수용할 수 있을 때 사회개혁이 성공할 수 있다고 보고 이를 위해서는 더 많은 사람이 글을 읽고 이해할 수 있어야만 한다고 생각했다. 그리하여 평이하고 뜻이 잘 전달되는 문체로 글을 지어야 한다고 주장했다. 그는 문체 개혁의 필요성을 이렇게 강조했다.

옛 사람은 문자와 언어가 통일되어 있었으나 오늘날 사람은 문자와 언어가 분리되어 있다. 그 폐단과 이로움에 대해서는 이미 상세하게 설명하였다. 오늘날 사람은 말할 때 모두 오늘날의 언어를 사용한다. 그러나 붓을 들면 반드시 옛말을 본떠서 쓴다. 그러므로 여자나 어린아이나 농민들이 글을 읽는다는 것은 매우 어려운 일이 아닐 수 없다. 그런데『수호전』,『삼국지연의』,『홍루몽』등을 읽는 사람이 육경(六經)을 읽는 사람보다 도리어 많다. …… 오늘날의 속어(俗語) 중에서 음도 있고 글자도 있는 것으로써 책을 짓는다면 이해하는 사람이 틀림없이 많을 것이고 읽으려고 하는 사람도 틀림없이 많아질 것이다.[10]

---

10) 梁啓超,「論幼學」,『變法通議』,『飮冰室文集(其一)』, p.54.

梁啓超는 당시 대중들의 계몽을 통해 자신의 정치적 입장을 실현하고자 하였으므로 자신의 이론을 이해하고 동의하는 사람이 많으면 많을수록 유리했다. 자신의 입장을 선전하기 위해서는 평이한 언어를 사용하여 대중들이 읽기 쉽게 해야 했던 것이다. 梁啓超는 어디까지나 계몽의 수단으로서 '속어'를 생각하고 있었다. '신문체'란 명료하고 유창하여 이해하기 쉬운 문체였다.

梁啓超는 무술변법 시기에 康有爲의 제자이자 유능한 조수로서 유신변법 활동에 적극적으로 참여하였다. 梁啓超의 활동은 시작부터 선전에 있었다.11) 당시 유행하던 「변법통의」의 역할도 선전작용에 있었다. 이러한 선전가로서의 梁啓超에겐 자신의 사상을 쉬운 언어로 표현하여 많은 사람들이 이해할 수 있도록 하는 것이 관건이었다. 그는『시무보』에서 그의 의지를 실천하여 많은 독자들로부터 환영을 받았는데, 이른바 梁啓超의 '신문체'가 탄생한 것이다. 그는『청대학술개론(淸代學術槪論)』에서 자신의 문체개혁에 대해 이렇게 말했다.

> 이때부터(일본 망명 시기─인용자) 啓超는 다시 선전을 주 업무로 삼았다. 『신민총보』,『신소설(新小說)』등의 잡지는 그러한 뜻을 펴기 위한 것이었다. 사람들은 다투어 그것을 읽기 좋아하여 청 정부가 비록 엄금하였지만 막을 수는 없었다. 매번 책 한 권이 나오면 본토인 중국 땅에서는 번각본(飜刻本) 십수 종이 나왔다. 20년 동안 배우는자들의 사상은 그 영향을 많이 받았다. 啓超는 일찍이 동성파(桐城派) 고문을 좋아하지 않았다. 어려서 문장을 지을 때는 만한(晩漢)·위(魏)·진(晉)을 배웠는데, 그러한 문장을 자못 숭상하고 단

---

11) 李澤厚,『中國近代思想史論』(安徽文藝出版社, 1994), p.405 참조.

련에 힘썼다. 이 시기에 이르러 스스로 거기에서 벗어나서 평이하고 유창한 글이 되도록 힘썼으며, 때로는 속어(俗語)와 운어(韻語) 및 외국문법을 섞어서 글을 썼으므로 어디에도 얽매이지 않게 되었다. 배우는자들은 다투어 이것을 모방하여 신문체라고 했다. 나이먹은 사람들은 통탄하며 법도에 없는 것이라고 꾸짖었다. 그러나 그 문장은 조리가 명확하고 붓끝에 항상 감정을 담고 있어 독자들에게 일종의 마력을 지니고 있었다.[12]

嚴復의 『천연론』은 중국인들에게 진화론적인 세계관을 심어주어 세계사에서 중국의 위치를 점검하고 그로부터 '구국자강(救國自强)'의 열정을 촉발시켰다고 한다면, 梁啓超는 이러한 세계관에 따라 구체적인 사상을 선전하고 계몽에 힘썼다. 당시 梁啓超에 의해 소개된 서양의 사상과 학설은 중국의 상황과 결합되어 그의 특유의 유창하고 명료한, '붓끝에 항상 감정을 담고 있는' '신문체'로 표현됨으로써 嚴復의 근엄한 번역에 비해 훨씬 쉽게 사람들에게 이해되고 사랑을 받았다. 청 정부의 엄금에도 불구하고 『신민총보』가 국내에서 비밀리에 판매되어 판매 부수가 1만 수천 부에 이르렀다는 사실에서도 알 수 있는 일이다.[13] 따라서 梁啓超는 『시무보』를 주관할 당시에는 매우 유력한 '정론가(政論家)'가 되었으며, 후에 『신민총보』를 주관할 당시에는 매우 영향력 있는 인물이었다. 20년 동안 중국 지식인들은 梁啓超 문장의 영향을 받지 않은 사람이 없을 정도였다.[14]

그런데 梁啓超의 '신문체'는 그의 정치사상의 선전이라는 계몽적 성

---

12) 梁啓超, 『淸代學術槪論』(東方出版社, 1996), p.77.

13) 李澤厚, 『中國近代思想史論』, p.410 참조.

14) 「五十年來中國之文學」, 『胡適文存(第二集)』(上海亞東圖書館, 影印本), p.202 참조.

격과 밀접하게 관련되어 있었다는 데 주의할 필요가 있다. '신문체'로 요약되는 梁啓超의 문체는 기본적으로 정치사상을 선전하기 위한 도구로서의 의미를 지닌다. 梁啓超는 '고문(古文)의 의법(義法)'과는 전혀 다른 새로운 고문의 문체에 주목했는데, 梁啓超의 '신문체'는 더 많은 독자를 확보하기 위한 어떤 전략으로서의 의미를 갖는다. 그것은 언어의 본질적인 문제에 의한 발상이 아니라 정치사상의 선전이라는 실용적인 측면을 강하게 염두에 둔 것이었다. 梁啓超는 언어와 사유의 관계에 대한 이해에서 출발한 것이 아니라 계몽의 수단으로서 평이한 문체를 구상한 것이다. 이는 유신변법이 위로부터의 개혁이었다는 점과 관련되어 있으며, 소설의 사회적 효용을 강조한 소설계혁명의 주장과도 궤를 같이 한다. 梁啓超가 소설의 사회적 효용만을 강조하여 소설의 문학적 가치를 등한히 했던 것과 마찬가지로 '신문체'의 주장에서도 구어와 문언의 차이 및 언어의 사유규정성 문제의 깊이까지 나아가지 못하고 일반대중들이 쉽게 이해할 수 있는가 없는가의 문제로 이해했을 뿐이다. 그는 "고어(古語)의 문학에서 속어(俗語)의 문학으로 변한다는 사실은 문학진화의 중요한 법칙이며, 각 국 문학사의 전개는 이러한 궤도를 따르지 않는 것이 없다"라고 말하고, "만약 사상을 보급하려 한다면 속어문체를 소설 분야에만 적용할 것이 아니라, 모든 문장에 적용하지 않으면 안 된다"15)라고 하여 '사상'과 '속어'를 연관시키고 있지만, 여전히 사상의 '보급'에 관심이 집중되어 있었다.

그럼에도 불구하고 梁啓超의 '신문체'는 당시 지식인들에게 커다란 영향을 끼쳤으며, 지식인들이 문체 혹은 언어의 문제에 관심을 가지도

---

15) 梁啓超, 「小說叢話」, 徐中玉 主編, 『中國近代文學大系 ─ 文學理論2』(上海書店, 1995), pp.308~309.

록 이끌었다는 점에서 큰 의의를 부여할 수 있다. 鄭振鐸은 1929년 2월에 쓴 「양임공 선생(梁任公先生)」이라는 장편의 글에서 梁啓超의 문장을 이렇게 평가했다. "최대의 가치는, 그의 '평이하고 유창하며 속어(俚語), 운어(韻語) 및 외국어법을 섞어 쓴' 작풍에 의해, 이른바 나약하고 생기 없는 동성파(桐城派) 고문과 육조체(六朝體)의 고문을 타도하여 일반 청소년들로 하여금 자유자재로 글을 쓰고 말하고 싶은 대로 펼칠 수 있도록 하여, 더 이상 말라죽은 산문의 격식과 격조의 구속을 받지 않게 한 데 있다."16)

(2) 裵廷梁의 「백화는 유신의 근본(論白話爲維新之本)」

梁啓超의 '신문체'는 쉬운 문언체로 되어 있어 동성파 고문에 대한 비판적 의미를 띠고 있었으며 언문일치의 경향도 어느 정도 내포되어 있었다. 하지만 梁啓超는 완전한 언문일치의 백화문에는 주목하지 못하였다. 그런데 유신파의 지식인 중에서 梁啓超의 '신문체' 이전에 백화문의 중요성을 인식한 사람이 있었다. 1897년 『소보(蘇報)』에 발표된 「백화는 유신의 근본(論白話爲維新之本)」라는 글을 쓴 裵廷梁이 바로 그이다. 물론 裵廷梁이 「백화는 유신의 근본」이라는 글을 발표하기 이전에 黃遵憲이 언문일치의 문제를 먼저 제기하였음은 주지의 사실이다. 黃遵憲은 신시(新詩) 운동의 일환으로 '말하는 대로 쓴다(我手寫我口)'라는 시 창작의 태도를 천명하였는데, 이러한 주장은 언문일치의 문제에 대해 그가 자각하고 있었음을 보여준다. 裵廷梁은 이러한 자각을 좀더 구체적으로 표명한

---

16) 鄭振鐸, 「梁任公先生」, 『中國文學論集(上冊)』(港靑出版社, 1979), pp.167~168.

것이라 할 수 있다.

裵廷梁은 먼저 언어문자의 발전과 고대인이 문자를 어떻게 운용하였는가에 대해 언급하면서 '문자의 시작은 백화에서 비롯되었다'고 말하고 문자가 처음 생겨났을 때에는 언문이 일치했다고 주장하였다.

> 문자가 있으면 지혜로운 나라이고 문자가 없으면 어리석은 나라이며, 글자를 알면 지혜로운 백성이고 문자를 모르면 어리석은 백성임은 지구의 모든 나라가 동일한 바이다. 그러나 유독 우리 중국은 문자가 있어도 지혜로운 나라라 할 수 없으며 백성이 글자를 알아도 지혜로운 백성이라 할 수 없다. 왜 그런가? 裵廷梁은 이렇게 말한다. 문언의 폐해 때문이다. 인류가 처음 나타났을 때에는 문자가 없었을 뿐 아니라 말도 없었다. 히잉히잉 지지배배 하는 짐승이나 새와 다름이 없었다. 그러나 그 음은 짐승이나 새보다 더 복잡했다. 그리하여 음에 따라 말이 생겨나고 말에 따라 문자가 생겨났다. 문자라고 하는 것은 천하의 모든 사람이 공용(公用)으로 사용하는 유성기(留聲器)이다. 문자의 시작은 백화에서 비롯되었다.[17]

裵廷梁은 원시사회에서 문자 발생의 과정을 검토하고 처음 문자가 만들어졌을 때 언문이 일치하였음을 지적하면서, 현재 중국은 언문이 일치하지 않기 때문에, 즉 문언의 폐해로 말미암아 문자가 있으면서도 '지혜로운 나라'가 될 수 없다는 것이다. 또 글자를 알아도 중국인은 '지혜로운 백성'이라 할 수 없는데, 그것은 소수의 사람만이 문자를 해독할 수 있으므로 '사(士)'의 관점에서가 아니라 '민(民)'의 관점에서 보면

---

17) 裵廷梁, 「論白話爲維新之本」, 郭紹虞 主編, 『中國歷代文論選(第四冊)』(上海古籍出版社, 1983), p.168.

'지혜로운 백성(智民)'의 단계에 이르지 못한 것이다. 裴廷梁은 '사'의 관점에서가 아니라 '민'의 관점에서 언어의 문제를 자각하고 있었던 것으로 보인다. 裴廷梁이 사용하고 있는 '지혜로운 백성(智民)'의 개념 속에는 바로 문자를 사용하는 계층의 확대를 가정하고 있다. 유신파의 한 사람으로서 裴廷梁은, 정치적 선전이라는 전략을 깔고 있었지만 梁啓超의 '신문체' 이론보다 언어문자 자체에 좀더 주의를 기울이고 있었다고 보아야 한다.

裴廷梁은 또 문자 자체는 '신기할 것이 없다'고 보고 '상형지사(象形指事)'나 '회의해성(會意諧聲)' 등의 조자(造字) 원리도 전혀 신비로운 것이 못되며, 중국어나 서양어나 인류가 그것을 만든 것은 '세상의 모든 사람들을 편리하게 하기 위한 것'이지 '세상의 모든 사람을 곤경에 빠뜨리기 위한 것'이 아니라고 주장했다. 후대 사람들은 선조들이 완전히 실용적인 목적에서 문자를 만들었다는 사실을 알지 못하고 다만 '옛 것을 좋아할 줄(好古)'만 알아서 '옛사람의 언어'를 모방하여 마침내 '글(文)과 말(言)이 판연히 다르게 되었다'는 것이다. 그리하여 문자가 사람을 위해 존재하는 것이 아니라 사람이 문자의 노예가 되었다는 것이다. 裴廷梁은 이것이 바로 2천 년 동안 중국이 지녀온 문화의 불행이라고 지적했다.

조정은 실학(實學)으로써 선비를 뽑지 않고 부모와 스승은 실학으로써 자제(子弟)를 가르치지 않으니 온 천하에 실학이 없음은 전혀 이상할 것이 없다. …… 아아, 문언의 폐해는 상인이나 농사꾼이나 장인이나 어린이만 받고 있는 것이 아니라 오늘날의 학자들도 모두 받고 있다. 뿐만 아니라 문언에 힘쓰면 힘쓸수록 받는 고통은 더욱 심하다. 2천 년 동안 해내(海內)를 돌아보니

정신을 소모시키고 세월을 다해 그칠 줄 모르고 그렇게 하고 있다. 지금 보아
하니 오로지 스스로 만족하여 즐길 뿐이니 천하에 도움될 만한 것은 아주
적다. 오호라! 옛날에 천하를 통치하던 사람들이 백화를 존중하고 문언을 폐
지했다면 우리 황인(黃人)들은 총명과 재능을 빼앗기지 않았을 것이며 반드시
유용한 학문에 힘썼을 것이므로 어찌 오늘날 이 같은 암담한 지경에 이르렀
겠는가? 옛사람들의 문자 창조가 장차 천하 사람들을 편안하게 하기 위한
것인지, 아니면 천하 사람들을 곤궁에 빠뜨리게 하기 위한 것인지 모를 일이
다. 사람이 문자에 능통하고자 함은 장차 그것을 부려서 내가 사용하기 위한
것인지, 아니면 늙을 때까지 기를 소진하여 문자로부터 고통을 받으며 사람
이 문자의 노예가 되기 위한 것인지?[18)

언어생활의 실제와 동떨어진 문자생활로서의 문언문의 폐해는 매우
심각하여 '상인, 농사꾼, 장인, 학생' 등이 가장 큰 피해자가 되었으며
'문언에 힘쓰는' 지식인이라 하더라도 피해의 정도는 다르지만 예외는
아니다. 裵廷梁이 보기에, 만약 문언문의 속박이 없었다면 중국인들은
'총명과 재능을 빼앗기지 않았을 것이며 반드시 유용한 학문에 힘썼을
것이다.' '유용한 학문'이란 물론 실용적인 학문으로서 당시 유신파가
주목했던 '실학' 혹은 '실업(實業)'과 관련된 것이다. 그리하여 裵廷梁은
중국이 '문자가 있어도 지혜로운 나라라 할 수 없으며 백성이 글자를
알아도 지혜로운 백성이라 할 수 없는' 지경에 이른 것은 완전히 '문언
의 폐해 때문'으로 결론을 내렸다. 당시 유신파는 사회제도(행정제도)로
부터 사회병폐의 근원을 찾고자 하였는데, 裵廷梁은 무엇보다 문언의

---

18) 裵廷梁, 앞의 글, 앞의 책, p.169.

폐해를 자각하고 당시 중국의 국가적 위기를 문언문의 잘못으로 돌리고 있다. 裴廷梁의 이러한 생각은 사회의 모든 문제를 단순히 언어의 문제로만 귀속시키는 논리의 비약이라는 위험이 있지만 문언문의 폐해를 심각하게 자각함으로써 백화문에 대한 새로운 인식을 가지게 되었다는 점은 중요한 의미를 갖는다. 20세기 초 백화문으로 된 신문잡지가 다양하게 출현하게 되는 것도 裴廷梁의 이러한 생각과 궤를 같이 하고 있기 때문이다.

裴廷梁은 문언문을 백화문으로 대체하였을 때의 이점을 여덟 가지로 나누어 설명했다. 첫째, 시간과 노력을 절약할 수 있다. 둘째, 교만함을 제거할 수 있다. 셋째, 잘못 읽는 것을 막을 수 있다. 넷째, 성인의 가르침을 지킬 수 있다. 다섯째, 어린이들이 쉽게 배우게 할 수 있다. 여섯째, 심력(心力)을 단련시킬 수 있다. 일곱째, 재능의 낭비가 적다. 여덟째, 가난한 사람들을 편리하게 할 수 있다. 백화를 사용하면 이러한 여덟 가지 이익을 가져다 주기 때문에 裴廷梁은 '백화를 숭상하고 문언을 폐지할 것'을 주장하였으며, 백화를 '유신의 근본'으로까지 높이 평가할 수 있었다.

또한 裴廷梁은 고대 중국에서의 백화 사용의 실례와 서양과 일본의 백화 사용의 실례를 들고 마지막으로 이렇게 결론을 내렸다.

천하를 어리석게 하는 도구는 문언 만한 것이 없고 천하를 지혜롭게 하는 도구는 백화 만한 것이 없다. 우리 중국이 천하를 지혜롭게 하지 않으려면 그만이지만, 천하를 지혜롭게 하려고 하면서 문언을 천하에 심는다면 내가 앞에서 언급한 여덟 가지 이익의 반비례를 추구하는 것이 될 것이다. 그렇게 되면 천하의 재능 있고 지혜로운 백성은 더욱 심하게 파괴될 것이다. 나는 지금 한마디로 줄여서 이렇게 말하고자 한다. 문언이 흥하면 실학은 폐하고 백화가 통용되면 실학은 흥한다. 실학이 흥하지 않으면 그것은 백성이 없는 것이라 말해야 할 것이다.[19]

여기서 裴廷梁은 '백화→실학→국가부흥'의 도식으로 백화문의 중요성을 인식하고 있다. 裴廷梁은 백화문의 중요성을 인식하면서 그것을 실학과 연결시킴으로써 다른 유신파 지식인들이 생각했던 계몽의 수단으로서의 백화문에 대한 인식을 그대로 간직하고 있다. 1903년 魯迅은 프랑스의 과학소설가 줄 베른(Jules Verne)의 소설을 번역하면서 그 「변언(辨言)」에서 "처음에는 독자들의 사색에 조금이나마 도움이 되고자 속어(俗語)로 번역할 작정이었으나 순수하게 속어만 사용하면 쓸데없이 번잡한 것을 싫어할 것 같아 문언을 섞어 사용하여 페이지 수를 줄였다"[20]라고 했다. 1903년이면 이미 백화보(白話報)가 유행하고 백화에 대한 인식이 고조되던 시점인데, 魯迅도 문학용어로서 백화문의 전용에는 생각이 미치지 못했던 것이다. 이는 이 시기까지 백화문이 문학과 다른 실학의 범주에서 일반대중들을 계몽하기 위한 수단으로 인식되었기 때문이다. 裴廷梁이 백화문의 장점을 제시하면서 '어린이들이 쉽게 배우게 할 수 있다', '가난한 사람들에게 편리하게 할 수 있다'라고 말한 것도 계몽의 수단으로서 백화문을 염두에 둔 것이며, 백화가 실학의 부흥에 유리하다고 판단되었기 때문이다. 더욱이 '성인의 가르침을 지킬 수 있다'는 백화문의 장점을 지적한 것으로 보아 裴廷梁은 '중체서용(中體西用)'론의 관점에 놓여 있어 사상혁명과 백화문의 전

---

19) 裴廷梁, 앞의 글, 앞의 책, p.172.
20) 「月界旅行·辨言」, 『魯迅全集(10)』, p.152.

용이라는 문제에까지 이르지 못하였다. 게다가 백화를 '유신의 근본'으로까지 높이 평가했지만 정작 그는 자신의 문장을 문언문으로 썼다. 裘廷梁이 자신의 글을 문언문으로 쓴 것은 당시 문언문에 익숙한 지식인을 독자로 상정하고 있었기 때문이기도 하지만 이념으로서의 주장에 그치고 실제적·구체적 방도를 가지고 있지 않았기 때문이기도 하다.

문언의 폐해에 대해서는 당시 일부 지식인들 사이에 상당한 동의를 얻고 있었던 것으로 보인다. 예를 들면, 陳榮袞도 당시 중국이 국가적 위기에 떨어진 것은 문언의 폐해 때문이라고 단정짓고 있다. 陳榮袞은 문언의 폐해는 중국을 망하게 하는 원인이라고 강조하고, "중국의 4억의 백성 중에 문언으로 글을 지을 수 있는 사람이 몇이나 되는가? 대략 문자를 사용할 수 있는 사람은 5만 명 중에 백 명에 지나지 않는다. 백분의 일에 해당하는 사람들이 대부분에 해당하는 4만 9천 9백의 사람들을 의론을 펴지 못하는 상태에 빠뜨리고 있으며, 오직 문언만이 아름다운 것이라고 부연설명까지 하고 있다. 그리하여 한 나라에서 농사꾼, 장인, 상인, 부녀자, 어린아이와 같은 사람들은 총명을 잃고 벙어리로서 눈만 둥그렇게 뜬 상태가 되어, 드디어 아파도 아프다고 하지 못하고 가려워도 가렵다고 하지 못하는 지경으로 떨어지게 된 것이다."[21]라고 하였다. 陳榮袞의 생각도 裘廷梁의 관점을 그대로 잇고 있다.

이처럼 만청 시기의 유신파 지식인들은 계몽의 수단으로서 백화의 중요성을 자각하고 있었는데, 다만 그것을 폭넓은 운동으로 전개하지 못하고 단편적인 주장이나 인식으로 그쳤다고 할 수 있다. 이것은 유신파 지식인들이 자신들의 정치사상을 선전하기 위한, 위로부터의 계몽

---

21) 陳榮袞,「論報章宜改用淺說」, 郭紹虞 主編,『中國歷代文論選(第四冊)』, p.177.

의 수단으로서 백화문에 주목했기 때문이다. 즉 언어문자의 개혁과 사상운동을 같은 층위에서 사고하지 못한 한계를 지니고 있었던 것이다. 그렇지만 이들의 주장은 백화문에 대한 일반인의 의식을 제고시켰고 백화로 된 신문잡지의 유행이라는 일단의 흐름을 선도했다는 점에서 의의를 찾을 수 있다.

(3) 백화보(白話報)의 계몽성과 선전성

裴廷梁의 「백화는 유신의 근본」이라든지 梁啓超의 '신문체' 등의 영향으로 19세기 말부터 백화문에 대한 인식이 높아지면서 20세기에 들어 백화[또는 속화(俗話)]로 된 신문잡지가 상당히 유행했다. 백화보는 1903년을 전후해서 이미 10여 종이 나왔으며, 그것은 일종의 운동으로서 빠른 속도로 확대되고 있었다.22) 19세기 말에서 20세기 초에 간행된 백화로 된 신문잡지는 50종에 달했다.23) 이 시기에 각 지역에서 발간된 백화보를 소개하면 다음과 같다.

> 백화신보(白話新報), 경화보(京話報), 경화시보(京話時報), 경화일보(京話日報), 권흥백화보(勸興白話報), 경진백화보(京津白話報), 관화간자(官話簡字), 보간자보(報簡字報), 정종애국보(正宗愛國報), 관화북경실보(官話北京實報), 경화실보(京話實報), 백화국민보(白話國民報), 북경관화보(北京官話報), 정종백화보(正宗白話報) [이상 북경(北京)]

---

22) 中國社會科學院近代史硏究所 文化史硏究室 丁守和 主編, 『辛亥革命時期期刊介紹(1)』(人民出版社, 1982), p.431 참조.

23) 方漢奇, 『中國近代報刊史(上)』(山西人民出版社, 1981), p.263.

천진백화일보(天津白話日報), 신종백화보(晨鐘白話報)[이상 천진(天津)]

중국백화보(中國白話報), 신중국백화보(新中國白話報)[이상 상해(上海)]

항주백화보(杭州白話報), 절강백화보(浙江白話報), 백화신보(白話新報), 호주백화보(湖州白話報), 녕파백화보(寧波白話報), 소흥백화보(紹興白話報) [이상 절강(浙江)]

무석백화보(無錫白話報), 양자강백화보(揚子江白話報), 소주백화보(蘇州白話報), 상보(常報) [이상 강소(江蘇)]

안휘속화보(安徽俗話報), 무호백화보(蕪湖白話報) [이상 안휘(安徽)]

남심통속보(南潯通俗報), 강서신백화보(江西新白話報) [이상 강서(江西)]

무창백화보(武昌白話報) [호북(湖北)]

호남통속보(湖南通俗報), 장사연설통속보(長沙演說通俗報), 통속교육보(通俗敎育報) [이상 호남(湖南)]

정속백화보(定俗白話報), 성도계몽통속보(成都啓蒙通俗報) [이상 사천(四川)]

산서백화보(山西白話報), 진양백화보(晋陽白話報) [이상 산서(山西)]

직예백화보(直隸白話報) [하북(河北)]

복건속화보(福建俗話報) [복건(福建)]

제남백화보(濟南白話報) [산동(山東)]

계림백화보(桂林白話報) [광서(廣西)]

광동백화보(廣東白話報), 영남백화보(嶺南白話報), 조주백화보(潮州白話報), 조성(潮聲) [이상 광동(廣東)]

이리백화보(伊犁白話報) [신강(新疆)]

몽고백화보(蒙古白話報) [몽고(蒙古)]

신백화보(新白話報), 백화(白話) [이상 일본의 동경(東京)][24]

---

24) 方漢奇, 앞의 책, p.273 注 [8] 참조.

우선 이들 백화보는 지방색이 강한 것이 특색이다. 백화보는 특정 지역의 일반대중들을 독자로 상정하여 창간되었기 때문이다. 1904년 3월 31일 『안휘속화보(安徽俗話報)』 제1기에 실린 「안휘속화보를 창간한 이유(開辦安徽俗話報的緣故)」라는 글에서 陳獨秀는 이렇게 말했다.

현재 각종 일보(日報)와 순보(旬報)는 비록 적지 않게 나왔지만 모두 이해하기 어려운 문장으로 되어 있어 온통 '지호야자의언재(之乎也者矣焉哉)'(주로 문언문에 쓰이는 허사—인용자)라는 글자로 가득하니, 책을 많이 읽지 않은 사람이 어찌 이해할 수 있겠는가? 그렇기 때문에 가장 통속적이고 이해하기 쉬운 속화(俗話)를 잡지에 사용하여 속화보(俗話報)를 만든다면 매우 좋은 방법이 될 것이다. 그래서 각 성마다 좋은 일 하는 사람들이, 글자를 많이 알지 못하고 책을 읽을 수 없는 그들의 동향사람들이 학문을 배우고 시사에 능통하기 어렵다는 점을 불쌍히 여겨 그들 동향사람들, 친척, 친구들이 볼 수 있도록 속화보를 만들고 있다. 현재 이미 여러 종의 속화보가 나와 있다. 상해(上海)에는 중국백화보(中國白話報)가 있고, 항주(杭州)에는 항주백화보(杭州白話報)가 있고, 소흥(紹興)에는 소흥백화보(紹興白話報)가 있고, 영파(寧波)에는 영파백화보(寧波白話報)가 있고, 조주(潮州)에는 조주백화보(潮州白話報)가 있고, 소주(蘇州)에는 소주백화보(蘇州白話報)가 있는데, 나는 모두 읽어보았다. 우리 안휘성(安徽省)을 생각하니, 땅은 참으로 넓고 책 읽는 사람도 많아 보이지 않는데도 아직 이러한 속화보가 없다.[25]

이 글은 陳獨秀가 『안휘속화보』를 창간하게 된 배경을 설명하고 있

---

25) 「開辦安徽俗話報的緣故」, 『陳獨秀著作選(第一卷)』(上海人民出版社, 1993), pp.22∼23.

는 대목이다. 陳獨秀는 문언문으로 된 신문잡지는 어려워서 이해할 수
없다는 점과 그 대안으로 각 지방마다 쉬운 속화(백화)로 된 속화보가
창간되어 있다는 점을 지적하고, 안휘성에는 그러한 속화보가 없기 때
문에 일반대중들이 이해하기 쉬운 속화보를 창간할 필요성을 느끼게
되었다는 것이다. 陳獨秀는 속화보의 장점으로 ① 여러 항목으로 나누
어져 있기 때문에 모든 사람들에게 유익하다.26) ② 속화보를 만드는
사람들은 안휘성 사람이므로 모든 사람들이 그 말을 이해할 수 있다.
③ 가격이 싸기 때문에 가난한 사람들도 사서 볼 수 있다 등 세 가지
사항을 제시하고 있다. 원칙적으로 속화보는 그 지방의 속화로 되어 있
기 때문에 그 지방 사람들이 이해할 수 있다는 것이다. 이러한 陳獨秀
의 속화보의 창간 취지와 그 장점의 설명은 바로 백화보의 지방성을 보
여준다.

백화보가 지방색이 강한 것은 그를 통해 각 지방의 일반대중들에 대
한 계몽이나 정치적 이념의 선전을 위한 것이었기 때문이다. 즉 백화보
가 지방색을 강하게 띤 것은 계몽의 측면에서 해당 지역의 글자를 모르
는 일반대중들이 쉽게 이해할 수 있도록 하기 위한 것이었기 때문이다.
이들 간행물들은 정치적인 입장은 서로 달랐지만 '민지(民智)'를 열고
'지식(知識)'을 보급하고자 하는 계몽과 선전의 목적에는 등가였다. 『중
국백화보(中國白話報)』의 창간 취지를 보아도 그러한 의도가 분명하게
드러난다.

① 우리 중국에서 가장 쓸모 없는 사람은 독서인이다. 이들 독서인이 중심

---

26) 『安徽俗話報』는 論說, 要緊的新聞, 本省的新聞, 歷史, 地理, 敎育, 實業, 小說, 詩詞, 閑談,
行情, 要件, 來文 등 13개 항목으로 나누어져 있고, 매월 1일, 15일에 2책이 출판되었다.

생각이 없다거나 재간이 없다거나 학문이 없다고 말하는 것은 아니다. 중심 생각, 재간, 학문 모두 훌륭하나, 입에서 나오는 것은 모두 한두 마디 공허한 말뿐이요 글로 쓰는 것은 한두 편의 공허한 문장뿐이다. 이 두 가지 일 이외 에 무슨 큰 일을 할 수 있겠는가?[27]

② 현재 중국의 독서인에게는 희망이라고는 전혀 없다. 희망은 모두 우리 의 몇몇 농사꾼, 수예가, 장사꾼, 군인 그리고 10여 세의 어린 소년소녀들에 게 있다. 우리와 생각을 같이 하는 사람들은, 모르면 그만이지만, 만약 천하의 대세를 알고 중국의 현 시국을 꿰뚫어볼 수 있다면 그리고 볼 수도 있고 할 수도 있다면, 말로는 옳은 소리라고 하지만 마음은 옳지 못한 저들 독서인과 는 달리 오로지 큰 뜻을 품은 말을 하고 큰 뜻을 품은 문장을 지어야 할 것이 며 또 매일 저들에게 욕을 퍼부어야 할 것이다.

③ 농사꾼, 수예가, 장사꾼 및 군인과 같은 우리 형제들은 …… 지호야자(之 乎也者), 시운자왈(詩云子曰)과 같은 것은 크게 보고싶어하지 않는다. 나중에 보고 싶을 때도 그러한 기이하고 괴상한 문장과 기이하고 괴상한 글자에 대 해서 전혀 이해할 수 없게 된다. …… 나는 이 일로 해서 친구들과 10여 일 동안 충분히 상의한 결과 모두들 다른 방도가 없다고 결론을 내리고, 다만 백화보를 만드는 것이 좋겠다고 하였다.

①의 문장은 당시의 정치적 혁명을 위해 전통교육을 받은 독서인들 은 전혀 도움이 되지 않는다는 점을 지적하고 있고, ②의 문장은 희망 없는 독서인들을 대신하여 일반대중들에 기대를 건다는 점을 강조하고

---

27) 中國社會科學院近代史研究所 文化史研究室 丁守和 主編, 앞의 책, pp.442~443 재인용.

있다. 그렇기 때문에 일반대중들을 계몽하기 위한 수단으로 백화보를 창간한다는 것이 ③의 문장의 내용이다. 이렇게 볼 때 백화보의 창간취지는 자명하다. 개량파이든 혁명파이든 자신들의 정치적 이념을 실현하기 위해서는 동조자들이 필요했고, 전통적인 독서인에게 기대를 걸수 없는 상황에서 일반대중들에게 동조자로서의 가능성을 발견했던 것이다. 문맹률이 높은 중국적 상황에서 일반대중들을 계몽하기 위해서는 그들이 이해할 수 있는 글, 즉 백화가 필요했다. 그리고 당시 여론의 형성을 위해 지식인들은 신문잡지가 더 없이 좋은 수단이라 생각했기 때문에 백화보가 창간된 것은 자연스런 일이다. 따라서 개량파이든 혁명파이든 일반대중들에 대한 계몽의 수단으로서 그리고 자신들의 정치적 이념을 선전하기 위한 도구로서 백화를 발견했다는 점에서는 동일하였다. 말하자면 백화문을 이용하여 일반대중들을 계발하고, 교육하고, 단결을 확대하고자 하였다는 점에서 동일하였다. 『항주백화보(杭州白話報)』가 통속적인 문자를 사용하고 짧고 간명한 문장을 사용하였을 뿐 아니라 많은 논설과 보도가 짧고 간명한 어구와 냉정하고 예리한 구두어를 사용하고 있어 독자로 하여금 한눈에 알아볼 수 있도록 한[28) 것도 계몽과 선전을 염두에 두고 있었기 때문이다. 그러므로 20세기 초의 백화보의 창간은 일반대중들에 대한 계몽과 정치적 선전을 위한 것이었으므로 근대적 언어의 확립을 위한 백화문의 전용이라는 문제의식에 이르지 못하였던 것이다.

민국(民國. 1912년이 원년)이 성립되기 10년 전에 王季同, 汪允宗 등과 함께 『아사경문(俄事警聞)』과 『경종(警鐘)』을 창간하고 매일 백화문

---

28) 中國社會科學院近代史研究所 文化史研究室 丁守和 主編, 앞의 책, p.79 참조.

과 문언문으로 된 논설 1편씩을 실었던 蔡元培는 당시 유행하던 백화
문에 대해 "그 때 백화문으로 글을 쓴 것은 오로지 통속적이고 알기 쉽
게 해서 상식을 보급할 수 있도록 하기 위한 것이었지 결코 문언을 버
리고 백화로 대신하고자 한 것은 아니었다"라고 하였고, 또 "백화문으
로 문언을 대체하고자 주장하고 문학혁명의 기치를 높이 내건 것은 『신
청년』시대부터 시작하는 것이다"라고 하였다.29) 胡適은 「50년 동안
중국의 문학(五十年來中國之文學)」이라는 글에서 이 시기의 백화보운동
을 회고하면서 "그와 같은 구어의 제창은 '민지(民智)를 연다'고 하는 교
화의 의도에서 나온 것이며, '우리' 지식인들은 문어체라는 우위의 표현
방식을 가지고 있지만, '그들' 무지한 자들은 이해하지 못하므로 '그들'
을 위해 구어표현을 쓰는 것이라고 하는 멸시하는 태도가 거기에는 있
었다"라고 하였다. 따라서 蔡元培나 胡適의 지적처럼 당시 유행했던
백화보는 글자를 모르는 일반대중들에 대한 계몽과 선전을 전제하고
있었던 만큼 문학혁명으로서의 백화문운동은 아무래도 『신청년』의 사
상혁명운동의 한 부문운동으로 전개된 胡適의 백화문운동에서부터 시
작하는 것으로 보아야 한다.

(4) **陳獨秀**의 「국어교육(國語敎育)」

　陳獨秀는 『신청년』의 편집인으로서 신문화운동을 추진하기 이전에
이미 혁명파에 가담하여 『국민일일보(國民日日報)』의 창간에 참여하였

---

29) 蔡元培, 「總序」, 『中國新文學大系・建設理論集』(上海良友圖書印刷公司, 1935, 影印本),
　　p.10.

다. 『국민일일보』가 혁명무드를 고양시키고 있는데 대처해서 청 정부
는 1903년 10월 발간 금지를 내렸다. 그러자 1904년 봄 陳獨秀는 안
경(安慶)으로 되돌아가서 房秩五와 함께 『안휘속화보(安徽俗話報)』를
발간했다. 이 때 陳獨秀는 백화문을 사용해서 혁명을 선전하고 대중들
사이에서 대중교육을 보급시키는 데 노력하게 된다.

『안휘속화보』에 발표되었던 陳獨秀의 글을 보면 문학혁명 이전의 백
화문에 대한 陳獨秀의 생각을 가늠할 수 있다. 陳獨秀는 소학교에 국
어교육의 과목을 설치할 것을 강조하였는데, 어린 학생들에게 어려운
문언문으로 교육할 것이 아니라 쉬운 속화를 사용하여 가르치는 국어
교육이 필요하다는 것이다. 속화를 사용하는 것은 어린 학생들이 쉽게
배울 수 있도록 하자는 목적 이외에 전국적으로 통용되는 ‘국어(國語)’
의 교육이 필요하기 때문이라고 하였다. 중국은 땅이 넓어서 각 성마다
서로 다른 말을 사용하고 있으므로 의사소통을 위해서는 소학교부터
공통적인 관화(官話)로 된 속화를 가르쳐야 한다는 것이다. 陳獨秀는
1904년 5월 15일자 『안휘속화보』제3기에 「국어교육」이라는 글을 발
표하여 소학교에서의 국어교육의 필요성을 이렇게 강조하였다.

반드시 국어교육을 중시해야 하는 이유는 두 가지가 있다. 첫째, 아이들은
심오한 뜻의 문장을 이해할 수 없다. 고금(古今)의 일과 인정물리(人情物理)에
관한 내용을 우리나라에서 통용되는 속화를 사용하여 교재로 편찬하여 그들
이 읽을 수 있도록 해야 한다. 그들의 지식이 점차 열리기 시작하면 그때에
문리(文理)가 있는 책을 읽게 해야 한다. 둘째, 전국은 워낙 넓어서 어떤 지방
의 사람이 그 지방의 말을 한다면 우리나라 사람이 우리나라 사람을 만나도
서로 말을 이해할 수 없어 마치 외국사람을 만난 것처럼 될 것이니, 어찌

동국친애(同國親愛)의 감정을 느낄 수 있겠는가? 그렇기 때문에 반드시 국어
교육이 필요하고, 전국의 모든 사람이 한가지 말을 할 수 있도록 해야 한다.
이러한 두 가지 이유 때문에 국어교육은 매우 긴요한 과목이다.[30]

陳獨秀는 어린 학생들에게는 쉬운 속화로 된 교재를 사용하여 쉽게
글을 깨칠 수 있도록 해야 하고, 또 전국적인 의사소통을 위해 국어교
육이 필요하다고 보았다. 중국의 어린이들이 읽고 있는 책은 모두 문리
(文理)를 터득한 이후에야 가능한 난해한 문언문이며, 이런 문장은 거
인(擧人)이나 수재(秀才)와 같이 당시 지식인이라 불리는 사람들조차 이
해하기 힘들다는 것이다. 또 18개 성(省)의 사람들은 18개의 말을 가
지고 있으며, 같은 성에도 각 부(府)·주(州)·현(縣)의 말이 서로 다르
기 때문에 통일된 국어교육이 필요하다는 것이다. 이것은 陳獨秀가 서
양의 언어환경에 대한 이해를 바탕으로 한 것이지만, 당시 유행하고 있
던 백화에 대한 새로운 인식으로부터 나온 陳獨秀 나름의 구체적인 실
천방안이었다. 글의 말미에서 陳獨秀는 속화로 된 국어교육의 방법을
다음과 같이 제시하고 있다.

설령 외국처럼 완전한 국어독본을 만들 수 없다고 하더라도 관화(官話)를
이해할 수 있는 선생이 매일 1시간씩 관화를 가르치게 하면 된다. 우리나라말
은 외국어보다 쉽게 배울 수 있으므로 3년을 배우면 대략 사용할 수 있게
된다. 관화를 전혀 이해하지 못하면 안 된다. 나중에 다른 성, 다른 도시에
갔을 때 외국에 온 것과 같다면 정말 불편할 것이다. 만약 어린이들이 이해할

---

30)「國語敎育」,『陳獨秀著作選(第一卷)』, p.53.

수 있는 고금(古今)의 역사, 중외지리(中外地理), 인정물리(人情物理), 훌륭한 언행 등을 뽑아서 각지에 통용되고 있는 관화를 사용하여 교재로 만들어 그것을 각지에 판다면 이것은 가장 좋은 방법이 될 것이다.[31]

陳獨秀는 문학혁명 이전에 이미 국어통일의 문제를 자각하고 있었다. 「국어교육」이 1904년에 발표되었으니까 1917년 문학혁명이 시작되기 10여 년 전의 일이다. 다만 당시 陳獨秀는 속화에 대한 자각과 국어통일에 대한 생각을 운동으로까지 전개할 수는 없었다. 백화에 대한 일반인의 인식이 상당히 제고되었지만 그것을 폭넓은 운동으로 철저하게 추진하기에는 시기상조였다. 또한 陳獨秀가 속화로 국어교육을 실시해야 한다고 말한 것은 어디까지나 문언문의 전면적 폐지를 위한 것이 아니라 소학교 교육과 전국적인 의사소통을 위한 방편으로 제시한 것이기 때문에 胡適이 국어의 통일로서 제기한 '문학의 국어'와 '국어의 문학'이라는 개념으로까지 나아가지 못하였다. '불편함'을 제거하기 위한 것이었으니, 陳獨秀가 "그들의 지식이 점차 열리기 시작하면 그 때에 문리(文理)가 있는 책을 읽게 해야 한다"고 했던 것도 이 때문이다. '문리가 있는 책'이란 물론 문언문인 고문으로 씌어진 책일 것이다. 陳獨秀의 국어교육은 처음부터 문언문의 전면적 폐지를 염두에 둔 것은 아니었다. 陳獨秀는 문언문의 전면적 폐지로서 속화(백화)의 문학언어에의 전용과 그를 통한 국어통일운동으로까지 나아가지 못하였기 때문에 근본적인 변화를 가져올 수 없었다.

---

31) 「國語敎育」, 앞의 책, p.54.

(5) 胡適과 『경업순보(競業旬報)』

胡適과 陳獨秀가 1917년부터 언어문자 개혁의 문제를 제기하였을 때, 이것은 결코 새로운 문제는 아니었다. 앞서 검토하였듯이 19세기 말부터 지속적으로 논의되었고, 특히 1905년 일본이 러시아와의 전쟁에서 승리를 거두게 되었을 때 중국학자들은 문자개혁에 관해 진지하게 생각하기 시작했다. 사람들은 그것을 광범한 교육의 근대화 문제의 하나로 토론하였으며, 어떤 명확한 결론은 없었으나 중국문자의 라틴문자화를 위해 여러 가지 방안이 제출되었고 백화를 교육의 수단으로 사용하고자 하는 움직임이 크게 일어났다.32) 문학혁명 이전 10년 동안 많은 '무지한 대중들에게 새로운 사상을 주입하고자' 만들어진 많은 학생간행물들이 이미 보편적으로 백화를 사용하고 있었던 것도 이와 관련이 있다. 胡適이 상해에서 편집하였던 『경업순보(競業旬報)』도 그러한 학생간행물 중의 하나였다.

胡適은 1904년 상해에 도착하여 신학문을 배우기 위해 매계학당(梅溪學堂)에 입학하였는데, 2개월이 채 되지 않았을 무렵 상해에서 『시보(時報)』가 창간되었다. "당시의 오래된 신문이 여전히 장편의 고문으로 논설하고 유전되어 오던 낡은 격식과 낡은 방법을 유지하고 있어서 당시의 수요를 충족시키지 못하고 있었으며, 비교적 새롭다는 『중외일보(中外日報)』도 많은 사람들의 기대를 만족시킬 수가 없었던"33) 상황에서 『시보』가 나온 것이다. 『시보』의 내용과 방법은 확실히 상해 신문계의 낡은 관습을 타파할 수 있었으며 새로운 법문(法文)을 열어 놓

---

32) 格里德[美] 著, 『胡適與中國的文藝復興』(江蘇人民出版社, 1995), pp.86~87 참조.
33) 「十七年的回顧」, 『胡適學術文集・新文學運動』(中華書局, 1993), pp.89~90.

고 새로운 흥미를 유발시키기에 충분하였다. 『시보』가 나오자 그것은
중국의 지식계급의 총애를 받았으며, 몇 년 후에『시보』는 학교와 불
가분의 반려자가 되었다.34) 당시 신문잡지는 학생독자들을 상대로 하
는 것이 일반적이었고, 胡適은 미국유학 이전의 상해 유학시기 6년 동
안『시보』의 좋은 친구로서 매일 이 신문을 가까이했다. 이러한 분위
기에서 학생들이 직접 신문잡지를 창간하기도 하였는데, 胡適이『경업
순보』에 참여한 것은 좋은 실례가 된다.

  胡適은『경업순보』에 참여한 경험을 바탕으로 비로소 미국유학 기간
중 몇 년 동안 문학혁명의 문제에 대해 고민할 수 있었다. 胡適은『경
업순보』에서의 훈련과 자신이 제기한 문학혁명과의 관련성을 이렇게
밝혔다.

  이 몇 10기의 『경업순보』는 나에게 사상을 발표하고 정리하는 기회를 주
  었을 뿐만 아니라 1년여에 걸쳐 백화문을 짓는 훈련을 시켜주었다. 청조 말년
  에는 『중국백화보』, 『항주백화보』, 『안휘속화보』, 『영파백화보』, 『조주백화
  보』와 같은 백화로 된 신문이 적지 않게 나왔지만 오랜 수명을 유지하지는
  못했다. …… 내가 쓴 몇 십 편의 글이 당시에 어떠한 영향이 있었는지는
  알 수 없지만, 이 1년여에 걸친 훈련이 나에게는 절대적인 힘이 되어주었다는
  것만은 알고 있다. 백화문은 이때부터 내 도구의 하나로 되었다. 7, 8년 후에
  이 도구는 나로 하여금 중국 문학혁명의 앞길을 개척해 나가는 일꾼 노릇을
  할 수 있게 하였다.35)

---

34)「十七年的回顧」, 앞의 책, p.90 참조
35)『四十自述』, 曹伯言 選編, 『胡適自傳』(黃山書社, 1986), pp.61~62.

胡適은 1904년에 형을 따라 상해에 도착하여 1910년 미국으로 유학을 떠나기까지 6년을 그곳에서 지내면서 네 번 학교를 옮겼다. 매계학당, 징충학당(澄衷學堂), 중국공학(中國公學), 중국신공학(中國新公學)이 그것이다. 매계학당에서 1년을 보내면서 胡適은 사상적으로 큰 변동을 겪게 되는데, 梁啓超의 글에 관심을 가졌을 뿐만 아니라 鄒容이 쓴『혁명군(革命軍)』이라는 책을 읽고 감동을 받기도 하였다.36) 매계학당을 졸업할 무렵 만주족 통치 아래에 있던 관청에 가서 시험을 보라는 학교측의 요구를 거절하고 징충학당에 들어가게 되었으며, 1년 반 동안의 징충학당에서의 생활을 통해 梁啓超의 신민설(新民說), 嚴復의 진화론 사상에 크게 영향을 받았다. 그러다가 학교에서 한 학생이 제적당한 것에 대해 무효화를 선언하였다가 큰 과오로 기록되자 胡適은 징충학당을 그만두고 다시 중국공학에 입학하게 된다. 당시 상해는 완전히 상해말의 세계였고 학교에선 전부 상해말로 가르쳤으며 학생들은 전부 상해말로 배워야 했다. 이 시기에 중국공학은 최초로 '보통화(普通話)'로 강의하는 학교였다.37) 胡適이 '보통화'를 익히게 되었던 것도 이 중국공학에서의 일이며『경업순보』의 편집 일을 맡게 되었던 것도 바로 이 중국공학 시절의 일이었다.

胡適은 같은 방에 있던 鍾文恢의 소개로 경업학회(競業學會)에 들어가게 되었으며 거기서『경업순보』와 인연을 맺게 된다. 胡適의 말에 따르면, 경업학회의 첫째 사업은 백화로 된 순보를 창간하는 것이었다. 순보의 창간취지는 다음 네 가지로 요약된다. ①교육을 진흥시킨다. ②민기(民氣, 국민정신)를 진작시킨다. ③사회를 개량한다. ④자치를

---

36)『四十自述』, 앞의 책, p.44 참조.
37)『四十自述』, 앞의 책, p.54.

주장한다 등이 그것이다. 이러한 취지는 모두 표면상의 이야기들이었
고 골자는 혁명을 고취하자는 것이었으며 그들의 의도는 '소학교에 다
니는 젊은 국민들에게 선전하려는 것'이었기 때문에 백화문을 쓰기로
작정하였다는 것이다.

4년이 채 안 되는 기간 동안 胡適은『경업순보』에 대략 15만 자의
문장과 시사(詩詞)를 발표하였으며, 이 시기 胡適의 문장에는 梁啓超
의 영향이 크게 드리워져 있었다.38) 梁啓超의 영향은 계몽의 문제와
함께 생각해야 한다. 胡適은『경업순보』출간 2주년 기념에 즈음하여
'희강(希彊)'이라는 필명으로「본보의 대 기념(本報之大紀念)」이라는 글
을 발표했다. 胡適은 "한 조각 세상을 깨우치려는 노파심과 민지(民智)
를 개통시키려는 망상"에 입각하여 순보를 내고 있다고 말하고, 다음과
같은 입장을 밝혔다. "우리의 이 신문은 본래 우리들 4억의 동포를 위
해 유익한 사업을 하려는 것이며, 이전의 모든 무익한 거동, 예를 들면
배불(拜佛)이라든지 구신(求神)이라든지 전족이라든지, 일체의 모든 것
을 모조리 바꾸어 나가려고 하는 것이다."39) 이처럼 '무익한 거동'으로
서의 미신을 타파하기 위해, 즉 일반대중들에 대한 계몽을 위해 순보가
발간되었으므로 문장은 더욱 평이한 백화를 사용해야 했다. 이 시기에
胡適이 사용하고 있는 백화가 1917년 이후의 백화의 문장보다 더욱
구어에 가까울 수밖에 없었던40) 것도 일반대중들에 대한 계몽이라는
순보의 발간취지 때문이었다. 이런 측면에서 보면 胡適의『경업순보』
에서의 활동도 만청 시기의 백화문운동의 흐름과 궤를 같이한다. 다만

---

38) 周質平,「國界與是非」,『胡適研究叢刊(第一輯)』(北京大學出版社, 1995), p.45 참조.
39) 周質平, 앞의 글, 앞의 책, p.45 재인용.
40) 周質平, 앞의 글, 앞의 책, p.47 참조.

胡適의『경업순보』에서의 활동이 의미를 갖는 것은 그 경험이 이후 그가 주장한 문학혁명에 크게 영향을 주었다는 점 때문이다.

胡適은『경업순보』에서 지구는 둥글다는 내용의 '지리학'에 관한 최초의 백화 문장을 발표하였고, 백화로 된 장회소설『진여조(眞如島)』를 기획하기도 하였다. 胡適이『경업순보』에 백화로 문장을 쓰고 장회소설을 쓸 수 있었던 것은 어린 시절 읽었던 백화소설의 경험과 무관하지 않을 것이다. 胡適은 어릴 때의 경험을 이렇게 술회했다.

> 아홉 살 되었을 무렵 어느 날 나는 넷째 숙부의 집 동쪽 편의 작은 방에서 놀고 있었다. 이 작은 방 앞은 우리들의 서당이었고, 뒤편에는 침실이 한 칸 있었는데 손님이 들면 거기를 쓰게 했다. 그 날 공부가 없어서 나는 우연히 그 침실 안에 들어갔다가, 탁자 밑 미부표(美孚標) 석유 궤짝 안의 휴지더미 속에서 헐어빠진 책 한 권이 나와 있는 것을 보았다. 나는 무심코 이 책을 집어들어 보았는데, 아래위가 모두 쥐에게 뜯겼고 첫 페이지도 찢겨 있었다. 그러나 이 헐어빠진 책 한 권이 나에게 신천지를 열어 주었고, 돌연 내 어린 시절의 역사에 신선한 세계를 활짝 열어주었다. 헐어빠진 책은 별 것 아닌 작을 글씨로 된 목판본의 제오재자서(第五才子書)『수호전(水滸傳)』이었다. …… 그 미부표의 깨어진 나무 궤짝 곁에 서서 나는 이『수호전』의 잔본을 단숨에 읽어버렸다.[41]

胡適은 어린 시절『수호전』과 같은 백화소설을 좋아했다. 이러한 백화소설의 탐독이 훗날 백화문장을 짓는 데 도움이 되었음은 자명하다.

---

41)『四十自述』, 曹伯言 選編,『胡適自傳』(黃山書社, 1986), p.25.

胡適은 백화소설의 탐독이 백화문장을 짓는 데 도움이 되었음을 직접 밝히기도 했다. "나는 고향을 떠날 때까지 『홍루몽』과 『유림외사』의 좋은 점을 이해하지 못했었다. 그러나 이런 따위는 모두 백화소설이어서, 나도 모르는 사이에 적지 않게 백화산문의 훈련을 받게 되어 10여 년 뒤에 퍽 힘이 되어 주었다."42) 10여 년 뒤라면 胡適이 『경업순보』에 백화문으로 글을 지어 발표하던 때에 해당한다. 그러므로 胡適은 어린 시절 읽었던 백화소설의 도움으로 『경업순보』의 취지에 맞는 백화문장을 지을 수 있었던 것이다. 胡適이 장회소설을 기획한 것도 바로 어린 시절 읽었던 백화소설에서 기인하며 그의 백화소설에 대한 관심을 엿볼 수 있는 대목이다. 결국 胡適은 『경업순보』의 활동을 통해 어린 시절 자신이 경험한 백화에 대한 관심을 초보적으로 실천할 수 있었고, 또한 백화에 대한 인식을 새롭게 다지는 계기가 되었으며, 이를 바탕으로 미국유학시기에 문학혁명에 대한 생각을 구체화하고 1917년에 이르러 백화문운동으로서의 문학혁명을 정식으로 제창할 수 있었던 것으로 보인다.

3. 胡適의 백화문운동(문학혁명)의 내용

　1917년 1월 胡適이 『신청년』에 「문학개량추의」를 발표하고 그 해 2월 陳獨秀가 「문학혁명론」을 발표하면서 문학혁명의 문제가 정식으로 제기되었다. 문학혁명에 대한 논의가 진전되면서 胡適은 「역사적 문

---

42) 『四十自述』, 앞의 책, p.27.

학관념론(歷史的文學觀念論)」과 「건설적 문학혁명론(建設的文學革命論)」
을 연이어 발표하여 역사진화의 법칙에 따라 문학혁명의 필요성을 역설
하고 '국어의 문학'과 '문학의 국어'라는 개념으로 자신의 문학혁명론을
정리하게 된다. 그 후 백화문운동으로서의 문학혁명은 전국적으로 파급
되었고 5·4운동이 전개되면서 완전한 성공을 거두게 된다.

胡適이 처음 제기한 문학혁명은 우선 언어문자의 개혁에 집중되어
있었다. 그는 문학의 도구로서 문언문을 폐지하고 백화문을 전면적으
로 사용할 것을 천명하였다. 이에 비해 陳獨秀는 내용에 중점을 두어
胡適의 문학혁명론을 좀더 구체화하고 강화시켰다. 『신청년』은 처음부
터 사상혁명을 중심에 두고 문화운동을 전개하고 있었으므로 陳獨秀의
문학혁명은 내용의 혁명과 직결될 수밖에 없었다. 陳獨秀도 이미 백화
의 필요성을 자각하고 있었으므로 胡適의 문학혁명의 주장에 열렬한
지지자가 될 수 있었고, 나아가 내용의 혁명과 관련된 자신의 문학혁명
론을 개진할 수 있었다. 문학도구의 개혁을 지향했던 胡適의 문학혁명
론과 내용의 혁명에 치중했던 陳獨秀의 문학혁명론은 자연히 문학혁명
운동을 전개하는 과정에서 입장의 차이를 보인다. 胡適은 '문제의 제출
과 토론'의 입장에서 '문학개량'을 제기하였고, 陳獨秀는 토론의 여지없
지 혁명으로 곧바로 나아가야 한다고 생각했다. 胡適이 陳獨秀에게 보
낸 편지와 그에 대한 陳獨秀의 회신은 이러한 입장의 차이를 잘 보여주
고 있다.

①이러한 일의 옳고 그름은 하루아침에 결정될 수 있는 것이 아니며, 한두
사람이 결정할 수 있는 것도 아닙니다. 국내 지식인들이 마음을 가라앉히고
조용히 우리들과 함께 힘을 모아 이 문제에 대해 연구할 수 있기를 간절히

바라는 바입니다. 토론이 이미 원숙하게 진행되고 있으므로 무엇이 옳고 그른지는 자명해질 것입니다. 우리들은 이미 혁명의 기치를 내걸었는데, 비록 후퇴를 용납할 수는 없지만 그렇다고 우리들의 주장이 반드시 옳고 다른 사람들의 올바른 비판을 수용할 수 없다는 것은 결코 아닙니다.[43)

②중국문학을 개량함에 있어 백화가 문학의 정통이 되어야 한다는 주장은 옳고 그름이 매우 분명하므로 반대자들에게 토론의 여지를 주지 않을 것입니다. 우리들이 주장하는 것은 절대적으로 옳은 것이므로 다른 사람들의 비판을 용납하지 않을 것입니다. 그 이유는 무엇인가? 만약 우리나라의 문화가 이미 언문일치의 단계에 이르렀다면 국어로 문장을 지어 뜻을 전달하고 사물을 묘사하였을 것임은 바꿀 수 없는 진리입니다. 그러니 어떤 이의가 있다고 해서 굳이 토론을 기다릴 필요가 있겠습니까? 국어문학을 던져버리고 외고집으로 고문을 문학의 정통으로 삼으려는 자들은 마치 청초(淸初)의 역술가(曆術家)들이 서법(西法)을 배척하고 건륭(乾隆)·가정(嘉靖) 시기의 천문(天文)이나 역산(曆算) 전문가들이 지구가 태양의 둘레를 돈다는 설을 비난했던 것과 같으니 우리들은 실로 그들과 아무런 소득 없는 토론을 벌일 겨를이 없습니다.[44)

①의 문장으로 볼 때, 胡適은 그때까지만 해도 문학혁명에 대한 확신이 적었고, 외국에 유학하고 있었으므로 적극적으로 문학혁명을 제창할 입장은 아니었다. 또 균형 잡힌 시각을 유지하려는 胡適의 학문적 태도가 스며있는 것으로 보인다. 또한 胡適의 문학혁명론이란 일차적으로 문학용어로서 문언문을 대신하여 백화문을 쓰자는 것이었으므로

---

43) 胡適, 「寄陳獨秀」(1917년 4월 9일, 미국 뉴욕), 『胡適文存(第一集)』, p.29.
44) 陳獨秀, 「答書」, 앞의 책, p.32.

언어문자의 문제는 하루아침에 해결할 수 없다는 胡適 나름의 생각이
깔려 있었다. 1918년 胡適이 "30년 또는 50년 내에 새로운 중국의 활
문학(活文學)을 창조할 것을 나는 기대한다"45)라고 한 것이나 "오늘날
의 중국은 아직 신문학 창조의 예비단계에도 도달하지 못하였다고 생
각한다"46)라고 한 사실에서 胡適의 문학혁명에 대한 입장을 가늠할 수
있다. 또 胡適의 문학혁명론은 자신이 미국유학시기에 몸담았던 콜롬
비아 대학의 존 듀이 교수의 실험주의(실용주의) 철학과도 깊은 연관이
있다. 이 점에 대해서는 앞으로 검토할 것이다. ②의 문장을 보아 알
수 있듯이, 陳獨秀는 열정을 앞세워 적극적인 혁명의 기치를 내걸었
다. 이러한 陳獨秀의 문학혁명에 대한 적극성은 물론 당시의 상황으로
보건대 상당히 호소력이 있었다. 왜냐하면 陳獨秀의 적극적인 지지를
통해 胡適의 문학혁명론은 서서히 불이 붙기 시작했기 때문이다. 陳獨
秀는 5·4운동이 끝날 무렵(1921년) 초기 중국공산당의 창립자로 적극
적으로 참가하게 되는데, 陳獨秀의 문학혁명에 대한 적극성은 그의 급
진성과 무관하지 않을 것이다. 또한 胡適이 주로 학술·교육·문학 분
야에 주력했다면, 陳獨秀는 정체(政體)의 측면에서 전통의 파괴와 신중
국 건설의 희망이 걸려있는 중국 청년들의 이념적 각성에 주력했던 원
인도 있을 것이다.

(1) 백화문운동의 사상적 배경 ─ 진화론과 실험주의

  胡適의 백화문운동의 내용을 검토하기 위해서는 먼저 그 배경으로서

---

45) 「建設的文學革命論」, 앞의 책, p.55.
46) 「建設的文學革命論」, 앞의 책, p.73.

진화론과 실험주의에 대해서 살펴보아야 한다. 胡適은 1930년 11월
에 쓴 「나 자신의 사상을 소개함(介紹我自己的思想)」이라는 글에서 10여
년 동안 자신이 몸담았던 문학혁명에 대해 자신의 공헌을 세 가지로 요
약했다. 첫째 '백화로서 신문학을 창작한다'는 길을 제시하였고, 둘째
역사적 사실에 근거한 중국문학의 진화론(演變論)을 제시하여 사람들에
게 국어는 고문의 진화가 아님을 명확히 하였고 백화문학이 중국문학
사에서 어떤 지위에 놓여 있었는가를 밝혔으며, 셋째 백화로 된 신시
(新詩)를 시험삼아 지었다는 것이다. 그리고 이러한 자신의 문학혁명론
은 진화론과 실험주의를 실제에 응용한 데 지나지 않는다고 밝혔다.[47)]
따라서 胡適의 문학혁명론을 이해하기 위해서는 사상적 기반으로서 진
화론과 실험주의(실용주의)의 의미를 검토할 필요가 있다.

　胡適은 자신의 사상적 지주로서 헉슬리와 존 듀이를 예로 들었다.

　　나의 사상은 두 사람에게서 받은 영향이 가장 크다. 한 사람은 헉슬리이고
　또 한 사람은 듀이 선생이다. 헉슬리는 나에게 어떻게 회의하나를 가르쳐
　주었고, 나로 하여금 충분한 증거가 없는 것은 일체 믿지 않도록 하여주었다.
　듀이 선생은 나에게 생각하는 방법을 가르쳐 주었으며, 나로 하여금 여러
　가지 당면한 문제들을 살피고 모든 학설과 이상은 증명되지 않은 가설로 보
　도록 하였으며, 여러 가지 사상의 결과를 살피도록 하여주었다. 이 두 사람은
　나에게 과학적 방법의 성격과 그 효용을 명확히 가르쳐 주었다.[48)]

　헉슬리는 이미 嚴復이 번역한 『천연론(天演論)』을 통해 19세기 말부

---

47) 「介紹我自己的思想」, 『胡適文存(第四集)』, p.619 참조.
48) 「介紹我自己的思想」, 앞의 책, p.608.

터 중국인들에게 잘 알려져 있었으며, 『천연론』이 가져다준 진화론적
사고는 개명된 중국 지식인들 사이에 크게 유행하고 있었다. 또 듀이는
胡適이 콜롬비아 대학에서 직접 사사한 철학교수로서 그의 철학은 다
윈의 생물진화론에서 배태되어 나온 것이었다. 胡適은 생물진화론과
실험주의의 관계를 다음과 같이 언급하였다.

> 그 전에 陳獨秀 선생은 실험주의와 변증법적 유물사관은 근대의 가장 중요
> 한 두 개의 사상방법(思想方法)이라고 하였다. 그는 이 두 가지의 방법을 합쳐
> 서 하나의 연합전선을 만들 수 있기를 희망했다. 이러한 희망은 잘못이다.
> 변증법은 헤겔의 철학에서 나온 것으로 생물진화론이 성립되기 이전의 현학
> 적인 방법이다. 실험주의는 생물진화론이 세상에 발표된 이후에 나온 과학적
> 인 방법이다. 이 두 가지 방법은 근본적으로 서로 용납될 수 없는 것이다.
> 그 이유는 중간에 다윈주의가 개재해 있기 때문이다. 다윈의 생물진화론은
> 우리에게 큰 교훈을 주었다. 그것은 곧 자연적인 진화이든 혹은 인위적인
> 선택이든 생물진화는 모두 점차적인 변이에 의해 이루어지며, 그렇기 때문에
> 매우 복잡한 현상이라도 결코 간단히 단번에 목적지에 뛰어오를 수도 없고,
> 또 단번에 목적지에 뛰어올라 이루어졌다고 해서 변하지 않는다고 할 수도
> 없다는 사실을 우리에게 분명히 가르쳐 주었다. 변증법의 철학은 본래 생물
> 학이 발달하기 이전의 진화이론이다.[49]

이 글에는 변증법적 유물사관에 대한 비판적 태도가 담겨 있으며 문
맥 속에서 胡適의 사상적 입장이 분명히 드러난다. 胡適은 직선적이며

점차적인 변이로서의 발전의 개념을 받아들이는 생물진화론적 입장에서, 헤겔주의와 변증법적 유물사관보다 시대적으로 후에 출현한 듀이의 실험주의를 이전의 것보다 더욱 과학적이며 발전한 단계의 철학이라고 생각하였다. 따라서 胡適의 사상적 기반은 바로 생물진화론과 여기에서 배태되어 나온 듀이의 실험주의(실용주의) 철학이었다.

듀이는 1904년 시카고 대학에서 콜롬비아 대학으로 자리를 옮기게 되었으며, 1930년 71세의 노령으로 퇴직할 때까지 콜롬비아 대학의 자리를 지켰다. 이 26년 동안은 사상가로서의 듀이의 전성기에 해당하며, 이 시절에 그는 교육가로서, 저자로서, 사회 비평가로서 그리고 세계적인 철학자로서 눈부신 활동을 하였다.[50] 胡適이 미국유학 중에 콜롬비아 대학에 입학하여 듀이를 사사하며 그의 철학을 연구하기 시작한 것이 1915년 9월의 일이었으므로[51] 듀이의 철학이 체계화 단계에 이르렀던 시기이다. 이 시기부터 胡適이 미국유학 친구들과 문학혁명에 관한 토론을 벌였던 것도 문학혁명과 듀이 철학이 일정한 연관관계가 있음을 시사한다. 따라서 胡適의 문학혁명론을 이해하기 위해서는 듀이 철학이란 무엇인가가 조명되어야 한다.

듀이는 철학을 '문화 안에서 일어나는 갈등의 지적(知的)인 표현'이라고 믿었다. 다시 말하면 철학은 인간 사회에 있어서 필연적으로 일어나는 가치관의 대립을 반영하고 세워지는 지적 체계라는 것이다. 모든 철학은, 그것이 아무리 추상적이요, 현실 문제와는 전혀 관계가 없는 순

---

50) 金泰吉, 『존 듀이의 社會哲學』(明文堂, 1990), p.29 참조.

51) 胡適은 1915년 9월에 콜롬비아 대학에 입학하여 듀이 사상을 접하게 되었지만, 이미 1915년 5월 9일자 일기에 '실험주의(實效主義, pragmatism)'에 관해 언급하고 있다. "此事可證今世實效主義(Pragmatism)之持論未嘗無可取者, 其言曰: 天下無有通常之眞理, 但有特別之眞理耳. 凡思想無他, 皆所以解決某某問題而已. ……"(『胡適留學日記(下冊)』, p.52 참조)

수한 논리의 전개인 것처럼 보일지라도, 그 철학자의 이상 또는 인생관을 표명 내지 옹호하는 이론의 체계라고 듀이는 보았다. 듀이에 있어서, 철학은 정치와 문학 그리고 조형 미술이 그렇듯이, 인간적 문화의 한 현상이요 인류 역사의 한 부분이다. 철학자들 가운데는 과거의 철학은 모두 그 시대의 사정과 어려움을 반영한 것이었으나, 이제 자기의 철학만은 시대나 사회의 특수성을 벗어나서 객관적이요 영원한 진리를 밝히는 것이라고 자부하는 사람들이 많다. 베이컨, 데카르트, 칸트, 그 밖의 무수한 철학자들이, 자기만은 순전히 지성(知性)만에 의한 체계를 세우겠다고 굉장한 포부를 가졌다. 그러나 듀이에 의하면 그것은 모두 한때의 꿈에 지나지 않으며, '철학자도 역사의 한 부분'임에는 예외가 있을 수 없다. 모든 철학자는 한편으로 미래를 창조하는 자인 동시에, 또 한편으로는 '반드시 역사적 과거의 산물'이다. 철학이 시대와 문화의 굴레를 벗어날 수 없다고 단정하는 까닭에, 듀이는 '영원히 변치 않는 실재의 세계를 대상으로 삼는 철학'의 이른바 '영원한 진리'를 믿지 않는다. 따라서 듀이는 플라톤의 '이데아(idea)'라든가, 데카르트나 스피노자가 말하는 '실체(實體, substantia)'라든가, 칸트가 말하는 '사물 자체(Ding an sich)'라든가, 또는 헤겔이 말하는 세계이성(世界理性)으로서의 '이데(Idee)' 등에 대하여, 다시 말하면 '경험을 초월해 있으며, 경험의 세계에 원인이 되는 정말 참된 존재(存在)'라는 것에 대하여 그리 깊은 흥미를 느끼지 않는다. 胡適의 변증법적 유물사관에 대한 비판도 이러한 듀이 철학의 영향을 받은 자연스런 결과라고 볼 수 있다.

하지만 듀이는 경험을 초월하는 세계를 다루어 '영원한 진리'를 표방하는 형이상학의 체계들을 무의미하다고 배척한 것은 결코 아니다. 듀이는 그들 형이상학이 어떤 절대적 사실(事實)에 대한 진리를 전달한다

고는 믿지 않는다. 그러나 그는 황당무계한 가공의 세계를 그린, 믿을
수 없는 체계까지도 포함한 모든 철학이 인간의 포부와 어려움과 갈등
을 드러내는 것이라고 믿으며, 그토록 인간의 모습을 드러내는 것인 까
닭에 매우 중요한 의미를 가졌다고 인정한다. 철학은 인간적 욕구의 지
성적 표현이며, 인간의 욕구가 필연적으로 갈등을 일으킴에 따라서, 그
갈등을 반영하면서 전개된다. 역사 안에 일어나는 인간적인 갈등 가운
데서 가장 기본적인 것은, 오랜 옛날부터 내려오는 전통의 힘과 시대의
변천에 따르는 새로운 사회적 요구와의 대립에서 생기는 그것이다. 모
든 시대의 철학은 이 사회적 갈등의 근원을 밝히고, 나아가서는 그 대
립 내지 갈등을 전반적으로 해결하는 것을 은연중의 사명으로 삼는다.
묵은 것과 새로운 것의 대립에서 오는 사회적 갈등은 우리의 생활환경
을 '문제의 상황'(problematic situation)으로 만든다. 문제의 상황 속에
던져진 동물이 그 문제를 해결하고자 함은 근본적인 본능이며, 철학은
시대와 사회 속에 깃들인 인생의 문제들을 해결해보고자 꾀하는 지성
의 가장 포괄적인 시도라고 보는 것이 듀이의 생각이었다. 따라서 듀이
에 있어 철학의 역사적 사명은 인간적인 갈등에 기인하는 시대의 근본
적 문제를 해결할 수 있는 원리를 마련하는 일이라는 결론이 나온다.
胡適이 '문제와 주의' 논쟁에서 문제를 더 많이 연구할 것을 제기한 것
도 듀이 철학의 영향으로 보인다.

　듀이는 보수와 진보의 문제에 있어 혁신 내지 진보의 진영에 속하는
사상가였다. 급속한 템포로 변천해 가는 미국에서 태어난 듀이는, 18
세기적 개인주의에 입각한 미국의 사회 현실과 자연 과학 및 기계 문명
의 발달을 계기로 전개되는 새로운 사태와의 부조화에 대하여 매우 민
감하였다. 그리고 그러한 사태는 새로운 질서를 요구한다고 믿었으며,

서민 대중의 권익이 옹호되는 참된 민주주의를 실현함이 새로운 시대
의 요청이라고 믿었다. 듀이는 자기가 사는 시대를 건전한 사회라고 보
지 않았으며, 전통적인 제도에도 고쳐야 할 점이 많다고 믿었다. 그는
여러 분야에 걸쳐서 수많은 글을 썼지만, 그것들은 모두 미국 사회를
어떻게 혁신할 것이냐는 문제와 직접 또는 간접으로 관련이 되어 있었
던 것이다. 듀이가 진보의 노선을 선택할 수 있었던 것은, 첫째로 그가
젊었을 당시의 미국이 활발하게 발전해 가는 사회였으며, 듀이 자신은
개척민의 후예로서 발랄한 개척자의 기질을 타고난 사람이었기 때문이
며, 둘째로 다윈의 진화론에 의하여 깊은 영향을 받았던 듀이가 역사에
있어서 '발전'이라는 것을 굳게 믿었기 때문이며, 셋째로, 듀이가 '철학
의 소임(所任)에 있어서의 창조적 요소'를 대단히 중요시했기 때문이
다.52) 그러나 듀이가 비록 혁신의 진영에 있었다고 하지만 그의 진보
주의에는 한계가 있었다. 철학이라는 것이 시대의 역사적인 상황을 반
영하는 지적(知的) 표현이라는 듀이 자신의 철학관으로 보더라도 철학
자가 전통의 제약을 완전히 벗어난다는 것은 생각하기 힘든 일이며 듀
이가 활약한 시대에 미국이 누린 일반적인 번영이나 그 미국 안에서 듀
이가 차지한 학자로서의 위치로 볼 때, 듀이가 급진적 행동주의자가 될
근거는 희박했던 것이다. 듀이 자신이 거듭 강조했듯이 철학이란 한편
으로는 과거로부터 내려오는 전통의 유산으로부터 영양을 섭취하고 성
장하는 것이며, 또 한편으로는 새로운 시대가 이룩한 발견과 발명에 주
목하고 새로운 시대가 호소하는 새로운 요청의 소리에 귀를 기울임으
로써 전진하는 것인 까닭에, 듀이의 철학도 자연, 묵은 것과 새로운 것

---

52) 金泰吉, 『존 듀이의 社會哲學』, p.38 참조.

의 조화의 시도라는 근본적인 자세를 떠나지 않았다. 다만 듀이는 역사의 전진을 믿었던 까닭에, 그가 시도한 조화의 방향도 스스로 새로운 것에 치중하는 경향을 보였을 뿐이었다.

이러한 듀이의 철학의 특징을 파악할 때 胡適이 문학혁명의 필요성을 자각한 후 문학혁명을 개량의 차원에서 추진하고자 했던 것도 이해될 수 있다. 그 후 胡適이 '문제와 주의' 논쟁에서 보여주었던 태도도 바로 듀이 철학의 반복으로 비쳐지며, 그가 '문명개조(改造文明)'라는 명분으로 '국고정리(國故整理)' 작업에 들어갔던 것도 정치적 문제를 떠나 그의 사상이 듀이 철학에 기울어 있었기 때문이다. 또 듀이가 진보의 노선을 취했다고는 하지만 그것은 당시 미국사회 속에서의 진보의 의미이며 중국적 상황 속에서는 또 다른 의미로 해석될 수밖에 없다.

듀이 철학에 기반을 둔 胡適은 신문화운동과 관련하여 다음과 같은 입장을 피력했다.

실험주의는 다원주의에서 출발했다. 그렇기 때문에 조금씩의 부단한 개진(改進)이야 말로 진실하고 믿을 만한 진화라고 인정할 수 있다. 나는 「문제와 주의(問題與主義)」와 「신사상의 의의(新思潮的意義)」라는 두 편의 글에서 다만 이러한 근본적인 관념만을 밝혔다. 나는 민국 6년(1917년 ─ 인용자) 이후의 신문화운동의 목적은 중국문명을 다시 만드는 데 있다고 생각한다. 문명을 개조하는 길은 모름지기 하나 하나의 구체적인 문제를 연구하는 것이라 생각한다.[53]

---

53) 「介紹我自己的思想」, 『胡適文存(第四集)』, p.609.

'부단한 개진'의 진화론적 사고와 새로운 문명 건설을 위한 '하나 하나 의 구체적인 문제'의 연구는 바로 胡適이 듀이 철학에 기반을 두고 있 었음을 보여준다. 그러므로 胡適에게 과학은 듀이의 실험주의를 뜻한 다. "젊은 친구들이여, 이러한 소설 고증을 그대들에게 소설을 권장하 는 글이라 생각하지 말기 바란다. 이것은 모두 학문을 연구하는 방법의 몇 가지 실례이다. 이러한 글을 통해 나는 독자들이 과학정신, 과학적 태도, 과학적 방법을 배워 주길 바란다."54) 이렇게 볼 때 중국 고전문 학에 대한 胡適의 고증작업도 바로 듀이의 과학적 방법을 실제로 운용 한 결과였다.

胡適이 듀이 철학을 통해 '발전'의 개념을 받아들이고 문제상황에서 문제의 해결에 중점을 두었다고는 하지만 진화론과 관련하여 胡適은 이미 미국유학을 떠나기 이전에 嚴復의 『천연론』을 통해 생물진화론을 접하게 되었다.55) 중국에서 본격적으로 진화론이 소개된 것은 嚴腹이 헉슬리의 『진화와 윤리』를 기초로 하여 번역과 나름의 해설을 가한 『천 연론』을 출판하면서부터였다. 즉 다윈의 진화론이 헉슬리의 사회진화 론을 거쳐 다시 嚴復의 『천연론』을 통해 중국에 소개되었던 것이다. 당 시의 소학교의 교사들도 때때로 이 책을 교재로 삼았으며 중학교 교사 들은 '생존경쟁·자연선택, 적자생존(物競天擇, 適者生存)'을 작문의 제목 으로 삼았고 청년들은 어른들의 반대에도 불구하고 몰래 『천연론』을 읽었다.56)

진화론은 복고적인 중국의 전통적인 관념을 붕괴시킨다. 嚴復의 『천

---

54) 「介紹我自己的思想」, 앞의 책, p.623.
55) 『四十自述』, 曹伯言 選編, 『胡適自傳』, p.46.
56) 李澤厚, 『論嚴腹與嚴譯名著』(商務印書館, 1982), p.6~7 참조.

연론』이 나오면서 '도의 대원칙은 하늘에서 나오는 것이고 하늘이 변하
지 않으니 도 역시 변하지 않는다(道之大原出于天, 天不變, 道亦不變)'라는
중국의 전통적인 문화정신은 파기되고 위기의식과 구국의 열망이 형성
되었다.57) 康有爲와 梁啓超의 유신변법도 嚴復이 소개한 진화론에
기초하고 있으며, 진화론은 '새로움을 추구하는 사람(喜新者)'이나 '옛
것을 고수하는 사람(篤故者)' 모두에게 충격을 주었다.58) 진화론은 당
시 중국인들에게 중국의 국제정치적인 상황을 인식하도록 이끌었을 뿐
만 아니라 전통적인 의식구조를 변화시키는 역할도 수행했다. 중국인
들에게 전통문화에 대한 전반적인 반성의 기회를 제공했던 것이다. 중
국은 전통적으로 복고론적 사고가 지배적이었는데, 복고론에 맞서 진
화론은 과거와 현재의 대비에서 현재의 의미를 중시하는 것이었다.

胡適이 1917년에 발표한 「역사적 문학관념론」도 진화론적 사고를
바탕으로 문학혁명의 필요성을 역설한 것이었다.

> 오늘날 문학개량을 말하는데 당연히 '역사적 문학관념'을 중시해야 한다.
> 단적으로 말하면 한 시대에는 그 시대의 문학이 있다. 이 시대와 저 시대
> 사이에 비록 앞의 것을 계승하고 뒤의 것을 계시하는 관계는 있지만 완전히
> 답습하는 것은 아니다. 완전히 답습하는 것이라면 결코 진정한 문학이 되지
> 못할 것이다. 나는 이러한 이치를 깊게 믿고 있는 까닭에 옛사람은 이미 옛사
> 람의 문학을 만들어 내었고 오늘날 사람은 오늘날 사람의 문학을 만들어 내
> 어야 한다고 생각한다.59)

---

57) 林非, 『魯迅和中國文化』(北京學苑出版社, 1990), p.90~91.
58) 「人之歷史」, 『墳』, 『魯迅全集(1)』, p.8 참조.
59) 「歷史的文學觀念論」, 『胡適文存(第一集)』, p.33.

胡適이 주장한 '한 시대에는 그 시대의 문학이 있다'라든지 '옛사람은 이미 옛사람의 문학을 만들어 내었고 오늘날 사람은 오늘날 사람의 문학을 만들어 내어야 한다'는 견해는 梁啓超 이후 문학진화관을 수용한 중국 지식인들 사이에 널리 받아들여졌던 생각이므로 새로울 것은 없다. 梁啓超도『소설총화(小說叢話)』라는 글에서 '고어의 문학이 속어의 문학으로 바뀌어간다(古語之文學爲俗語之文學)'라고 했고, 王國維도『송원희곡고(宋元戱曲考)』의 서문에서 '일반적으로 한 시대의 문학은 그 시대 나름의 문학이 있다(凡一時代有一時代之文學)'라고 했다. 5・4시기에 이르러 유럽의 문예사조를 도입하는 문제에 있어 茅盾은 중국의 전통 문학을 '감정과 뜻의 표백(抒情敍意)'으로서 고전주의와 '구낭만주의'의 범주에 속한다고 보고 '진화의 순서는 한꺼번에 뛰어넘을 수 없는 것'이라고 하여 '가능한 한 사실주의파와 자연주의파를 먼저 소개해야 한다'고 했다. 胡適도 梁啓超 이후의 문학진화관을 받아들이고 이에 기초하여 '역사적 문학관념'을 제시하고 있는 것이다. 다만 胡適은 문학의 역사성에 주목하여 옛사람은 옛사람의 문학이 있고 오늘날 사람은 오늘날 사람의 문학이 있다는 전제 하에 오늘날 사람의 문학은 역사의 발전 법칙에 따라 당연히 '백화문학'이 중심이 되어야 한다는 것이다. 문학진화관에 입각하되 오늘날 사람의 문학은 마땅히 백화문학이어야 한다고 강조한 점이 胡適의 '역사적 문학관념론'이 담고 있는, 이전의 문학진화관과 다른 점이다. "백화의 문학이 부귀를 얻기에 부족하였고 명예를 얻기에 부족하였고 문학의 '정통'의 지위에 오르지 못하였지만 끝내 폐기될 수 없었던 것은 어찌 이유가 없겠는가? 이것은 우리나라 문학의 추세로서 자연스럽게 그렇게 된 것이므로 금지하거나 막을 수 없고 날마다 창대해질 것이 아니겠는가! 나는 이러한 이치를 깊게 믿고 있는

까닭에 오늘날의 문학은 마땅히 백화문학이 정통이 되어야 한다고 생
각한다."60)

　이러한 관점에서 胡適은 『백화문학사(白話文學史)』의 집필에 착수할
수 있었다. 胡適이 『백화문학사』를 기획했던 것은, 첫째 문학혁명에서
제기한 백화문학이 결코 3, 4년 동안에 나타난 갑작스런 일이 아니며,
그것은 중국문학사에서 장구한 매우 영광스러운 역사를 가지고 있다는
사실을 증명하기 위한 것이었고, 둘째 백화문학이 중국문학에서 정통
의 지위에 있으며 백화문학사가 중국문학사의 중심부분이라는 사실을
증명하기 위한 것이었다. 그래서 胡適은 "중국문학사가 만약 백화문학
의 진화사를 버리고 나면 그것은 중국문학사로 되지 않을 뿐 아니라 다
만 '고문전통사(古文傳統史)'로 불러야 할 뿐이다."61)라고 했다. 胡適의
이러한 견해는 진화론적 사고와 밀접하게 관련되어 있음은 물론이다.
胡適은 『백화문학사』에서 역사진화에 대해 두 가지로 나누어 설명한
다. '연진(演進. 점진적인 변화)'과 '혁명(革命)'이 그것이다. '연진'은 자연
적인 변화로서 무의식적이며 완만하게 진행된다. '혁명'은 자연적인 추
세를 따르되 인공적인 힘(人力)으로 촉진하는 것이다. 이에 대해 胡適
은 이렇게 설명했다.

　　자연적인 진화가 어느 시기에 이르면, 소수의 사람들이 나타나서 이러한
　　자연적인 추세를 분명히 깨닫고 의식적으로 그러한 추세를 고쳐시키고 인공
　　적으로 촉진하여 그러한 자연적 진화의 추세가 훨씬 빨리 실현되도록 만든
　　다. 시간이 10년, 100년 단축되고 효과가 10배, 100배 증가될 수 있다. 시간이

---

60) 「歷史的文學觀念論」, 앞의 책, pp.33~34.
61) 『白話文學史』(樂天出版社, 中華民國六十三年, 1974), 「引子」, p.2.

갑자기 단축되고 효과가 갑자기 증가하므로 표면상으로는 혁명과 매우 유사하게 보인다. 사실 혁명은 천천히 진행되는 자연적인 진화의 과정에 가하는 인공적인 힘이며 의식적으로 채찍을 가하는 것에 지나지 않는다.62)

胡適이 보기에 '혁명'은 진화의 한 측면이며, 그것은 자연적인 추세를 따르되 다만 인위적인 조작의 힘을 더욱 강화한 결과일 뿐이다. 따라서 지금까지 자신의 백화문운동은 그것이 비록 혁명(문학혁명)이라는 이름을 걸고 있지만 자연적인 추세를 따르는 것일 뿐이다. 결국 胡適의『백화문학사』의 기획도, 문학혁명이 문학혁명의 반대론자들의 주장처럼 갑자기 나타난 것이 아닌 역사적 진화의 법칙에 따르는 자연스런 현상임을 증명하기 위한 것이었다. 胡適은 1958년 5월 4일 대북중국문예협회(臺北中國文藝協會) 8주년 기념회의 연설에서 문학혁명을 '중국문예부흥운동'이라고 직접 언급하기도 하였다. "30여 년 전 5·4와 문예는 어떠한 관계가 있는가? …… 북경대학에 있던 우리 교수들은 40년 전 또는 40여 년 전 소위 중국문예부흥운동을 제창하였다. 그 시기 많은 용어가 있었다. 어떤 사람은 '문학혁명'라 불렀고, 또 어떤 사람은 '신문화사상운동', '신사조운동'이라 불렀다. 그러나 내 개인적인 입장에서는 역사적으로 있었던 40여 년 동안의 운동을 '중국문예부흥운동'이라 부르고 싶다."63)

胡適은 1918년 10월『신청년』제5권 제4호에「문학진화관념과 희극개량(文學進化觀念與戲劇改良)」이라는 글을 발표했다. 여기서 胡適은 문학진화관에 입각하여 희극개량의 문제를 논하였는데, 이를 통해 문

---

62)『白話文學史』,「引子」, p.4.
63)「中國文藝復興運動」,『胡適學術文集·新文學運動』, p.285.

학진화관에 대한 胡適의 생각을 정리할 수 있다. 胡適은 네 가지 층위
에서 문학진화관을 설명했다.

①총론격의 문학진화: 문학은 인류 생활 상태의 일종의 기록이며 인
류생활은 시대에 따라 변천하고, 따라서 문학도 시대에 따라 변천하며
한 시대에는 한 시대의 문학이 있다. 주진(周秦)에는 주진의 문학이 있
고, 한위(漢魏)에는 한위의 문학이 있고 당(唐)에는 당의 문학이 있고
송(宋)에는 송의 문학이 있고 원(元)에는 원의 문학이 있다.

②문학진화관의 두 번째 층위의 의미: 어떤 종류의 문학도 2년, 3년
만에 완비된 상태로 발달할 수 있는 것은 아니다. 반드시 가장 저급한
기원에서 시작하여 천천히, 점차적으로 진화하여 완전히 발달한 지위
에 이르게 된다.

③문학진화관의 세 번째 층위의 의미: 문학의 진화는 각 시대를 경
과하면서 때때로 이전의 한 시대가 남겨놓은 쓸모 없는 기념품을 많이
지니고 있다. 이러한 기념품은 이전의 유년시기에는 쓸모가 있었으나
시간이 지남에 따라 점점 쓸모가 없게 된다. 그러나 인류의 보수적인
타성 때문에 여전히 과거 시대의 기념품을 많이 보존하고 있다. 사회학
에서는 이런 기념품을 '유형물(遺形物)'이라고 부른다. 남자의 유방과
같이 형식은 비록 존재하지만 작용은 이미 잃어버린 것이다. 원래 폐기
할 수 있는 것이지만 결국 폐기하지 못하고 있는 것이다. 그래서 '유형
물'이라 부른다.

④문학진화관의 네 번째 층위의 의미: 어떤 문학은 어느 시기에 어
떤 지위까지 진화하였지만 곧 멈추고 더 이상 나아가지 않게 된다. 그
것이 다른 종류의 문학과 서로 접촉하게 됨에 따라 비교되고, 어느새
영향을 받아 혹은 의도적으로 다른 것의 장점을 흡수하여 비로소 계속

진보하게 된다.64)

이러한 胡適의 문학진화관은 생물진화론을 문학에 적용한 것으로 보이며, 문학진화를 단선적으로 파악한 측면이 강하다. 앞으로 보겠지만, 문학혁명에 반대했던 학형파(學衡派)의 논리적 근거 중의 하나가 바로 문학혁명파가 문학진화를 생물진화와 동일시하고 있다는 점이었다. 또한 胡適의 문학혁명의 필요성에 대한 인식은 문학진화관의 네 번째 층위의 의미에서 보듯, 진화를 멈추고 있는, 당시 죽어 있는 단계에 놓여있다고 진단한 중국문학을 '의도적으로 다른 것의 장점을 흡수하여' 새롭게 살아있는 문학으로 바꾸어야 한다는 자각에서 비롯되었다. '무기력으로 정신이 혼미하고 숨이 넘어갈 듯한' 중국문학에 서방의 '소년혈성탕(少年血性湯)'을 주입하기 위한 것이었다.65)

(2) 문자에서 문학의 문제로 방향 전환

胡適이 미국에서 문자의 문제를 토론하였을 때, 당시 토론에 참여했던 사람들은 모두 문학을 공부한 사람은 아니었으며 문학 문제를 전문적으로 연구한 사람들도 아니었다. 따라서 문학혁명의 제기는 우연적인 사건에 가까운 것이었다.66)

1915년 여름에 미국 코넬 대학의 여름학기학교에 몇 명의 중국여학생이 왔다. 이때 胡適은 이미 코넬 대학을 떠나 콜롬비아 대학에 있었으나 여러 명의 친구들은 그대로 코넬 대학에 있었다. 코넬 대학의 중

---

64) 「文學進化觀念與戲劇改良」, 『胡適文存((第一集)』, pp.145~151 참조.
65) 「文學進化觀念與戲劇改良」, 앞의 책, p.156 참조.
66) 「提倡白話文的起因」(1952.12.8), 『胡適學術文集・新文學運動』, p.261 참조.

국인 남학생들은, 코넬 대학은 산과 호수 그리고 폭포가 있었으므로 경치가 매우 아름다웠고, 또 당시 미국의 학교에는 중국의 여학생들이 매우 적었으므로 새로 온 여학생들과 뱃놀이의 기회를 가졌다. 날씨의 변동이 심하여 뱃놀이 도중에 갑자기 들이닥친 폭풍우로 인해 남녀학생들은 비에 흠뻑 젖게 되었다. 코넬 대학의 중국유학생이었던 任叔永은 이 때의 경험을 사언고시(四言古詩)로 지어 胡適에게 보내왔다. 그러자 胡適은 任叔永의 시가 훌륭하지 못하다는 비평의 글을 써서 보냈다. 任叔永의 시가 현재 사용하고 있는 글자로 씌어져 있기는 하지만 많은 부분 2천 년 전의 고문자로 씌어져 있었기 때문에 胡適은 "살아 있는 글자도 있고 죽은 글자도 있어서 글자가 일률적이지 않아 그의 시는 문제가 있었다"67)고 지적했다. 당사자인 任叔永은 즉각적인 반응을 보이지 않았으나 하버드 대학에 있던 梅光迪이 胡適의 견해를 비판하는 편지를 胡適에게 보내왔다. 이때부터 콜롬비아 대학, 하버드 대학, 코넬 대학 사이에 편지가 오가면서 논쟁이 벌어졌다.

논쟁이 진행되면서 胡適은 살아 있는 언어, 죽은 언어, 살아있는 문학, 죽은 문학 등에 관해 연구하기 시작했고 반박을 위한 증거 찾기에 힘썼다. 胡適은 "이 사건은 우연적인 일이며, 중국 문학혁명, 문자개혁, 백화문자 제창의 시발점이었다"68)라고 설명했다. 胡適은 물론 이 사건을 우연적인 사건이었다고 말하고 있지만, 달리 보면 우연적인 사건으로만 볼 수 없다. 사건 자체는 우연적일 수 있으나 사건을 계기로 전개된 논쟁의 내용은 우연적이지 않기 때문이다. 논쟁은 胡適의 개인적인 입장에서 보면 백화문운동의 필요성에 대한 인식을 구체화한 것

---

67) 「提倡白話文的起因」, 앞의 책, p.262.
68) 「提倡白話文的起因」, 앞의 책, p.262.

일 뿐이었다. 왜냐하면 胡適은 이 사건이 있기 이전에 이미 백화는 '살 아 있는 글'이며 고문은 '반은 죽은 글'이라는 사실을 인정하고 있었기 때문이다.

胡適은 1915년 6월 미국유학생 잡지 『과학(科學)』에 「구두점과 문 자부호를 논함(論句讀及文字符號)」이라는 긴 글을 써서 구두점과 문장부 호가 없는 데서 생기는 세 가지 폐단을 지적하여 "첫째, 뜻이 정확할 수 없고 오해하기 쉽다. 둘째, 문법상의 관계를 표시할 길이 없다. 셋 째, 교육을 보급할 수 없다."라고 하였다.69) 胡適은 그 이전부터 한자 의 구두점 및 부호 문제에 대해 오랫동안 관심을 가져왔던 터였다. 1915년 동부 미국의 중국학생회에 '문학 과학 연구부'가 새로 생겼는 데, 胡適은 여기서 문학반 위원이 되어 총회 때 분리 토론을 준비할 책 임을 맡았다. 胡適은 먼저 趙元任과 논의하여 '중국문자의 문제'를 그 해 문학반의 논제로 정하고 두 사람이 분담하여 두 편의 논문을 써서 이 문제의 두 면을 토론하기로 했다. 趙元任은 '중국에서 문자에 자모 제를 쓸 수 있느냐의 여부와 그 실천방안'을 논했고, 胡適은 '어떻게 하 면 중국의 글과 말을 가르치기 쉽게 할 수 있을 것인가'라는 제목이었 다. 이 때부터 胡適은 중국문자의 문제에 관심을 가지고 연구하기 시작 했다.

胡適은 당시 일기에서 자신의 견해를 이렇게 밝혔다.

한문이란 반은 죽은 글이므로, 살아 있는 글을 가르치는 방법으로 그것을 가르쳐서는 안 된다. 살아 있는 글이란 일상적으로 사용하는 말로 된 글인데, 영어, 프랑스어가 그것이고, 우리나라의 백화가 그것이다. 죽은 글이란 그리

---

69) 『逼上梁山』, 曹伯言 選編, 『胡適自傳』, p.107 참조.

스어, 라틴어와 같은 일상적으로 사용하지 않는 말로서, 이미 죽은 것이다. 반은 죽은 글이란 그 가운데 아직 일상적으로 사용되는 글이 들어 있기 때문에 그렇게 말하는 것이다. 견(犬)자는 죽은 글자이고 구(狗)자는 살아 있는 글자이다. 승마(乘馬)는 죽은 글자이고 기마(騎馬)는 살아 있는 글자이다. 그래서 반은 죽은 글이라고 하는 것이다.[70]

胡適은 문언문인 고문은 '반은 죽은 글(半死之文字)'이며, 일상적으로 사용하는 말인 백화는 '살아있는 글(活文字)'이라고 규정하였다. 이 무렵 胡適은 이미 백화문운동의 필요성에 대한 초보적인 인식의 단계에 이르고 있었던 것이다. 하지만 이때까지만 해도 백화문이 완전히 문언문을 대체할 수 있다고 생각하지는 않았으며, 다만 문언문을 쉽게 가르치는 방법을 구상하고 있었다.

처음 문학혁명이 제기되었을 때 중학 교과서가 고문으로 되어 있었을 뿐 아니라 시골 소학교 교재도 모두 고문으로 되어 있었다. 이러한 상황에서 교육을 위한 한자(고문)의 교수법이 문제가 되었던 것은 당연하다. 胡適은 자모로 음을 맞춰 쓰는 중국 문자를 반대하지 않았지만 자모로 된 글자도 실제로 통용시키기는 어렵다고 보고 문언문을 가르치는 방법을 개량해서 한문을 쉽게 가르치려고 생각했다. 이렇게 생각한 까닭은 "이 자모제도가 완성을 보지 못하는 동안 지금의 문언문은 결코 버릴 수 없는데, 그것은 겨우 남아 있는 각 성을 서로 소통시키는 매개이기 때문이며, 그것은 겨우 남아 있는 교육을 받는 도구이기 때문이었다."[71] 그리고 胡適은 "한문 문제의 중심은 한문이 과연 교육을

---

70) 『胡適留學日記(下冊)』, p.140
71) 앞의 책, p.140.

전수할 수 있는 이기(利器)가 될 수 있는가 없는가에 있다'고 지적하고 "한문이 보급하기 쉽지 않은 것은 한문 자체에 그 원인이 있는 것이 아니라 그것을 가르치는 방법이 완전하지 않기 때문이다"[72]라고 하였다. 이때까지 胡適은 중국 문자의 문제가 문언문인 고문 자체에 있는 것이 아니라 교수법에 있다고 보았다. 그러나 胡適은 고문은 이미 '반은 죽은 글'이라고 인식하고 있었으므로 그것을 살아 있는 글로 만들어야 한다는 욕구는 내부에 잠복해 있었다. 어쩌면 胡適이 교수법을 문제삼은 것은 고문이 '반은 죽은 글'로 인식되었지만 그것을 '살아 있는 글'로 바꿀 수 있는 방법이 서지 않았기 때문인지도 모른다. '한문 문제의 중심은 한문이 과연 교육을 전수할 수 있는 이기(利器)가 될 수 있는가 없는가에 있다'고 한 것에서 이미 그러한 고민의 일단을 발견할 수 있다.

이렇게 보면 胡適은 처음 문자문제에 관심을 가졌는데, '우연한 사건'을 계기로 문자문제에서 문학문제로 관심의 폭을 넓혀갔던 것으로 보인다. 그러므로 胡適이 말한 '우연한 사건'은 문자문제에서 문학문제로 방향 전환이 이루어졌던 그 점을 가리킨다고 보아야 한다. 왜냐하면 胡適이 문자문제에 관심을 가졌을 때 이미 문학혁명을 위한 전제라 할 수 있는 '살아 있는 문자(活文字)'와 '죽은 문자(死文字)'에 대한 인식이 확립되어 있었기 때문이다. 여기서 '문자'를 '문학'으로 바꾸어버리면 곧 문학혁명의 기본항이 성립된다. 즉 任叔永의 시에 대한 胡適의 비판에 대한 梅光迪의 반비판에서 시작하여 胡適은 시(詩)의 문제, 즉 문학의 문제로 방향을 전환할 수 있었다. 이점이 바로 胡適이 말한 문학혁명의 '우연성'이다.

---

72) 앞의 책, p.140.

(3) 사문학(死文學)과 활문학(活文學)

胡適은 1915년 9월 17일 梅光迪에게 보낸 시에서 최초로 '문학혁명(文學革命)'이라는 용어를 사용했다. "梅 군이여 梅 군이여, 스스로를 얕보지 말라! 신주(神州, 중국을 가리킴)의 문학은 마르고 썩은 지 오래되었는데도, 백 년 동안 꿋꿋한 이 나오지 않았다. 새로운 풍조의 닥쳐옴을 막을 수 없으니, 문학혁명은 바로 이때로다!"73) 胡適이 문학혁명의 필요성을 자각한 1915년에 陳獨秀도 『청년잡지(靑年雜誌)』(『신청년』) 제1권 제3호(1915년 11월 15일)에 「현대 구주 문예사담(現代歐洲文藝史譚)」을 발표하여 문예에 대한 관심을 표명하고 있었다. 사실 陳獨秀는 1904년『안휘속화보』를 창간하였을 때도 문학의 개량, 특히 희곡의 개량에 관심을 가지고 있었다.74) 이때의 陳獨秀는 문예 자체에 관심을 가졌다기보다

---

73) 『逼上梁山』, 曹伯言 選編, 『胡適自傳』, p.108.
74) 陳獨秀는 1904년 9월10일 『安徽俗話報』第十一期에 발표한 「論戱曲」이라는 글에서 희곡의 개량을 주장했다. 陳獨秀는, 교화(風化)에 도움이 되는 희곡을 많이 만들어내야 한다, 서양의 형식을 채용할 수 있다, 신선과 귀신 이야기의 희곡을 공연하지 않는다, 음란한 희곡을 공연하지 않는다, 부귀공명에 관한 것을 없앤다 등의 희곡개량을 위한 몇 가지 방안을 제시하였다. 이어서 陳獨秀는 위에서 말한 다섯 가지 방안에 따라 중국의 희곡을 개량한다면, 희곡 공연이 소일거리로서 무익한 일은 아닐 것이라고 말하고, "현재 국가적 위기에 처해 국내의 기풍은 아직 열리지 않고 있다. 각처의 유신의 지사들은 기풍을 열 수 있는 여러 가지 방법을 구상하여 학당을 설립하여 운영하고 있지만 가르치는 사람은 매우 적어서 효과가 매우 느리다. 소설을 쓰고 신문잡지를 창간하는 일도 사람들에게 지혜를 열어주기에 용이하지만 글자를 모르는 사람들은 유익한 점을 얻을 수 없다. 내가 보기에 희곡을 개량하여, 은연중에 시사(時事)에 대해 기풍을 열 수 있는 새로운 희곡(新戱)을 많이 공연한다면 고하를 막론하고 삼등인(三等人)이라도 감동을 받을 수 있고, 귀머거리라도 볼 수 있고, 눈먼 사람이라도 들을 수 있으니, 이것이 바로 기풍을 열 수 있는 가장 좋은 방법이 아니겠는가?"라고 하였다. 따라서 陳獨秀의 희곡 개량의 목적은 당시의 사회적 분위기를 반영하여 '기풍을 열기' 위한 계몽에 있었다. 그렇지만 陳獨秀가 제시한 희곡 개량의 방법을 살펴볼 때, 그는 이때부터 이미 문학개량에 관한 생각을 가지고 있었던 것으로 보인다. 이러한 경험을 바탕으로 陳獨秀는 문학혁명이 제기되었을 때 胡適를 지지하며 「文學革命論」을 쓸 수 있을 것이다.(『陳獨秀著作選(第一卷)』, pp.88~89 참조)

당시 국가적 위기에 대응하여 일반대중들의 '기풍(風氣)'을 열기 위해 계몽의 수단으로서 희곡을 개량하려는 것이었다. 그러므로 陳獨秀의 본격적인 문예에 대한 관심은 「현대 구주 문예사담」에서 시작된다. 이 글의 목적은 서양 문예사조에 대한 이해를 바탕으로 중국 문예를 살펴보려는 것이었다. 陳獨秀는 그때까지 주로 문명사나 정치체제 문제에 관심을 가지고 있었는데, 사상사나 문화사의 한 범주로서 유럽의 문예사조에 관심을 가지고 중국에 필요한 문예사조는 무엇인가를 고민하게 되었다. 陳獨秀는 「현대 구주 문예사담」에서 유럽의 문예사조의 역사적 흐름을 다음과 같이 정리한다.

유럽 문예사상의 변천은 고전주의(Classicalism)에서 일변하여 이상주의(Romanticism)가 되었는데, 이것은 18세기에서 19세기로 넘어가는 시점에서 이루어졌다. 문학자들은 그리스·로마의 고전문체의 모방을 반대하고 중세의 전기(傳奇, 로망스)에서 소재를 구하여 자신의 이상을 펼쳤다. 이것은 대체로 18세기에 일어난 정치·사회 혁신의 영향을 받아서 옛 것을 배척하고 오늘날의 것을 숭상한 결과였다. 19세기 말에 과학이 크게 일어나 우주와 인생의 진상이 날이 갈수록 폭로되어 이른바 적나라의 시대, 가면을 벗어버리는 시대라는 말이 유럽의 땅에 울려 퍼졌고, 예로부터 내려오던 구도덕, 구사상, 구제도가 일체 파괴되었다. 문학예술 역시 이러한 조류를 따라 이상주의에서 다시 일변하여 사실주의(Realism)가 되었으며 또 한번 발전하여 자연주의(Naturalism)가 되었다.[75]

陳獨秀는 현재 유럽에서는 자연주의가 유행하고 있음을 소개하면서

---

75) 陳獨秀, 「現代歐洲文藝史譚」, 『陳獨秀著作選(第一卷)』, p.156.

이러한 자연주의는 중국에서는 찾아볼 수 없다고 했다. 그러므로 현재 중국이 받아들여야 할 문예사조는 자연주의 이전의 것이어야 한다는 것이다. 陳獨秀는 같은 글에서 "그것(자연주의—인용자)을 우리나라의 역대 문학에서 구한다면, 소설로서 그 이름에 걸맞는 것을 따져보면 자연주의를 넘어선 자가 없었다"[76]라고 하였으며, 실제로 陳獨秀는 『신청년』의 '통신(通信)' 란을 통해 여러 차례 중국이 현재 밟아야 할 문예사조는 유럽 문예사조의 흐름에서 자연주의 이전 단계에 해당하는 사실주의라고 언급하였다.

그런데 위 인용문에 이어서 陳獨秀는 "현대 유럽 문단에서 가장 치중하고 있는 것은 극본이며 시와 소설은 제2류로 밀려났다. 극본이 극장에서 상연되므로 인생을 느끼는 데 더욱 절실하기 때문이다. 산문과 같은 것은 문학의 중요한 지위를 차지하지 못하고 있다."[77]라고 하여 유럽에서는 극본이 문학의 중심장르로서 유행하고 있음을 지적했다. 胡適은 이보다 앞서 1915년 7월을 전후해서 쓴, 잡지『갑인(甲寅)』의 편집자에게 보내는 편지에서 "최근 50년 동안의 유럽 문학에서 가장 위세를 떨치고 있는 것은 희곡이며 시나 소설은 제2류로 밀려났다. ……지금 우리나라의 희극계는 과도기에 놓여 있으니 세계의 명작을 모범으로 삼아야 할 것이다."[78]라고 하였다. 여기서 우리가 관심을 가져야할 것은 陳獨秀나 胡適 모두 희극을 유럽에서 유행하고 있는 가장 중심적인 문학장르로 보고 있다는 점이다. 胡適의 이 편지는 1915년 7월에 씌어졌고 陳獨秀의 「현대 구주 문예사담」은 1915년 11월 15일 『신

76) 陳獨秀, 앞의 글, 앞의 책, p.157.
77) 陳獨秀, 앞의 글, 앞의 책, p.157.
78) 「給『甲寅』編者的信」, 姜義華 主編, 『胡適學術文集·新文學運動』(中華書局, 1993), p.1.

청년』에 발표되었다. 그렇다면 胡適은 陳獨秀보다 먼저 유럽의 문예사
조의 흐름을 파악하고 있었고, 또한 먼저 희극이 유럽문학의 중심장르
라는 점을 제기하였다. 어쩌면 陳獨秀는 『갑인』편집자에게 보내는 胡
適의 편지를 참고했는지도 모른다. 왜냐하면 胡適의 편지는 『갑인』잡
지에 이미 '『갑인』편자 부기(編者附記)'와 함께 실렸으며, 문장의 구조
로 볼 때 유사한 측면이 많기 때문이다. 문장의 구조를 보면, 胡適의
문장은 "近五十年來歐洲文學之最有勢力者, 厥惟戲劇, 而詩與小說皆
退居第二流……"로 되어 있고, 陳獨秀의 문장은 "現代歐洲文壇第一推
重者, 厥唯劇本, 詩與小說, 退居第二流……"로 되어 있다. 陳獨秀는
胡適의 유럽문예에 대한 소개를 읽고 자신이 직접 유럽문예의 흐름을
파악하고자 하였을지 모른다. 따라서 유럽 문예사조의 흐름에 대해 胡
適이 먼저 문제의식을 가지고 있었던 것으로 보인다.

　胡適의 유럽 문예사조에 대한 이해는 중국문학을 이해하는 준거로
작용했다는 점이 중요하다. 胡適은 유럽의 문예사조와 문학사를 이해
하게 되면서 '사문학(죽은 문학)'과 '활문학(살아있는 문학)'에 대한 개념을
정립한 것으로 보인다. 앞에서 살펴보았듯이 胡適은 문자의 문제를 연
구하면서 한문이란 이미 '반은 죽은 글'로 규정하고 있었다. 문자의 문
제에서 문학의 문제로 넘어가면서 전통의 중국문학을 '사문학'으로 규
정하게 되는데, 胡適이 문자의 문제에서 문학의 문제로 관심을 확대한
것은 물론 유럽 문예사조에 대한 인식이 바탕이 되었다.

　1916년 4월에 씌어진 「우리나라 역사상의 문학혁명(吾國歷史上的文
學革命)」이라는 글에서 胡適은 자신이 사용하는 문학혁명이 새로운 견
해가 아님을 강조하고,79) 중국 역사에서 구체적인 문학혁명의 사례를
들어 설명했다. 시 장르에서의 문학혁명과 산문 장르에서의 문학혁명

을 거론하면서, 특히 당대(唐代) 韓愈의 고문운동(古文運動)이 산문 장르의 첫 번째 문학혁명이라고 했다. 그런데 '고문(古文)'이 문학혁명을 거쳐 산문의 정통이 되었지만 송대(宋代)에 이르면 철리(哲理)를 말하는 사람들은 고문이 실제 쓰임에는 적당하지 않다고 보고 어록체(語錄體)를 만들어 내었다는 것이다. 어록체란 '속어(俚語)'를 사용하여 '이론을 주장하고 사건을 기록하던(說理記事)' 것이었다. 그리고 문학혁명이 최고봉에 이른 것은 원대(元代)라고 판단하여 이렇게 결론을 내렸다.

> 종합하면, 문학혁명은 원대(元代)에 이르러 최고봉에 이르렀다. 이 때에는 시(詞), 곡(曲), 극본(劇本), 소설(小說)이 모두 일류(一流)의 문학이 되었으며 또 이들은 모두 속어(俚語)로 창작되었다. 이때에 비로소 진정한 '활문학(活文學)'이 우리나라에 나타났다고 말할 수 있을 것이다. 만약 이러한 혁명의 조류(혁명의 조류란 자연적인 진화의 흔적이다. 다르다는 관점에서 말하면 그것은 '혁명'이라 부를 수 있다. 순서에 따라 점차 발전한다는 관점에서 말하면 '진화'라고 불러도 될 것이다)가 명대(明代) 팔고(八股)의 위협을 만나지 않았고, 또 명초(明初) 칠자(七子) 문인들의 복고의 위협을 받지 않았다면 우리나라 문학은 반드시 속어의 문학이 되었을 것이며 또 우리나라 언어는 일찌감치 언문일치의 언어가 되었을 것이다. 이것은 의심의 여지가 없는 일이다.[80]

여기서 胡適은 '속어'로 창작된 문학을 '활문학'으로 보고 있으며, 활문학을 언문일치의 문제와 함께 사고하고 있다. 이렇게 볼 때 胡適이 주장하는 활문학은 문학언어의 문제였다. 그리고 활문학이 문학언어의

---

79) 「吾國歷史上的文學革命」, 『胡適學術文集・新文學運動』, p.2.
80) 「吾國歷史上的文學革命」, 앞의 책, pp.4~5.

문제였기 때문에 胡適은 문학 자체에 대한 것보다는 언문일치의 문제에 더 관심을 기울였다. 胡適이 중국 역사에서 문학혁명이 원대에 최고봉에 이르렀다고 판단한 것은 유럽 문예에서 희극(戱劇)이 제일류를 차지하고 있다고 보았던 사실과 관련이 있겠지만—왜냐하면 중국에서는 원대에 희극이 이전의 어느 시대보다 유행하였기 때문이다—문학언어의 측면에서 원대에는 속어로 된 문학이 가장 유행하였기 때문이다. 胡適의 문학혁명이 활문학을 수립하는 것이었으므로 활문학의 관점에 설 때 원대가 문학혁명의 최고봉이 되었다는 판단은 자연스러운 일이다.

胡適이 생각하는 활문학은 문학언어의 문제였기 때문에 그는 '살아 있는 글(活文字)'로서 백화문에 주목하지 않을 수 없었다. 胡適은 1916년 7월 6일에 쓴 「백화와 문언의 우열 비교(白話文言之優劣比較)」라는 글에서 백화의 장점을 다음과 같이 들었다.

① 오늘날의 문언은 반은 죽은 글이다. 왜냐하면 사람들이 그것을 들어서 이해할 수 없기 때문이다.

② 오늘날의 백화는 살아 있는 언어이다.

③ 백화는 결코 비속하지 않다. 속유(俗儒)들이 그것을 속되다고 말한다.

④ 백화는 비속하지 않을 뿐만 아니라 더욱 아름답고 실용적이다. 대체로 언어란 뜻을 전달하는 것이 중심이 되어야 하므로 뜻이 전달되지 않는 것은 아름답지 않다.

⑤ 대체로 백화는 문언의 장점을 모두 가지고 있다. 그러나 문언은 백화의 장점을 반드시 가질 수 있는 것은 아니다.

⑥ 백화문은 결코 문언문이 퇴화된 것이 아니라 오히려 문언이 진화하여 된 것이다.

⑦ 백화는 제일류의 문학을 생산할 수 있다.

⑧ 백화의 문학은 중국에서 천년 동안 언제나 있어왔던 문학이다(소설, 희곡은 특히 세계 제일류의 문학에 비길 만하다). 백화가 아닌 문학, 예를 들면 고문(古文), 팔고(八股), 찰기소설(札記小說) 등은 모두 세계일류 문학의 범주에 들기에 부족하다.

⑨ 문언의 글은 읽을 수는 있으나 들어서 알 수는 없는데, 백화의 글은 읽을 수 있는 데다가 또 들어서 알 수도 있다. 연설과 강의와 필기에 문언은 결코 응용할 수 없다. 오늘날 요구되는 것은 일종의 읽을 수 있고, 들을 수 있고, 노래할 수 있고, 이야기할 수 있고, 기록할 수 있는 언어이다. 책을 읽으면 구두어로 번역할 필요가 없어야 하고, 연설하면 붓으로 번역할 필요가 없어야 하고, 강론 단상이나 무대에 써도 되고, 시골 부녀자나 어린 아이에게 읽어 주어도 모두 알아들을 수 있어야 한다. 그렇지 못한 것은 살아 있는 언어가 아니며, 결코 우리나라의 국어로 될 수 없고, 결코 제일류의 문학을 산출하지 못한다.[81]

실용성의 측면에서 백화의 우위를 피력하거나 문자 행위 층의 확대를 중시한 주장은 만청 시기부터 있어 왔다. 하지만 만청 시기에 백화를 제기한 사람들은 비록 백화가 계몽이나 정치선전 및 실학의 보급에 중요한 매개 역할을 할 수 있다고 보았지만, 그것을 문학 표현의 주요한 형식으로 승인하지는 않았다. 胡適은 裴廷梁이나 梁啓超보다 더욱 멀리까지 나아가 과거 천여 년 동안 중국문학의 주류는 결코 '고문, 팔고, 찰기소설' 등과 같은 고문체의 시문이 아니라 소설, 희곡과 같은 백화문학이었다고 판단하고 '백화는 제일류의 문학을 생산할 수 있다'고

---

81) 「白話文言之優劣比較」, 『胡適學術文集·新文學運動』, pp.6~8 참조.

하였다. 胡適은 단순히 계몽이나 실용의 차원에 머물지 않고 백화문을 국어의 문제로 인식하고 있었고, 또 문학과 국어를 연결하여 사고하고 있었다는 점에서 만청 시기와 일정한 차이를 보이고 있는 것이다.

이러한 '활문학'에 대한 인식을 바탕으로 胡適은 '활문학'을 수립하기 위해 문학혁명을 주창하게 된다. 문학혁명을 정식으로 제기하기 직전인 1916년 10월 胡適은 陳獨秀에게 보낸 편지에서 먼저 신문학의 8가지 원칙(八不主義)을 다음과 같이 제시했다.

> 첫째, 전고를 사용하지 않는다
>
> 둘째, 진부한 상투어를 사용하지 않는다
>
> 셋째, 댓구(對句)를 따지지 않는다
>
> 넷째, 속자속어를 피하지 않는다
>
> 다섯째, 문법적 구조를 강구해야 한다
>
>   이상은 형식상의 혁명이다
>
> 여섯째, 무병신음하지 않는다
>
> 일곱째, 옛사람을 모방하지 않고 말에는 나 자신이 있어야 한다
>
> 여덟째, 반드시 내용 있는 글을 써야 한다
>
>   이상은 정신상의 혁명이다

胡適이 최초로 제기한 문학혁명의 내용을 보면, 형식의 문제가 내용의 문제보다 훨씬 상세하고 구체적이다. 위의 인용문에서 알 수 있듯이 胡適은 먼저 형식상의 혁명을 염두에 두고 그 구체적인 내용으로 다섯 가지를 들었고, 다음으로 정신상의 혁명으로 세 가지를 들었다. 또한 형식의 문제를 먼저 제기하고 있는 것으로 보아 胡適의 문학혁명은 문

학언어의 개혁에 초점이 맞추어져 있었음을 시사해준다. 그런데 陳獨秀는 胡適이 제시한 문학혁명의 건의를 열렬하게 지지했지만 胡適의 '팔불주의'가 전통적인 '문이재도'로 오해될 소지가 있다고 판단하고 새로운 편집을 요구하였다. 그리하여 胡適은 『신청년』 1917년 1월호에 발표한 「문학개량추의」에서는 '팔불주의'를 순서를 바꾸어 발표하였다.82)

　사실 陳獨秀가 문학혁명론을 강하게 밀고나간 것은 당시 문단에서 주류를 점하고 있던 동성파(桐城派)의 고문, 문선파(文選派)의 고문, 강서시파(江西詩派)의 시가를 공격하기 위한 것이었고, 또한 그때까지 그는 사상혁명에 주력하고 있었으므로 사상혁명과 연관지어 문학혁명의 필요성을 자각하고 있었기 때문이었다. 陳獨秀가 「문학혁명론(文學革命論)」에서 제기한 3대원칙이 胡適이 주장한 문학언어의 문제를 포함하지만 주로 문학의 내용에 관한 것이었던 사실도 이 때문이다. 앞서 언급하였지만 陳獨秀는 현대 유럽의 문예는 이미 고전주의와 낭만주의를 지나 사실주의와 자연주의에 이르렀다고 보고, 사실주의가 자연주의에 비해 중국의 사정에 더 적합하다고 판단했다. 이것은 내용 위주의 문학혁명의 제창이라는 陳獨秀의 의도와 관련이 있다. 陳獨秀는 胡適의 문학언어에 대한 관심을 신문학의 창조라는 정치적 요구로 바꾸어 놓았던 일면이 있었던 것이다. 李歐梵이 "陳獨秀는 사상혁명과 문학혁명 사이의 깊은 연관성을 이해하고 있었으며 또한 그러한 연관성을 실현하고자 하였다. 그와 반대로 胡適은 『신청년』의 기타 편집자들이 견지했던 반전통주의 사업에는 투신하지 않았다. 그는 학술상 오로지 언어

---

82) 새로운 순서는 8, 7, 5, 6, 2, 1, 3, 4로 되어 있다.

의 문제에 정신을 쏟았는데, 이 때문에 胡適은 이상하게도 그것의 사상적 내용을 깨닫지 못하였다."83)라고 한 것도 이러한 맥락에서 이해할 수 있을 것이다.84)

1917년 1월 胡適은 「문학개량추의」를 『신청년』에 발표하여 정식으로 문학혁명의 기치를 들어올렸다. 胡適은 먼저 문학개량에 대한 논의가 현재적으로 진행되고 있음을 인식하고 그에 따라 토론의 목적으로 여덟 항목의 명제를 제시한다고 하였다. 그 여덟 항목이란 다음과 같다.

첫째, 반드시 내용이 있는 글을 써야 한다

둘째, 옛 사람을 모방하지 않는다

세째, 문법을 강구해야 한다

네째, 무병신음하지 않는다

다섯째, 진부한 상투어를 힘써 버려야 한다

여섯째, 전고를 쓰지 않는다

일곱째, 댓구(對句)를 따지지 않는다

여덟째, 속자속어를 피하지 않는다

陳獨秀에게 보낸 편지에서 알 수 있듯이 胡適의 원래 의도는 문학언어의 개혁을 통한 '활문학'의 수립이었다. 胡適은 언문일치가 확립되면

---

83) 李歐梵, 「文學的趨勢1—對現代性的追求 1895~1927年」, 費正淸[美] 編, 『劍橋中華民國史 1912~1949年 上卷』, p.526.

84) 胡適의 백화문운동은 단순히 '형식주의'로만 한정하지 않고 '새로운 형식의 수립'이라는 적극적인 의미로 해석해야 한다. 또 그것은 중국의 근대적 문학의식이라는 범주 속에서 이해해야 한다. 이 점은 제5절에서 검토될 것이다. 사실 백화문을 제창한 胡適의 목적은 문학언어의 개혁에 있었지만, 백화문의 확립은 언어형식의 문제를 넘어서는 곳에 그 의의가 있었다.

곧 '활문학'을 수립할 수 있을 것으로 판단했다. 그러나 『신청년』 동인
들은 신문화운동의 한 축으로서 문학혁명을 생각하고 있었으므로 사상
내용의 변혁을 더욱 중시하였다. 陳獨秀는 이미 "서양의 소위 대 문호
라든가 소위 대표적 작가는 문장이 탁월하여 세상에 유행할 뿐만 아니
라 그의 사상도 일세를 좌지우지하고 있다. …… 서양의 대 문호는 대
철학자로 분류되는데, 현대에만 그런 것이 아니라 예로부터 그러하였
다. 예를 들어 영국의 셰익스피어(Shakespeare), 독일의 괴테(Goethe)
는 모두 그 시대의 문호이면서 대 사상가로 세상에 이름이 널리 알려져
있는 사람이다."85)라고 하여 문학과 사상을 동일한 맥락에서 파악하고
있었다. 胡適도 이러한 『신청년』의 요구를 받아들여 언어문자의 문제
보다 문학내용의 문제를 먼저 제기하였다. 胡適이 문학혁명을 위한 기
준으로 제시한 여덟 항목 중에서 첫 번째에 해당하는 '반드시 내용 있는
글을 써야 한다(須言之有物)'라는 조항에 상세한 설명을 부가하고 있는
것도 이 때문이다.

胡適은 먼저 '내용(有物)'에 대해서, 그것은 옛사람들이 말한 '글은 도
를 담아야 한다(文以載道)'라는 의미가 아니라 '감정(情感)'과 '사상(思想)'
이라고 풀이하였다. 胡適은 '감정'에 대해 「모시서(毛詩序)」의 내용을
인용하고,86) 그것이 자신이 말하는 '감정'이라고 했다. 그리고 "감정이
란 바로 문학의 영혼이다. 감정이 없는 문학은 영혼이 없는 사람과 같
아서 허수아비요 움직이는 시체요 걸어 다니는 고기덩이일 뿐이다"87)

---

85) 陳獨秀, 「現代歐洲文藝史譚(續)」, 『陳獨秀著作選(第一卷)』, p.159.
86) 「文學改良芻議」, 『胡適文存(第一集)』, p.6 참조. 인용한 「毛詩序」의 내용은 다음과 같다.
　　"情動於中而形諸言. 言之不足, 故嗟歎之. 嗟歎之不足, 故詠歌之. 詠歌之不足, 不知手之舞之,
　　足之蹈之也."
87) 「文學改良芻議」, 앞의 책, p.6.

라고 설명했다. 또한 자신이 말하는 '사상'이란 '식견(見地), 식력(識力), 이상(理想)' 등 세 가지를 가리킨다고 했다. 그리고 "사상은 반드시 문학을 통하여 전달될 것은 아니지만 문학은 사상이 있어야 더욱 값지게 되며 사상도 문학적인 가치가 있음으로써 더욱 값지게 된다"[88]라고 설명했다.

胡適이 보기에 중국문학이 몰락한 원인은 내용 없는 형식에만 집착한 결과였다. 胡適은 "근세 문인들은 성조와 글귀에만 힘을 쏟아 높은 사상도 없거니와 진지한 감정도 없다. 문학의 몰락은 그 큰 원인이 여기에 있다. 이러한 형식이 압도하는 병폐는 바로 글에 내용이 없는 까닭이다. 이러한 폐단을 없애자면 마땅히 그 내용(質)부터 고쳐야 한다. 그 내용(質)이란 바로 감정(情)과 사상(思) 두 가지이다."[89]라고 하였다. 그렇다면 胡適이 생각하는 '활문학'이란 개인의 〈사상〉과 〈감정〉의 표현이 가능한 문학이 된다. 그런데 胡適은 사상과 감정의 구체적 내용이 무엇인지 명확히 제시하고 있지는 않다. 이것은 胡適이 생각하는 문학혁명이란 언문일치의 문학 창출이라는 백화문의 확립이 주요한 과제였기 때문이다. 여덟째 항목으로 제시된 '속자속어를 피하지 않는다(不避俗字俗語)'라는 백화문의 확립이 胡適의 문학혁명론의 중심적 과제였다. 그러나 '속자속어를 피하지 않는다'는 주장도 그를 통해 개인의 '높은 사상'과 '진지한 감정'의 표현이 가능할 때 의미를 가진다. 그러므로 胡適이 말하고 있는 〈사상〉과 〈감정〉은 주관성 원리에 입각한 근대적 주체의 확립과 그것의 문학적 표현을 가리키는 것으로 보인다. 이렇게 되면 비로소 '속자속어를 피하지 않는다'는 주장과 '내용'으로 제시된

---

88) 「文學改良芻議」, 앞의 책, p.6.
89) 「文學改良芻議」, 앞의 책, p.6.

'감정'과 '사상'이 자연스럽게 연결된다.

「문학개량추의」에서 여덟 번째로 제시된 '속자속어를 피하지 않는다'는 명제는 陳獨秀에게 보내는 편지에서는 네 번째로 제시되었다. 胡適이 중심으로 생각했던 언어문자의 변혁, 즉 언문일치를 위한 백화문의 확립이라는 측면에서 보면 '속자속어를 피하지 않는다'라는 명제는 가장 중요한 문제였다. 백화문의 전용을 내세우지 않고 '속자속어를 피하지 않는다'라고 우회적으로 표현한 것은 아무래도 당시의 상황을 염두에 둔 것이리라. 梁啓超의 '신문체', 백화보의 발간 등을 통해 백화문에 대한 일반인들의 인식이 상당히 제고되긴 했지만 그것은 어디까지나 일반대중들을 이해시키고 깨우치게 하기 위한 계몽의 차원에 머물러 있었기 때문에 문학도구로서 백화문의 전용이라는 주장을 전면적으로 제기할 수 있는 상황은 아니었다. 하지만 '속자속어를 피하지 않는다'라는 명제는 胡適의 문학혁명론의 핵심적인 내용이었다. 胡適의 문학혁명론은 '활문학'을 수립하는 것이고 그것은 언문일치가 확립될 때, 즉 '속자속어'인 백화를 사용할 때만이 가능해진다. "현재적인 눈으로 볼 때 중국문학은 원대가 가장 왕성하였으며 세상에 전해지는 불후의 명작은 원대에 가장 많이 나왔다는 것은 의심할 여지없는 일이다. 이 때 중국의 문학은 가장 언문이 일치하였다. 백화는 거의 문학용어가 되었다. 이러한 추세가 그대로 발전하였더라면 중국에는 '활문학이 출현하였음'에 틀림없다."[90]라고 한 것도 이 때문이다. 따라서 胡適의 문학혁명은 '활문학'을 수립하는 것이었으며, '활문학'은 '속자속어'인 백화문으로 구성될 때만이 완성될 수 있었다. 또한 그것은 개인의 감정과 사

---

90) 「文學改良芻議」, 앞의 책, p.16.

상의 표현이라는 근대적 주체의 자아각성을 전제로 하는 것이었다.

(4) 국어의 문학과 문학의 국어

胡適은 「문학개량추의」에 이어 1918년 4월에 「건설적인 문학혁명론」을 『신청년』에 발표했다. 이 글은 '국어의 문학—문학의 국어'라는 부제를 달고 있는데, 胡適은 이 글에서 「문학개량추의」가 발표된 뒤 1년이 지나는 사이에 많은 토론과 호응이 있었지만 '파괴할 가치도 없는' '구문학(舊文學)'이 여전히 존재하고 있다고 말하고[91] 자신이 이 글을 쓰는 필요성을 이렇게 밝혔다.

> 그것들(구문학—인용자)이 여전히 국내에 존재할 수 있는 것은, 바로 현재 진정으로 가치가 있고 진정으로 생기가 있고 진정으로 문학이라 할만한 신문학이 나와 그들의 지위를 대신하지 못했기 때문이다. '진정한 문학(眞文學)'과 '활문학(活文學)'이 있게 되면 '거짓 문학(假文學)'과 '사문학(死文學)'은 자연히 소멸되고 말 것이다. 그러므로 우리들 문학혁명을 주장하는 사람들은 저 부패한 문학에 대하여 각자 모두 '그것을 대체하려는' 의욕을 가져야 하며 또 각자 모두 건설 면에 노력하여 앞으로 30년 또는 50년 내에 새로운 중국의 활문학을 창조할 것을 나는 기대한다.[92]

「문학개량추의」가 발표되고 陳獨秀가 「문학혁명론」을 제기하였지만,

---

91) 胡適은 舊文學의 예로 桐城派의 古文, 文選派의 文學, 江湖派의 詩, 夢窓派의 詞, 聊齋志異派의 小說을 들고 있다.(「建設的文學革命論」, 『胡適文存(第一集)』, p.55 참조)

92) 「建設的文學革命論」, 『胡適文存(第一集)』, p.55.

여전히 구문학이 존재하고 있었으므로 '사문학'을 대신할 '활문학', 즉 신문학을 수립하기 위해 胡適은 '국어의 문학'과 '문학의 국어' 문제를 제기했다.

　　우리들이 주장하는 문학혁명은 다만 중국에 하나의 국어의 문학을 창조하려는 것이다. 국어의 문학이 있게 되면 비로소 문학의 국어가 있게 된다. 문학의 국어가 있게 되면 우리들의 국어는 비로소 참다운 국어라고 할 수 있을 것이다. 문학이 없는 국어는 두말할 것도 없이 생명이 없으며 가치가 없으며 존재할 수도 없으며 발달할 수도 없다.[93]

　胡適의 '국어의 문학'·'문학의 국어' 논의는 '사문학'·'활문학'보다 좀더 진전된 것으로 볼 수 있다. 「문학개량추의」를 발표하고 난 뒤 1년이 경과하는 사이에 胡適은 나름대로 문학혁명에 대한 연구를 지속하였으며 '속자속어를 피하지 않는다'는 선에서 벗어나 국어의 문학을 제기하고 있기 때문이다. 그런데 여기서 우리는 '활문학'을 수립하려는 胡適의 문학혁명의 목적이 바로 근대적인 '국어'를 확립하는 데 있었다는 사실을 확인할 수 있다. 1904년 陳獨秀가 이미 근대적 '국어'의 문제를 인식하고 '국어교육'을 실시해야 한다고 하였지만 그것은 어디까지나 학교교육을 통한 '국어'의 확립이었다. 그러나 胡適은 "국어를 만들어 내고자 한다면 먼저 국어의 문학을 발전시켜야 한다. 국어의 문학이 있게 되면 자연히 국어는 존재하게 된다."[94]고 하여 '국어'의 확립은 문학을 통해 달성될 수 있다고 보았다. 물론 이러한 胡適의 주장은 유럽

---

93) 「建設的文學革命論」, 앞의 책, p.57.
94) 「建設的文學革命論」, 앞의 책, p.59.

의 국어의 역사를 연구한 결과로 가능했다. "나의 이러한 논의는 결코 날조한 것이 아니다. 나는 최근 수 년 동안 유럽 각 국의 국어의 역사를 연구하여 왔는데, 어떠한 국어이든 이와 같이 만들어지지 않은 것이 없었다. 어떠한 국어이든 그 나라 교육부의 나으리들이 만든 것은 없었고, 어떤 것이든 언어학 전문가들이 만든 것은 없었으며, 어느 것이나 문학가에 의하여 만들어지지 않은 것이 없었다."95)라고 하였다.

따라서 胡適의 문학혁명의 목적은 근본적으로 '표준국어'의 확립에 있었다고 보아야 한다. 胡適은, 국어는 반드시 문학을 통해 달성되는데 중국에서 국어의 확립은 반드시 '활문학'의 수립을 통해 가능한 것으로 보았다. 胡適의 관점에 서면, 陳獨秀가 '국어'의 확립을 생각하였으나 그것이 실패할 수밖에 없었던 것은 학교교육을 통해 그렇게 하고자 했기 때문이다.

물론 중국의 전통문학 속에서도 '활문학', 즉 백화문학이 존재했었다. 하지만 그것이 표준국어로 발전할 수 없었던 것은 백화를 중국의 '문학의 국어'로 만들 것을 주장한 사람이 없었기 때문이며 표준국어에 대한 의식적인 관념이 없었기 때문이라고 胡適은 보았다.

나는 항상 스스로 '施耐菴 이후 백화문학이 크게 유행했음에도 불구하고 왜 중국이 오늘날에 이르기까지 여전히 한 가지 표준적인 국어가 없는가 하고 생각하여 왔었는데, 나는 이것저것 생각한 결과 다만 한 가지 답을 얻을 수 있게 되었다. 그것은 과거 1천 년 동안 중국에는 물론 가치 있는 백화문학이 상당히 있었으나 누구 한사람 대담하게 백화를 중국의 '문학의 국어'로 만들 것을 주장한 사람이 없었다는 점이다. …… 의식적인 주장이 없었고 백

---

95) 「建設的文學革命論」, 앞의 책, p.61.

화를 쓰는 사람은 백화만을 쓰고 고문을 쓰는 사람은 고문만을, 팔고문을
쓰는 사람은 팔고문만을 썼다. '의식적인 주장'이 없었기 때문에 백화문학이
저 사문학과 대항하여 '문학정통'의 지위를 다툰 적이 없었다. 백화문학이
문학정통의 지위에 오르지 못하였기 때문에 백화가 표준국어가 될 수 없었던
것이다.[96]

胡適의 문제의식은 '백화를 쓰는 사람은 백화만을 쓰고 고문을 쓰는
사람은 고문만을, 팔고문을 쓰는 사람은 팔고문만을 쓰는' 상황에서는
표준국어의 확립이 불가능하다는 데 있었다. 그래서 '표준국어'의 확립
을 위해서는 문학언어의 통일이 선행되어야 한다. 문자 행위 층의 확대
를 가져올 수 있고 또 '살아 있는 글'로서 언문일치가 가능한 백화가 표
준국어가 되어야 함은 자명한 사실이다. 따라서 언어를 가장 민감하게
반영하는 문학을 통해 국어를 확립하려는 새로운 방법론의 제기가 胡
適의 문학혁명론의 핵심으로 여겨진다. 그것은 근대적 표준국어의 확
립이라는 말로 압축될 수 있을 것이다. 그리고 근대적 표준국어를 확립
하는 매개로서의 문학은 백화로 된 '활문학'이 되어야 한다. 胡適이 "우
리들 신문학을 주장하는 사람은 오늘날 중국에 표준국어의 존재 여부
를 반드시 확인할 필요는 없고 다만 백화문학의 발전에 노력하기만 하
면 된다"[97]라고 했던 것도 이 때문이다. 그래서 胡適은 다시 한번 '사
문학' · '활문학' 문제를 거론되지 않을 수 없었다.

나는 일찍이 중국에는 과거 2천 년 동안 왜 참다운 가치와 참다운 생명이

---

96) 「建設的文學革命論」, 앞의 책, p.63.
97) 「建設的文學革命論」, 앞의 책, p.60.

있는 '문언의 문학'이 없었는가 하는 점을 자세히 연구하여 보았다. 이 문제에 대하여 나는 다음과 같은 답을 얻었다. '이러한 사실은 과거 2천 년 동안 문인이 쓴 문학은 모두 죽은 것이며 모두 이미 죽어버린 언어문자를 사용하였기 때문이다. 죽은 글은 절대로 활문학을 만들어 낼 수 없다. 그리하여 과거 2천 년 동안 중국에는 다만 사문학만이 존재했으며, 있다고 하더라도 몇 개의 가치 없는 사문학만이 있었을 뿐이다.[98]

胡適은 전통문학 중에서 '활문학'으로 간주할 수 있는 작품의 예로서 「목란사(木蘭辭)」와 「공작동남비(孔雀東南飛)」를 들었다. 그 이유는 이들 작품이 모두 백화를 사용하고 있기 때문이라는 것이다. 또 사람들이 陶淵明의 시와 李後主의 사(詞)를 애독하는 것은 이들 시와 사가 모두 백화를 사용하고 있기 때문이며, 杜甫의 「석호리(石壕吏)」, 「병거행(兵車行)」의 작품을 좋아하는 것은 모두 백화를 사용했기 때문이라는 것이다. 그래서 胡適은 "삼백편(三百篇, 『시경』을 가리킴―인용자)으로부터 오늘날에 이르기까지 중국문학에서 대체로 얼마간 가치가 있고 생기가 있는 것은 모두 백화로 씌어진 것이거나 혹은 백화에 가까운 글로 된 것이다. 그 외는 모두 생기 없는 골동품과 같아서 박물관에 진열할 것들이다."[99]라고 하였다. 또 그는 "근세문학을 관찰할 때, 왜 『수호전』, 『서유기』, 『유림외사』, 『홍루몽』 등을 '활문학'이라고 부르는가? 그것은 이러한 작품들이 모두 일종의 '살아있는 글(活文字)'을 사용하였기 때문이다. 만약 施耐菴, 吳承恩, 吳敬梓, 曹雪芹 등이 모두 문언을 사용하여 책을 썼다면 그들의 소설은 반드시 그와 같은 생명을 유지하지 못

98) 「建設的文學革命論」, 앞의 책, p.57.
99) 「建設的文學革命論」, 앞의 책, p.57.

했을 것이며 또 그와 같이 가치도 없었을 것이다."100)라고 하였다. 따
라서 胡適의 '활문학'의 개념은 문학성에 대한 고려가 상대적으로 미약
하다고 하겠다. 왜냐하면 '활문학'은 단순히 그것이 백화로 되어 있는가
그렇지 않는가에 따라 평가되고 있기 때문이다. 魯迅은 胡適에게 보내
는 1922년 8월 21일자 편지에서 백화로 되어 있다고 모두 '활문학'으
로 간주할 수 없다는 입장을 비쳤다. 胡適은 「50년 동안 중국의 문학」
에서 陶淵明과 杜甫의 시가 애독되는 것은 그들의 시 속에 백화를 사
용하고 있기 때문이라 하였는데, 魯迅은 이들의 시에 나타나는 백화란
시인이 '활문학'의 창조를 위하여 사용한 것이 아니라 오히려 '난해한
전고(僻典)'의 의미로 쓰고 있으며, 백화문은 아무래도 『신청년』 이후의
문제로 보는 것이 타당하다고 지적하였다.101) 胡適의 '활문학' 개념은
애초에 문학성이 배제된 문학언어의 문제였다. 胡適의 관심은 문학 자
체에 있었던 것이 아니라 문학을 통한 표준국어의 확립에 있었기 때문
에 문학성을 고려한 '활문학'의 개념에는 상대적으로 멀어져 있었던 것
이다.

　이것은 胡適의 문학관과도 관련이 있다. 胡適은 "언어문자는 인류가
뜻을 전달하고 감정을 표현하는 도구이며, 뜻을 잘 전달하고 감정을 절
묘하게 표현하는 것이 바로 문학이다"102)라고 하였다. 그렇기 때문에
문학은 세 가지 조건을 가지고 있다. 첫째, 명백하고 분명하다. 둘째,
사람을 감동시키는 힘이 있다. 셋째, 아름다워야 한다. 문학은 그런 직
분을 가장 잘 수행할 수 있는 언어문자에 지나지 않기 때문에, 또 문학

---

100) 「建設的文學革命論」, 앞의 책, pp.57~58.

101) 『書信』, 『魯迅全集(11)』, pp.412~413 참조.

102) 「什麽是文學」, 『胡適學術文集・新文學運動』, p.87.

은 '뜻을 전달하고 감정을 표현하는 것(達意表情)'이기 때문에 감정을 명백하고 분명하게 표현하고 전달해서 사람들이 이해할 수 있도록 해야 하고 나아가 쉽게 이해할 수 있도록 해야하고 절대로 오해가 있어서는 안 된다. 문학은 이해시키는 것으로는 부족하고 사람들이 이해해서 그것을 믿도록 해야 하며 감동을 받도록 해야 한다. '아름다움(美)'도 고립적인 아름다움이 아니라 '이해할 수 있고(懂得性, 明白)', '사람을 감동시키면(逼人性, 有力)' 자연스럽게 발생하는 것이다.103) 따라서 胡適은 표현수단으로서의 문학에 주목하고 있으며, 이것은 문학의 정의라기보다 오히려 언어의 정의에 가까운 것이다. 胡適의 문학혁명이 문학 자체보다 표준국어의 확립에 있었기 때문에 그의 문학관이 언어관에 가까운 것으로 나타난 것은 당연한 것인지도 모른다. 胡適이 보기에 '뜻을 잘 〈전달〉하고 감정을 절묘하게 〈표현〉하는 것이 문학'인 이상 이해하기 쉬운 백화로 된 문학이 '활문학'으로 간주되는 것은 자연스런 일이다.

胡適은 자신의 외국소설 번역집이 독자들로부터 환영을 받은 사실에 대해 1933년 6월 제2집 「역자 자서(譯者自序)」에서 이렇게 말했다.

이렇게 오랫동안 환영을 받고 있다는 사실은 나로 하여금 외국문학을 번역하는 첫 번째 조건은 그 작품을 분명하고 유창한 자기 나라 글로 변화시켜야 한다는 사실을 믿게 만들었다. 사실 일체의 번역은 반드시 이러한 기본조건을 달성해야 한다. 문학서(文學書)가 사람에게 감상과 오락을 제공하고 교훈과 선전의 효과가 있다고 하는 것은 모두 제이의(第二義)적인 것이다. 사람이 이해할 수 없고 읽을 수 없는 문학서이면서 교훈과 선전의 효과를 줄 수 있는 경우는 결코 있을 수 없다. 따라서 문학작품을 번역하기 위해서는 마땅히

---

103) 「什麼是文學」, 앞의 책, pp.87~88 참조.

분명하고 유창한 자기 나라 글로 번역하도록 노력해야 한다.[104]

 번역론이라 할 이러한 胡適의 생각도 그의 문학관과 맥락이 닿아 있다. 따라서 胡適의 관점에 서면 백화로 된 문학작품은 자연스럽게 '활문학'으로 간주된다. 胡適은 '죽은 글'인 고문은 '활문학'을 만들어낼 수 없으므로 반드시 살아있는 백화를 사용해야 하며, 그것이 곧 표준국어가 되면 표준국어는 또 국어의 문학을 발전시키는 가운데 완성되는 것으로 보았다.

 胡適이 제기한 백화문의 확립이 이전의 만청 시기의 백화문운동과 근본적으로 다른 점은 백화를 근대적 표준국어로 격상시키고 문학의 국어로 사용할 것을 제창한 점이다. '살아있는 글'로서의 백화문은 일반 대중들에 대한 계몽이나 정치선전의 수단이 아니라 근대적 표준국어로서 모든 문학활동 내지 문필활동의 언어도구가 되는 것이다.[105] 이제 새로운 문학언어의 확립을 통해 신문학이 수립될 수 있는 기본적인 토대가 마련된 셈이다. 胡適의 백화문운동이 단순히 〈형식주의〉적 관점에서 평가되거나 문학용어 문제로만 축소될 수 없는 이유가 바로 여기에 있다. 다음과 같은 문학혁명에 대한 胡適 자신의 지적은 이점을 분

---

104) 「譯者自序(第二集)」『胡適譯短篇小說』(岳麓書社出版, 1987). 嚴復은 『天演論』의 序에서 번역의 세 가지 어려움에 대해 '信(정확하게 번역할 것)·達(의미를 잘 전달할 것)·雅(번역문장이 격조 있을 것)'를 제시하고, "漢 이전의 家法과 句法을 사용하면 達하기 쉽고, 근세의 통속적인 문자를 쓰면 達을 구하기가 어렵다"고 했다. 사실 胡適의 번역론은 嚴復에 대한 비판적 의미를 띤다.
105) 일반적으로 중세적 보편어가 해체되면서 근대적 표준어가 수립되는데, 민족어로서의 근대적 표준어의 수립은 근대적 국민국가의 성립과 불가분의 관계에 놓여 있다. 중국에서는 1911년 신해혁명 이후 봉건왕조체제인 청조가 무너지고 근대적 국민국가로서의 공화국이 성립되는데, 중세적 공통문어인 고문을 폐기하고 언문일치의 백화문을 표준국어로 확립하자는 胡適의 백화문운동은 국민국가의 성립과 밀접한 연관을 가지고 있다.

명히 하고 있다.

종전에 교육은 소수 독서인(讀書人)의 특별한 권리로서 대다수 사람들과는
관계가 없는 것이었으므로 문자의 어려움은 별로 문제가 되지 않았다. 근래
에 교육이 전국민의 공공권리가 되어 사람마다 교육보급을 소홀히 해서는
안 된다는 것을 알게 되었다. 그러므로 문언이 교육의 실제에 있어 적절하지
않다는 사실을 사람들은 점점 알게 되었다. 이에 문언·백화가 문제가 된 것
이다. 뒤에 백화를 가지고 교과서를 만드는 것만으로는 소용없다는 사실을
깨닫게 되었다. 왜냐하면 세상 인심은 교과서 이외에 쓸모 없는 문자를 배우
려 하지 않기 때문이었다. 이들의 주장은 고문은 교육의 도구가 되지 못할
뿐 아니라 문학의 도구가 되지도 못한다는 것이었으며, 만약 국어의 교육을
제창하려면 먼저 국어의 문학을 제창해야 한다는 것이었다. 문학혁명의 문제
는 이리하여 발생하였다.106)

4. 문학혁명에 대한 반대파의 입장

『신청년』을 중심으로 신문화운동 진영이 백화문을 제창하고 문학혁
명을 주도하고 있을 무렵 그에 대한 반대파의 입장도 만만치 않았다.
문학혁명으로서의 백화문운동의 전개와 그에 대한 반대는 사실 중서문
화(中西文化) 논쟁과 연결되어 있었다. 중서문화 논쟁은 중국문화와 서
양문화에 대한 태도에서 비롯된 것으로 무엇을 우위에 둘 것인가, 중국

---

106)「新思潮的意義」, 『胡適文存(第一集)』, p.731.

문화의 방향을 어떻게 설정할 것인가 하는 문제에서 촉발되었다. 5・4 운동을 분기점으로 하여 중서문화 논쟁은 대체로 두 단계로 나누어 볼 수 있다. 『신청년』이 창간된 이후 5・4운동이 발발하기까지가 제1단계이다. 이 시기는 주로 중서문화 우열의 문제에 대한 토론이 진행되었다. 그리고 1920년대 초가 제2단계이다. 이 시기에는 주로 제1차 세계대전이 끝난 후 중국은 어떤 종류의 문화를 받아들일 것인가, 또 어떤 길로 나아가야 할 것인가 하는 데 대한 논쟁이 진행되었다.

백화문에 대한 반대는 중서문화 논쟁의 제1단계에서는 이른바 '공교파(孔教派)'라고 불리는 전통문화 고수자들이 중심이 되었고, 제2단계에서는 1922년 『학형(學衡)』이 창간되면서 결집된 梅光迪, 胡先驌, 吳宓 등의 학형파(學衡派)가 중심이 되었다. 그런데 문학혁명에 대한 제1단계, 제2단계의 본격적인 반대가 있기 이전에 미국에서 벌어진 胡適과 梅光迪 사이의 논쟁은 문학혁명에 대한 반대의 전주곡이었다. 胡適은 이 논쟁을 통해 문학혁명을 정식으로 제출할 수 있었고, 梅光迪은 학형파의 일원으로 1920년대 초 본격적으로 문학혁명에 반대하게 된다. 그러므로 胡適과 梅光迪 사이의 논쟁은 문학혁명에 대한 반대의 전사(前史)에 해당한다.

梅光迪은 胡適이 보내온 "시국(詩國)의 혁명은 어디서부터 시작해야 할 것인가? 시 짓는 것을 산문 짓듯 해야 한다(詩國革命何自始? 要須作詩如作文)"라는 구절에 대한 반박의 논거로 시의 혁명은 시 안에서 구해야 한다고 강조했다.

　　그대는 시국(詩國) 혁명은 '시 짓는 것을 산문 짓듯 해야 한다'는 데서 시작된다고 말하였으나 나는 그렇게 생각하지 않습니다. 시와 산문은 전혀 다른 두 가지 길입니다. 시의 문자(Poetic diction)와 산문의 문자(Prose diction)는 시와 산문이 생긴 이래로 (중국과 서양을 막론하고) 이미 길을 달리하여 달려왔습니다. 그대는 시계혁명가(詩界革命家)가 되어 '시의 문자'를 개량하는 것은 좋습니다. 만약 겨우 '산문의 문자'를 시에 옮겨놓고 그것을 곧 혁명이라고 한다면 옳지 않습니다. …… 한 마디로 말해서, 우리나라에서 시계(詩界)의 혁명을 바란다면 마땅히 시(詩) 안에서 구해야 할 것이고 산문과는 관계가 없습니다. 만약 '산문의 문자'를 시에 옮겨놓고 그것을 곧 혁명이라고 한다면 시계혁명이란 문제도 되지 않을 것입니다. 그것은 너무나 쉽기 때문입니다.107)

'산문의 문자'를 시에 옮겨놓고 그것을 혁명이라 해서는 안 된다는 점에서 胡適을 비판한 梅光迪의 입장은 그 자체만으로 보면 타당성을 가진다. 梅光迪은 胡適의 문학혁명이 문자 또는 형식의 문제에만 매달리고 있다고 보았기 때문이다. 그러나 胡適도 지적한 것처럼 梅光迪은 "'문자형식(文字形式)'이 때때로 문학의 본질을 방해하고 속박한다는 사실을 몰랐다"108)고 볼 수 있다. 任叔永도 다음과 같이 胡適을 비판한다.

요컨대, 시와 산문을 막론하고 모두 내용(質)이 있어야 합니다. 문식(文)이 있고 내용(質)이 없어서 우리나라 근세의 문학은 위축되고 부패하였으니, 우리는 마땅히 그 폐단을 깨끗이 뜯어고쳐야 합니다. 그러나 만약 문학혁명을 자임하는 사람의 말에 문식이 없어서야 멀리 밀고 나가려 한들 그럴 수 있겠

---

107) 『逼上梁山』, 『胡適自傳』, p.110.
108) 『逼上梁山』, 앞의 책, p.111.

습니까? 근래에 우리나라의 문학이 부진한 점을 곰곰이 생각하여 보았는데, 그 가장 큰 원인은 바로 문인이 배운 게 없다(無學)는 데 있습니다. 그것을 구제하는 방법은 학문을 쌓는 데서부터 착수해야 합니다. 한낱 문자형식(文字形式)에 대해서만 토론하는 것은 부당합니다.109)

任叔永은 현재의 중국문학이 위축되고 부패한 상태에 있어 새로운 개혁이 요청된다는 진단에 있어서는 胡適에 동의를 하면서도 그 개혁의 방법에 있어서는 다른 입장에 서 있었다. 任叔永은 중국문학이 부진한 원인을 작가의 학문적 수양 문제로 돌리고 있는데, 이러한 견해는 물론 전통적으로 존재해 왔으므로 새삼스러울 것은 없다. 任叔永은 중국문학이 부진한 원인을 작가의 학문적 수양 문제로 돌리고 있기 때문에 胡適의 문학혁명론을 한낱 문자형식의 문제에 지나지 않는다고 보았다.

胡適은 이러한 비판에 대해 중국의 문학혁명은 문자형식에서부터 시작해야 한다는 입장을 더욱 확고히 다진다.

2월부터 3월에 이르는 동안(1916년 — 인용자) 내 사상에 한 가지 근본이 되는 새로운 깨달음이 생겨났다. 나는 이렇게 철저하게 생각했다. 중국문학사란 단지 문자형식(도구)의 신진대사의 역사이고 오직 ‘활문학’이 수시로 생겨나서 ‘사문학’을 대신한 역사이다. 문학의 생명은 순전히 한 시대의 살아있는 도구를 가지고 한 시대의 감정과 사상을 나타낼 수 있느냐에 달려 있다. 도구가 쓸 수 없게 되면 반드시 따로 새 것, 살아있는 것으로 바꾸어야 한다. 이것이 곧 ‘문학혁명’이다.110)

109)『逼上梁山』, 앞의 책, p.111.

이 때부터 胡適은 '활문학'을 수립하는 문학혁명은 문자형식, 다시 말하면 '살아있는 도구'를 채택하는 데서 시작해야 한다는 명확한 확신을 가지기 시작했다. 胡適은 미국에서 梅光迪·任叔永과 논쟁을 벌이면서 문학혁명에 대한 구체적인 방안을 가지게 되었으며, 과거 중국문학사의 연구를 통해 더욱 확신을 굳히게 되었던 것으로 보인다. 胡適이 문자형식의 혁명을 문학혁명의 출발점으로 잡은 것은 물론 서양 근대문학사에 대한 이해를 바탕으로 한 것이었다. 유럽의 각 국은 언문일치로 문학을 시작하면서부터 문학혁명이 이루어졌다고 보았다. 胡適은 이점에 대해 이렇게 말했다.

> 역사상의 '문학혁명'이란 오로지 문학도구의 혁명이다. 叔永을 비롯한 여러 사람들은 모두 도구의 중요성을 몰랐기 때문에 한낱 용어의 형식만을 토론한다는 것은 부당하다고 말했다. 그들은 유럽의 근대문학사의 큰 교훈을 잊었던 것이다. 만약 새 도구 노릇을 할 각 국의 살아있는 언어가 없었고 근대의 유럽 문인들이 여전히 죽어버린 라틴어를 도구로 썼다면, 유럽의 근대문학의 발흥이 가능했겠는가? 유럽 각 국의 문학혁명은 단지 문학도구의 혁명이었다. 중국문학사에서의 몇 차례의 혁명 역시 모두 문학도구의 혁명이었다. 이것이 나의 새로운 깨달음이었다.[111]

미국에서 벌어진 胡適과 梅光迪·任叔永의 논쟁은 승패에 관계없이 논쟁 그 자체로 끝을 맺었다. 胡適은 이러한 논쟁을 통해 형성된 자신의 문학혁명의 입장을 국내에 알릴 필요성을 느꼈고, 그래서 당시 『신

---

110) 『逼上梁山』, 앞의 책, p.111.
111) 『逼上梁山』, 앞의 책, p.112.

청년』의 주편이었던 陳獨秀와 편지를 주고받으며 자신의 문학혁명론
을 더욱 논리적으로 정리할 수 있었던 것이다.

문학혁명이 정식으로 제기되면서 그에 대한 반대가 처음부터 완강한
것은 아니었다. 기껏해야 林紓와 辜鴻銘으로 대표되는 구학자들의 반
대가 있었을 뿐이었다. 林紓는 고문으로 辜鴻銘은 영어로 1919년에
가서야 반대의 견해를 발표했다. 북경대학(北京大學)의 교수들, 예를 들
면 劉師培, 黃侃, 林損, 馬叔倫 같은 사람들의 반대도 林紓만큼 영향
력이 없었다. 이는 林紓만큼 그들의 독자층이 넓지 않았고, 또 그 중
일부는 그만큼 심한 반대를 하지 않았기 때문이다.

1917년 錢玄同이 胡適이 제기한 문학혁명을 지지하면서, 고문으로
서양소설을 번역한 林紓에 대해 "오로지『요재지이(聊齋志異)』의 문체
를 사용하고 있으며, 韓愈, 柳宗元을 끌어들여 스스로 무게를 더하고
자 하였지만 그 가치는 오히려 동성파(桐城派)보다 못하다"라고 공격하
였을 때112) 林紓는 당시 완곡하고 온건하게 답변하여, 고문문학은 폐
기되어서는 안되며 서양의 라틴어처럼 보존되어야 한다고 간단히 말했
다.113) 이렇게 문학혁명에 대한 반대는 처음에는 미미한 것이었다. 그
래서『신청년』의 편집자들이 논쟁으로 관심을 불러일으키고자 하여 편
집자 중의 한 사람이던 錢玄同이 가명으로 고문체로 쓴 가짜 투고를 발
표하였다. 1918년 3월 15일에 발표되고 王敬軒이란 이름으로 서명한
이 투고는『신청년』잡지에 대해 수많은 우스꽝스럽고 불합리한 비난을
했다. 이에 대해 잡지의 다른 편집인이던 劉半農이 긴 문장으로 답변했
다. 그러자 林紓는 신문학운동에 대한 반대를 격화시켰다. 1919년 2,

---

112)「通信」,『新靑年』第三卷 第一期, pp.78～81 참조.
113)「通信」,『新靑年』第三卷 第三期, p.308 참조.

3월에 그는 상해의 유명한 신문 『신신보(新申報)』에 신문학운동의 지도
자들을 조소하는 단편소설 두 편(『형생(荊生)』, 『요몽(妖夢)』)을 발표하여
蔡元培, 陳獨秀, 胡適, 錢玄同을 비난하였다. 또 林紓는 1919년 3월
18일 『공언보(公言報)』에 당시 북경대학 총장이던 蔡元培에게 보내는
공개서한(「致蔡鶴卿太史書」)을 발표하였다. 여기서 그는 문학혁명파들
이 중국의 전통사상인 공맹(孔孟)사상을 전복하고 윤상(倫常)을 깎아 없
앤다고 비난하였고, 또 과학의 발전에 고문이 장애가 된다면 과학에는
고문을 사용하지 않으면 될 것이며, 고서를 전폐하고 토어(土語)로 된
글만을 사용한다면 길거리에서 장사하는 사람의 말로 학문을 가르치려
는 것인가 하고 신문화운동과 문학혁명에 대해 맹렬한 공격을 가했다.
이 중에서 백화문의 반대에 대한 林紓의 견해를 간단히 소개하면 다음
과 같다.

> 만약 죽은 글자(死文字)가 학술에 방해가 된다면 과학에는 고문을 사용하지
> 않으면 될 것이므로 고문이 과학에 방해가 되지 않을 것이다. 영국의 디킨즈
> 는 그리스와 로마의 문자가 죽은 글(死物)이라 하여 여러 차례 배척하였으나
> 지금까지도 여전히 존재하고 있다. 디킨즈는 비록 큰 명성을 가진 작가이지
> 만 혼자 힘으로(私心) 옛것을 멸할 수는 없었다. 하물며 우리나라 사람 중에
> 디킨즈 만한 사람조차 있는가! …… 또한 천하에 오직 진정한 학술과 진정한
> 도덕만이 생존하여 사람들로부터 존중을 받을 것이다. 만약 고서(古書)가 전
> 폐되고 토어(土語)를 문자로 통용한다면 수레 끄는 사람이나 장사꾼이 사용하
> 는 말은 모두 문법에 맞기 때문에 복건(福建)이나 광동(廣東) 사람들의 문법에
> 맞지 않은 시끄러운 소리와는 달라서, 북경(北京)이나 천진(天津)의 장사치들
> 은 한결같이 교수로 채용될 수 있을 것이다. 『수호전』이나 『홍루몽』은 백화

로 된 가장 뛰어난 작품으로서 교과서로 사용해도 충분할 것이다. 그런데 『수호전』에 사용하고 있는 말투는 岳珂의 『금타췌편(金陀萃篇)』에서 많이 취했고 『홍루몽』은 한 사람에 의해 집필된 것이 아니었으며, 또 작가들은 한결같이 여러 책에 정통한 사람들이었다는 사실을 알아야 할 것이다. 결론적으로 말하면, 만 권의 책을 독파하지 않으면 고문을 지을 수도 없고 또 백화문을 지을 수도 없다. ⋯⋯ 그러므로 고문은 전폐할 수 없다.[114)]

林紓의 논리에 따르면 '진정한 학술(眞學術)'과 '진정한 도덕(眞道德)'은 문언문인 고문으로만 표현이 가능하다. 林紓는 문언문의 신성한 가치를 인정하고 있었기 때문에 그에게는 토어로 학문을 가르친다는 것은 있을 수 없는 일이었다. 또한 林紓가 말하는 '진정한 도덕'은 공맹사상과 그것의 윤리적 표현인 오상(五常), 즉 인(仁)·의(義)·예(禮)·지(智)·신(信)을 가리킨다고 볼 수 있는데, 林紓가 보기에 고문을 폐기한다는 것은 '진정한 도덕'을 폐기하는 것과 다름이 없었다. 따라서 林紓가 백화문에 반대한 것은 일차적으로 '진정한 도덕'으로서의 공맹사상이 폐지되어서는 안 된다고 보았기 때문이다.

사상혁명을 전개하고 있던 문학혁명파는 중국의 국가적 위기의 근원을 사상적인 측면에서 공맹사상에 혐의를 두고 공맹사상을 공격하고 있었으므로 林紓의 백화문의 반대는 사상사적 맥락에서 나온 자연스런 반응이었다. 다른 측면에서, 林紓는 '죽은 글자가 학술에 방해가 된다면 과학에는 고문을 사용하지 않으면 될 것이다'라고 하였는데, 이 점에서 우리는 林紓가 만청 시기 지식인들의 백화문운동의 논리를 그대

---

114) 林紓, 「致蔡鶴卿書」, 『文學運動史料選(第一冊)』(上海敎育出版社, 1979), pp.140~141.

로 따르고 있음을 확인할 수 있다. 즉 林紓는, 일반 대중들에게 실학 혹은 과학지식을 보급하기 위해서는 쉬운 백화문을 사용해야 한다고 주장했던 만청 시기 지식인들의 관점을 그대로 잇고 있는 것이다. 근대적 표준국어의 의미를 제대로 이해하지 못하고 백화문을 '토어'로만 인식하고 있는 林紓의 입장에서 보면, 백화문에 대한 그의 반대는 자연스런 일이다.

한편 백화문에 대한 林紓의 반대는 그의 위기의식과도 관련되어 있었다. 林紓는 만청 시기에 이미 183종이나 되는 서양소설을 번역하여 당시의 지식인이나 학생 치고 그의 번역소설을 읽고 감화를 받지 않은 사람이 없을 정도였는데, 그가 번역한 서양 소설은 모두 고문으로 되어 있었으므로 백화문의 전용은 자신의 입지를 위협할 수도 있었다. 백화문에 대한 林紓의 반대가 '고문은 전폐할 수 없다'라는 소극적인 선에서 끝나고 있는 것도 이와 관련이 있을 것이다.

만청 시기에 林紓와 함께 고문 번역으로 이름을 날렸던 嚴復도 문학혁명에 대한 반대 입장을 이렇게 피력했다.

> 문자언어가 우수한 까닭은 명사(名辭)가 풍부하여 글로 쓰거나 말로 하였을 때 오묘하고 깊은 이상(理想)을 전달할 수 있고, 기이하고 아름다운 사물의 모습을 묘사할 수 있기 때문이다. 劉勰은 "문자가 전부 머금을 수 없는 뜻은 언외(言外)에서 발견할 수 있고, 전부 묘사하기 어려운 경치가 마치 목전에 있는 듯하다"고 하였고, 沈隱侯는 "相如는 사물을 비슷하게 형용하는 말에 뛰어났고 二班은 감정과 이치를 드러내는 말에 뛰어났다"고 하였다. 지금 시험삼아 물어보건대, 이것을 추구하자면 문언에서 구할 것인가 아니면 백화에서 구할 것인가? 시(詩) 분야에서 감정을 잘 표현한 것으로 杜子美의 「북정(北

征)」만한 것이 없고 사물을 잘 묘사하는 데 있어서는 韓吏部의 「남산(南山)」만
한 것이 없다. 만약 백화를 사용한다면 가장 뛰어난다고 해도 『수호전』『홍루
몽』을 넘어서지 못할 것이며 낮은 경우는 희곡 중의 피황(皮黃)의 각본과 같
을 뿐이다. 따라서 백화로 교육한다면 보급하기에는 쉽지만 주정(周鼎)을 내
버리고 가치 없는 와병(瓦甁)을 귀하게 여기는 것이니 퇴화와 무엇이 다르겠
는가? 이런 일은 전부 진화의 법칙에 속한다는 것을 알아야 할 것이다. 혁명
의 시대에 학설이 분분하지만 그것을 인간에 적용할 경우 우수한 것은 살아
남을 것이고 열등한 것은 스스로 패배할 것이다. 비록 천 명의 陳獨秀와 만
명의 胡適ㆍ錢玄同이 있다 하더라도 어찌 그 중심의 자루를 겁탈하여 거머쥘
수 있겠는가? 봄 새와 가을 벌레처럼 스스로 울다가 스스로 그치도록 내버려
두면 될 것이다.115)

　　嚴復은 언어문자는 '오묘하고 깊은 이상을 전달할 수 있고, 기이하고
아름다운 사물의 모습을 묘사할 수 있다'고 말하고 있는데, '오묘하고
깊은 이상'은 개인의 감정이나 사상의 차원을 넘어서는 형이상학적이고
신성한 의미를 지닌다. '기이하고 아름다운 사물의 모습'은 단순히 외재
적인 자연의 아름다움을 넘어서서 우주의 조화로운 질서가 구현된 자
연의 아름다운 모습이다. 그러므로 嚴復의 입장에서 언어문자는 형이
상학적이고 신성한 이상 혹은 조화로운 우주질서가 드러난 모습으로서
의 자연의 아름다움을 표현할 수 있는 도구이다. 이러한 신성한 가치를
가지는 언어문자는 특성상 상징성이 뛰어나야 하므로 문언이 되지 않
으면 안 된다. 따라서 嚴復은 언어문자의 신성한 가치에 주목하고 그러

---

115) 嚴復, 「書札六十四」, 『中國新文學大系ㆍ文學論爭集』, p.96.

한 신성한 가치를 실현하기 위해서는 상징성이 뛰어난 문언을 사용해야 한다고 보고 있으므로 마땅히 백화는 반대되어야 한다. 嚴復은 언어문자의 신성한 가치를 인정하고 있었기 때문에 진화의 법칙 상 자연스럽게 문언과 백화의 경쟁에서 문언이 승리할 것으로 확신했다. 그런데 문학혁명에서 제기된 백화문의 확립은 언어문자의 형이상학적이고 신성한 가치 자체를 부정하는 것이었으므로 嚴復의 생각과는 달리 진화의 법칙이 적용된다고 하더라도 그 승패는 자명하다.

또한 嚴復의 문학혁명에 대한 반대는 그의 문학관과 관련되어 있다. 嚴復은 문학 속에서는 자기의 번뇌를 드러내고 불평(不平)의 기분을 해소하려 하였으며, 정신면에서는 고인(古人)과 결탁하여 현실을 벗어나 초현실적인 환상의 세계에 도취되어 있었다.116) 그러므로 구어인 백화를 반대하고 문자상의 고아(古雅)를 추구했다. 嚴復이 보기에 문학이란 '예술을 위한 예술'의 한 형식으로 존재한다. "대체로 학(學)의 분야에는 수만 가지의 길이 있는데, 크게 보면 술(術)과 곡(鵠)으로 나눌 수 있다. 곡이란 무엇인가? 그것을 얻는 것을 지극한 즐거움으로 생각하고 다른 것에 연연해 할 겨를이 없는 것이다. 그 자체를 위한 것이며 즐거움이 무궁한 것이다. 술이란 무엇인가? 그 방법을 빌어 무언가 구하는 바가 있는 것이다. 구하고 나면 곧 버리는 것이다. 이것은 사람을 위해 존재하는 것이며 본래 귀하게 여기는 바가 아니다."117) 嚴復이 보기에 문학은 '곡'의 범주에 속한다. 그런데 문학혁명은 오히려 문학을 '술'의 범주로 보는 것이었으므로 嚴復은 사상혁명의 한 부문운동이었

---

116) 周振甫「嚴復的詩和文藝觀」: 牛仰山・孫鴻霓 編,『嚴復研究資料』(海峽文藝出版社, 1990), p.391 참조.

117) 周振甫,「嚴復的詩和文藝觀」: 앞의 책, p.389 재인용.

던 문학혁명을 반대하지 않을 수 없었다.

문학혁명에 대한 제2단계의 반대는 학형파를 중심으로 전개되었다. 앞서 언급한 바와 같이 학형파의 반대는 미국유학 시기부터 시작되었다. 당시 梅光迪은 문학혁명 그 자체를 반대했던 것은 아니며 오히려 문학혁명의 구체적인 방법에 있어 胡適에 반대했던 것으로 보인다. 梅光迪은 고문을 '반은 죽은(半死)' 또는 '완전히 죽은(全死)' 문자로 보는 주장과 '사문학'과 '활문학'의 구분을 받아들이지 않았다. 또 백화로 문언을 대체해야 한다는 사실에 반대하긴 했지만, 백화를 문학의 다른 분야에 적용하는 것은 타당하다고 보고 시(詩)에 적용하는 것만은 온당하지 않다고 보았다.

1917년 문학혁명이 제창되고 얼마간의 시간이 경과한 후 1919년 胡先驌이 「중국문학개량론(中國文學改良論)」을 발표하고 그에 대해 羅家倫이 「胡先驌 군의 '중국문학개량론'을 반박함(駁胡先驌君'中國文學改良論')」을 발표함으로써 문학혁명에 대한 학형파의 반대가 시작되었다. 그리고 1920년 『학형』 잡지가 창간되면서 쌍방은 정식으로 논쟁을 전개하기 시작했다. 문학혁명파가 '언문일치'를 주장한 것은 우선 문언문은 신사상을 보급하기에 불리하다고 판단하였고, 또 문언문은 근대적 주체의 자아각성이라는 신문학의 '개성주의' 이념에 부합하지 않다고 보았기 때문이었다. 그러나 학형파는 '언문분리(言文分離)'를 주장하고 서면언어의 '약정성(約定性)'을 강조하고 문언의 우위를 주장했다. 논쟁은 점차 '시의 문자(詩之文字)'와 '산문의 문자(文之文字)', '시에 대한 정의(詩之正義)', '형식과 내용(形式與內容)' 등 일련의 문학의 본질에 관한 문제에까지 나아갔다. 이러한 논쟁의 배후에는 물론 문학혁명파의 계몽주의적 시각과 학형파의 인문주의적 시각의 대립이 자리하고 있었다.

문학혁명파는 기본적으로 문학진화론적 관점에 따라 이론을 전개하였는데, 그들의 핵심은 "한 시대에는 그 시대 나름의 문학이 있다"는 것과 "옛사람은 옛사람의 문학을 창조하였고 오늘날 사람은 오늘날 사람의 문학을 마땅히 창조해야 한다"[118]는 것이었다. 그러나 胡先驌 등은 '문학진화론'을 받아들이지 않았다. 胡先驌은 원래 생물학을 전공하여 진화론을 잘 알고 있었으므로 생물진화론을 문학에 적용하는 것은 진화론의 남용으로 여겼다. 그는 이른바 '문학진화론'은 "진화천연(進化天演)이라는 말을 남용한 것이며 다소 무의미한 분쟁을 일으키고 있다"고 하였고, 정신문화의 변화에 억지로 '진화'의 이름을 씌우는 것은 '과학을 오해하고 과학을 오용한 폐해'라고 지적하였다.[119] 또 吳芳吉은 '문학진화론'의 제창은 '다만 역사적 관념만 알고 예술의 법칙을 모르는' 소치라고 지적하였다. 그는 "문학은 진화도 아니며 또한 퇴화도 아니다. 문학은 바로 옛날이나 지금이나 서로 같은 줄기에서 젖을 먹고 자란 것이다. 옛날이나 지금이나 같은 줄기에서 젖을 먹고 자란 것이란 옛날의 작가나 지금의 작가들이 서로 조화를 이루고 있다는 것을 가리킨다."라고 하였다.[120] 易峻은 문학본질의 입장에서 "문학은 감정과 예술의 산물이다. 그것은 본질적으로 역사진화에 따를 필요가 없다. 다만 시대에 따라 발전의 가능성만 있을 뿐이다."라고 하여 胡適을 다음과 같이 비판했다. "대체로 한 가지 혁명진화(革命進化)의 관념을 그릇되게 붙잡고서 문학의 변화(流變)를 관찰하니, 아주 미미한 차이를 보이는 변화의 흔적을 마치 서로 나누어져 있는 듯이 뚜렷한 구분이 있는

---

118) 「歷史的文學觀念論」, 『胡適文存(第一集)』, p.33.

119) 胡先驌, 「文學之標準」, 『學衡』31期.

120) 吳芳吉, 「再論吾人眼中之新舊文學觀」, 『學衡』21期.

듯이 견강부회하여 그것을 법칙으로 여기고 있다. 이러한 순전히 주관적인 견해를 가지고 있으니 어찌 객관적인 사실을 잘못 이해하지 않을 수 있겠는가."121) 학형파는 문학내용의 불변성을 근거로 문학의 발전에는 소위 진화와 퇴화가 없다고 보았다. 즉 문학의 도덕적 내용과 정신적 가치의 불변성을 강조하였던 것이다. 그에 비해 문학혁명파는 문학발전사에서 문체형식의 끊임없는 변화에 주목하고, 그것을 '문학진화론'을 객관적인 발전법칙으로 받아들일 수 있는 근거로 여겼다. 따라서 문학혁명파와 학형파 사이의 논쟁은 문학에 대한 가치와 이념의 대립 그리고 문학의 내용과 형식 문제에 대한 대립의 측면이 강하게 대두되었다.

이제까지 문학혁명에 대한 반대파의 입장을 제1단계와 제2단계로 나누어 설명하였다. 물론 제1단계든 제2단계든 문학혁명에 대한 반대라는 점에서는 동일하다. 그러나 반대의 구체적 내용은 상당히 다르다. 林紓, 嚴復 등의 반대는 구지식인으로서의 자신들의 위기의식과 문언이 가지는 형이상학적이고 신성한 가치에 대한 집착에 의해 촉발되었다고 한다면, 미국유학 경험을 가진 梅光迪, 胡先驌, 吳宓 등 학형파의 반대는 문학혁명파와의 문학관의 차이와 중서문화에 대한 태도의 차이 등에서 촉발되었다고 할 수 있다. 다른 측면에서, 학형파의 문학혁명에 대한 반대는 나름대로 일정한 가치를 지닌다. 왜냐하면 이러한 논쟁을 거치면서 문학혁명이 광범한 호응을 얻었고 백화문이 새로운 문학용어로서 채택되는 성공을 거두었기 때문이다. 또한 문학의 본질적인 문제에 주목했던 학형파의 주장은 문학혁명파가 지녔던 일정한

---

121) 易峻, 「評文學革命與文學專制」, 『學衡』79期.

편향을 바로잡는 역할을 수행했다고 볼 수 있다. 胡適의 문학혁명론은 생물진화론을 단선적으로 문학에 적용한 측면이 있었기 때문이다.

5. 백화문운동의 근대적 문학의식

지금까지 문학혁명 이전의 백화문운동과 胡適의 백화문운동의 내용을 검토하였다. 이제 胡適의 백화문운동이 중국의 근대적 문학의식의 형성과 어떤 연관을 가지는지 살펴보아야 한다.

첫째, 백화문운동은 사상혁명이었다. 중국의 고문은 오랜 세월의 전통과 그 문학적 특징에 대한 진정한 숭배로 말미암아 유지되어 왔을 뿐만 아니라 봉건적 사회체제와 깊은 연관을 가지고 있었다. 복잡한 고문을 깊이 있게 학습한다는 것은 매우 어렵고 더딘 일이었으며, 고문 자체와 그 문법적 규칙을 배우거나 고문으로 된 문헌을 제대로 이해하기 위해서는 일생의 대부분의 시간을 보내야만 했다. 그래서 문언문은 그밖의 다른 정치·사회적 제도와 마찬가지로 전통 중국에서 통치자와 피통치자 사이의 등급을 나누는 경계였다. 1911년 신해혁명이 발발하여 봉건왕조체제가 붕괴된 이후에도 고문의 여파는 여전히 전통문화를 유지하게 하였을 뿐만 아니라 전통사회의 여러 가지 형태를 지속시키는 역할을 수행했다. 따라서 백화문운동의 목표는 문학풍격의 일신이라는 것 이상의 훨씬 높은 차원에 있었다. 문학혁명에 반대했던 사람들은 단순히 백화문만을 반대한 것이 아니며, 그 이면에는 전통사회의 가치체계를 수호하려는 내면의 심리가 더 크게 작용하고 있었다. 문언을 반대하고 구문학을 반대하는 문학혁명을 주도했던 사람들이 파괴하고

자 했던 것은 바로 전통문화 그 자체였다. 다시 말하면 문언문을 버리고 백화문을 쓰자는 것도 문학의 용어문제에 불과한 것이었으나 당시로서는 문언문을 문학용어로 사용하는 계층은 가장 보수적이고 근대화를 저지하는 구세대의 인물들로 구성되어 있었으므로 문언 사용을 반대한다는 것은 동시에 그러한 계층의 무기를 탈취하고 그들의 사상활동을 봉쇄 내지 파괴하는 것을 의미했다.122)

胡適이 처음 문학혁명을 제기하였을 때 『신청년』을 통해 사상운동을 전개하고 있던 陳獨秀가 「문학혁명론」을 발표하여 胡適의 입장을 지지하고 나선 것은 문학혁명이 곧 사상혁명으로 연결될 수 있다고 보았기 때문이다. 蔡元培의 적절한 지적대로 '문학은 사상을 전달하는 도구'이기 때문이다.123) 王曉明은 잡지 『신청년』의 역할 중에서 문학혁명을 가장 중요한 것으로 보고, 문학혁명에 가장 적극적이었던 陳獨秀, 胡適, 錢玄同 등은 모두 문학가가 아니면서 왜 굳이 문학혁명을 제창하게 되었는가 하는 의문을 제기하였다.124) 당시 陳獨秀는 문학혁명을 정식으로 제기하면서 "오늘날 정치를 혁신하려면 이러한 정치운동을 전개하는 사람의 정신 속에 도사리고 있는 문학을 혁신하지 않으면 안 된다"125)라고 하였고, 胡適은 "우리들이 제창하고 있는 문학혁명은 중국을 위해 국어의 문학을 창조하려는 것이다. 국어의 문학이 있으면 비로소 문학의 국어가 있게 된다. 문학의 국어가 있으면 우리들의 국어는 비로소 진정한 국어라고 할 수 있을 것이다."라고 하였다. 錢玄同과 劉

---

122) 車柱環, 「胡適博士와 그의 生涯」, 『思想界』1962년 5월호, p.211 참조.
123) 蔡元培는 『中國新文學大系·建設理論集』의 「總序」에서 "왜 사상의 개혁은 반드시 문학과 관련되어야만 하는가? 그것은 문학은 사상을 전달하는 도구이기 때문이다."라고 하였다.
124) 王曉明, 『刺叢里的求索』(上海遠東出版社, 1995), p.282.
125) 陳獨秀, 「文學革命論」, 『新青年』第二卷 第六期.

半農은 서면문자(書面文字)와 일상문자(日常文字)의 차이를 논했으며, 周作人은 "문학혁명에 있어 문자개혁은 그 첫 번째의 일이며 사상개혁은 두 번째의 일이다"126)라고 하였다. 주장의 구체적인 내용은 다르지만 문학의 본질적인 문제에 대한 언급을 피하고 있다는 점에서는 동일하다. 王曉明은 이러한 사실을 근거로 다음과 같은 결론을 내린다. "『신청년』 동인들이 문학혁명을 제창하였지만 그것은 본래 문학에 대한 경외에서 시작한 것은 아니었으며, 그들은 문학혁명을 통해 하나의 틈을 열어 신사상을 전파하기 위한 전달도랑을 파기 위한 것이었다. 백화문운동자들이 제기한 '문학혁명'이란 사실은 '사상혁명'과 동일한 함의를 지니고 있었다."127) 王曉明의 결론은 백화문운동으로서의 문학혁명이 사상혁명과 동일한 의미를 지니고 있었음을 지적한 것이다.

다른 측면에서, 전통적으로 중국에서 '문학(文學)'이라는 개념은 그 자체가 사상의 문제를 안으로 포함하고 있었다. 王力의 설명에 따르면, 중국에서 '문학'이라는 용어는 『논어·선진(論語·先進)』에 나오는 '문학은 子游, 子夏이다(文學, 子游, 子夏)'에서 유래되었으며 문학이란 본래 '문장박학(文章博學)'이란 뜻으로 사용되었다. 『세설신어(世說新語)』에서는 경학가(經學家)인 鄭玄, 服虔, 何晏, 王弼 등을 모두 문학(文學)으로 분류하고 있으며, 이러한 문학이라는 용어가 나중에 영어의 'literature'의 번역어로 사용되었다.128) 그렇다면 만청 시기에 이르러 비로소 서양의 'literature'에 대한 인식을 바탕으로 그에 상응하는 번역어로 '문학'이라는 용어가 사용되었던 것이다. 그런데 陳獨秀, 胡適, 劉

---

126) 周作人, 「思想革命」, 『新青年』第六卷 第四期.

127) 王曉明, 『刺叢里的求索』(上海遠東出版社, 1995), p.283.

128) 王力, 『王力文集(第11卷)』(山東教育出版社, 1990), p.697 참조.

半農, 魯迅, 周作人 등 문학혁명을 주도했던 인물들은 한결같이 19세기 말에 태어나 전통적인 교육을 받았고 또 신학문을 시작하였으며 외국유학을 통해 서양의 문학과 사상에 접했던 사람들이다. 이들은 신학문과 외국유학을 통해 서양의 'literature' 개념에 익숙해 있었지만 전통교육을 통해 중국의 전통적인 문맥 속의 '문학'이라는 개념에도 젖어 있었다. 그러므로 이들의 의식 속에 자리잡은 '문학'이라는 개념은 서양적 의미의 문학에만 한정되어 있지는 않았으며 전통적인 의미의 '문학' 개념을 내포하는 것이었다. 王曉明의 지적대로 백화문운동을 처음으로 제기했던 사람들이 문학의 본질적인 문제(서양적 의미의 문학)에 깊이 천착하지 않은 것도, 중국의 전통적인 '문학' 개념을 고려할 때, 당연한 일인지도 모른다. 전통적 문맥에서 '문학'이 '문장박학'의 의미를 지닐 때, 거기에는 사상의 문제도 포함되어 있기 때문이다. 문학혁명을 사상혁명을 위한 '틈 열기'로 인식할 수 있었던 것은 바로 초기 백화문운동을 주도했던 사람들의 의식 속에 자리잡고 있던 '문학'에 대한 전통적인 관념에서 기인한 측면이 있었다.

둘째, 문언문이 폐기되고 언문일치의 백화문이 문학도구로 정착되었다는 것은 근대적 주체의 자아각성의 확립과 깊은 연관을 가진다. 중국에서 언어문자를 개혁하기 위한 백화문운동이 다른 어느 나라보다 심각하고 지난한 과정을 거쳤던 것은 중국어가 가지고 있는 다양한 방언 체계에 기인한 측면이 많다. 胡適이 미국에서 문자에 관해 연구할 때 문언문은 중국에 남아 있는 유일한 소통의 수단이므로 그것을 폐지하기 보다 문언문을 가르치는 교수법을 바꾸어야 한다고 했던 것도 이러한 이유 때문이었다. 이는 중국에서 방언의 문제가 얼마나 심각한 것이었는가를 설명해주며, 민족공통어로서 백화(보통화)를 제기한다는 것은 그렇게 간단한 문제가 아님을 시사해준다.

중국에는 한장어계(漢藏語系), 알타이어계(阿爾泰語系), 남아어계(南亞語系), 인구어계(印歐語系), 말레이·폴로네시아어계(馬來·玻利尼西亞語系) 등 5개의 어계가 있고, 이중에서 한장어계는 사용 지역이나 사용 인구 면에서 중국에서 가장 큰 어계이므로129) 한장어계의 방언이 문제가 된다. 중국어의 방언은 크게 7가지로 나누어 볼 수 있다.

〔표3〕130) 중국어의 방언

방 언	사용 인구	사용 지역
관화 (官話)	한족 총 인구의 70%	중국 북부 전지역과 장강(長江) 이남의 사천(四川), 귀주(貴州), 운남(雲南), 서장(西藏) 그리고 강소(江蘇), 안휘(安徽), 강서(江西), 호북(湖北), 호남(湖南) 성의 장강(長江) 연안 지구
오어 (吳語)	한족 총 인구의 8%	소남(蘇南), 절강(浙江)의 대부분 지역과 강서(江西)와 절강(浙江) 인근의 몇 개 현(縣)
공어 (贛語)	한족 총 인구의 2%	강서(江西)의 북부와 중부지역
객가거 (客家語)	한족 총 인구의 4%	강서(江西) 남부, 광동(廣東) 북부, 복건(福建)의 서부 및 대만(臺灣)의 신죽(新竹), 묘율(苗栗)
상어 (湘語)	한족 총 인구의 5%	호남(湖南) 동정호(洞庭湖) 이남의 대부분 지역
민어 (閩語)	한족 총 인구의 4%	복건(福建), 광동(廣東) 동부와 해남도(海南島) 및 뢰주반도(雷州半島) 일부, 대만(臺灣)의 대부분 지역, 절남(浙南)과 복건(福建)의 인근 일부지역
월어 (粤語)	한족 총 인구의 5%	광동(廣東)의 대부분 지역, 광서(廣西)의 동남부 지역

---

129) 周振鶴·游汝杰, 『方言與中國文化』(上海人民出版社, 1991), p.6 참조.

130) 周振鶴·游汝杰, 앞의 책, p.8 참조.

이처럼 복잡한 방언체계를 가지고 있는 중국어에서 방언의 문제는 만청 시기에 인적 교류가 확대되고 의사소통의 기회가 많아지면서 심각한 문제로 떠오르지 않을 수 없었다. 만청 시기의 백화문운동과 관화(官話)로 국어를 통일해야 한다는 陳獨秀의 인식은 모두 소통의 문제 때문에 생겨난 것이다. 위의 표에서 알 수 있듯이 관화는 한족 총 인구의 70%가 사용하고 있으므로 陳獨秀가 관화로 국어를 통일해야 한다고 주장한 것은 당연한 일이다. 胡適의 문제의식도 물론 여기서부터 출발한다. 胡適도 『경업순보』를 통해 이미 소통을 위한 백화의 필요성을 인식하여 백화로 문장을 지었기 때문이다. 그런데 胡適은 여기에 멈추지 않고 더 나아가 문학과 언어의 관계에 주목하여 문학용어의 개혁을 통한 표준국어의 확립을 위해 백화문운동을 전개했다.

우리는 여기서 표준국어로서의 백화문의 제창이 근대적 언어관을 반영한 것으로서 근대적 주체의 자아각성의 확립과 어떤 연관을 가지는지 검토할 수 있다. 앞에서 백화문운동이 사상혁명의 일환으로 전개되었다는 점을 지적하였다. 그렇다고 곧바로 백화문운동이 사상혁명으로 연결되는 것은 아니다. 백화문운동이 사상혁명의 의미를 지니고 있음을 밝히기 위해서는 백화문운동이 근대적 주체의 자아각성의 확립과 어떤 연관이 있는지 따져보아야 한다.

문언문은 수천 년 동안 중국의 지배층이 사용하여 왔던 문학용어였다. 문언문은 일상어와는 구별되는 서면어로서 중국의 전통적인 문학관념인 '문이재도'를 구현하고 있었다. 글이란 도(道)를 담는 그릇인 까닭에 도를 구현하지 못한 글은 문학의 반열에 들 수 없었다. 중국에서 도란 '천(天)'의 개념과 상통하며, 또 그것의 구체적인 표상으로서 성현의 도를 가리킨다. 우주의 질서를 도라는 개념으로 포괄할 때 우주의 질서가 그대로 드러나는 것이 문장이며, 글쓰기 행위는 대체로 우주의 본질을 구현하는 형이상학적이고 신성한 철학적 의미를 지녔다. 문언문은 '도'의 구현체이기 때문에 개인의 주체적 감정과 사상과는 관계가 없다. 문언적 글쓰기는 일상적인 '말'과 다른 '글'을 중심에 두고 있으므로 언제나 사적인 감정과 사상의 표현이어서는 안 되며, 문언은 어디까지나 우주의 질서로서의 도 혹은 그것의 구체적인 표상으로서 성현의 도를 현상하는 매개체이다. 따라서 우주의 질서(도)를 담는 그릇인 글은 일상적으로 사용하는 용어와는 근본적으로 달라야 했고, 그것은 상징성이 뛰어난 문언문인 고문으로 씌어지지 않으면 안되었다.

그런데 만청 시기부터 문언문의 신성한 가치는 커다란 도전을 받게 된다. 계몽을 위한 선전이 주된 목적이었지만, 만청 시기에 백화문은 상당한 중시를 받았다. 그리고 근대적 주체에 대한 자각이 확대되면서 문장은 도를 담는 그릇이 아니라 오히려 개인의 감정과 사상을 표현하는 수단이라는 인식이 생겨나기 시작한다. 胡適이 「문학개량추의」에서 '감정'과 '사상'을 강조한 것은 이러한 인식을 적극적으로 표명한 결과였다. 개인의 주체적 감정과 사상은 말하는 것과 동일한 방식으로 씌어질 때 온전히 전달될 수 있다. 그것은 언문일치인 백화문을 사용할 때 더욱 적극적으로 표현될 수 있다. "문언의 글은 읽을 수는 있으나 들어서 알 수는 없는데, 백화의 글은 읽을 수 있는 데다가 또 들어서 알 수도 있다. 연설과 강의와 필기에 문언은 결코 응용할 수 없다. 오늘날 요구되는 것은 일종의 읽을 수 있고, 들을 수 있고, 노래할 수 있고, 이야기할 수 있고, 기록할 수 있는 언어이다. …… 그렇지 못한 것은 살아 있는 언어가 아니며, 결코 우리나라의 국어로 될 수 없고, 결코 제일류의 문학을 산출하지 못한다."131) 胡適이 지적하고 있는 '읽을 수 있고, 들

을 수 있고, 노래할 수 있고, 이야기할 수 있고, 기록할 수 있는 언어'의
필요성에 대한 강조는 바로 발화된 말을 중심에 두는 것이다. 발화된
말을 중심에 둘 때 그것의 기호적 표현인 언문일치의 백화문이 문학의
언어가 되어야 함은 당연하다. 그래야만 '제일류의 문학'을 산출할 수
있게 된다.

　胡適이 중국문학이 타락한 것은 문학 속에 문학행위 주체의 자각적
인 감정과 사상이 없기 때문이라고 지적한 것도 근대적 주체의 자아각
성에 근거하고 있다.

　　종합컨대 문학이 타락한 원인은 '문식이 내용을 압도한 것'이라는 한마디
　말로 포괄할 수 있다. 문식(文)이 내용(質)을 압도한 것이란 형식(形式)은 있으
　되 정신(精神)이 없는 것이며 겉모습(貌)은 비슷하지만 정신(神)이 결핍되어
　있는 것을 가리킨다. 이러한 문식이 내용을 압도하는 병폐를 구제하고자 한
　다면 마땅히 말(言) 가운데 뜻(意)을 중시해야 하고 문식(文) 가운데 내용(質)을
　중시해야 하고 껍질(軀殼) 속에 있는 정신(精神)을 중시해야 한다. 고인은 "말
　(言)에 문식이 없으면 멀리까지 전해지지 않는다"고 했다. 그에 대한 대응으
　로 "만약 말(言) 가운데 내용(物)이 없으면 또 문식(文)은 어디에 쓸 것인가"라
　고 말하겠다.[132]

　이 글에서 胡適은 '문(文) ―질(質)', '형식(形式) ―정신(精神)', '모
(貌) ―신(神)', '언(言) ―의(意)', '구각(軀殼) ―정신(精神)', '문(文) ―
물(物)'의 대립구도를 설정하고, '문, 형식, 모, 언, 구각, 문에 대립되

---

131) 胡適, 「白話文言之優劣比較」, 『胡適學術文集・新文學運動』, p.8.
132) 胡適, 「寄陳獨秀」, 앞의 책, p.17.

는 '질, 정신, 신, 의, 물'이 배제된 중국문학은 타락의 길로 들어섰다고 진단하고 있다. 여기서 '질, 정신, 신, 의, 물'은 바로 근대적 주체의 감정과 사상과 관련되어 있음은 물론이다. 이러한 사실은 胡適의 다음과 같은 글에서 충분히 드러난다. "어떠한 이유로 죽은 글은 활문학을 만들어낼 수 없는가? 이것은 모두 문학의 성질에 기인한다. 일체의 언어문자의 작용은 의사(意)를 전달하고 감정(情)을 표현하는 데 있다. 의사(意)를 절묘하게 전달하고 감정(情)을 잘 표현하는 것이 바로 문학이다. 저 죽은 문언을 사용하는 사람들은 어떠한 생각(意思)이 있어도 그 생각을 수천 년 전의 전고(典故)로 바꾸어 나타내야 하고, 어떠한 감정(感情)이 있어도 그 감정을 수천 년 전의 문언(文言)으로 번역해야 한다."133) 문학의 본질이 '의사(意)를 절묘하게 전달하고 감정(情)을 잘 표현하는' 데 있는 이상, 이제 글쓰기(문학)는 근대적 주체의 감정과 사상을 온전히 전달하는 것이 되어야 한다. 이것은 개인의 감정과 사상을 미학적 감수성에 귀속시키는 것이며, 그리하여 미학적 감수성으로서의 개인의 감정과 사상의 자발적 표출이 곧 문학이라는 관념이 형성된다. 개인의 감정과 사상의 자발적 표출로서의 문학은 말하는 것과 동일하게 표현될 때 온전하게 구현될 수 있는데, 이 때 언문일치의 백화문이 문학도구로 확정되는 것이다. 이처럼 문학도구로서 백화문의 전용이라는 胡適의 백화문운동은 근대적 주체의 확립을 전제로 하는 것이었다. 이러한 맥락에서 胡適의 백화문운동을 이해하면 비로소 그것이 사상혁명의 의미를 지니고 있었음이 밝혀진다. 따라서 胡適의 백화문운동은 근대적 주체의 확립을 새로운 문학언어의 확립을 통해 구

---

133) 「建設的文學革命論」, 『胡適文存(第一卷)』, p.58.

현하고 있으며, 중국문학의 근대적 변화를 가져오는 출발점이 된다.

셋째, 胡適의 백화문운동은 중국문학사 구조의 재편성을 의미한다. 胡適은 『백화문학사』에서 '백화문학사'와 '고문전통사(古文傳統史)'의 결합이 중국문학사의 실제 모습이라 분석하고 중국문학이 이원적 구조 속에서 발전해왔음을 지적했다. 사실 전통중국에서 사대부들의 문학관념에 따를 때, 백화문학은 문학사 속에 포함되지도 않았다. 胡適이 말한 '고문전통사'만이 유일한 문학사로 인정되어 왔다. 그렇지만 胡適은 중국문학사의 이원적 구조에서 백화문학사의 지위를 대담하게 중심부로 끌어올렸다. 그는 중국문학사에서 백화문학의 지위를 세밀하게 탐구하여 백화문학사는 중국문학사에서 중심부를 차지하였으며, 중국문학사에서 백화문학의 진화사(進化史)를 제거해 버리면 겨우 남는 것은 '고문전통사'일 뿐이라고 설명했다.134) 더욱이 胡適은 중국문학의 이원적 구조를 구체적으로 설명하면서 대립적으로 발전해온 상층의 고문문학과 하층의 백화문학을 분명하게 대비시켰다.

> 우리들 중국의 몇 천 년의 문학사에는 두 가지 추세가 있었다. 두 가지가 나란히 연변(演變)하여 왔고, 두 가지가 나란히 진화하여 온 서로 다른 길을 걸은 두 가지 문학이다. 하나는 상층의 문학이고 다른 하나는 하층의 문학이다. 상층의 문학이란 무엇인가? 귀족의 문학이며, 문인의 문학이며 개인적인 문학이며, 귀족의 조정(朝廷)에서의 문학이라고 할 수 있다. 우리들이 현재에서 보면 대부분이 전혀 가치 없는 사문학(死文學)이며, 모방의 문학이며, 고전(古典)의 문학이며, 죽어버린 문학이며, 생기 없는 문학이다. 이것이 상층의 문학이다. 그러나 동시에 저 1천 년 동안 어느 시대를 막론하고 한조(漢朝),

---

134) 『白話文學史』, 「引子」, p.2 참조.

삼국(三國), 육조(六朝), 당조(唐朝), 송조(宋朝), 원조(元朝), 명조(明朝), 청조(淸朝), 현재에 이르기까지 이른바 하층의 문학이 있어왔다. 하층의 문학이란 무엇인가? 그것은 일반 백성들의 문학이다. 살아있는 문예이며, 백화를 사용한 문예이며, 모든 사람들이 이해할 수 있는 문예이며, 모든 사람이 말할 수 있는 문예이다.[135]

胡適은 이렇게 상층의 문학과 하층의 문학으로 방향을 달리하여 발전해온 중국문학사의 이원적 구조를 인식함으로써 문학사 구조의 일원적 통합에 관심을 가지지 않을 수 없었다. 물론 胡適이 「문학개량추의」를 발표할 당시 중국문학의 이원적 구조를 단일한 구조로 통합할 것을 분명하게 천명한 것은 아니었다. 하지만 胡適의 백화문운동은 처음부터 중국문학의 이원적 구조를 극복하려는 것이 기본전제로 설정되어 있었다고 보아야 한다. 그러면 중국문학의 이원적 구조를 극복하여 단일한 구조로 통합하기 위해서는 무엇을 중심으로 해야 하는가? 胡適이 지적한 상층의 문학이란 이미 죽은 문학이므로 근대적 주체의 이념에 따를 때 당연히 하층의 문학을 중심으로 일원성을 회복할 수밖에 없다. 하층의 문학을 중심으로 일원성을 회복하는 것은 결국 백화문을 문학용어로 채택될 때만이 가능하다. 문언의 글은 읽을 수는 있으나 들어서 알 수 없지만, 백화의 글은 읽을 수 있는 데다 또 들어서 알 수도 있기 때문이다. 근대적 글쓰기는 말을 중심에 두는 것이므로 문학도구는 언문일치의 백화문이 되어야 마땅하며, 백화문학을 중심으로 중국문학의 일원성을 회복해야 한다.

---

135) 「中國文藝復興運動」, 『胡適學術文集·新文學運動』, p.288.

또한 백화문학을 중심으로 중국문학사의 일원성을 회복하는 것은 胡適이 강조한 근대적 표준국어의 확립과 밀접하게 관련되어 있다. 胡適은 표준국어의 확립은 '국어의 문학'을 통해서 가능하다고 보았다.

어린아이가 어떤 문자를 배우는 것은 어른이 되어서 그것을 사용하기 위함이다. 그들이 만약 사회의 '상등인'이 그러한 문자를 멸시하고 전혀 그러한 문자를 사용하여 책을 쓰거나 입론을 하지 않고 또 그러한 문자를 사용하여 공명과 부귀를 구하지 않는다는 사실을 알게 되면 그들은 결코 배우려 하지 않을 것이다. 그들이 그것을 배운다면 영원히 '상등'의 사회에 들어갈 수 없기 때문이다. 한 국가의 교육의 도구는 단지 하나여야만 하며 두 개일 수는 없다. 만약 한문 한자가 교육의 도구로서 부적당하다면 마땅히 한문 한자를 폐기할 것을 결심해야 한다. 만약 교육의 도구로서 반드시 병음문자여야 한다면 전국의 모든 사람들이 반드시 일률적으로 병음문자를 사용해야만 한다. 만약 병음문자가 단지 백화문을 소리나는 대로 읽는 것이라면 전국의 모든 사람은 반드시 일률적으로 백화문을 채용해야 한다.[136)]

胡適은 표준국어의 확립은 문학을 통해 완성될 수 있다고 보았으므로 표준국어의 확립을 위해 상등인과 하등인을 통합하는 하나의 언어체계를 만들어야 한다고 할 때, 그러한 언어체계를 수립하기 위해서는 반드시 문학도 통합된 하나의 체계를 가져야 한다. 위 인용문에서 보듯 胡適은 표준국어로서 백화문의 전용을 주장하고 있으므로 백화문학을 중심으로 중국문학사의 이원적 구조를 단일한 구조로 통합하는 것은

---

136) 胡適,「導言」,『中國新文學大系·建設理論集』, pp.13~14.

자연스런 일이다. 따라서 표준국어의 확립과 문학용어로서 백화문의
전면적 수용은 그 내면적 논리 속에 이미 중국문학사의 구조변화를 전
제하고 있는 것이다. 이제 중국문학은 일원성을 회복함으로써 근대적
변화를 가져올 수 있는 기본적인 조건이 완비되었다. 중국문학의 이원
적 구조를 단일한 구조로 통합하는 것이야말로 중국문학의 근대적 변
화를 가져오는 선행조건인 셈이다. 따라서 문학혁명을 통한 백화문의
확립은 중국문학 구조의 재편성을 의미하는 것이었다.

　만청 시기부터 백화문운동이 전개되었지만 그것은 위로부터의 계몽
이나 교육을 위한 수단이었을 뿐 중국문학의 구조변화를 염두에 둔 것
은 아니었다. 그러므로 중국문학의 구조변화를 전제로 하는 문학혁명
시기의 백화문운동은 이전의 백화문운동과는 근본적으로 다른 성격을
지닌다. 그것은 사상혁명을 내포하고 근대적 주체의 자아각성의 확립
을 가져오고 나아가 중국문학사의 구조를 재편성하는 것이었다. 陳平
原은 소설사를 구성하는 자리에서 중국의 '근대'와 '현대'를 구분하여
'근대'의 변화란 '관념과 이론의 수준'에 머물렀으며 '현대'의 변화란 하
층부의 구조, 즉 '사유방식, 심미취미'에 이르기까지 심연의 구조까지
변한 데 있다라고 하였다.137) 陳平原이 '근대'와 '현대'의 차이를 구조
의 변화와 관련하여 사고하고 있음은 매우 시사적이다.

---

137) 陳平原, 『小說史, 理論與實踐』(北京大學出版社, 1993), p.230.

Ⅳ

魯迅의 소설창작과
근대적 문학의식

본 장에서는 魯迅의 소설창작을 근대적 문학의식의 형성이라는 범주에서 검토하고자 한다. 胡適이 백화문운동으로 표준국어를 확립함으로써 언어문자의 측면에서 신문학의 새로운 기초를 세웠다고 한다면 魯迅은 그러한 기초 위에서 실제 창작을 통해 신문학의 새로운 지평을 열었다고 할 수 있다. 만청 시기에 문학개량이 운위되었지만 이론적 주장이 무성하던 것과 달리 문학혁명 이후의 魯迅 소설은 문학혁명의 이론적 주장에 걸맞는 실제 창작으로서 신문학의 가능성을 열어주었다.

魯迅은 문학혁명 이후 1936년 죽을 때까지 『납함(呐喊)』, 『방황(彷徨)』, 『고사신편(故事新編)』 등 세 권의 소설집을 출판했다. 『납함』은 1918년부터 1922년까지 창작한 단편소설 14편을 수록하여 1923년 8월 북경의 신조사(新潮社)에서 '문예총서(文藝叢書)'의 한 권으로 초판이 나왔다. 1926년 10월 3차 인쇄 시에는 북경의 북신서국(北新書局)에서 '오합총서(烏合叢書)'의 한 권으로 출판되었으며, 1930년 13차 인쇄 시에는 「부주산(不周山)」(나중에 「보천(補天)」이라는 제목으로 『고사신편』

에 수록됨)1)이 빠지고 출판되었다. 『방황』은 1924년부터 1925년까지 창작한 단편소설 11편을 수록하여 1926년 8월 북경의 북신서국에서 '오합총서'의 한 권으로 출판되었다. 『고사신편』은 1922년부터 1935년까지 창작한 역사단편소설 8편을 수록하여 魯迅이 죽기 9개월 전인 1936년 1월 상해의 문화생활출판사(文化生活出版社)에서 巴金이 주관하던 '문학총서'의 한 권으로 출판되었다.

본 장에서는 중국의 근대적 문학의식의 형성을 魯迅의 소설을 통해 검토할 것이므로 魯迅의 소설집 중에서『납함』, 『방황』이 분석의 대상이 된다. 본 연구의 범위는 신문학 초기에 한정되어 있으므로 1930년대에 주로 씌어진 『고사신편』은 제외된다. 『고사신편』의 작품 중에는 1922년에 씌어진 「보천(補天)」이 있고 1926년 말에 씌어진 「분월(奔月)」과 「주검(鑄劍)」이 있지만, 신화전설과 역사이야기를 소재로 하고 있는『고사신편』의 작품은 『납함』, 『방황』의 작품과는 성격이 다르므로 본 장의 분석대상에서 제외한다. 魯迅은『방황』에 대해 "비록 기술이 전보다 좋아졌고 사상도 전보다 구속받지 않게 되었지만 전투 의욕은 아주 식어버렸다"2)라고 하여 『납함』과 다른 측면을 언급하였지만, 『방황』은 내용과 형식 면에서 『납함』을 그대로 잇고 있으므로 『납함』과 동일하게 취급하여도 무방할 것이다. 왜냐하면 중국 신문학은 1927, 8년에 진행된 혁명문학논쟁을 거치면서 새로운 면모를 보여주기 때문이다. 陳平原은 중국소설의 서사양식의 변천의 상한선과 하한선을 각각 1898년과 1927년으로 잡고 있으며3) 1898년에서 1916년

---

1) 혁명문학논쟁 중에 成仿吾는『吶喊』중에서 「不周山」을 뺀 나머지 작품에 대해 일괄적으로 부정하였는데, 魯迅은 그에 대한 대응으로서 1930년 『吶喊』을 다시 출판할 때 오히려 成仿吾가 긍정했던 「不周山」을 빼버렸다.
2) 「自選集自序」, 『南腔北調集』, 『魯迅全集(4)』, p.456.

사이에 주로 활동한 소설가를 '신소설가(新小說家)'로 통칭하고 1917년
에서 1927년 사이에 주로 활동한 소설가를 '5·4소설가'로 통칭하고
있다.4) 신문학의 근대적 문학의식의 형성을 검토하는 자리에서 魯迅
의 소설집 중에 『납함』과 『방황』을 분석의 대상으로 삼는 것은 이러한
사정을 고려한 때문이다. 다만 魯迅 소설의 발전과정을 좀더 깊이 있게
이해하기 위해 「광인일기」 이전에 창작된 문언소설 「그리운 옛날(懷舊)」
도 분석의 대상으로 삼는다. 「그리운 옛날」은 문언문으로 씌어졌지만
魯迅 소설을 이해하는 출발점이 될 수 있다고 판단되기 때문이다.

1. 창작 배경

魯迅이 단편소설 「광인일기」를 창작하여 신문학에 등장하는 계기를
「납함·자서(吶喊·自序)」에 나오는 金心異(錢玄同을 가리킴)와의 대화 내
용을 인용하여 설명하는 것이 일반적이다. 실제로 이 부분은 魯迅이 「광
인일기」를 창작하게 된 동기와 경위를 이해하는 데 매우 중요한 대목이
다. 왜냐하면 「납함·자서」에는 「광인일기」 창작 때까지 魯迅의 이력이
축약되어 있고, 일본유학시기 문학활동의 실패와 신해혁명을 거치면서
겪게 되는 魯迅의 깊은 좌절감이 솔직하게 표현되어 있기 때문이다. 魯
迅과 金心異와의 대화 내용은 다음과 같다.

그들은 지금 『신청년』이라는 잡지를 만들고 있었다. 그러나 그 당시엔 특

---

3) 陳平原, 『中國小說敍事模式的轉變』(上海人民出版社, 1988), pp.5~6 참조.
4) 陳平原, 앞의 책, p.7 참조.

별히 찬성하는 사람도 없었고 그렇다고 반대하는 사람도 없는 것 같았다. 아마도 그들은 적막감을 느끼고 있을 것이리라. 그러나 나는 말했다.

"가령 말일세, 창문도 하나 없고 절대로 부술 수 없는 쇠로 된 방이 하나 있다고 하세. 그 안에 많은 사람들이 깊이 잠들어 있는데 오래지 않아서 모두 숨이 막혀 죽을 거야. 그러나 혼수 상태에서 사멸되어 가는 거니까 죽음의 비애 따위는 느끼지 못할 걸세. 지금 자네가 큰소리를 질러 비교적 의식이 뚜렷한 몇 사람을 깨워 일으켜서, 그 소수의 불행한 이들에게 벗어날 수 없는 임종의 고초를 겪게 한다면 자네는 그들에게 미안하지 않겠는가?"

"그러나 몇 사람이라도 일어난다면 그 쇠로 된 방을 부술 희망이 전혀 없다고 말할 수는 없지 않은가?"

그렇다. 나는 비록 내 나름의 확신을 가지고 있었지만, 희망에 대해서 말하자면 그것을 말살시킬 수는 없는 일이다. 왜냐하면 희망이란 것은 장래에 두어진 것이므로 반드시 없다고 하는 내 증명(證明)을 가지고 있을 수 있다는 그의 주장을 꺾을 수는 없었기 때문이다. 그래서 나는 마침내 그에게 글(文章)을 쓰겠다고 응답했다. 이것이 처녀작인 「광인일기」이다. 그때부터 이왕 발을 내디딘 이상 되돌릴 수도 없고 해서, 친구들의 부탁이 있을 때마다 소설 비슷한 글을 써서 그럭저럭 지내왔는데, 그렇게 쌓이게 된 것이 십여 편에 이르렀다.[5]

여기서 魯迅은 「광인일기」를 쓰게 된 동기와 그 후 십여 편의 단편소설을 쓰게 된 경위를 서술하고 있다. 『납함』의 작품이 1922년 10월까지 사이에 쐬어졌고 위 인용문의 「자서」는 1922년 12월 3일에 쐬어졌

---

5) 「自序」, 『吶喊』, 『魯迅全集(1)』, p.419.

다. 그러므로 위 인용문이 「광인일기」의 창작 경위에 초점이 맞춰져 있
다고 하지만『납함』전체를 이해할 수 있는 단서를 발견할 수 있다. '창
문도 없고 절대로 부술 수 없는 쇠로 된 방'으로 비유되는 중국적 현실
이 문제가 되는데, 앞으로 논의되겠지만 魯迅 소설을 중국 암흑사회의
구조를 드러내는 것으로 파악할 수 있는 것도 '쇠로 된 방'의 비유와 관
련이 있다.

　「광인일기」의 창작 배경을 검토하기 위해서는 먼저 「광인일기」 발표
이전에 魯迅이『신청년』에 대해 어떠한 태도를 취하고 있었는지 검토되
어야 한다. 魯迅은 처음『신청년』의 움직임에 대해 크게 동조하지 않았
던 것으로 보인다. 앞의 인용문에서 魯迅은『신청년』에 대해 "그 당시엔
특별히 찬성하는 사람도 없었고 그렇다고 반대하는 사람도 없는 것 같
았다"라고 말하고 있기 때문이다. 이 대목은『신청년』에 대한 당시 중국
인들의 일반적인 반응을 객관적으로 묘사한 것으로 볼 수도 있겠지만,
어쩌면『신청년』에 대한 魯迅 자신의 입장을 말한 것이 아니었을까. 이
전의 魯迅의 문학활동을 검토하면『신청년』에 대한 이러한 태도가 곧
魯迅 자신의 태도임이 드러난다.

　魯迅은 일본유학시기에『신생(新生)』이라는 잡지를 기획하여『신청
년』과 비슷한 활동을 시도한 바 있었지만, 그것은 너무나 쉽게 실패하
고 말았다. 또 당시 동경(東京)에서 발행되던『하남(河南)』잡지에 「마
라시력설」, 「문화편지론」 등 여러 편의 논문을 발표하였으나 반응 없이
실패로 끝나고 말았다. 이러한 실패의 경험 때문에 魯迅은『신청년』을
적극적으로 지지할 수 없었을 것이다. 위 문장이『신청년』에 대한 魯迅
자신의 태도라고 한다면 특별히 찬성하지도 않았고 그렇다고 반대하지
도 않았던 魯迅의 태도에 수긍이 간다. 찬성과 반대의 태도를 좀더 분

석적으로 따져본다면, 魯迅의 찬성이란『신청년』이 담고 있는 내용과
그 의도에 대한 공감의 표시일 터이고, 반대란『신청년』이 실패할 수밖
에 없을 것이라는 좌절에 대한 우려의 표시로 다가온다.

찬성과 반대를 동시에 표명한다는 것은 역설적으로 魯迅의 사유구
조 속에서는 강한 찬성으로 이해될 수도 있다. 魯迅은 1917년 1월 19
일자 일기에서 "맑음. 오전 중에 둘째 동생(二弟)에게『교육공보(教育公
報)』두 권,『청년잡지(青年雜誌)』(『신청년』의 초기 이름) 열권을 한 묶음
으로 포장하여 보냈음."6)이라고 기록하고 있다. 여기서 '둘째 동생'이
란 周作人을 가리키는데, 魯迅은 자신이 읽었던『청년잡지』를 당시 고
향인 소흥(紹興)에 있던 동생 周作人에게 보냈던 것이다.7) 錢玄同이
魯迅을 찾아가『신청년』에 글을 쓸 것을 종용한 것이 1917년 8월부터
이니까 1917년 1월 19일이면 7개월 전의 일이다. 그리고 胡適의「문
학개량추의」가 1917년 1월 15일자『신청년』에 발표되었으니까 胡適
이 문학혁명을 제창하던 때로부터 며칠 지난 뒤의 일이다. 따라서 魯
迅은『신청년』을 매호 읽고 있었으며 문학혁명에 대해서도 관심을 가
지고 있었던 것으로 보인다. 물론『신청년』을 읽는다고 곧 찬성의 표
명은 아닐 것이다. 하지만 관심의 표명임에는 틀림없으며, 그 후『신청
년』에「광인일기」를 발표하려는 결심을 하는 것으로 보아 충분히 공감
하고 있었던 것으로 보인다.

『신청년』에 대한 魯迅의 공감은 물론 문체개혁으로서의 문학혁명 쪽
보다는 사상혁명 쪽에 더 비중이 있었다. 周作人은 이점에 대해 이렇

---

6)『日記』,『魯迅全集(14)』, p.263.
7) 周作人은 1917년 4월부터 魯迅의 추천으로 蔡元培의 초청을 받아 北京大學 國史編纂處에
  서 근무하게 되었고, 여기서 英文 자료를 수집하는 일을 맡게 되었다. 또 9월에는 北京大學
  文科教授 겸 國史編纂處 纂輯員이 되었다.

게 지적했다.

　　魯迅은 문학혁명, 즉 백화문으로 고쳐 쓴다는 문제에 대해서는 당시에 별
로 흥미를 갖지 않았다. 그러나 사상혁명에 대해서는 크게 중시하고 있었다.
이것은 그가 『신생(新生)』을 발간하려 했을 때부터 간직했던 소원이었다. 그
때 錢 군(錢玄同)이 와서 옛일을 끄집어내니 묻혀있던 화약의 도화선에 불을
붙인 것처럼 즉시 폭발한 셈이었다. 그 때 표방했던 것은 사람을 잡아먹는
예교를 타도하자였다. 錢 군도 문학혁명을 주장하고 있었지만 그의 최대의
소망은 그 자신이 말하고 있었던 것처럼 "강윤(綱倫)을 타도하고 독사(毒蛇)를
벤다"는 것이었으며, 이것은 魯迅의 생각과 일치하는 것이었다. 그러기에 짧
은 한순간의 대화였어도 효력이 발생한 것이었다.[8]

　胡適은 상해 유학시기에 『경업순보』를 통해 백화문으로 글을 쓰는
훈련을 거쳤지만 魯迅은 그러한 훈련을 거치지 못했다. 魯迅은 일본유
학시기에 프랑스의 과학소설을 번역하거나 장편의 여러 논문을 발표할
때도 문언문으로 썼다. 그러므로 『신청년』이 백화문운동을 전개할 즈
음 魯迅은 그것에 대해 그다지 흥미를 느끼지 못하고 있었다. 周作人
의 지적처럼 魯迅은 백화문운동으로서의 문학혁명보다 오히려 사상혁
명의 입장에서 『신청년』에 관심을 가지고 있었다. 魯迅은 처음부터 문
체개혁을 위한 백화문운동보다 봉건예교에 대한 비판으로서의 사상혁
명운동에 관심을 더 집중하고 있었다. 魯迅이 일본유학시기에 중국인
의 정신개조를 위해 '정신계의 전사'를 희망했던 사실을 상기하면 그것

---

8) 周退壽(周作人), 『魯迅的故家』(人民文學出版社, 1957), p.205.

은 자연스런 일인지도 모른다. 그렇다면 魯迅에겐 백화문운동으로서의 문학혁명도 그것이 사상혁명으로 연결될 수 있을 때만이 동조할 수 있었다. 어쩌면 魯迅이 錢玄同의 부탁에 동의하고 백화문으로 글을 쓰기로 결심한 것은 문학혁명이 사상혁명으로 연결될 수 있다는 자각이 섰기 때문일 것이다. 다시 말하면 魯迅은 『신청년』을 탐독하면서 이미 사상혁명에 동조하고 있었으므로 문학혁명이 사상혁명으로 연결될 수 있음을 자각하는 순간 錢玄同의 부탁을 받아들여 '적막감을 느끼고 있던' 『신청년』진영에 지원자의 자격으로 「광인일기」를 창작하기로 결심했던 것이다.

한편 魯迅은 '적막을 느끼고 있던' 『신청년』진영에 활력을 주기 위해 지원자의 자격으로 『신청년』에 참여한 사실에 주목할 필요가 있다. 이점에 대해서는 우선 魯迅의 백화시(白話詩) 창작과 관련하여 검토할 수 있다. 왜냐하면 「광인일기」가 발표되었던 1918년 5월 15일 『신청년』제4권 제5호에 魯迅은 백화시 「꿈(夢)」, 「사랑의 신(愛之神)」, 「복사꽃(桃花)」 3수를 당사(唐俟)라는 필명으로 함께 발표하였기 때문이다.

1917년 2월 『신청년』에 胡適이 백화시 8수를 발표하면서 백화 신시(新詩)가 처음으로 중국의 문예잡지에 실렸다.9) 그리고 이듬해 1월에는 『신청년』에 백화시 9수가 실렸고, 2월에는 『신청년』에 백화시 6수가 실렸다.10) 魯迅도 1918년에서 1919년 사이에 백화시를 창작하여 『신청년』에 발표함으로써 신시운동(新詩運動)에 참여하게 된다. 魯迅의

---

9) 『新青年』第二卷 第六期, pp.583~584 참조. 胡適이 발표한 백화시는 「朋友」, 「贈朱經農」, 「月」3수, 「他」, 「江上」, 「孔丘」등이다.

10) 1918년 1월 『新青年』에 실린 白話詩는 胡適의 「鴿子」, 「人力車夫」, 「一念」, 「景不徙」, 沈尹默의 「鴿子」, 「人力車夫」, 「月夜」, 劉半農의 「相隔一層紙」, 「題女兒小蕙週歲日造象」등이다. 1918년 2월 『新青年』에 실린 白話詩는 沈尹默의 「宰羊」, 「落葉」, 「大雪」, 劉半農의 「車毯(擬車夫語)」, 「遊香山紀事詩」, 胡適의 「老鴉」등이다.

시 창작은 1900년부터 시작하여 1935년 그가 죽기 1년 전까지 계속
되었지만, 이 중에서 백화시는 1918년에서 1919년 사이에 씌어졌다.
그런데 魯迅의 백화시 창작은 신문학이 시작되면서 적막한 시단(詩壇)
에 활력을 주기 위한 것이었다. 魯迅은 1935년 5월 상해의 군중도서
공사(群衆圖書公司)에서 『집외집(集外集)』을 출판하게 되는데, 이 책은
1933년 이전에 출판된 잡문집(雜文集)에 실리지 않은 魯迅의 시와 산
문을 수록하고 있으며, 백화시 6수 중에서 5수가 여기에 실려 있다. 魯
迅은 이 책의 서문에서 이렇게 말했다. "나는 사실 신시(新詩)를 쓰는
것을 좋아하지 않았다. ─그러나 또한 고시(古詩)를 쓰는 것도 좋아하
지 않았다─단지 그 때에는 시단(詩壇)이 적막하였기 때문에 주변에서
북을 쳐서 열기를 돋구려고 하였을 뿐이다. 시인이라고 부를 만한 사람
들이 출현하면 손을 씻고 쓰지 않으려고 생각했다."11) 실제로 魯迅은
백화시 6수를 쓰고는 더 이상 백화시를 쓰지 않았다. 인용문에서 알 수
있듯이 魯迅은 처음부터 시 창작에는 관심이 없었고, 다만 적막한 시단
에 활력을 주고자 하였을 뿐이었다. 물론 「마라시력설」에서 보듯 魯迅
은 일본유학시기에 낭만주의 시인에 관심을 가졌던 적이 있었다. 그러
나 그것은 문학 장르로서의 시와는 상관없는 일이었으며 어디까지나
문학일반과 관련된 일이었다. 또한 낭만주의 시인들의 시 자체에 관심
이 있었던 것이 아니라 '정신계의 전사'로서 그들 문학가(시인)의 정신
에 관심을 집중했었다.

　魯迅은 지원자로서 『신청년』에 참여한 사실을 직접 술회하기도 하였
다. 魯迅은 1932년 그 때까지의 창작 중에서 독자들의 부담을 덜기 위

---

11) 「序言」, 『集外集』, 『魯迅全集(7)』, p.4.

해 서점의 부탁으로 한 권의 선집을 내기로 하고 21편을 뽑아『자선집
(自選集)』을 펴내게 되었는데, 그 서문에서 이렇게 말했다.

> 당시 나는 '문학혁명'에 대하여 사실 그다지 열정을 가지고 있지 않았다.
> 신해혁명을 보고, 2차 혁명을 보고, 袁世凱의 칭제(稱帝) 음모와 張勳의 청조
> (淸朝) 부활 음모를 보고, 그밖에 여러 가지를 보아 오다가 아주 회의적으로
> 되어 실망한 나머지 무기력해져 있었다. …… 그러면 직접적인 '문학혁명'에
> 의 열정이 아니면 무엇 때문에 붓을 들었는가? 생각해 보니, 아무래도 열정가
> (熱情家)들에 대한 공감이 주된 동기였던 것 같다. 이들 전사(戰士)들은 적막
> 속에 있지만 생각은 틀리지 않았다. 그렇다면 큰소리로 몇 마디 외쳐 도움을
> 주어도 좋지 않을까 하고 생각했다. 처음에는 그것뿐이었다. 물론 그러한 생
> 각 속에는 낡은 사회의 병근(病根)을 폭로하여 어떠한 방법이든 치료법을 강
> 구하도록 사람들의 주의를 환기하고 싶은 희망도 얼마간 섞여 있었던 것이
> 다.12)

위 인용문에 따를 때, 魯迅이「광인일기」를 창작하여『신청년』에 참여
한 것은, '낡은 사회의 병근을 폭로하여' '사람들의 주의를 환기하고 싶은
희망'이 어느 정도 깔려 있었지만, 백화시를 창작하여 적막한 시단에 활
력을 주려고 했던 것과 같은 맥락에서 당시 신문학운동을 전개하던『신청
년』진영에 대해 측면에서 지원하기 위한 것이었다. 따라서 魯迅은 처음
『신청년』에 적극적으로 참여할 생각은 없었으며, 다만 사상혁명을 전개
하던 열정가들에 대한 공감에서 시작하여 그들의 적막을 덜어주기 위한

---

12)「自選集自序」,『南腔北調集』,『魯迅全集(4)』, pp.455~456.

것이었다.

이렇게 「광인일기」의 창작 배경을 중심으로 장황하게 설명하는 것은 『신청년』에 참여할 당시 魯迅의 일차적 관심은 사상혁명이었다는 점과 문단의 주역으로서가 아니라 지원자임을 자처하는 魯迅의 자기 규정성 때문이다. 이것은 魯迅이 스스로를 역사적 '중간물'로 규정한 자기 정체성의 확인과도 연결되기 때문이다. 魯迅은 1919년 11월에 쓴 「우리는 지금 아버지 노릇을 어떻게 할 것인가(我們現在怎樣做父親)」라는 글에서 "별수 없으니 먼저 각성한 사람부터 시작하여 각자가 자기의 아이들을 해방할 수밖에 없다. 스스로 인습의 무거운 짐을 짊어지고 암흑의 수문을 어깨로 걸머지어 그들을 넓고 밝은 곳으로 내보내야 한다."[13]라고 했다. 암흑의 수문을 어깨로 걸머지는 행위, 이것이 먼저 각성한 사람으로서 魯迅 자신의 역할이었다. 魯迅의 입장에서 보면 「광인일기」의 창작도 바로 '암흑의 수문을 어깨로 걸머지는' 행위였고, 아이들을 넓고 밝은 곳으로 내보내듯이 『신청년』진영의 활동을 지원하는 것이었다.

그러나 魯迅이 지원자의 자격으로 시작했던 소설창작이 신문학이 전개되는 과정에서 중심적 위치를 차지하게 된다. 이 점이 본 장의 주제와 연결되는 부분이다. 梁啓超가 1902년 『신소설』 창간호에 「소설과 대중정치와의 관계를 논함」을 발표하면서 소설이 중국문학에서 새로운 지위를 획득하게 되었고, 19세기 말부터 지식인들 사이에 소설에 대한 인식이 높아지면서 소설은 크게 중시되었다. 만청 시기에 번역소설이 쏟아져 나온 것도 이러한 소설에 대한 새로운 가치의 발견 때문이었다. 전통적으로 '소도(小道)'로 인식되어 왔던 소설은 그동안 중국문학사에

---

13) 「我們現在怎樣做父親」, 『墳』, 『魯迅全集(1)』, p.130.

서 정통의 지위에 오르지 못했지만, 만청 시기를 거치면서 소설은 정통
의 지위에 오를 수 있는 여러 가지 조건이 마련된 셈이다. 魯迅은 그의
『중국소설사략(中國小說史略)』에서 "소설이란 명칭은 옛날 莊周의 '소설
을 꾸미어 높은 벼슬을 구한다'(『장자·외물(莊子·外物)』)라는 말에 보인
다. 그러나 그 실질적인 뜻은 자질구레한 이야기들로서 거기에는 도술
(道術, 즉 大道)이 들어있지 않다는 것이며 후세의 이른바 소설과는 실로
다른 것이다. …… 그러므로 소설이란 여전히 우언(寓言)이나 기이한
이야기의 기록을 말하는 것이며, 경전(經傳)에 근본을 두지 않고 유가
(儒家)의 도에 위배되는 것이었다."14)라고 하였다. 중국에서 소설은 처
음부터 소도(小道)로만 인정되었고 사대부들이 크게 중시하지 않았다.
이러한 소도로서의 소설에 대한 인식은 만청 시기에 오면 크게 달라진
다. 魯迅은 1900년 이후 중국에서 견책소설(譴責小說)이 유행하게 된
사실을 이렇게 설명했다. "무술정변(戊戌政變)이 성공하지 못하고 2년
이 지난 경자(庚子)년에 의화단(義和團)의 변(變)이 일어났을 때 군중들
은, 정부가 제대로 정치를 하지 못한다는 사실을 알게 되어 갑자기 공
격의 뜻을 갖게 되었다. 그리하여 사람들은 소설을 통해 하고싶은 말을
모두 드러내고 그 폐악(弊惡)을 들추어내게 되었다. 시정(時政)에 대해
엄중히 규탄하고, 혹은 더욱 확충하여 풍속(風俗)에까지 나아갔다."15)
魯迅은 만청 시기의 견책소설이, 소설의 사회적 가치에 대한 지식인들
의 새로운 인식으로부터 탄생했음을 지적하고 있는데, 소설의 사회적
가치가 인정되면서 소설은 지식인들로부터 크게 중시를 받았던 것이
다. 이렇게 소설에 대한 만청 시기의 새로운 인식이 기초가 되어 문학

---

14) 『中國小說史略』, 『魯迅全集(9)』, p.5.
15) 『中國小說史略』, 앞의 책, p.282.

혁명 이후 소설은 진정한 문학의 정통의 지위를 차지하게 된다. 이러한 배경에서 魯迅의 소설이 탄생할 수 있었다.

2. 문언소설 「그리운 옛날(懷舊)」과 근대소설의 가능성

「그리운 옛날(懷舊)」은 1911년에 창작되었고 1913년 周作人에 의해 당시 상해에 발간되던 『소설월보(小說月報)』에 실렸던 문언단편소설이다. 공식적으로 魯迅의 창작으로 알려진 것은 魯迅이 죽은 뒤 1936년 11월 周作人이 「魯迅에 관하여(關于魯迅)」를 『우주풍(宇宙風)』에 게재하면서부터이다. 그 후 「그리운 옛날」은 1937년 3월에 『희망(希望)』 잡지의 창간호에 다시 실렸고, 1938년 6월 『집외집습유(集外集拾遺)』에 수록되었다.

「그리운 옛날」은 魯迅의 처녀작이면서도 魯迅 자신이 잊고 있었던 작품으로 알려져 있으며, 魯迅 사후에도 크게 중시를 받지 못했다. 그러나 魯迅이 「그리운 옛날」에 대해 전혀 모르고 있었던 것은 아니다. 1934년 楊霽雲이 魯迅의 일문(佚文)을 편집할 때 魯迅은 비로소 문학혁명 이전에 창작했던 「그리운 옛날」을 기억해 내고 5월 6일자로 楊霽雲에게 보내는 편지에서 문언소설 「그리운 옛날」의 존재를 알린다.

30년 전 문학하던 사람들은 매우 적었고 친구도 없었다. 그래서 어떤 일은 자신만이 알고 있을 뿐이다. 현재 모두들 나의 첫 번째 소설은 「광인일기」라고 말하고 있지만 사실 나의 최초로 활자화된 것은 문언으로 된 단편소설이었다. 그것은 『소설림(小說林)』(?)에 게재되었다. 그때는 아마도 혁명 전이었기 때문에 제목과 필명을 모두 잊어버렸지만 내용은 사숙(私塾)에서 있었던 일에 관한 것이었다. 뒷부분에는 惲鐵樵의 비평어가 붙어 있었고, 소설 몇 권을 얻었는데 상품이었던 것 같다.16)

「그리운 옛날」은 어린 시절에 있었던 이틀 간의 사건을 풍자적이고 해학적으로 묘사하고 있다. 학동인 나의 시선을 통해 사건이 묘사되고 있는 서사시점은 「공을기(孔乙己)」에서 주점의 사환인 '나'의 눈을 통해 공을기(孔乙己)가 묘사되는 것과 동일하다. 또한 「풍파(風波)」의 모티프와 유사하다. 「그리운 옛날」은 이렇게 시작한다.

우리 집 문 밖에는 벽오동 한 그루가 있었다. 높이가 30척이나 되었고 해마다 열매가 주렁주렁 달렸다. 아이들이 오동나무 열매를 따려고 돌멩이를 던지면 종종 서창(書窓)에 날아들어 때로는 내 책상에 부딪치곤 했다. 한 번은 돌멩이가 날아들자 내 스승인 대머리 선생은 얼른 달려가 그들을 내쫓았다. …… 그들이 저녁 더위를 식히고 있을 때 대머리 선생은 나에게 속대(屬對)17)를 가르쳤다. 제목은 '홍화(紅花)'였다. 나는 '청동(青桐)'으로 대구(對句)했다. 그러자 손을 내저으며 "평측(平仄)이 조화롭지 못하다"고 말하고 나더러 '물러 있거라' 했다. 이때 나는 벌써 아홉 살이나 되었지만 평측이 무엇인지 몰랐다. 대머리 선생도 무어라 일러주지도 않았고, 잠시 물러나 있었다. 한참 생각해도 대구가 떠오르지 않았다. 천천히 손바닥을 펼쳐 내 넓적다리를 찰싹 내리치며 모기 잡는 시늉을 하며 큰 소리를 냈다. 내가 고심하고

---

16) 『書信』, 『魯迅全集(12)』, p.403.

17) 옛날 학생들에게 대우(對偶)를 연습시키던 과목이다. 글자 음의 평측(平仄)과 글자 뜻의 허실(虛實)에 근거하여 대우(對偶) 구절을 만든다.

있는 걸 대머리 선생이 알아주었으면 하고 바랬지만 선생은 여전히 상관하지
않았다. 한참이 지나서야 목소리를 길게 빼면서 "들어오너라" 했다. 나는 씩
씩하게 들어갔다. 그러자 곧 '녹초(綠草)'라는 두 글자를 써 놓고 말했다. "홍
(紅)은 평성(平聲)이요, 화(花)도 평성이다. 녹(綠)은 입성(入聲)이요, 초(草)는 상
성(上聲)이다. 됐다, 가거라." 나는 듣는 둥 마는 둥 하고 뛰다시피 나왔다.18)

　「그리운 옛날」은 세 가지 이야기가 교차되면서 진행된다. ①아홉 살
의 학동이 전통적인 교육을 받는 부분, ②학동의 스승인 대머리 선생
(禿先生)이 장발적(성격이 분명하지 않은 혁명군을 암시하고 있음)이 들이닥친
다는 소문에 당황해하는 부분, ③학동의 집 하인인 왕씨 할아버지가
경험했던 태평천국의 난 때의 장발적 이야기가 그것이다. 이 소설에서
중심을 이루는 내용은 ②학동의 스승인 대머리 선생이 장발적이 들이
닥친다는 소문에 당황해하는 부분이다. 장발적이 출현했다는 소식이
학동의 마을에 전해지면서 학동의 가정교사 대머리 선생과 '이웃집에
살고 있는 돈 많은 부자'인 金耀宗이 개인적인 안전을 도모하기 위해
허둥대고, 일반민중이 의식 없이 이리저리 허둥대는 모습이 이야기의
중심을 이루고 있다.
　장발적의 소동은 신해혁명 전후 魯迅의 실제 경험과 관련이 있다.
『고사신편』을 제외한 대부분의 魯迅 소설이 魯迅 자신의 실제 경험을
바탕으로 하고 있다는 것은 널리 알려진 사실이다. 「그리운 옛날」도
여타의 소설과 마찬가지로 魯迅 자신의 실제 경험과 결부되어 있다.
魯迅은 1919년 『신청년』에 발표한 「수감록 56(隨感祿 五十六)」에서 신

18) 『集外集拾遺』, 『魯迅全集(7)』, p.215.

해혁명 당시 일반민중의 모습을 이렇게 묘사했다. "민국이 성립할 때 나는 조그마한 읍내에 살고 있었는데 벌써 백기를 게양했다. 어느 날 갑자기 상당히 많은 남녀들이 어지럽게 달아나는 모습을 볼 수 있었다. 읍내에 있는 사람들은 시골로 달아나고 시골에 있는 사람들은 읍내로 도망쳐 왔다."[19] 신해혁명이 일어났을 때 魯迅은 혁명에 대한 의식 없는 일반민중의 반응을 직접 체험했던 것이다. 魯迅이 일본유학시기에 의학을 포기하고 문학으로 전향하면서 내세웠던 명분은 국민성 개조였다. 그는 당시 서양 과학기술의 도입을 주장했던 양무파와 정치제도의 개량을 주장했던 유신파를 비판하고, 정신의 문제가 근본임을 자각하여 국민성이 개조되지 않으면 중국은 구제될 수 없다고 진단했다. 중국인의 낙후된 국민성의 구체적인 실례를 魯迅은 신해혁명 과정에서 직접 체험을 통해 발견한 것이다. 이러한 국민성의 실상을 소설을 통해 형상화하는 것이 당시 魯에겐 가장 이상적인 방법이었는지도 모른다. 「마라시력설」등과 같은 논문을 통해 중국의 변혁을 담당할 '정신계의 전사'의 출현을 희망했고 번역한 『역외소설집』통해 지식인들이 '현재 조국의 시대적 상황에 근거하여 작품(번역소설 —인용자)을 읽어서' '천재의 사유'를 깨닫기를 기대했지만, 모두 부질없는 일로 판명이 났으므로 魯迅은 직접 창작을 통해 국민성 개조의 가능성을 타진했을지도 모른다는 점이다. 일본유학시기의 실패의 경험을 거울삼아 魯迅은 자신의 실제 체험을 바탕으로 소설을 창작함으로써 국민성 개조에 접근해보려고 시도했을 것으로 추정해볼 수 있다.

개조 대상으로서 중국인의 국민성에 대해 「그리운 옛날」은 두 가지

---

19) 「隨感祿 五十六 "來了"」, 『熱風』, 『魯迅全集(1)』, p.348.

측면에서 접근하고 있다. 하나는 대머리 선생과 金耀宗을 중심으로 하는 허위의식을 가진 전통적인 인물에 대한 비판이고, 다른 하나는 '마비된 정신'을 가진 일반민중에 대한 비판이다.

장발적이 들이닥친다는 소문에 대머리 선생과 金耀宗은 몹시 당황해한다. 그리고 혁명군을 산적·토비와 구별하지 못하는 대머리 선생은 신변의 안전을 도모하기 위해 비굴한 모습을 보인다.

> 요종(耀宗)은 이미 떠났고 대머리 선생은 책을 놓고 강의를 하지 않았다. 안색이 자못 근심스럽고 고통스러워 보였다. 집으로 돌아가야겠다고 말하고는 나에게 공부를 폐한다고 했다. 나는 크게 기뻐하며 얼른 오동나무 아래로 달려갔다. 여름 햇볕이 내 머리를 따갑게 달구었지만 별로 신경 쓰지 않았다. 오동나무 아래가 내 영지(領地)라고 생각한 것은 오직 이 때뿐이었다. 잠시 후 대머리 선생이 옷을 묶은 큰 꾸러미를 들고 서둘러 떠나는 것이 보였다.[20]

서창 밖에서 놀고 있는 아이를 쫓아 버린다든지 학동에게 속대(屬對)를 가르치는 과정에서 근엄하고 엄격한 태도를 취했던 대머리 선생은 장발적이 들이닥친다는 소문에 허둥대고 비굴하게 행동한다. 평상시에 나타난 대머리 선생의 근엄하고 엄격한 품성이 장발적의 소동으로 인하여 허위였음이 드러난 것이다. 따라서 학동의 눈에 비친 스승으로서의 대머리 선생은 존경의 대상이나 귀감이 되지 못한다. 이는 학동의 상징적인 행위 속에서 표출된다. 대머리 선생이 떠나고 난 후 해방감을 얻은 학동은 "장발적의 일에 대해 물어볼 겨를도 없이 청개구리를 덮치고 개미를

---

20) 『集外集拾遺』, 앞의 책, p.218.

잡아다가 밟아 죽였다. 또 바가지로 물을 떠와서 개미 구멍 속으로 부어 넣어 개미를 괴롭혔다." 이러한 학동의 행위는 단순한 놀이가 아니며, 거기에는 상징적인 의미가 내포되어 있다. 청개구리를 밟아 죽이고 개미 구멍에 물을 부어 개미를 괴롭히는 행위는 대머리 선생에 대한 공격행위 이자 비판인 셈이다. 또한 학동이 대머리 선생으로부터 『논어(論語)』를 배우는 과정에서 학동의 눈에 비친 대머리 선생은 해학적으로 그려진다. 대머리 선생의 『논어』 가르침을 '하나도 이해할 수 없었던' 학동의 눈에는 대머리 선생이 이렇게 비쳐진다. "『논어』 책 위에는 선생의 대머리만 커다랗게 실려 환하게 빛을 발하며 나의 얼굴을 비추고 있었다."『논어』 는 중국에서 가장 중시되는 고전 중의 하나이며 전통적인 예교(禮敎) 교 육의 중심 축을 이루는 경전이다. 전통적인 예교를 담고 있는『논어』를 가르치는 대머리 선생을 풍자하고 혁명군에 대한 그의 반응을 묘사함으 로써 魯迅은 대머리 선생 개인의 차원을 넘어서서 전통적인 예교 전체를 비판하고 있는 것이다.

국민성의 또 다른 한 축으로서 '마비된 정신'을 가진 일반민중에 대한 형상화가 동시에 나타난다. 장발적이 들이닥친다는 소문에 일반민중은 부초와 같이 이리저리 흔들리는 의식 없는 반응을 보일 뿐이다.

사람들은 개미떼처럼 많았고, 모두들 겁에 질린 표정으로 망연자실 지나가 고 있었다. 손에는 무언가를 들고 있었다. 그 중에는 맨손인 사람도 있었다. 왕씨 할아버지는 내게 난리를 피해 도망가는 사람들이라고 했다. 그 중에는 하허(何墟) 사람들이 많았는데 무시(蕪市)로 바삐 들어오고 있었다. 그러나 무 시에 살고 있는 사람들은 다투어 하허로 달려가고 있었다. 왕씨 할아버지 말로는 예전에 환난을 경험한 적이 있는데 오직 우리 집만 당황해 하지 않았다고 했다. 이씨 할멈은 김씨에게 소식을 물으러 갔었는데, 아랫사람이 아직 돌아오지 않았으며, 그 집 부인들이 연지와 분, 향수, 흰 깁 부채와 얇은 비단 옷가지를 상자 속에 챙겨 넣고 있더라고 했다. 이런 부잣집 마님들은 피난을 마치 봄나들이인양 생각하는 것 같았다. 입술을 붉게 칠한다든지 눈썹을 그린다든지 하는 짓을 그만둘 수 없었던 것이다.[21]

　의식 없이 그저 이리저리 허둥대는 일반민중의 모습은 魯迅이 일본 유학시기 미생물학 수업시간에 보았던 환등기 영상 속의 중국인의 모습이며, 『납함』의 「조리돌림(示衆)」에 보이는 중국인의 모습과 동일하다. 장발적이 들이닥친다는 소문→대머리 선생과 金耀宗의 반응 및 일반민중의 마비된 의식→장발적의 소문이 거짓임이 판명 나고 평온을 되찾음으로 이어지는 「그리운 옛날」의 중심적 줄거리는 魯迅의 머리 속에서 떠나지 않았던 국민성 개조라는 주제의식을 그대로 드러내고 있다. 장발적은 원래 태평천국의 난과 관련되어 있지만 「그리운 옛날」이 신해혁명 직후에 씌어졌으므로 魯迅은 장발적의 소동을 통해 신해혁명 전후의 구태의연한 사회상을 풍자하고 있는 것이다. 魯迅은 이러한 풍자를 통해 중국인의 마비된 정신과 그 낙후성을 고발하고자 했다.

　이제까지 「그리운 옛날」이 대머리 선생과 金耀宗으로 대표되는 전통적인 인물의 허위의식과 일반민중의 마비된 정신세계를 풍자하고 있다는 점을 검토하였다. 중국의 고전소설이 주로 기이한 이야기를 전달하는 데 초점이 맞춰져 있다면, 「그리운 옛날」은 중국인의 국민성을 풍자하고 있다는 점에서 근대소설을 지향하고 있다고 할 수 있다. 고전소설

---

21) 『集外集拾遺』, 앞의 책, p.219.

은 주로 '기이한 이야기의 전달(傳奇)'을 추구하지만 근대지향적 소설은 '진실(眞實)'을 추구한다. 현실을 충실하고 올바르게 묘사하는 모든 정직한 예술가는 본래적으로 그 시대에 계몽적·해방적인 영향을 끼친다.22) 지배적 이데올로기는 가짜 욕망과 가짜 기구를 만들어내고, 그래서 결과적으로 억압적인 공식적 문화를 만들어낸다. 근대소설은 이러한 공식 문화에 편입되지 않으려는 모든 노력의 결과이며, 그 노력은 지배적 이데올로기가 만들어내는 공식 문화의 허위성을 밝히는 것이다.23) 이러한 이데올로기의 허위성, 다시 말하여 봉건이데올로기의 허위성을 밝히려는 것이 「그리운 옛날」의 일차적인 목표이다. 이러한 측면에서 「그리운 옛날」은 고전소설에 비하여, 또 당시 유행하던 일반소설(통속소설 —인용자)에 비하여 사상 면에서나 예술 면에서 독특한 풍격을 가지고 있으며 특이한 색채를 드러내고 있는 것이다.24)

「그리운 옛날」이 역사적 '진실'의 추구라는 측면에서 근대지향성을 내포하고 있음에도 불구하고 소설의 형식적인 측면에서 보면 여전히 한계를 가지고 있다. 「그리운 옛날」의 한 축을 구성하는 ③학동의 집 하인인 왕씨 할아버지가 경험했던 태평천국의 난 때의 장발적 이야기가 '기이한 이야기의 전달(傳奇)' 수준에 머물러 있고 또 작가의 목소리가 직접적으로 노출되고 있기 때문이다. 「그리운 옛날」은 소설의 형식 면에서 중국 고전소설의 속박으로부터 완전히 벗어난 것은 아니다.

한 작품이 문학작품으로 소속이 확정될 수 있는 것은 그 작품이 단순한 이야기의 전달에 멈추는 것이 아니라 그 이야기를 효과적으로 전달

---

22) 아놀드 하우저, 『文學과 藝術의 社會史』(創作과 批評社, 1994), p.50.

23) 김현, 『현대 비평의 양상』[김현문학전집(11)](文學과知性社, 1993), p.107.

24) 溫儒民, 「試論懷舊」, 『魯迅硏究文叢(3)』(湖南人民出版社, 1981), p.257 참조.

하는 방식, 즉 '말하는 방식'에 있어 적절한 형식을 갖추고 있기 때문이다.25) 형식은 바로 문학작품의 정체성을 담보하는 그릇이다. 그러므로 작품의 가치란 작품이 가지고 있는 내용적인 측면 이외에 언어형식적 측면이 함께 고려되어야 한다. 이것은 작가의 이념이 설명을 통해 직접적으로 노출될 때 문학작품으로는 실패하고 만다는 점을 보여준다. 「그리운 옛날」은 이러한 이념의 직접적인 노출이 자주 나타난다. 金耀宗이 자손의 대를 잇기 위해 돈을 주고 첩을 구해오는 봉건윤리를 비판하기 위해 학동의 수준으로는 납득하기 어려운 이론을 전개하고 있다든지, 金耀宗과 대머리 선생이 대대로 목숨을 부지한 이유를 유전(遺傳)과 독서와 관련해서 설명하고 있는 대목 등은 등장인물인 학동의 사유라고 볼 수 없으며 오히려 작가의 목소리가 직접적으로 드러난 것이다. 이것은 소설의 리얼리티를 손상시키고 있다고 보아야 한다.

또한 중국의 고전소설에도 자주 등장하는 것이지만, 「그리운 옛날」은 창작의식 면에서 작가와 비평가의 구분이 모호하여 한 작품 속에 작가의 손과 비평가의 손이 동시에 나타나는 경향을 보인다. 이러한 경향은 20세기 초 중국소설의 한 특징과도 관련이 있다. 기왕에 소설을 쓸 바에야 소설의 '법칙'을 따라야 하며 읽을 가치가 없는 것은 팔리지도 않는다는 점을 작가들이 분명히 느끼고 있었기 때문에 결코 고의로 소설 같지도 않은 것을 창작하려 했던 것은 아니다. 다만 몸에 배인 습관을 고치지 못하여 착수하자마자 이러한 현상을 낳았다.26) 예를 들면 왕씨 할아버지의 옛날 이야기가 비가 내리자 더 이상 계속될 수

---

25) 뱅상 주브는 "우리는 한 텍스트가 말하고 있는 것 때문이 아니라, 그 말하고 있는 것을 말하는 방식 때문에 텍스트를 좋아한다"라고 했다.(뱅상 주브, 『롤랑 바르트』, p.47) 여기서 '말하는 방식'이란 문학의 형식적인 측면을 강조한 것이다.

26) 陳平原, 『中國小說敍事模式的轉變』, p.159.

없게 되었을 때 학동의 심리를 작가는 비평가의 입장에서 논평을 가하고 있다.

> "안 돼요, 안 돼. 더 들어야 해요" 나는 전혀 돌아가고 싶지 않았다. 대부분 소설의 독자들은 흥미진진한 이야기를 만나면 계속 다음 이야기가 어떻게 되는지 알고 싶어하고 다음 회(回)가 어떻게 전개되는지 듣고 싶어한다. 마음 조이며 다음 회가 보고 싶어 전편이 다 끝나지 않으면 멈추지 않는 것이다.[27]

작가는 언어의 작업을 통해서 말하고, 비평가는 작가의 담론을 통해서 말한다. 그렇지만 작가의 개성은 허구 속에 용해되어 언제나 간접적인 것으로 바뀌지만 비평가의 자아는 비록 작가의 담론을 통하기 때문에 간접적이기는 하더라도 자신의 글에 대한 직접적 책임을 지게 된다. 비평가는 작가와는 다르게 자신의 '나'를 순수한 기호로 변환시킬 수 없고, 이것을 문학의 완전한 코드로 통합하지 못한다.[28] 이렇게 작가와 비평가는 분명히 자기 고유의 영역이 있다. 작가로서 소설가는 자신의 '나'를 순수한 기호로 변환시킬 수 있을 때 그 소설은 문학성을 획득할 수 있는 유리한 고지에 서게 된다. 이러한 논리에 따르면, 「그리운 옛날」은 작가의 논평자적 개입으로 인하여 아직 작중화자와 작가의 구분이 모호한 상태에 놓여 있다. 魯迅이 『역외소설집』을 번역 출판할 때 서양의 동화, 우언, 희곡을 소설로 여겨 독자들에게 소개하고 있는 것을 보아 알 수 있듯이[29] 이 시기까지 魯迅은 엄정한 근대적 소설개념

---

27) 『集外集拾遺』, 『魯迅全集(7)』, p.222.
28) 벵상 주브, 『롤랑바르트』(민음사, 1994), pp.99~100 참조.
29) 『域外小說集』은 1909년 두 권으로 출판되었고, 단편소설을 번역한 것이다. 여기에는 러시아의 가르신(迦爾洵, Garshin), 체홉(契訶夫), 솔로구프(梭羅古卜, Sologub), 안드레예프(安特

에 익숙하지 않았다. 다른 측면에서 보면, 이것은 송대(宋代)의 화본(話本)으로부터 발전한 장회소설(章回小說)의 영향으로도 볼 수 있다. 장회소설은 설서인(說書人)이라는 외피를 벗어 던질 수 없어서 작가는 자신이 청중에게 직접 이야기하는 상황을 가상할 수밖에 없었다. 가상적이기는 하지만 문자가 아니라 음성을 전달매체로 삼기 때문에 작가는 설서인의 입담으로 이야기가 중심이 되는 고사를 순차적으로 강술할 수밖에 없었다. 물론 자각적으로 창작의 대상을 '청중'이 아니라 '독자'로 설정한 것은 만청 시기에 이르러 가능하였지만,[30] 魯迅의 「그리운 옛날」은 적어도 중국 고전소설의 특징으로서 설서인의 입담이 그대로 드러나고 있다. 이것이 「그리운 옛날」이 중국 고전소설의 틀에서 완전히 벗어나지 못한 한계이다.

魯迅이 근대지향적인 소설을 쓸 수 있었던 원인은 무엇인가? 두 가지 점을 지적할 수 있다. 첫째 서양소설에 대한 이해를 바탕으로 만청 시기의 다른 작가와 달리, 문학이론에 대한 이해를 가지고 있었다는 점, 둘째 귀국 후에 중국의 고전소설에 대한 연구를 진행하고 있었다는 점이다. 魯迅은 이론적인 측면에서 梁啓超의 소설이론의 영향을 받기는 하였지만 거기에 머무르지 않고 문학의 특수성을 인식하고 문학성이 무엇인가를 이해하고 있었다. 소설은 정치적인 계몽을 위해 복무해야 한다고 강조한 梁啓超의 문학이론과 유희로서의 문학을 제기한 王國維의 문학이론을 극복하여, 魯迅은 문학이 정신의 개조에 가장 유리하다는 점을 인정하면서도 그것이 가능하기 위해서는 문학성

來夫, Andreev) 등의 작품과, 폴란드의 센키비츠(顯克微玆, Sienkiewicz), 영국의 오스카 와일드(王爾德, Oscar Wilde), 프랑스의 모파상(莫泊桑, Maupassant), 덴마크의 안데르센(安特來生, Andersen), 핀란드의 아호(哀禾, Juhani Aho) 등의 작품이 수록되어 있다.

30) 陳平原, 『中國小說敍事模式的轉變』, p.21 참조.

이 담보되어야 한다고 생각했다. 이러한 생각은 1913년 교육부 직원으로 있을 때 '예술교육(美育敎育)'을 보급하기 위해 작성한 「미술보급을 위한 의견서(儗播布美術意見書)」에서 분명히 드러난다.

> 미술(美術, 예술의 의미에 가까움—인용자)의 목적에 대한 언급은 그 설이 지극히 다양하지만 사람들에게 즐거움(享樂)을 주는 것을 궁극적인 것으로 여겨야 하며, 다만 쓰임(利用)의 유무에 있어서는 서로 어긋난다. 아름다움(美)을 중심으로 생각하는 사람은 미술의 목적은 바로 미술 자체에 있는 것이므로 여타의 일과는 관계가 없다고 생각한다. 미술의 목적에 대한 설명으로서는 이것이 진실로 정확한 견해이다. 그러나 쓰임(用)을 중심으로 생각하는 사람은 미술은 반드시 세상에 이용되어야 하며, 그렇지 않으면 존재할 가치가 없다고 생각한다. 그런데 진실로 미술의 본질은 진정한 아름다움(眞美)을 발양하여 인생을 즐겁게 하는 데 있지만 견리치용(見利致用)에 비추어 보면 예기치 않은 성과가 있는 것이다. 점점 쓰임에 빠져들면 더욱 혐오스럽게 집착하게 되는데, 오직 오늘날 중국사람들에게 만연된 생각과 자못 합치된다.[31]

여기서 魯迅은 미술(美術)의 목적에 대해 논하고 있지만, 당시 미술이란 오늘날의 예술에 가까운 것이었으므로 소설에 대한 魯迅의 태도를 어느 정도 짐작할 수 있다. 이 글에서 魯迅은 梁啓超 류의 지나친 문학의 공리적 관점을 경계하고, 예술의 본질은 '진미(眞美)', 즉 미(美)에 있다는 점을 지적하고 있다. 같은 글에서 魯迅은 미술은 "한 시대나 한 민족의 사유를 징표할 수 있고", "국혼(國魂)이 드러난 모습"일 뿐 아

---

31) 「儗播布美術意見書」, 『集外集拾遺補編』, 『魯迅全集(8)』, p.47.

니라 그것을 통해 "사람의 성정(性情)을 심원하게 만들 수 있다"고 강조
했다. 그러므로 魯迅은 예술이 실리(實利)와 거리가 먼 독자성을 가지
면서도 그것을 통해 정신개조로 나아갈 수 있는 길이 열려 있다고 보았
다. 이러한 태도는 「그리운 옛날」이 발표되던 당시의 다른 작가와는 구
별되는 魯迅의 한 특징을 보여주며, 「그리운 옛날」이 근대지향성을 가
질 수 있도록 받쳐주고 있는 이론적 기반인 셈이다.

한편 魯迅은 일본유학을 청산하고 귀국한 이듬해인 1910년부터 중
국의 고전소설을 수집·집록하는 작업에 착수하게 되는데, 이는 개인
적인 기호와도 관련이 있지만 결과적으로 魯迅은 이를 통해 소설을 어
떻게 쓸 것인가라는 문제에 대해 고민할 수 있었을 것이다. 고전소설을
연구함으로써 근대지향적 소설의 방향성을 나름대로 모색하였을 가능
성이 있다. 이전에 서양소설을 번역하면서 서양소설의 특징이 어떠한
지 잘 알고 있었던 魯迅은 중국의 고전소설을 연구하는 과정에서 두 소
설 사이의 차이점을 인식할 수 있었을 것이며, 그로부터 중국소설이 나
아가야 할 방향성을 나름대로 모색할 수 있었을 것이다. 「그리운 옛날」
이 씌어진 1911년 겨울에 이미 魯迅의 최초의 고전소설에 대한 연구
결과인 『고소설구침(古小說鉤沈)』이 초보적으로 완성되고 있었다는 점
도 시사적이다.

魯迅은 『고소설구침』의 서(序)에서 "옛 서적이 날로 없어지는 것이
애석하고 또 지금 이후 여가가 많지 않을 것을 염려하여 전인(前人)들
이 모아놓은 것을 고쳐서 편집하고 교정을 가하여 약간을 모아둔다"[32]
라고 하고 소설의 가치에 대해 이렇게 설명했다. "민간의 작은 이야기

---

32) 『古籍序跋集』, 『魯迅全集(10)』, p.3.

(小書)들은 원대한 일에 미친다면 막힐까 염려되었으나(致遠恐泥), 훌륭
한 작품(洪筆)이 후대에 생겨난 것은 작은 이야기가 그 발단이었다. 하
물며 민간에서 채록한 것은 백성들의 순수한 마음(白心)에서 나온 것이
고, 의도적으로 지은 것은 문인(思士)들이 구상한 것임에랴. 그것의 문
단(文林)에서의 역할은 무궁화와 같은 데가 있어 문명을 아름답게 하고
어둡고 외로운 데를 꾸밀 수 있으니 대개 견문을 넓히는 도구로만 그치
는 것은 아니다."33) 여기서 魯迅은 소설의 사회적 가치를 높이 평가하
고 소설의 기능을 언급하고 있는데, 고전소설에 대한 그의 관심과 인식
의 깊이를 가늠할 수 있는 대목이다. 陳平原은 5·4시기의 작가들이
예술성을 획득하게 되는 과정을 설명하면서, 5·4작가는 梁啓超 류의
'최상승(最上乘)'과 같은 선동적인 말에 의지하여 소설의 지위를 고양하
지 않고, 견실하게 서양소설을 소개하거나 고전소설을 연구하여 예술
수준이 비교적 높은 현대소설을 창조함으로써 소설의 심미적 가치를
증명하였다고 했다.34) 魯迅의 「그리운 옛날」의 창작도 이러한 맥락에
서 설명될 수 있을 것이다.

　이제까지 문언소설 「그리운 옛날」이 일정한 한계에도 불구하고 근대
지향성을 내포하고 있다는 사실을 검토하였다. 실제로 중국은 전통문
학 중에서 서양의 근대문학 관념에 가장 가까운 『홍루몽』의 전통이 있
어서 근대지향적 소설이 일찍부터 나올 수 있었다.35) 그렇지만 이러한
전통을 계승하지 못하고 다른 방향에서 근대지향적 소설이 등장하게
된다. 梁啓超가 소설계혁명을 제창함으로써 소설이 문학의 중심장르

---

33) 『古籍序跋集』, 앞의 책, p.3.
34) 陳平原, 『中國小說敍事模式的轉變』, p.161 참조.
35) 袁進, 『中國小說的近代變革』(中國社會科學出版社, 1992), p.3 참조.

가 되었지만, 실제 창작 면에서 그것은 소설의 근대화에 오히려 장애 요인으로 작용하였다. 중국소설이 서양을 모방하는 단계에서 소설가나 비평가 및 이론가들의 지나친 격정이 예술성을 압도하는 경향으로 흘렀기 때문이다. 따라서 중국소설의 근대화는『홍루몽』의 전통으로부터 직접 유래된 것도 아니며, 梁啓超의 소설계혁명을 통해 단박에 달성된 것도 아니다. 그것은 오히려「그리운 옛날」을 통해 알 수 있듯이 서양 소설의 영향과 고전소설에 대한 연구가 만나는 지점에서 가능했던 것 으로 보인다. 그러므로 중국의 근대소설이 발전해 온 경로를 연구하는 데 있어「그리운 옛날」은 매우 중요한 단서를 제공해주고 있는 것이다.

3. 魯迅 소설의 내용

(1) 魯迅 소설과 계몽주의

1928년 2월 1일 成仿吾가『창조월간(創造月刊)』에「문학혁명에서 혁명문학으로(從文學革命到革命文學)」라는 글을 발표하고, 동년 2월 15 일 李初梨가『문화비판(文化批判)』에「어떻게 혁명문학을 건설할 것인 가(怎樣地建設革命文學)」라는 글을 발표하면서 중국에서는 혁명문학(革 命文學) 논쟁이 시작되었다. 이 논쟁은 魯迅 등을 소시민 문학가라고 비 판한 창조사(創造社)・태양사(太陽社)36)와 魯迅 등과의 사이에서 벌어

---

36) 1927년 4월 蔣介石의 4・12쿠데타 이후 제1차 國共合作이 붕괴되면서 좌익에 대한 탄압 은 지식인들 사이에 거센 반발을 일으켰다. 1928년 외국으로부터 돌아온 馮乃超, 李初梨, 朱鏡我, 彭康 등이 創造社에 새로 가입하여,『創造月刊』,『洪水』이외에『文化批判』을 내면 서 1929년 2월 創造社 출판부가 해체될 때까지 혁명문학을 강하게 제창했다. 한편, 蔣光慈

졌다. 成仿吾는 문학혁명의 역사를 개괄한 후 전 인류사회의 개혁은 이미 눈앞에 도달했으며 제국주의와 봉건주의의 이중의 억압 아래 있는 중국에서도 이제 절뚝거리는 다리를 이끌면서 국민혁명의 막이 열렸지만 모든 혁명운동의 한 분야라고 할 수 있는 문학운동은 아직도 옛날의 미몽을 더듬고 있다고 주장하고, 지식인은 스스로의 소시민의식을 극복하여 민중의 편이 되라고 했다. 한편 李初梨는 현 단계에서는 부르주아와 소부르주아에 의해 추진되어 오던 문학혁명은 이미 그 사회적 기반을 상실했다고 보고 참된 혁명문학이란 필연적으로 생성되는 프롤레타리아 문학이 되지 않으면 안 된다고 주장했다. 그리고 成仿吾는 魯迅이 이끌던 어사파(語絲派)를 지칭하여 "유한(有閑)의 부르주아계급 혹은 침묵 속에서 잠자고 있는 소시민계급을 대표한다"37)고 비난했고, 李初梨는 "魯迅은 성실하게 우리 인민의 고통을 표현하여 인민의 입장을 호소하고 있으니 만큼 그의 문학은 눈물 속에 피가 들어 있으므로 그는 우리들 시대의 작가이다"라고 하여 魯迅의 존재를 긍정한 뒤, "魯迅은 도대체 어느 계급에 속해 있는 사람인가? 그가 쓰고 있는 글은 어느 계급의 문학인가? 그가 성실하게 표현한 것은 어느 계급 인민의 고통인가?"38)라고 비판하였다. 또한 錢杏邨도 1928년 『태양월간(太陽月刊)』에 「죽어버린 아Q시대(死去了的阿Q時代)」라는 글을 발표하여 魯迅은 '소시민계급의 관찰자'로서 '병태적인 국민성을 표현한 작가'이지만 "지금 우리 시대의 표현자가 아니며 그의 저작이 품고 있는 사상은 앞으로 10년 동안의 중국 문예사조를 대표하기에 부족하다"39)고

는 錢杏邨, 孟超, 楊邨人 등과 함께 太陽社를 조직하고 1928년 1월에 『太陽月刊』을 창간하여 2권 6기로 폐간될 때까지 혁명문학을 제창했다.

37) 成仿吾, 「從文學革命到革命文學」, 『文學運動史料選(第二冊)』(上海教育出版社, 1979), p.20.

38) 李初梨, 「怎樣地建設革命文學」, 『文學運動史料選(第二冊)』, p.40.

비판하면서 魯迅의 문학시대는 이제 끝이 났다고 선언했다. 창조사나
태양사의 혁명문학파들은 魯迅이 단지 사회의 암흑면만을 풍자한 소시
민계급의 작가에 지나지 않는다고 비판했던 것이다. 이들의 비판에 맞
서 魯迅도 「'취안' 중의 몽롱(醉眼'中的朦朧)」이라는 글을 써서 혁명문학
파들에게 반박하며 논전을 전개했다.40)

여기서 주목할 것은 1920년대 후반부터 魯迅의 문학을 비판하는 일
부 움직임이 혁명문학논쟁을 통해 표면화되었다는 사실이다. 혁명문학
파들은 魯迅의 문학이 사회의 암흑면만을 폭로하는 데 머물러 희망을
제시하지 못하고 있다는 점을 지적하였고, 또 魯迅의 문학을 소시민적
계몽주의로 규정하고 이러한 계몽주의시대는 끝이 났다는 점을 강조했
다. 물론 魯迅의 문학을 계몽주의라는 말 한마디로 규정한다는 것은 지
나친 단순화일 것이다. 그렇지만 분명 「광인일기」를 발표하고 그 후 여
러 편의 단편소설을 창작할 때의 魯迅의 태도는 계몽주의와 멀리 떨어
져 있지 않았다. 이것은 魯迅이 일본유학시기에 문학에 투신할 때 가졌
던 의도를 관철시켜나가는 것이었고, 당시 중국에서 가장 긴요한 사안
이기도 했다.

魯迅 소설을 계몽주의적 관점에서 이해할 수 있음은 1922년 12월
3일에 씌어진 「납함·자서」나 1933년 3월 5일에 씌어진 「나는 어떻
게 소설을 쓰기 시작하였는가(我怎麽做起小說來)」라는 글을 통해 확인할
수 있다. 魯迅은 자신의 소설창작이 계몽주의와 직접적으로 관련되어
있었음을 이렇게 밝혔다.

---

39) 錢杏邨, 「死去了的阿Q時代」, 앞의 책, p.46.
40) 「'醉眼'中的朦朧」, 『三閑集』, 『魯迅全集(4)』, p.61 참조.

물론 소설을 쓰기 시작하고부터는 나에게 이렇다 할 의견이 없었던 것은
아니다. 이를테면 '무엇 때문에' 소설을 쓰는가 라는 것에 대해 나는 이미
십수 년 전부터 계속 '계몽주의'를 마음에 품어왔었기 때문에 반드시 '인생을
위해서'가 아니면 안 된다, 더구나 이 인생을 개량하지 않으면 안 된다고 생
각했다. 나는 소설은 '한서(閑書)'라고 하는 예로부터의 사고방식을 아주 싫어
하였고, 또한 '예술을 위한 예술'은 '심심풀이'의 또 다른 이름에 지나지 않는
다고 생각했다. 따라서 나는 되도록 병태사회(病態社會)의 불행한 사람들에게
서 제재(題材)를 찾으려 했다. 병고(病苦)를 폭로함으로써 치료에 대한 주의를
촉구하고 싶었기 때문이었다.[41]

물론 魯迅이 '계몽주의'라는 말을 사용하고 있지만 이것은 만청 시기
의 소설가들이 제창했던 계몽주의와는 다르다. 만청 시기의 소설가들
은 '계몽을 위한 선전'만을 강조했을 뿐 '현실의 올바른 표현'은 크게 고
려하지 않았다. 이 점이 魯迅의 계몽주의가 만청 시기의 그것과 본질적
으로 구별되는 점이다. 魯迅에게 계몽주의란 병태사회의 불행한 현실
의 모습을 문학적 형상화를 통해, 즉 소설의 형식을 빌려 폭로함으로써
사람들에게 '치료에 대한 주의를 촉구하는' 것이었다. 魯迅은 전통적으
로 '심심풀이'로 이해되어 왔던 소설의 형식을, 만청 시기의 소설이 추
구한 계몽을 위한 선전을 넘어서서 사회적 진실을 보여주는 예술 수단
으로 인식하고 있었다. 이 점이 바로 魯迅이 말하고 있는 '인생을 위하
여(爲人生)'라는 문학적 태도와 연결되는 부분이다. 魯迅 소설의 계몽주
의적 성격은 이러한 맥락에서 이해해야 한다.

---

41) 「我怎麽做起小說來」, 『南腔北調集』, 앞의 책, p.512.

한편 魯迅은 자신의 작품에 등장하는 몇 가지 부자연스런 현상을 비평하여 그것이 자신의 계몽주의적 태도에서 비롯되었음을 지적하기도 했다.

그 무렵의 내 적막(寂寞)의 슬픔을 잊을 수 없는 탓도 있어서인지 때로는 뜻하지 않은 외침이 입에서 나올 때가 있는데, 그나마도 적막 가운데 돌진하는 용사로 하여금 그가 안심하고 앞장서 달릴 수 있도록 다소의 위안이라도 줄 수 있었으면 한다. 나의 외침의 소리가 씩씩한 것인지, 슬픈 것인지, 밉살스런 것인지, 가소로운 것인지, 그런 것은 돌이켜볼 겨를이 없다. …… 그래서 나는 이따금 멋대로 곡필(曲筆)을 희롱하여 「약(藥)」의 주인공 유아(瑜兒)의 무덤에는 이유 없는 화환을 바쳤고, 「내일(明日)」에서도 선사(單四) 아주머니가 마침내 아들을 만나는 꿈을 꾸지 않았다고는 쓰지 않았던 것이다. 이는 그 당시 주장(主將)이 소극적인 것을 싫어한 때문이기도 하지만, 또한 나 자신으로서도 그것으로써 내가 괴로움을 받아온 적막을 나의 젊었을 때와 마찬가지로 달콤한 꿈을 꾸고 있는 청년들에게 전염시키고 싶지 않았던 것이다.42)

여기서 말하고 있는 魯迅의 '외침'은 계몽주의의 다른 표현으로 읽을 수 있다. 魯迅이 자신의 소설을 두고 "예술과 거리가 먼 것임은 말할 것도 없는 일이다"43)라고 했을 때, 그것은 자신의 소설이 '예술을 위한 예술'이나 '심심풀이'의 문학이 아니라 '인생을 위하여'라는 사회적 명분을 가지고 계몽주의적 입장에서 씌어졌다는 것을 의미한다. 魯迅의 계몽주의는 계몽을 위한 위로부터의 선전을 가리키지 않고 '불행한' 현실

---

42) 「自序」, 『吶喊』, 『魯迅全集(1)』, p.419.

43) 「自序」, 앞의 책, p.420.

의 모습을 문학적 형상화를 통해 있는 그대로 드러냄으로써 사회 변혁
을 촉구하는 것을 가리킨다.

(2) 魯迅 소설의 지향

魯迅은 1918년 7월에 쓴 「내 절열관(我之節烈觀)」이라는 글을 1918
년 8월 15일 『신청년』제5권 제2호에 발표했다. 1918년 5월 15일 『신
청년』제4권 제5호에 「광인일기」가 발표되었으니까 7월에 씌어진 「내
절열관」은 첫 백화단편소설이 발표된 지 3개월이 채 안 되는 시점에 완
성되었다. 그리고 魯迅은 「광인일기」와 함께 백화시 「꿈(夢)」, 「사랑의
신(愛之神)」, 「복사꽃(桃花)」을 『신청년』 제4권 제5호에 실었고, 다음
호인 제4권 제6호는 입센 특집호였으니까 자신의 글을 실을 수 없었을
것이다. 魯迅은 그 다음 호인 제5권 제1호에 백화시 「그들의 화원(他們
的花園)」, 「인간과 시간(人與時)」 2수를 당사(唐俟)란 필명으로 발표하
였고, 다음 달인 8월 15일 『신청년』 제5권 제2호에 「내 절열관」을 발
표하였다. 그렇다면 「내 절열관」은 백화시를 제외하고 魯迅이 「광인일
기」를 발표한 이후 최초로 발표한 글(잡문)이 된다. 그러므로 「내 절열
관」은 「광인일기」와 더불어 신문학운동에 참여할 당시 魯迅의 생각을
가늠할 수 있는 중요한 단서를 제공해줄 것이다.

「내 절열관」에서 魯迅은 중국의 전통적인 도덕관념의 하나로 여자에
게 주어진 '절열(節烈)'에 대해 그 부당성을 조목조목 근거를 제시하며
설득력 있게 설명하고 있다. 魯迅은 "오늘날 '국가가 파멸에 직면한' 상
태에 있다는 것은 새삼스럽게 말할 것도 없다"고 보고, "그 원인은 모두
새로운 도덕과 새로운 학문을 등한히 한 데 있으며, 행동도 사상도 구

태의연하기 때문에 마치 고대의 난세를 연상케 하는 암흑상태가 연출
된 것"이라고 하였다. 그리고 구태의연한 행동과 사상의 하나로 중국
여성들에게 주어진 '절(節)'과 '열(烈)'의 문제를 구체적으로 논하고 있
다. 이것은 새로운 도덕을 세우기 위한 구도덕에 대한 비판인 셈인데,
魯迅의 설명에 따르면 '절'이란 남편이 죽었을 때 수절하는 것이고 '열'
이란 폭행을 당했을 때 '절'을 지키기 위해 목숨을 바치는 것이다. "도덕
이란 보편적이어서 누구나 따를 수 있고 누구나 행할 수 있으며 더구나
자타를 함께 이롭게 하는 것이어야 하는데", '열'과 '절'은 누구나 따를
수 있는 것이 아니라 여성에게만 강요된 것이고, 또 그것은 지키는 여
성에게도 도움이 되지 않을 뿐 아니라 다른 사람에게도 도움이 되지 않
음을 논리적으로 설명하고 있다. "인류의 눈에 광명이 비치기 시작한
오늘날 음양 내외의 설이 황당무계하다는 것은 여러 말을 하지 않더라
도 분명하기" 때문에 '절열'의 도덕관념은 마땅히 폐기되어야 한다. 그
런데도 여전히 '절열'의 도덕관념이 지켜지는 "이유는 '부(婦)는 복종
(服)의 뜻이다'라고 해서 복종이 미덕으로 여겨지고 있기 때문이다. 물
론 교육 따위는 무용지물이고, 입을 여는 일조차도 위법으로 치부되어
체질과 마찬가지로 정신도 기형화해 버렸기 때문에 그런 기형적인 도
덕에 대해서 이견을 가질 턱이 없었다."44) 다시 말하면 "여전히 그 구
습이 고쳐지지 않는 것은 오로지 역사의 중량과 수적 우세로 인한 중압
에 눌려 있기 때문이었다."45) 끝으로 魯迅은 이렇게 결론을 내린다.

　절열(節烈)이란 것이 오늘날에 존재할 생명력과 가치를 이미 상실하였다면

---

44) 「我之節烈觀」, 『墳』, 앞의 책, p.122.
45) 「我之節烈觀」, 앞의 책, p.124.

절열을 지키는 여자에게는 그 괴로움이 한바탕 헛수고가 아니겠는가? 이에 대하여는 애도할 가치는 있다고 대답할 수 있다. 그들은 불쌍한 사람들이다. 불행하게도 역사의 중량과 수적 우세라는 무의식적인 덫에 걸려 이름 없는 희생이 되고 말았다. 그러므로 추도대회를 열 수 있을 것이다.

우리는 죽어간 사람들을 추도한 뒤에 맹세해야 한다. ―자신이나 다른 사람이나 모두 순결하고 총명하고 용감하게 전진해야 한다는 것을. 허위의 가면을 벗어야 한다는 것을. 자기를 해치고 남을 해치는 세상의 모든 몽매와 폭력을 제거해야 한다는 것을.

우리는 죽어간 사람들을 추도한 뒤에 맹세해야 한다. ―인생에 있어서 전혀 의미가 없는 고통을 제거해야 한다는 것을. 남의 고통을 만들어 내고 그것을 감상하는 몽매와 폭력을 제거해야 한다는 것을.

우리는 다시 맹세해야 한다. ―모든 인류가 정당한 행복을 누리게 해야 한다는 것을.[46)]

이 결론 부분에서 우리는 魯迅 소설을 이해할 수 있는 중요한 단서를 발견하게 된다. '존재할 생명력과 가치가 이미 상실된' '기형적인 도덕'에 대해 '이견'을 제시하는 것이 魯迅 소설의 일차적 목표이다. 거기에 등장하는 인물은 '역사의 중량과 수적 우세라는 무의식적인 덫에 걸려 이름 없는 희생이 되고 만' 사람들이다. 이들은 '체질과 마찬가지로 정신도 기형화해 버렸기 때문에 그러한 기형적인 도덕에 대해서 이견을 가질' 수 없는 사람들이다. 작가의 입장에서 보면 魯迅 소설은 그러한 사람들에 대한 추도대회를 주관하는 것이고 텍스트(작품)로서의 魯迅

---

46) 「我之節烈觀」, 앞의 책, p.125.

소설은 추도대회장이며 독자의 입장에서 魯迅 소설을 읽는 행위는 죽어간 사람들에 대한 추도대회에 참가하는 것이 된다. 그 추도대회에 참가함으로써 비로소 '자신이나 다른 사람이나 모두 순결하고 총명하고 용감하게 전진해야 할 것과 허위의 가면을 벗어야 할 것과 자기를 해치고 남을 해치는 세상의 모든 몽매와 폭력을 제거해야 할 것'을 맹세하게 된다. 그리하여 새로운 도덕의 세계로 나아갈 수 있는 것이다. 따라서 이 결론 부분은 魯迅 소설을 이해하는 데 있어 작가와 작품(텍스트)과 독자의 관계를 해명할 수 있는 중요한 실마리를 제공해주고 있다.

魯迅 소설에 등장하는 인물이 대부분 '역사의 중량과 수적 우세라는 무의식적인 덫에 걸려 이름 없는 희생이 되고 만' 사람들이므로 魯迅 소설이 다루고 있는 것은 '역사의 중량과 수적 우세로 인한 〈중압〉'으로서의, 그리고 '역사의 중량과 수적 우세라는 무의식적 〈덫〉'으로서의 암흑사회이다. 앞서 언급하였듯이 魯迅이 '창문도 없고 절대로 부술 수 없는 쇠로 된 방'으로 인식한 중국적 현실이 바로 암흑사회이다. 혁명문학논쟁에서 成仿吾가 魯迅을 두고 사회의 암흑면만을 풍자한 소시민계급의 작가에 지나지 않는다 하고 그의 소설을 '사회의 암흑만을 묘사하고 광명을 제시하지 못하였다'고 비판했던 것도 이와 관련이 있다.

그런데 우리는 魯迅 소설에서 몇 가지 광명의 빛을 발견할 수 있다. 예를 들면, 「광인일기」의 결미에 나오는 "사람을 먹은 일이 없는 아이가 혹시 있을까? 아이를 구하자"[47]라는 광인의 외침, 「고향(故鄕)」에 등장하는 길의 비유로서 희망의 제시 등은 모두 魯迅 소설에서 발견되는 광명의 빛이다. 다만 이들은 모두 魯迅 소설에서 발견되는 섬광에 지나지

---

47) 『吶喊』, 『魯迅全集(1)』, p.432.

않는다. 이러한 섬광에 대해, 앞서 인용하였듯이 魯迅은 「납함·자서」에서 스스로 언급하기도 했다. '뜻하지 않게 나온' 섬광으로서의 '외침'의 빛은 '적막 가운데를 돌진하는 용사로 하여금 그가 안심하고 앞장서서 달릴 수 있도록 다소의 위안이라도 주기' 위한 것이었다. 그래서 "이따금 멋대로 곡필을 희롱하여 「약」의 주인공 유아의 무덤에는 이유 없는 화환을 바쳤고, 「내일」에서도 선사 아주머니가 마침내 아들을 만나는 꿈을 꾸지 않았다고는 쓰지 않았던 것이다." 魯迅이 직접 언급한 이러한 희망의 섬광말고도 『납함』의 「작은 사건(一件小事)」과 『방황』의 「형제(兄弟)」는 여타의 소설과는 구별되는, 희망의 섬광이라기 보다 작품 전체가 희망을 드러내고 있는 것으로 보아야 한다. 또한『납함』의 「토끼와 고양이(兎與猫)」도 그러한 축에 든다.

「작은 사건」은 북경에 온지 6년이 되었지만 국가의 대사가 상당히 많았음에도 불구하고 그런 사건들은 전혀 기억에 남아 있지 않고 다만 '나'의 신경질만 돋구었을 뿐이라는 주인공인 '나'의 독백으로부터 시작하고 있다. 그러나 '나'에게 단 한 가지 사건만이 오랫동안 기억에서 사라지지 않고 남아 있었는데, 그 한 가지 사건이란 '내'가 인력거를 타고 가는데 그 인력거의 채에 걸려 한 노파가 넘어진 사건이었다. 넘어진 노파는 백발이 섞여 있고 옷도 남루한 여인이었지만 인력거꾼은 타고 있던 손님인 '나'를 아랑곳하지 않고 그 노파를 천천히 일으켜 세우고는 파출소의 정문으로 향하였던 것이다. 이 작은 사건에 대해 주인공 '나'는 다음과 같이 생각한다. "이 몇 해 동안의 문치(文治)나 무력(武力)도 나에게는 어렸을 때 읽었던 '공자 가로되, 시(詩)에 이르기를' 하는 식과 마찬가지로 한 구절도 기억에 남아 있지 않았다. 다만 이 작은 사건만이 언제나 나의 눈앞에서 사라지지 않고, 때로는 전보다 더욱 선명하게 나타나서 나를 부끄럽게 만들고, 나를 새롭게 하며, 나아가서 나의 용기와 희망을 더하여 주는 것이었다."48) 이 작은 사건을 통해 魯迅은 「내 절열관」에서 결론으로 말하고 있는 '모든 인류가 정당한 행복을 누리게 해야 한다'는 맹세를 실천하는 현장을 목격한 것이다. 작은 사건이었지만 魯迅이 보기에 결코 작은 사건은 아니었다. 그래서 魯迅은 주인공의 입을 빌려 "나를 부끄럽게 만들고, 나를 새롭게 하며, 나아가서 나의 용기와 희망을 더하여 주는 것이었다'라고 하였던 것이다.

『방황』의 「형제」는 공익국(公益局)의 직원인 진익당(秦益堂)이 자신의 형제들의 불화에 대해 "어제 또 시작한 거야. 큰방에서 서로 치고 받고 하면서 대문까지 나간 거야. 내가 아무를 꾸짖어도 영 듣질 않아"라고 하는 푸념에서 시작하고 있다. 진익당의 형제들과는 달리 장패군(張沛君)은 "정말 모르겠구만, 형제 사이에 왜 그까짓 하찮은 일로 꼬치꼬치 따지는지 말야. 결국 마찬가지 아닌가 말이지……"라고 말을 이었다. 이 소설은 장패군이 최근 병에 걸려 누워있는 동생에 대해 한방치료도 알아보았으나 실패하고 양의(洋醫)에 의해 홍역임이 밝혀짐으로써 어렵지 않게 치료를 하게 되었다는 내용이다. 이 소설에서 魯迅이 다루고자 했던 것은 올바른 형제간의 우애이다. 이 소설은 1925년 11월 3일에 씌어졌으니까 魯迅이 자신의 동생인 周作人과 불화가 생겨 따로 집을 나온 이후에 씌어진 작품이다.49) 그렇다면 魯迅은 이 소설을 통해

---

48) 『吶喊』, 앞의 책, p.460.

49) 魯迅은 1919년 8월 八道灣의 羅氏의 집을 사서 수리한 후 11월에 이사하였고, 연말에 고향에서 어머니와 朱安 그리고 周建人 식구를 데려와 함께 살았다. 周作人은 1917년 4월에 이미 북경에 와서 魯迅과 함께 紹興會館에서 지냈고, 그 해 8월에 부인과 아이를 데리고와 이웃 王氏집에서 살았다. 1919년 11월 21일부터 周作人 식구도 八道灣의 집으로 옮겨 魯迅과 함께 살았다. 따라서 1920년부터 八道灣의 집에는 魯迅의 어머니, 周作人 부부와 아이들 등 모두 십여 명의 식구가 함께 살았다. 그러나 魯迅과 周作人 부부 사이에 불화가 생겨 魯迅은 1923년 8월에 磚塔胡同으로 이사했다. 魯迅은 周作人 부부와의 불화에 대해 1923년

자신의 처지를 염두에 두고 형제간의 우애를 문제삼았을 가능성이 있다. 그러나 魯迅 소설의 전체 맥락에서 볼 때, 이것은 「작은 사건」과 마찬가지로 '모든 인류가 정당한 행복을 누리게 해야 한다'는 맹세를 실천하는 현장으로 볼 수 있으며, 새로운 도덕의 세계를 제시하고 있다고 할 수 있다.

「토끼와 고양이」는 토끼의 죽음에 대해 주인공인 '내'가 어렸을 때 경험한 일을 회상하며 생명의 존엄성을 확인하고 생명을 파괴하는 존재에 대한 복수의 감정을 드러낸 작품이다. 검은 고양이에게 희생된 토끼 두 마리에 대해 주인공인 '나'는 다음과 같이 생각한다.

> 이 일이 있고 난 뒤 나는 서글픈 생각이 들었다. 밤중에 등잔 밑에서 그 일을 생각하였다. 그 두 마리의 작은 생명은 아무도 모르는 사이에, 언제인지도 모르는 사이에 없어져 버렸다. 생물사(生物史)에 조금의 흔적도 남기지 못하고 S(개의 이름―인용자)조차도 짖어 본 일이 없이. 그리하여 나는 문득 옛날 일이 생각났다. 전에 내가 회관(북경에 있던 동향사람들의 숙소―인용자)에 살고 있었을 때, 아침 일찍 일어나 보니 커다란 회나무 밑에 가득히 비둘기 털이 흩어져 있었다. 분명 매의 밥이 된 것이다. ……
>
> 만일 조물주에게도 비난받을 점이 있다면, 그것이 그가 너무나 함부로 생명을 만들고 또 너무나 함부로 생명을 파괴하는 점이라 할 것이다.[50]

그리하여 작가는 주인공인 '나'의 입을 빌려 "조물주는 너무 엉터리다. 나는 그에게 반항하지 않을 수 없다. 그것이 도리어 조물주를 돕는 결과

7월 14일자 일기에서 "오늘밤부터 자기 방에서 식사하기로 하고 스스로 요리를 만들었으니 이를 기록해 둔다"(「日記」, 『魯迅全集(14)』, p.460)라고 썼다.

50) 『吶喊』, 『魯迅全集(1)』, pp.552~553.

가 될지 모르지만…… 저놈의 검은 고양이가 언제까지나 담 위를 거만하게 활보하게 할 수는 없다. 그렇게 마음을 먹자 나는 나도 모르게 책 궤짝 속에 숨겨둔 청산가리 병을 힐끗 바라보았다."51)라고 했다. 이 작품은 토끼의 희생을 계기로 주인공인 '내'가 어렸을 때 경험한 일들을 현재적 의미로 떠올리며 생명의 존엄성을 지키기 위해 복수를 결심하는 것을 그리고 있다. 청산가리 병을 힐끗 바라본 '나'의 복수의 결심은 魯迅이 「납함·자서」에서 언급한 '용맹한' '외침의 소리'와 겹친다. 그렇다면 이 작품은 새로운 도덕의 가능성을 열어주고 있는 것이다.

그런데 魯迅 소설 중에서 「작은 사건」, 「형제」, 「토끼와 고양이」를 제외하면 '모든 인류가 정당한 행복을 누리게 해야 한다'는 맹세를 실천하는 현장, 즉 희망의 제시를 발견할 수는 없다. 사실 희망이라는 것도 魯迅의 입장에서 보면 요원하다.

희망에 대하여 생각이 미치자 나는 갑자기 가슴이 덜컥하였다. 윤토(閏土)가 향로와 촛대를 가지겠다고 하자 나는 그가 우상을 숭배하고 있다고 생각하고는 언제쯤 그런 것을 잊을까 하여 속으로 은근히 비웃었다. 그런데 내가 지금 말하는 그 희망이라는 것도 나 자신의 손으로 만들어낸 우상이 아니고 무엇인가? 그저 그의 희망은 현실과 좀 가까운 것이고 나의 희망은 아득한 것일 따름이다. …… 희망이란 원래부터 있다고도 할 수 없고 없다고도 할 수 없는 것이 아닌가. 그것은 마치 땅 위의 길과도 같은 것이다. 사실 길이란 원래부터 있었던 것이 아니라 다니는 사람이 많아지면서 차차 생긴 것이다.52)

---

51) 『吶喊』, 앞의 책, p.553.
52) 「故鄕」, 『吶喊』, 앞의 책, p.485.

魯迅에겐 희망도 자신의 손으로 만들어낸 또 다른 우상에 지니지 않을 수 있었다. 魯迅은 스스로 희망을 제시한다고 해서 그것이 곧바로 희망이 되지 않음을 잘 알고 있었다. 땅 위의 길과 마찬가지로, 길이란 처음부터 없었던 것이므로 〈많은 사람들〉이 지나다님으로써 비로소 만들어진다. '아득한' 희망도 '좀 현실에 가까운' 희망과 근본적으로 다르지 않다는 의구심, 그런 의구심 속에서 희망의 제시란 한낱 일회적인 구호로 떨어질 수밖에 없다. 이것은 「납함・자서」에서 드러나듯 魯迅 자신의 철저한 실패의 경험과 그것에 대한 깊은 사색의 결과로 보인다. 따라서 魯迅 소설은 '모든 인류가 정당한 행복을 누리게 하는' 새로운 도덕을 제시하는 희망을 담고 있는 것은 아니다.

魯迅의 역할은 '암흑의 수문을 어깨로 걸머지는'53) 것이므로 새로운 도덕을 세우는 일은 그 다음 세대의 몫이다. '암흑의 수문을 어깨로 걸머지는' 것이란 달리 말하면 '역사의 중량과 수적 우세라는 무의식적인 덫에 걸려 이름 없는 희생이 되고 만' 사람들이 몸담고 있는 암흑사회의 구조를 그대로 형상화하여 드러내는 행위 바로 그것이다. 이는 희생된 사람들에 대한 추도대회를 거행하는 것과 동일하며, 독자들은 그 추도대회에 참가함으로써 비로소 '자신이나 다른 사람이나 모두 순결하고 총명하고 용감하게 전진해야 할 것과 허위의 가면을 벗어야 할 것과 자기를 해치고 남을 해치는 세상의 모든 몽매와 폭력을 제거해야 할 것'을 맹세하여 새로운 도덕의 세계로 나아갈 수 있다. '희망'의 제시는, 다시 말하면 새로운 도덕세계의 제시는 독자들의 몫인 셈이다. 따라서 魯迅 소설은 '희망'을 제시하고 있는 것이 아니라 암흑사회의

---

53) 「我們現在怎樣做父親」, 『墳』, 앞의 책, p.130. 「我們現在怎樣做父親」은 1919년 10월에 씌어졌고, 「故鄕」은 1921년 1월에 씌어졌다.

구조를 드러내고 있는 것이다. 「머리털 이야기(頭髮的故事)」에서 N선생이 일본유학시기에 '단지 불편했기 때문에' 변발을 잘랐을 뿐인데도, 가정 형편상 귀국하지 않을 수 없게 되었을 때 상해에서 가발을 사야했으며, 선통(宣統) 원년에 시골 중학의 학감(學監)이 되었을 때 동료들로부터 격리를 당하고 경계의 눈초리를 받아야 했으며, 변발을 자른 것이 좋은가에 대한 학생들의 문의에 대해 "없는 게 좋기는 하지만……", "자를 것까지는 없어, 자르지 않는 게 나아. 조금만 더 기다리는 게 좋아"라고 했던 것도 바로 중국의 암흑사회 구조 때문이었다. N선생이 마지막으로 "아아, 조물주의 채찍이 중국의 등에 내리지 않는 한, 중국은 영원히 이런 식의 중국이지, 스스로는 머리털 하나 까딱하려 하지 않는단 말이야."54)라고 했던 것도 견고한 중국의 암흑사회 구조를 읽고 있었기 때문이다. 일본유학이며 변발이야기며 시골 중학의 학감이며 이런 등등의 사실을 고려할 때 N선생은 魯迅 자신의 자아형상으로 보아도 무방할 것이다. 魯迅은 바로 N선생의 입을 빌려 암흑사회의 구조의 견고성을 말하고 있는 것이다. 이 점을 이해할 때 비로소 魯迅 소설의 전체 모습이 고리를 잇듯 연결되어 드러날 것이다.

이제 암흑사회의 구조를 魯迅 소설의 분석을 통해 구체적으로 살피는 일이 남아 있다. 먼저 「광인일기」와 「아Q정전」의 의미를 검토한다. 그리고 魯迅 소설은 '역사의 중량과 수적 우세라는 무의식적인 덫에 걸려 이름 없는 희생이 되고 만' 사람들이 중심이 되고 있으므로 인물을 중심으로, 지식인을 다루고 있는 작품과 일반민중을 다루고 있는 작품으로 구분하여 분석한다.

---

54) 「頭髮的故事」, 『吶喊』, 앞의 책, p.465.

(3) 「광인일기」와 「아Q정전」의 의미

魯迅의 「광인일기」는 러시아의 작가 니콜라이 고골(Nikolai Gogol)의 「광인일기」의 영향을 받았다는 것은 주지의 사실이다. 魯迅은 일본유학시기에 고골의 작품을 즐겨 읽었으며, 인간생활의 어두운 면을 묘사하는 데 있어서 고골의 풍자적 형식과 기술의 영향을 받았다. 林毓生은 魯迅의 「광인일기」를 평가하면서 "그는 정신분열증에 관한 현대심리학의 개념을 이용하여 광인의 체계적이며 고도로 발달된 환각을 묘사함으로써 그의 이야기로 하여금 표면적으로는 현실에 충실한 것 같은 감을 주게 만들었다. 그러나 그 소설이 비유의 수단을 통해서 저자가 중국의 전통을 고발한 것이라는 사실과 그의 고발은 중국 전통의 어느 한 부분에 한정된 것이 아니라 중국 역사 전체에 연장되고 있다는 사실을 간과해서는 안될 것이다."[55]라고 하였다. 林毓生의 지적처럼 「광인일기」의 고발이 중국 전통의 어느 한 부분에 한정된 것이 아니라 중국의 역사 전체에 연장되고 있다는 사실은 「광인일기」가 魯迅의 여타의 소설과는 달리 주제 면에서 가장 추상화된 소설이라는 점을 보여준다. 광인의 발광, 광인의 자각, 광기의 표출로서 광인의 외침으로 이어지는, 「광인일기」에서 전개되는 이야기는 구체적이지만, 그를 통해 魯迅이 전달하고자 하는 주제는 중국의 역사전체와 관련되어 있다. 「광인일기」가 魯迅 소설 중에서 주제 면에서 가장 추상화된 작품이라고 말할 수 있는 근거는 광인이 피해의식을 갖게 된 원인을 탐구하는 대목에서 드러난다.

「광인일기」가 魯迅의 백화소설의 처녀작으로서 대표작이라 한다면

---

55) 林毓生, 『中國意識의 危機(The Crisis of Chinese Consciousness)』(大光文化社, 1990), p.151.

중편소설에 해당하는 「아Q정전」도 역시 대표작이다. 「아Q정전」은 발표된 이후 여러 나라말로 번역되어 魯迅의 대표작으로 소개되어 왔다.56) 魯迅은 「아Q정전」을 두고 '중국인의 영혼'을 묘사한 것이라 하였고 또 자신의 감각을 바탕으로 자신의 눈을 통과한 '중국인의 인생' 바로 그것을 썼다고 했다.57) 「광인일기」가 가장 추상적인 주제를 다루고 있다면 「아Q정전」은 그러한 추상적인 주제를 반영하고 있는 가장 구체적인 중국인의 모습을 형상화하고 있다고 할 수 있다. 말하자면 「광인일기」가 중국의 역사전체와 관련된 '인의도덕(仁義道德)'의 봉건예교를 문제삼는 일반성(보편성)을 다루고 있다면 「아Q정전」은 구체적인 '아Q'의 인물형상을 통해 일반성을 개별자가 담지하고 있는 특수성을 다루고 있는 것이다. 여기에 바로 「광인일기」와 「아Q정전」을 함께 논할 수 있는 근거가 있다.

우선 「광인일기」의 내용을 의미 단위로 분절하면 다음과 같다. ①서문에 해당하는 부분, ②광인의 발광(혹은 각성의 시작), ③'식인' 역사에 대한 발견(깨달음), ④식인의 공모자로서의 광인의 형에 대한 인식, ⑤식인 무리에 대한 설득과 훈계, ⑥광인의 훈계의 실패와 대중들로부터의 격리·소외, ⑦격리 속에서 광인 자신도 사람을 먹었다는 자각, ⑧사람을 먹은 일이 없는 아이를 구하자는 광인의 외침이 그것이다. 특히 ①서문은 화자인 '내(余)'가 광인의 일기를 입수하게 된 경위, 광인이 병이 나아 모 지방의 관리(候補)로 떠났다는 사실, 광인의 일기 중에 맥락을

---

56) 1925년 봄 화교 출신의 梁社乾과 '春燕第一只'라고 불리던 러시아인 바실리예프(중국 이름은 王希禮)는 「아Q정전」을 영문과 러시아어로 번역하였다. 이 중에서 러시아어 번역본은 1929년 레닌그라드에서 출판되었다. 1926년 「아Q정전」은 敬隱漁에 의해 프랑스어로 번역되어 『歐羅巴』문예잡지에 연재되어 로망 롤랑의 찬사를 받기도 했다.

57) 「俄文譯本 『阿Q正傳』序及著者自敍傳略」, 『集外集』, 『魯迅全集(7)』, pp.81~82 참조.

갖춘 부분을 발췌하여 의가(醫家)의 연구자료로 제공한다는 화자(余)의 의도가 기록되어 있다. 소설적 구성에서 보면 ① 서문은 빼어도 무방할 것이다. ① 서문은 「광인일기」가 허구가 아니라 마치 사실인 것처럼 보이게 하는 중국의 전통적 소설기법과 관련되어 있기는 하지만, 표면적으로 볼 때 별다른 의미 없는 것으로 치부할 수도 있다. 그러나 ① 서문은 「광인일기」의 심층적인 구조면에서 볼 때, 그리고 魯迅 소설의 전체 맥락에서 볼 때 특별한 의미를 갖는다는 점에서 「광인일기」에서 제외시킬 수는 없다. 이 점은 앞으로 논의될 것이다.

「광인일기」는 광인이 피해의식에 사로잡히게 된 원인을 탐구하고 그 결과 '개심(改心, 마음을 고쳐먹어라)'을 부르짖는 과정이 중심을 이루고 있다. 30여 년만에 처음으로 밝은 달빛을 발견하는 것과 동시에 '광인'의 발광은 시작된다. 조귀(趙貴) 영감의 괴상한 눈빛, 만난 아이들의 눈초리, 길거리의 한 여인이 아이를 때리면서 한 말 등을 통해 '광인'은 사람들이 자신을 잡아먹을지도 모른다고 느끼는 피해망상증의 병증이 더욱 가중된다. 특히 맞아 죽은 사람의 내장을 꺼내먹었다는 낭자촌(狼子村) 이야기를 들은 광인은 비로소 "놈들은 사람을 잡아먹는다"라는 자각에 이른다. 이러한 자각을 실제로 증명해나가는 과정이 이후 이야기의 전개부분인데, 광인은 좀더 근원적인 원인 탐구를 위해 '역사'를 연구한다.

　　모든 일은 반드시 연구해 보지 않으면 알 수 없다. 예로부터 끊임없이 인간을 먹었다고 나는 알고 있지만 그다지 확실치는 않다. 나는 역사를 뒤지며 조사해 보았다. 이 역사에는 연대가 없고, 페이지마다 '인의도덕' 이라는 몇 개의 글자만이 삐뚤삐뚤 적혀 있었다. 나는 이왕 잠을 잘 수 없었으므로, 밤

중까지 자세히 살펴보았다. 그러자 글자와 글자 사이에 겨우 글자가 나타났다. 책 가득 '식인(吃人)'이라는 두 글자가 씌어 있었다.[58]

광인이 연구한 '역사'는 가장 추상적인 상징체이다. 역사는 과거로부터 이어온 중국사회의 축소판이므로 그것은 중국현실 그 자체이기도 하다. 그러한 역사는 페이지마다 '인의도덕'이라는 글자만이 적혀 있었고, 또 글자와 글자 사이에(字縫裏)는 '식인(吃人)'이라는 두 글자만이 가득 차 있었다. 중국역사는 '인의도덕'의 봉건이데올로기로 가득 차 있으며, 그 봉건이데올로기 이면(글자와 글자 사이)에 '식인'의 원리가 감추어져 있다는 것이 광인의 발견이요 깨달음이다. 광인이 피해의식에 대한 원인 탐구를 '역사'라는 추상적인 상징체를 통해 진행하고 있는 것은 「광인일기」의 주제의 확장을 의미한다. 말하자면 그것은 중국역사 혹은 중국사회의 감추어진 작동원리를 드러내는 것이다.

광인이 스스로 연구하여 발견한 〈역사〉 속의 〈식인〉의 원리가 구체적으로 현상하는 사실들을 증명해나가는 과정이 이후 이야기의 전개부분이다. 광인은 역사에서 이웃으로, 다시 자신의 형, 끝으로 자신에 이르기까지 '식인'의 원리가 구체적으로 현상하는 사실들을 증명해나간다. 광인은 형이 자기를 진찰하기 위해 데려온 늙은 의원(何先生)과 함께 수작을 부리며 자신을 잡아먹으려 한다고 생각하여 형도 역시 식인의 무리와 한패라는 사실을 깨닫는다. "형까지도 그렇던가 하고 생각했다. 이 대 발견은 뜻밖인 것 같았으나 실은 뜻밖이 아니었다. 한패가 되어 나를 먹으려 하는 인간이 나의 형인 것이다. 사람을 먹는 것이 나

---

58) 『吶喊』, 『魯迅全集(1)』, pp.424~425.

의 형이다. 나는 사람을 먹는 인간의 동생이다. 나 자신이 먹혀버린다
해도 여전히 나는 사람을 먹는 인간의 동생이다."59) 라는 이 심각한 자
각은 더욱 확대되어 자기도 모르는 사이에 자신도 '식인' 행위에 말려들
었다는 자각으로 이어진다. 그것은 누이동생이 죽었을 때 형이 몰래 자
신에게 누이동생의 고기를 먹이지 않았다고 할 수 없다는 자각이었다.
"나는 모르는 사이에 누이동생의 고기를 먹지 않았다고 할 수 없다. 이
제 내 차례가 되었으니…… 4천 년 동안 사람을 먹은 이력을 가진 나,
처음에는 몰랐으나 이제는 진정한 인간을 만나기 어렵다는 것을 알게
되었다."60) 이러한 광인의 깨달음은 필연적으로 외침으로 이어질 수밖
에 없다. 왜냐하면 광기의 표출로서 그것은 자연스러운 현상이기 때문
이다. 광인의 외침은 '개심(改心)'의 부르짖음이다. '개심'의 부르짖음은
자각의 역순으로 진행되어 먼저 가까운 형부터 시작한다.

> 그자들이 나를 먹으려 합니다만 형님 혼자서는 어찌할 수 없겠지요. 그렇
> 다고 한패가 될 건 없지 않습니까. 사람을 먹는 인간은 무슨 짓이라도 합니다.
> 나를 먹는 이상 형님 역시 먹습니다. 한패끼리 서로 먹습니다. 다만 한 걸음
> 만 방향을 바꾸면, 지금 곧 마음을 고쳐먹기만 한다면 모두가 태평하게 됩니
> 다. 예로부터 그랬는지는 모르지만, 우리는 오늘부터라도 열심히 마음을 고
> 쳐먹고, 안 된다고 한마디만 하면 됩니다.61)

'한 걸음만 방향을 바꾸면, 지금 곧 마음을 고쳐먹기만 하면 모두가

---

59) 『呐喊』, 앞의 책, p.426.
60) 『呐喊』, 앞의 책, p.432.
61) 『呐喊』, 앞의 책, p.430.

태평하게' 된다는 광인의 '개심'의 부르짖음은 확대되어, "너희들, 지금
곧 개심 하라(마음을 고쳐먹어라). 진심으로 개심 하라! 머지 않아 사람을
먹는 인간은 이 세상에서 살아갈 수 없다는 사실을 알아야 한다"62)라
고 외치게 된다. 그러나 광인의 '개심'의 부르짖음은 광기의 표출이므로
무효화되고 주위로부터 격리 수용될 뿐이다. 그리하여 광인은 "사람을
먹은 일이 없는 아이가 혹시 있을까? 아이를 구하자"라고 외칠 수밖에
없다. 이것이 「광인일기」의 중심적 줄거리로서 광인이 깨달음에 이르
는 과정과 그 깨달음의 결과 이어지는 광인의 '개심'의 부르짖음이다.

　독자로서 우리는 광인이 가장 철저한 광인이기 때문에 광인의 깨달
음을 좇아가는 과정 속에서 광인의 깨달음과 동일하게 그것에 공감하
게 되고, 광인의 외침이 곧 나의 외침이 된다. 앞서 인용되었듯이 林毓
生이 「광인일기」를 두고 "정신분열증에 관한 현대심리학의 개념을 이
용하여 광인의 체계적이며 고도로 발달된 환각을 묘사함으로써 그의
이야기로 하여금 표면적으로는 현실에 충실한 것 같은 감을 주게 만들
었다"라고 한 것은 「광인일기」의 리얼리티와 관련된 적절한 지적이다.
'개심'의 부르짖음은 정상인의 외침이 아니라 광인의 외침이기 때문에
더욱 진실한 것으로 들린다. 魯迅이 첫 소설집의 제목을 '납함(吶喊, 외
침)'이라 한 것도 광인의 외침을 의식하고 있었기 때문이다. 소설의 표
면적인 구조로 볼 때 광인은 분명 피해망상증에 걸린 환자이다. 광인은
병리학적 정신질환자이기 때문에 아무렇게나 외쳐도 면책이 될 수 있
다. 그것은 병의 자연스런 증상으로서 광기의 표출이기 때문이다. 그래
서 광인의 '개심'의 부르짖음은 전혀 어색할 것도 없다. 광인의 외침이

---

62) 『吶喊』, 앞의 책, pp.430~431.

구호로 떨어지지 않는 이유도 바로 여기에 있다. "사람을 먹은 일이 없는 아이가 혹시 있을까? 아이를 구하자"라는 외침도 다름 아닌 광인의 목소리이기에 구호로 떨어지지 않는다.

한편 광인(비정상인)과 정상인의 대립관계에 주목할 필요가 있다. 魯迅이 광인을 설정하고 광인의 목소리로 외치게 된 것은 냉철한 현실분석에서 유래한다. 중국사회 전체가 이른바 '인의도덕'의 봉건이데올로기에 갇혀 있어 비정상의 현상이 정상으로 받아들여지고 있는 상황이기에 가장 철저한 비정상인으로서 광인(비정상의 정상)이라야만 그러한 정상(정상의 비정상)을 깨뜨릴 수 있다. 이에 정상인과 비정상인 사이에 역전이 일어난다. 이제 광인의 외침은 중국의 역사와 사회가 식인의 원리에 의해 지배되고 있다는 사실을 고발하는 것이 된다. 식인의 원리란 광인이 '역사' 연구를 통해 확인하였듯이 '인의도덕'이라는 봉건예교의 감추어진 이데올로기적 기능이다.

「광인일기」이후에 발표된 대부분의 魯迅 소설은 「광인일기」가 담고 있는 추상적인 주제를 구체적으로 검증해나가는 과정이라 할 수 있다. 그래서 「광인일기」는 가장 추상화된 소설로서 魯迅의 '외침' 그 자체이며 魯迅 소설 전체에서 선언적 의미를 띤다. 「광인일기」가 1918년 4월에 발표되었고 두 번째 작품인 「공을기」가 1919년 3월에 발표되었으니까 거의 1년의 공백기를 거친 뒤에 비로소 두 번째 작품이 발표되었다. 이는 물론 『신청년』에 대한 지원자로서 魯迅 자신의 자기 규정성 때문이기도 하겠지만, 어쩌면 가장 추상화된 「광인일기」의 주제를 구체화하기 위해 상당한 준비기간이 필요했기 때문인지도 모른다.

이제 ①서문을 어떻게 해석할 것인가의 문제가 남아 있다. ①서문은 화자인 '내(余)'가 광인의 일기를 입수하게 된 경위와 광인이 병이 나아

모 지방의 관리(候補)로 떠났다는 사실과 화자가 광인의 일기에서 맥락
을 갖춘 부분을 발췌하여 한편의 글을 만들어 의학자의 연구자료로 제
공한다는 화자의 의도를 밝히고 있는 부분이다. 또한 ① 서문은 백화문
이 아닌 문언문으로 서술되어 있다.

광인일기의 입수 경위와 의학자에게 연구자료로 제공한다는 화자의
의도를 밝히고 있는 이 부분은 「광인일기」가 허구가 아니라 진실(역사
적 사실)을 담고 있다는, 독자들에게 주는 작가의 메시지로서 중국의 전
통적인 소설기법으로 보아 넘길 수도 있다. 다른 측면에서, 胡適은
1916년 9월 1일 『신청년』에 러시아 작가 텔레소프(泰來夏甫, Nikolai
Dmitriievich Teleshov)의 단편소설 「결투(決鬪)」를 번역하여 게재하였
는데, 이 때 胡適은 작가에 대한 간략한 소개와 작품에 대한 간단한 평
을 담고 영역본을 중역한 것임을 밝힌 서(序)를 문언문으로 썼고 작품
은 백화문으로 번역했다.63) 胡適은 이미 외국 단편소설을 번역할 때
「광인일기」와 비슷한 체제를 사용했던 것이다. 그렇다면 魯迅은 「광인
일기」를 창작할 때 胡適의 단편소설의 번역 체제를 참고했을 가능성이
있다. 왜냐하면 제1절에서 언급하였듯이 魯迅은 1917년 1월 그때까
지 자신이 보았던 『신청년』 열 권을 소흥(紹興)에 있던 동생 周作人에
게 보내었으므로 胡適이 번역한 「결투」를 읽었을 것이기 때문이다. 그

---

63) 「결투(決鬪)」의 序는 다음과 같다. "泰來夏甫Nikolai Dmitriievich Teleshov 生于一八六七, 嘗
肄業於莫斯科工業學校. 至一八八四年, 氏時僅十七歲耳, 卽以文學見稱. 其所作大抵師事俄國
當代文豪齊科甫Chekhov. 今其年未滿五十, 而名滿東歐, 爲新文豪之一云./此篇乃由英文轉譯
者. 全篇寫一極慘之情, 而以慈母嫗煦之語氣出之, 逐覺一片哭聲, 透紙背而出. 傳神之筆也./此
篇用意取材, 頗似梅特爾林克(Maeterlinch)之 『死耗』(原名 The Interior) 知梅氏者, 當不河漢斯
言./民國五年譯者記於美國旅次."(『新靑年』第二卷 第一號, p.41) 사실 胡適은 1911년 9월에
번역한 프랑스 도데(Alphonse Daudet)의 작품 「割地」(「最後一課」로 제목을 바꿈)를 1915년
春季 第一號 『留美學生季報』에 발표했을 때도 원문은 백화문으로 번역하고 序는 간단히
문언문으로 썼다. 원문을 문언문으로 번역하고 序를 문언문으로 간단히 쓴 작품으로는 프
랑스 도데의 「柏林之圍」(1914년 8월 번역), 영국 Kipling의 「百愁門」이 있다.

렇다고 하더라도 「광인일기」 자체에만 주목할 때, 광인이 병이 나아 모 지방의 관리로 떠났다는 사실과 그것이 문언문으로 서술되어 있다는 점이 의미심장하다. 이 부분은 魯迅 소설의 전체 맥락에서 이해해야 하 는데, 어쩌면 이 부분의 올바른 해석은 魯迅 소설에 접근하는 출발점이 될지도 모른다.

광인의 깨달음과 '개심'의 부르짖음은 백화문으로 서술되어 있고 광 인이 병이 나아 모 지방의 관리로 떠났다는 사실은 문언문으로 서술되 어 있다. 「광인일기」가 1918년 5월에 발표되었고 胡適이 백화문운동 을 전개한 것이 1917년 1월부터이니까 「광인일기」가 발표된 시점은 백화문운동이 본격화된 지 1년여의 시간이 경과하여 문학혁명이 한창 진행되던 때이다. 광인의 실제 일기가 백화문으로 서술되어 있다는 점 을 감안한다면, 백화문의 세계는 魯迅이 보기에 깨달음이 가능한 세계 이고 '개심'의 부르짖음이 현실화되는 공간이다. 1927년 魯迅은 「소리 없는 중국(無聲的中國)」이라는 글에서 청년들에게 '진실한 목소리'를 낼 것을 강조하고 "우리에게는 이제 두 가지 길만이 있을 뿐입니다. 고문 을 품고 죽느냐, 그렇지 않으면 고문을 버리고 사느냐 입니다."[64]라고 결론을 내리고 있다. 이러한 魯迅의 언급을 소급하여 적용한다면 백화 문의 세계는 진실한 목소리의 전달이 가능한 세계이고 문언문의 세계 는 그것이 불가능한 세계이다. 광인의 깨달음과 '개심'의 부르짖음은 魯 迅의 문맥에서 "진실한 목소리"와 관련되어 있으므로 그것은 백화문의 세계에서만 가능해진다. 그런데 문제는 다음에 있다. 백화문의 세계에 서 전개된 광인의 깨달음과 '개심'의 부르짖음은, 광인이 원점으로 회귀

---

64) 「無聲的中國」, 『三閑集』, 『魯迅全集(4)』, p.15.

함으로써, 즉 문언문의 세계로 되돌아감으로써 더 이상 진행될 수 없다
는 점이다. 다시 말하면 광인은 더 이상 광인(각성한 정상인)으로 존재하
지 못하고 정상인(인의도덕의 덫에 걸려 자각하지 못하는 비정상인)이 되어 현
실세계로 환원되어버린 것이다. 이것이 魯迅이 문제삼고자 했던 중국
사회의 비극, 즉 「납함·자서」에서 "창문도 없고 절대로 부술 수 없는
쇠로 된 방"으로 비유한 중국사회의 비극이다. 역사 연구를 통한 식인
의 원리에 대한 깨달음과 "한 걸음만 방향을 바꾸면(轉一步)", "안 된다
고 한마디만 하면(說是不能)" 된다는 '개심'의 부르짖음은 결국 광인이
정상인이 되어 원점으로 회귀함으로써, 즉 현실세계로 되돌아옴으로써
무효화되고 만다. 이러한 상징적 체계로 볼 때 「광인일기」를 독해하는
데 있어 ①서문은 제외할 수 없는 것이다.

　앞서 「광인일기」는 魯迅 소설 중에서 가장 추상화된 주제를 담고 있
는 작품이라고 하였다. 이러한 추상화된 주제를 구체적으로 검증하기
위해 魯迅은 「광인일기」에 이어 '인의도덕'의 봉건이데올로기에 의해
희생이 된 중국인의 영혼을 묘사한 작품을 지속적으로 발표했다. 魯迅
은 「공을기」, 「약」, 「작은 사건」, 「머리털 이야기」, 「풍파」, 「고향」 등
에 이어 「아Q정전」을 썼다.

　「아Q정전」이 1921년 12월부터 연재되었고 「고향」이 1921년 1월
에 씌어졌으니까 거의 1년만에 魯迅은 「고향」에 이어 「아Q정전」을 썼
다. 魯迅은 「아Q정전」을 두고 "나는 진작부터 시험해보았으나 내가 현
대의 우리나라 사람들의 영혼을 충분히 묘사해낼 수 있었는지 그렇지
않은지 결국 스스로도 아주 확신할 수는 없다"라고 하였고, "침묵하는
이러한 국민의 영혼을 그려내기란 중국에서는 실로 어려운 일이다"라
고 하였으며, "나도 나 자신이 느끼고 관찰한 바에 의지하여 내 눈을

통과한 중국인들의 인생 바로 그것을 외롭게나마 묘사할 수밖에 없다"
라고 하였다.65) 중국인의 영혼을 가장 절실하게 표현하기란 쉽지 않았
을 것이다. 그리고 魯迅은 독자들이 그의 소설을 특정한 인물들이나 지
방을 지칭하는 것으로 오해하지 않도록 하기 위해 등장인물의 구체적
인 이름이나 특정한 지방의 방언을 피하는 등 이야기의 기술적인 측면
에 대해서도 매우 고심했다. 魯迅은 이점과 관련하여 이렇게 밝혔다.

> 내가 그와 같이 고심한 것은 다른 사람들의 비위를 거슬리는 것을 두려워
> 해서가 아니라 여러 가지의 쓸데없는 부작용을 피하고 작품의 역량을 비교적
> 집중시켜서 더욱 강력한 힘을 발휘하도록 하기 위한 것이었다. …… 나의 방
> 법은 독자들로 하여금 자기 이외의 누구를 그리고 있는지 알지 못하게 하여
> 곧장 책임을 전가하여 방관자가 되게 하는 것이었다. 그러나 자기를 그리고
> 있는 것 같기도 하고, 또한 일체의 모든 사람을 그리고 있는 것 같기도 하다
> 는 의심을 불러일으켜 자기성찰의 길이 그에게 열리게 하는 것이었다.66)

이러한 설명은 「아Q정전」에 들인 魯迅 자신의 노력과 아Q의 개성이
곧 '중국인의 영혼'과 연결된다는 점을 보여준다. 특히 아Q의 개성과
관련하여 魯迅은 이미 '자기(自己)'와 '일체의 모든 사람(一切人)'이라는
말을 사용하고 있으므로 아Q의 개성은 '개별성'과 '보편성'의 결합으로
서의 '특수성'이라는 점도 시사해주고 있다. 林毓生이 "이 작품의 강점
은 일반성과 특수성을 융합한 데 있는 것이다. 중국인의 일반적 특징이
구체적으로 표현될 수 있는 통로를 갖게 된 것은 아Q의 개성과 행동의

---

65) 「俄文譯本『阿Q正傳』序及著者自敍傳略」, 『集外集』, 『魯迅全集(7)』, p.81, 82 참조.
66) 「答(戱)周刊編者信」, 『且介亭雜文』, 『魯迅全集(6)』, pp.145~146.

특별한 면을 통해서였다. 그리고 이 작품이 큰 문학적 가치와 역사적 의의를 갖는 것은 아Q의 특별한 행동과 개성 속에 체현된 중국 사람의 일반적 특징을 통해서인 것이다."67)라고 했던 것도 바로 이 때문이다.

아Q의 개성은 이른바 '정신승리법'이라는 말로 요약된다. 아Q의 사고의 일반적 형식은 그의 굴욕의 결과들을 합리화함으로써 그것들이 자기에게 유익하게 보이도록 하는 것이다. 아Q는 그의 행위의 결과가 그에게 유리하거나 그렇지 않거나 상관없이 언제나 행복했다. 만약 그와 관련한 어떤 결과가 그에게 개인적 행복을 가져온다면 그의 타고난 본능은 그것을 인정하고 즐기곤 하였다. 그러나 그는 사회적, 문화적, 경제적 권력을 휘두른 신사(紳士)나 단순히 육체적으로 힘이 더 강한 다른 사람에게 이용당하는 일이 더 많았다. 이러한 경우 아Q는 그 결과가 그에게 정신적 즐거움의 근원인 것으로 합리화함으로써 해결할 수 있었다. 따귀나 배고픔의 육체적 불편함에도 불구하고 그는 마음을 평안하게 가질 수 있었다. 그것은 그가 '정신승리법'의 방법을 스스로 체득하고 있었기 때문이다.

"아Q는 '옛날에는 훌륭했고' 견식도 높았으며 더구나 '일도 잘 하므로' 제대로라면 '완벽한 인물'이라는 칭호를 받아 마땅한" 인물이었다. 그러나 그의 체질상의 약점으로 머리 군데군데에 난 부스럼자국(癩頭瘡)으로 인하여 그는 '라(癩)' 또는 '뢰(賴)'와 비슷한 음을 싫어하였고 나중에는 그것이 점점 확대되어 '빛나다(光)'도 꺼려하였고, '밝다(亮)'도 꺼려하였으며, 마침내 '등불(燈)'이나 '촛불(燭)'까지도 꺼려하는 인물이었다. 이러한 내막을 아는 미장(未庄)마을 사람들은 그를 놀려주는 것이

---

67) 林毓生, 『中國意識의 危機(The Crisis of Chinese Consciousness)』, p.159.

일반적이었는데, 아Q는 나름대로 판단하여 말이 서툰 자 같으면 욕을 퍼부어 주고 약질 같아 보이면 덤벼들었다. 그러나 늘 당하는 쪽은 아Q였다. 이에 대해 아Q도 스스로 해결법을 가지고 있었다. 그것은 다름 아닌 '정신승리법'이었다.

　　건달들은 그래도 그만두지 않고 집적거렸고, 그러다가 나중에는 때리기까지 하였다. 아Q는 형식적으로 패하여 누런 변발이 잡아 끌리고 벽에 네댓 번 머리를 꽝꽝 찧어 박혔다. 건달은 그제야 흡족해하며 승리를 거둔 듯 떠났다. 아Q는 잠깐 섰다가 마음속으로 '자식놈에게 맞은 셈이니, 요즘 세상은 정말 꼴 같지 않아……' 하고 생각했다. 그리고는 흡족해하며 승리를 거둔 듯 떠났다.

　　아Q는 마음속으로 생각한 것을 나중에 일일이 입 밖으로 내뱉었다. 그래서 아Q를 놀리던 사람들이라면 거의 전부 아Q에게는 이런 식의 정신적인 승리법이 있다는 것을 알고 있었다. 그 후로 아Q의 누런 변발을 잡아 끌 때면, 사람들은 우선 첫마디로 그에게 이렇게 말했다.

　　"아Q, 이건 자식이 아비를 때리는 것이 아니라 사람이 짐승을 때리는 거야. 직접 말해봐. 사람이 짐승을 때리는 거라고!"

　　아Q는 두 손으로 자신의 변발 뿌리를 비틀어 쥐고서 머리를 기울인 채 말했다.

　　"버러지를 때리는 거야, 됐어? 나는 버러지야. 그래도 놓지 않겠어?"

　　그러나 버러지라 해도 건달은 결코 놓아주지 않고 예전대로 가까운 곳을 데려가 대여섯 번 머리를 꽝꽝 찧어 박고, 그제야 흡족해하며 승리를 거둔 듯 떠났다. 그는 아Q도 이번에는 혼이 났겠지 하고 생각했다. 그렇지만 10초도 되지 않아 아Q도 흡족해하며 승리를 거둔 듯 떠났다. 그는 자기야말로 자기경멸을 제일 잘 하는 사람이라고 생각했다. "자기경멸"이라는 말을 제외하면 그 나머지는 바로 "제일"이다. 장원급제도 "제일"이 아니던가? "네까짓 놈이 다 뭐야!"[68]

이러한 '정신승리법'은 스스로 행복해지는 데는 효과가 있었다. 그러나 약자에 대해서는 오히려 강한 척한다. 아Q는 가짜 양놈에게 욕을 했다가 얻어맞고 술집에 이르러 정수암(靜修庵)의 비구니를 만나 그녀에게 분풀이한다. 강자에겐 비굴하고 약자에겐 강한 척하는 아Q의 개성은 魯迅이 다루고자 했던 '중국인의 영혼' 바로 그것이다. 물론 이러한 '중국인의 영혼'은 魯迅이 「광인일기」에서 고발했던 '인의도덕'의 봉건이데올로기에 의해 구성된 것이다. 아Q에겐 이미 내재적 자아는 없다. 아Q는 경험으로부터 어떤 추론을 한다는 것은 거의 불가능하다. 아Q가 「광인일기」에 나오는 '인의도덕'의 봉건이데올로기를 사회화를 통해 체득한 것이라면, 아Q의 행동은 내재적 자아를 상실한 채 환경에 적응하는 조건 반사적 행위에 지나지 않는다. 이것이 魯迅이 형상화하고 있는 '중국인의 영혼'의 비극성이다.

그런데 이러한 아Q에 대해 魯迅은 일말의 애정을 보이고 있는데, 그것은 아Q의 순진무구함이 약간은 드러난다는 사실 때문이다. 「아Q정전」에 나오는 다른 뚜렷한 인물들, 예컨대 조가(趙家)의 가족, 가짜 양놈, 거인(擧人) 등과 비교할 때 적어도 아Q는 순진함을 가지고 있었다. 놀음에서 돈을 모두 잃고 난 후 사람들의 무리 뒤에서 놀음을 구경하지 않으면 안되었을 때, 아Q가 "사람들의 등뒤에서 남의 승부를 걱정하며 막판까지 구경을 하였다"는 부분, 마을사람들이 끈질기게 물었을 때 읍

---

68) 『吶喊』, 『魯迅全集(1)』, pp.491~492.

내에서 도둑으로 지낸 경험을 숨김없이 자랑스럽게 이야기했던 부분(자신을 뽐내려는 욕망의 한 표현일 수도 있겠으나, 달리 보면 아Q의 순진함이 드러난 것으로 볼 수 있음), 서명으로 이름을 적어 넣으라는 명령을 받은 법정에서 아Q가 동그라미를 그리려고 진지하게 애를 쓴 부분, 이런 등등의 장면들은 독자로 하여금 아Q의 순진함에 대해 애정 어린 눈으로 바라보게끔 한다. 이러한 몇 가지 예를 통해 우리는 아Q를 바라보는 작가 魯迅의 애정 어린 시선을 확인할 수 있다. 이미 언급하였듯이, 작가로서 魯迅은 추도대회를 주관하는 것이고 텍스트로서 魯迅 소설은 추도대회장이며 거기서 행하는 의식은 등장인물들에 대한 추도이므로, 아Q에 대한 작가의 애정 어린 시선이 아Q의 순진함으로 표출되었고 독자는 그를 통해 아Q에 대해 동정심을 갖게 되는 것이다. 이 점이 바로 비극적 정화를 거쳐 새로운 도덕의 세계로 나아갈 수 있는 한 통로로 작용한다.

「아Q정전」의 풍자의 절정은 아Q가 혁명에 가담했으나 처형되는 장면이다. 아Q는 다른 대부분의 사람들처럼 혁명가를 싫어했다. 그는 본능적으로 '혁명가들은 반역자'들이며, 모반(謀叛)은 그에게 여러 가지 일들을 곤란하게 만든다고 느꼈다. 그런데 혁명이 어떤 것인지 또는 어떻게 참가하는지도 모르면서 아Q는 혁명이 다른 많은 사람들에게 마음껏 겁을 줄 수 있다고 생각하여 '신명'이 나는 일이라고 생각했다. 그래서 그는 두어 사발 술을 마신 후 한 사람의 혁명가로 자처했다. 그러나 아Q가 마음껏 겁을 줄 수 있다고 생각했던 사람들이 오히려 혁명에 가담하게 되고, 아Q는 혁명에의 참가 자체를 거부당한다. 그 결과 아Q는 강도사건을 혁명으로 오해하여 거기에 참가하는 꼴이 되어 마침내 체포되고 만다. 사실 아Q를 체포한 사람은 구관리(把總)로서의 지위 때문

에 새로운 직위를 부여받은 진짜 혁명당원이었으며 혁명당으로부터 민
정협조의 직무를 부여받은 거인 나으리였다. 그들에 의해 아Q는 미장
마을의 한 신사(紳士)계급인 조가(趙家)의 강도사건에 연루되어 체포되
었던 것이다. 강도사건을 혁명으로 강도를 혁명당으로 오인한 아Q는
심문의 내용이 무엇인지도 모른 채 사실인정을 하고, 마침내 처형장으
로 끌려가게 된다.

아Q는 갈채하는 사람들을 다시 한 번 쳐다보았다.

4년 전에 그는 산기슭에서 굶주린 늑대를 한 마리 만났었다. 늑대는 끈질
기게 가깝지도 멀지도 않은 거리로 자기를 따라와 잡아먹으려는 것이었다.
그는 그 때 무서워서 거의 죽을 지경이었지만 다행히도 손에 도끼 한 자루가
있어 이에 의지해 용기를 내고 가까스로 미장에 이를 수 있었다. 그러나 그
늑대의 눈길은 영원히 기억하고 있다. 흉악하고 비겁하여 마치 두 개의 도깨
비불처럼 번쩍거리며 멀리서도 자신의 육체를 꿰뚫을 것만 같았다. 그런데
이번에 그는 다시 여태껏 본 적이 없고 더욱 무시무시한 눈길을 보았다. 무디
면서도 날카로웠다. 그것은 벌써 자기 말을 씹어먹었을 뿐 아니라 자기 육체
이외의 다른 무언가를 씹어먹으려고 끈질기게 멀지도 가깝지도 않은 거리로
자기를 따라오고 있었다.

이런 눈길들이 하나로 합쳐지는가 싶더니 어느새 거기서 그의 영혼을 물어
뜯었다.

"사람 살려……"

그렇지만 아Q는 말하지 않았다. 그는 벌써 두 눈이 캄캄해지고 귀속이 웅
웅거려 온몸이 마치 먼지처럼 흩어져 달아나는 것처럼 느꼈다.[69]

---

69) 『吶喊』, 앞의 책, p.526.

내재적 자아가 없는 아Q는 강도사건을 혁명으로 착각함으로써 처형
장에 끌려가 죽음을 맞이하였는데, 아Q의 죽음은 단순히 사형수로서
의 개인적인 죽음을 넘어서고 있다는 데 그 비극이 있다. 아Q의 개성
이 사회화된 개성이고, 아Q의 죽음을 구경하는 일반민중들의 무시무
시한 눈길이 아Q의 죽음을 상징하고 있기 때문이다. 아Q의 처형장면
을 구경하는 일반민중들의 그 무시무시한 눈길이란 「광인일기」에서 광
인이 의식했던 조귀(趙貴) 영감의 눈빛, 사람들의 눈길, 아이들의 눈초
리 바로 그 괴상한 눈길이다. 1925년 魯迅은 "중국문명의 여명이래 현
재에 이르기까지 크고 작은 무수한 '인육(人肉)의 향연(饗宴)'이 펼쳐져
왔으며, 그러한 향연의 참석자들은 다른 사람을 먹고 자신들도 먹혔다.
여인들과 어린이들은 말할 것도 없고 약자들의 비참한 외침은 그 살인
자들의 무자비한 환호 속에 묻혀버리고 말았다."70)라고 했다. 위 인용
문의 처형 장면은 '사람 살려'라는 아Q의 '약자들의 비참한 외침'이 '무
시무시한 눈길', 즉 '살인자들의 무자비한 환호 속에 묻혀버린' 바로 그
현장인지로 모른다. 물론 아Q의 죽음은 魯迅이 집착했던 신해혁명의
미완에 대한 회한(悔恨)의 표현일 수 있다. '중국인들의 영혼'과 관련된
아Q의 개성과 그 개성을 둘러싸고 있는 일반민중들의 무시무시한 눈길
을 생각할 때, 아Q의 죽음은 「광인일기」에서 광인이 발견한 '인의도덕'
의 감추어진 식인 원리에 의한 희생을 의미한다. 이는 중국사회의 비극
성 그 자체이며 혁명이 실패할 수밖에 없는 내적 근거이다.

이 점은 아Q의 죽음 이후에도 미장 마을은 변함 없는 세계로 그대로
남아 있었다는 데 더욱 두드러지게 나타난다. "여론으로 말하자면 미장

---

70) 「燈下漫筆」, 『墳』, 앞의 책, p.217.

·에서는 이의가 없었다. 당연히 사람들은 아Q가 나쁘다고 했다. ……
그런데 성내의 여론은 오히려 좋지 않았다. 그들은 대부분이 불만이었
다. 총살은 목을 자르는 것보다 재미가 없다고 여겼다."71) 이러한 변
함 없는 세계로서의 미장마을은 魯迅 소설이 지향하고 있는 암흑사회
의 구조를 보여준다. 이것은 「광인일기」의 서문이 보여주고 있는 문언
문의 세계로의 환원과 동일한 의미로 해석할 수 있다.

(4) 구지식인(讀書人)의 몰락

魯迅은 1925년 6월 15일 『어사(語絲)』 제31기에 발표한 「'아Q정전'
러시아어 번역본 서」에서 이렇게 말했다.

> 나는 진작부터 시험해보았으나 내가 현대의 우리나라 사람들(중국인―인
> 용자)의 영혼을 충분히 묘사해낼 수 있었는지 그렇지 않은지 결국 스스로도
> 아주 확신할 수는 없다. 다른 사람은 어떨지 모르지만 나로서는 늘 우리들
> 개개인 사이에는 각각 높은 담이 있어 서로를 분리시켜 사람들의 마음을 서
> 로 통할 수 없게 만들고 있다는 느낌이 드는 것 같다. 이것이 바로 우리의
> 옛 총명한 사람들, 이른바 성현들이 사람들을 10등급으로 나누어 놓고 높고
> 낮음이 각각 다르다고 말했던 그것이다. 그 명칭은 지금 사용하지 않게 되었
> 지만 그러한 망령은 오히려 의연히 살아 있으며, 게다가 원래보다 더욱 나빠
> 져 한 사람의 신체조차도 차등을 두어 손이 발을 대하는데 열등한 별개의
> 것으로 보도록 만들었다. 조물주가 사람을 만들 때 이미 대단한 솜씨를 발휘

---

71) 『吶喊』, 앞의 책, p.527.

하여 한 사람이 다른 사람의 육체적 고통을 느끼지 못하게 해 놓았고, 우리의 성인과 성인의 제자들은 오히려 조물주의 결점을 보충하여 더욱이 사람들이 다른 사람들의 정신적 고통을 더 이상 느끼지 못하게 해 놓았다.[72]

이 글은 「아Q정전」에 대한 魯迅 자신의 설명으로서, 「아Q정전」 창작의 의미란 '중국인의 영혼'을 그려내는 것이었다는 점을 보여준다. 여기서 '중국인의 영혼'이란 중국인의 국민성을 가리킬 텐데, 중국인의 국민성이란 도대체 어떠한가를 드러내는 것이 「아Q정전」의 의미가 된다. 물론 '중국인의 영혼'은 계승하고 발전시켜야 할 긍정적인 요소가 아니다. 魯迅이 처음 소설을 쓸 무렵 그 목적이 병태사회의 불행한 사람들을 그려내는 것이었으므로 '중국인의 영혼'이란 비판 대상으로서의 그것이다. 그렇다면 비판대상으로서의 '중국인의 영혼' 또는 중국인의 국민성은 어떻게 형성되었는가? 위 인용문에서 魯迅이 밝히고 있듯이, 그것은 중국의 성인(聖人)과 성인의 제자들(聖人之徒)이 조물주의 미비함을 보충하여 다른 사람들의 '정신적 고통'까지도 느낄 수 없도록 사람과 사람 사이에 쌓아 놓은 '높은 담' 때문에 형성된 것이다. '정신적 고통'의 소통 가능성을 차단하는 이러한 '높은 담'은 암흑사회의 구조의 견고성을 상징한다. 그렇다면 魯迅 소설의 일차적 목표는 성인이나 성인의 제자들에 의해 만들어진 '높은 담' 때문에 생긴 중국인들의 '정신적 고통'을 있는 그대로 그려내는 것이 될 것이다. 魯迅이 자신의 작품(「아Q정전」)을 두고 "우리나라 사람들의 영혼을 충분히 묘사해낼 수 있었는지 그렇지 않은지 결국 스스로도 아주 확신할 수는 없다"라고 겸손

---

72) 「俄文譯本 『阿Q正傳』序及著者自敍傳略」, 『集外集』, 『魯迅全集(7)』, p.81.

한 표현을 쓰고 있지만, 우리는 魯迅 소설을 통해 그러한 '정신적 고통' 을 받고 있는 '중국인의 영혼'을 충분히 읽을 수 있을 것으로 기대할 수 있다.

魯迅의 진단처럼 중국사회에서 각자가 '높은 담'으로 차단된 것은 성인과 성인의 제자들 때문이다. '정신적 고통'이라는 말을 상기할 때, 그들이 만들어 놓은 봉건이데올로기가 문제가 된다. 魯迅이 「광인일기」에서 "역사에는 연대가 없고, 페이지마다 '인의도덕' 이라는 몇 개의 글자만이 삐뚤삐뚤 적혀 있었고" "책 가득 '식인(吃人)'이라는 두 글자가 씌어 있었다"고 했을 때, '인의도덕'이란 성인과 성인의 제자들이 만들어 놓은, 소통을 불가능하게 만드는 '높은 담'으로 기능하는 봉건이데올로기이다. 그것은 중국인들에게 '정신적 고통'을 안겨주는 근원으로서, 사람의 〈정신〉을 〈잡아먹는〉 '식인'의 원리이다. 그런데 사람의 정신을 잡아먹는 '인의도덕'의 봉건이데올로기를 생산하는 성인과 성인의 제자들도 역시 그 '정신적 고통'의 희생물이 되고 만다는 데에 중국사회의 비극이 가로놓여 있다.

魯迅 소설 중에서 「공을기」, 「백광(白光)」은 성인의 제자로서 구지식인(讀書人)의 몰락을 묘사하고 있는 작품이다. 「공을기」의 '공을기(孔乙己)', 「백광(白光)」의 '진사성(陳士成)'은 전통적인 구지식인으로서 봉건이데올로기의 생산자이지만 자신들이 만들어 놓은 봉건이데올로기의 덫에 걸려 희생물이 되고 만다. 이점에서 중국사회는 魯迅의 진단처럼 조물주의 채찍이 등에 내려쳐지지 않는 한 틈이 열리지 않는 완전히 닫힌 세계로 존재한다. 왜냐하면 봉건이데올로기의 생산자로서 구지식인조차 그것의 희생물이 되고 말기 때문이다.

공을기는 원래 학문하던 사람으로서 여러 번 과거시험을 보았으나

합격하지 못하고 마침내 생계를 꾸려갈 주변머리조차 없어 차츰 가난
하게 되어 거지나 다름없는 지경에 이르렀다. 다행히도 글씨를 잘 써서
남의 부탁으로 책을 필사하여 주고 근근히 그날그날 밥벌이를 한다. 그
러나 그는 술주정뱅이에다 게으름뱅이였고 일을 시작한 지 며칠도 안
되어 당사자는 물론 책과 종이, 붓과 벼루까지 고스란히 행방불명이 되
어버리는 것이다. 그러므로 학문하는 사람으로서의 위엄은 사라지고
마을사람들로부터 놀림감이 되고 만다. 魯迅은 공을기의 외모며 공을
기라는 별명의 유래며 웃음거리로 전락할 수밖에 없는 상황을 이렇게
묘사하고 있다.

> 공을기는 서서 술을 마시는 손님들 중에서 장삼(長杉)을 입고 있는 유일한
> 인물이었다. 키가 매우 크고 창백한 낯빛을 하고 있었으며, 주름 사이에 자주
> 상처 자국이 있었다. 히끗히끗한 턱수염이 수북히 자라 있었다. 입고 있는
> 건 장삼임에는 틀림없었으나, 때에 절고 남루하여 마치 10년 이상이나 깁거
> 나 빨래한 일이 없었던 듯하였다. 사람과 이야기할 때는 말끝마다 '지호자야
> (之乎者也)'하는 식이어서 듣는 쪽은 아리송해져 버린다. 그의 성이 공(孔)이라
> 는 이유로 하여, 사람들이 붓글씨 책에 적혀 있는 '상대인 공을기(上大人孔乙
> 己)'라는 무슨 뜻인지 모를 구절을 따다가 그에게 공을기라는 별명을 붙여준
> 것이다. 공을기가 술집에 얼굴을 내밀면, 한 잔 하고 있던 무리들이 모두 그
> 를 놀린다. 한 사람이 "공을기, 자네 얼굴에 또 새 상처가 늘었군" 하며 말을
> 건다. 공을기는 상대를 하지 않고 술청 쪽을 보며 "두 잔만 따라 줘, 그리고
> 콩 한 접시" 하며 동전 9푼을 늘어놓는다. 무리들은 다시 일부러 큰 소리로
> "자네 틀림없이 또 뉘 물건을 훔친 게로구먼" 하며 소리친다. 공을기는 흘겨
> 보며 "뭐라고? 그런 터무니없는 소리를 하는 거야? 누명을 씌워서……" "누

명이라고? 내가 그저께 이 눈으로 보았단 말이야. 자네가 하가(何家)네 책을
훔치고 매달려 얻어맞는 걸 말이야" 그러면 공을기는 얼굴이 빨개지며 이마
에 푸른 힘줄을 가락가락 세우며 항변한다. "책을 훔치는 것은 도둑질이라
할 수 없느니라—책을 훔치는 것은—독서인(讀書人)의 상정(常情)이니, 도둑
질이라 할 수 있으랴?" 그리고는 이야기가 어려워지며 "군자는 본시 궁하니
라"느니 뭐라느니 하다가는 '자호(者乎)'로 된다. 그러면 일동은 일시에 웃음
을 터뜨리고 술청 안팎에 쾌활한 공기가 넘친다.[73]

　　노진(魯鎭) 술집에서 유일하게 장삼(長衫)을 입고 있는 성인의 제자
공을기는 이미 술집 손님으로부터 한낱 웃음거리로 전락하고 말았다.
그러므로 공을기의 상대란 아이들뿐이다. "공을기 편에서도 이자들과
는 이야기가 되지 않는다는 것을 알고 있어, 아이들을 상대로 한다. 나
(술집의 사환—인용자)더러 '글공부를 하였니?'라고 물어왔다. 내가 약간
고개를 끄덕여 보이자 그는 '공부를 했다? 그럼 시험을 치러보마. 회향
두(茴香豆)의 회(茴)자는 어떻게 쓰지?'" 공을기는 아이들에게서 권위를
찾으려 하지만, 그 권위라는 것도 '회(茴)'를 어떻게 쓰는가 라는 의미
없는 질문을 통해 찾는다. "초(草) 두 밑에 1회, 2회의 '회(回)'자 아니
오"라는 '나'의 대답에 "회(回)자에는 네 가지 쓰는 법이 있는데, 알고 있
니?" 하고 공을기가 다시 물어 왔을 때, 그 의미 없는 물음 속에서 공을
기의 현재적 모습이 연결되어 떠오른다. 그것은 한낱 의미 없는 지식이
며 공을기가 게으름뱅이로서 생계를 꾸려갈 주변머리가 없어 거지나
다름없는 지경에 이른 필연성이 드러난다. 여기에 바로 봉건이데올로

기의 생산자로서 성인의 제자가 그 봉건이데올로기의 희생물이 되고
마는 근거가 놓여 있다. 그래서 공을기가 노진의 술집에 다시 나타났을
때 "그 얼굴은 시꺼멓고 야위어서 이미 말이 아니었고, 누더기 겹옷을
걸치고 발을 개고 앉았는데, 그 바닥에 거적을 깔고 그것을 새끼줄로
어깨에 매달고 있었던"74) 것이다. 공을기는 죽음을 눈앞에 두고 있는
완전한 몰락의 상태에 이른 것이다.

　그런데 魯迅은 공을기의 형상을 통해 성인의 제자로서 구지식인의
몰락을 묘사하고 있지만, 우리는 공을기에 대한 작가의 애정 어린 슬픈
시선을 어렵지 않게 발견할 수 있다. "주인도 얼굴을 내밀며 '공을기로
구면, 자네 아직 외상이 19푼 있어'라고 말했다. 공을기는 매우 풀이
죽어 위를 쳐다보면서 '그건…… 이 다음에 갚겠어, 오늘은 맞돈이야.
술은 좋은 걸로' 주인 역시 여느 때의 말투로 웃으며 '공을기, 자네 또
일 저질렀지?' 그러나 그는 이번에는 별로 변명하지 않고 다만 한마디,
'실없는 소리 마.' '실없는 소리라니? 일을 저지르지 않았다면 다리를
부러뜨릴 리가 없지 않은가?' 공을기는 낮은 소리로 '넘어졌어. 넘어져
서……' 그 눈은 더 이상 아무 말도 하지 말라고 주인에게 애걸하고 있
는 것 같았다."75) 이 대목에 이르러 우리는 공을기에 대한 작가의 애정
어린 슬픈 시선을 통해 공을기에 대해 동정을 느끼게 된다. 앞서 언급
하였듯이, 魯迅 소설이 봉건이데올로기에 의해 희생된 사람들의 추도
대회장이므로 작가로서의 魯迅은 추도대회를 주관하는 것이고, 독자는
그 추도대회에 참가하는 것이며, 추도대회는 공을기의 파멸을 애도하
는 것이다. 이 점이 바로 공을기에 대한 동정심을 유발하는 요소이다.

---

74) 『吶喊』, 앞의 책, p.437.

75) 『吶喊』, 앞의 책, pp.437~438.

성인의 제자로서 구지식인의 몰락은 「백광」의 진사성에서 또 한번 발견된다. 진사성의 죽음은 공을기의 죽음보다 더욱 비극적이다. 왜냐하면 진사성은 열여섯 번째의 과거시험에 떨어지면서 마침내 정신이상자가 되고 그 걸음으로 물에 뛰어들어 자살하고 말기 때문이다. 진사성은 열여섯 번째 과거시험에 도전했으나 불합격한 사실을 확인한 후 제정신이 아니다.

> 그는 갑자기 한 손을 들어 손가락을 꼽아가며 생각하고 있었다. 열한 번, 열세 번, 금년까지 합해서 열여섯 번, 결국 한 사람도 문장을 아는 시험관은 없었다. 눈은 있어도 구멍이나 마찬가지다, 얼마나 가엾은 일인가 하는 생각이 들자 쓴웃음을 지었다. 그러나 그는 갑자기 분통이 터져 책 꾸러미 속에서 필사한 팔고문(制藝)과 시첩(試帖)을 뽑아들고 밖으로 뛰어 나가려고 하였다. 그러나 문께로 다가가자마자 눈앞이 갑자기 밝아지며, 한 무리의 닭들마저 그를 비웃고 있는 것이 보였다. 자기도 몰래 가슴이 두근거려, 그대로 힘없이 돌아서고 말았다.
> 그는 다시 앉았다. 눈이 야릇하게 번쩍번쩍 빛을 발하고 있었다. 그 눈에 여러 가지 모습들이 비쳐 들어왔으나 매우 흐릿하였다. ― 녹아 무너져 내린 엿가락 탑(塔)과 같은 길이 자기 앞에 가로놓여 있었다. 그 길이 점점 넓어지더니 그의 모든 길을 막아버렸다.76)

「광인일기」의 광인이 표면적으로는 피해망상증에 걸린 환자이지만 표층구조에서 심층구조로 들어가면 병리학적 정신질환자가 아니라 오

---

76) 『吶喊』, 앞의 책, p.543.

히려 이데올로기의 희생자로서의 정신질환자였음이 진사성의 발광으로부터 다시 한번 확인된다. 과거시험은 성인의 제자로서 구지식인들이 반드시 거쳐야 하는 통과의례이다. 그것은 전통적으로 성인이 만들어 놓은 봉건이데올로기를 재생산하는 기제이다. 「백광」이 전통적인 과거시험이 구지식인을 어떻게 파멸에 이르게 하는가를 보여주는 것이라면, 진사성은 과거시험이라는 봉건이데올로기의 재생산 기제의 희생물인 셈이다. 공을기가 과거시험에 합격하지 못하여 거지의 지경에 이르렀듯이 진사성도 역시 과거시험 때문에 정신이상을 일으킨 것이다. 공을기가 노진의 술집 손님으로부터 웃음거리가 되었듯이 진사성도 이웃의 웃음거리가 되지 않을 수 없었다. 나아가 이웃으로부터 격리되어 의사소통의 단절마저 가져온다. "다른 집에서는 밥 짓는 연기가 진작 사라졌고, 설거지도 진작 끝낸 뒤였으나, 진사성은 밥을 지을 생각도 하지 않았다. 이 집에 세든 사람들은 현시가 있고 나서 방이 나붙은 다음에 그의 이런 눈길이 보일 때는 일찌감치 문을 닫고 아예 상관하지 않는 게 상책이라고 오래 전부터 경험하여 알고 있었다. 그래서 인기척은 진작에 그쳤고, 등불도 차례로 꺼져갔다. 달이 홀로 서서히 차가운 하늘에 솟아올랐다."77) 달이 홀로 차가운 하늘에 솟아올라 있듯이 이웃과의 의사소통이 완전히 단절된 진사성이 더욱 정신이상의 상태로 이끌리게 되는 것은 필연적이다. 성인의 제자가 스스로 만들어 놓은 '높은 담'이 오히려 자신을 둘러치는 아이러니가 발생한 것이다.

진사성의 광기는 전해오는 이야기를 진실로 받아들여 조상이 묻어 놓았다는 은덩이를 환각 속에서 찾는 것으로 표출된다.

---

77) 『呐喊』, 앞의 책, pp.543~544.

온 몸에 땀을 흘리며 다급하게 흙을 긁을 뿐이었다. 그러는 동안에 갑자기 심장이 허공에서 파르르 떨리는 것 같았다. 다시금 이상스런 작은 것이 감지되었기 때문이다. 그것은 거의 말발굽 모양을 한 것인데, 손을 대니 버석버석하였다. 그는 다시 정성을 기울여 그것을 파냈다. 조심스레 들어올려 등불 밑에서 세밀히 살펴보았다. 그것은 군데군데 헤어져 있었으나, 아무래도 썩은 뼈 같았다. 군데군데 이가 빠진 치열(齒列)이 붙어 있었다. 이는 아마도 턱뼈인 것 같았다. 그러나 그 턱뼈는 그의 손안에서 덜컥덜컥 움직이더니, 한술 더 떠서 히히 웃는 상을 지으며 마침내 입을 열어 이렇게 말하는 것이었다. '이번에도 끝장이다.'[78]

진사성이 자신의 안방을 파헤쳐 은덩이를 찾는 행위는 어쩌면 자신이 과거시험에 합격하기 위해 허송세월 했던 바로 그 행위의 반복인지도 모른다. 그 결과란 군데군데 이가 빠진 사람의 썩은 치열(齒列)뿐이다. 그 치열은 자신을 비웃는다. 그것은 이웃사람들이 진사성을 멀리하고 의사소통의 단절마저 가져왔던 바로 그 비웃음과 동일하다. 이제 환각으로 들리는 썩은 치열의 말처럼 모든 것이 '끝장난' 것이다. 이튿날 진사성은 익사체로 발견되었기 때문이다.

이처럼 魯迅 소설에서 성인의 제자인 구지식인은 몰락과 죽음에 이르는 것으로 묘사된다. 이는 스스로 만들어 놓은 봉건이데올로기에 의해 희생이 되고 마는 구지식인의 비극성을 보여준다. 이러한 비극성이 바로 魯迅 소설이 지향하고 있는 암흑사회 구조의 한 구성부분이다.

---

78) 『吶喊』, 앞의 책, p.546.

(5) 신지식인의 허위의식과 좌절

魯迅 소설 중에서 신지식인은 주로『방황』의 작품에서 묘사된다. 신지식인을 다루고 있는 작품으로는 「비누(肥皂)」, 「고선생(高老夫子)」, 「행복한 가정(幸福的家庭)」, 「술집에서(在酒樓上)」, 「고독자(孤獨者)」, 「상서(傷逝)」 등을 들 수 있다. 이중에서 「비누」의 사명(四銘), 「고선생」의 고이초(高爾礎), 「행복한 가정」의 '그'는 신지식인이지만, 그들은 구이데올로기를 지향하거나 허위의식의 소유자로 나타난다. 「술집에서」의 여위보(呂緯甫), 「고독자(孤獨者)」의 위연수(魏連殳), 「상서」의 연생(涓生)과 자군(子君) 등은 신사상을 추구하는 신지식인이지만, 작품에서는 그들의 좌절이 문제가 된다. 그러므로 「비누」, 「고선생」, 「행복한 가정」을 같은 범주로 분석하고, 「술집에서」, 「고독자」, 「상서」를 같은 범주로 분석한다.

신지식인의 허위의식

성인의 제자로서 구지식인인 공을기·진사성과는 다르지만, 성인의 제자로 자처하는 신지식인으로는 「비누」의 사명과 「고선생」의 고이초가 있다. 또 「행복한 가정」의 '그'는 러시아 소설의 특징과 바이런과 키이츠의 시를 이해하고 있는 소설가이지만 허위의식의 소유자라는 점에서 사명과 고이초와 동일하다.

「공을기」와 「백광」은『납함』의 작품이고 「비누」와 「고선생」은『방황』의 작품인데,『납함』과『방황』사이의 창작의 시간적 거리를 감안하면 사명과 고이초의 신분이 공을기·진사성과는 다를 수 있다는 점을 이해

할 수 있다. 그러나 사명의 친구 이름이 '도통(道通)'이라든지 '고선생(高老
夫子)'의 '선생(老夫子)'이라는 말이 옛날의 가정교사나 사숙(私塾)의 교사
를 지칭하거나 세상물정 모르는 옛날 지식인이나 샌님을 가리킨다는 점
에서 魯迅이 이들 작품에서 다루고자 했던 것은 신지식인이 추구하는
구이데올로기이다. 『납함』의 창작과 『방황』의 창작 사이에는 일정한 시
간적 간극이 존재하지만 공을기와 진사성의 특징이 그 시간적 간극을
뛰어넘어 역시 사명과 고이초로 이어지고 있다는 데 문제의 심각성이
있다.

「비누」의 사명은 "여자가 건들건들 길거리나 다니는 것만도 꼴불견
인데, 머리까지 자르다니, 내가 제일 싫어하는 것이 저 단발한 여학생
이야. 정말이지, 군인이나 토비(土匪)는 그래도 용서할 점이 있지만, 저
여학생이야말로 세상 망칠 것들이야. 엄하게 처치하지 않으면……"라
고 생각하고, 또한 "놈들은 말끝마다 '신문화(新文化), 신문화'야. 이 지
경으로 '화(化)'하고서도 아직 부족한가?", "학생한테는 도덕이 없고, 사
회에도 도덕이 없어. 이대로 무슨 대책을 세우지 않는다면 중국은 곧
망할 거야."라고 말하는 인물이다. 고이초는 『대중일보(大中日報)』에
'중국 국수 의무론(中國國粹義務論)'을 발표하여 마작이나 하던 건달에서
일약 신식여학교로부터 강사로 초빙되어 중국역사를 담당하게 된 인물
이다. 또 러시아의 문호 '고리키(高爾基)'의 인품을 사모하여 경의를 표
하기 위해 자신의 이름을 고간(高幹)에서 고이초(高爾礎)로 바꿀 만큼
새로운 지식을 알고 있는 인물이다. 그러나 '중국 국수 의무론'을 발표
하고, 『삼국지연의(三國志演義)』의 내용을 중국역사로 강의할 생각을
가진 구식인물이다. 그러므로 사명과 고이초는 신지식인이지만 구지식
인의 이데올로기를 지향한다는 점에서 동일하다.

사명은 신문화에 대한 비판과 여학생들의 단발에 대한 비판의 이데
올로기적 근거를 봉건예교의 하나인 효에서 찾는다. 사명은 퇴근길에
거지 효녀를 만나게 되었던 사실을 아내에게 이렇게 털어놓았다.

"효녀란 말씀이야." 아내 쪽으로 눈을 돌리며 그는 엄숙하게 말하였다. "큰
거리에 거지 둘이 있었어. 하나는 젊은 여자, 보기에 18, 9세 정도 될까? 이미
거지행세는 어울리지 않을 나이였는데도 아직도 거지노릇을 하고 있었어. 또
하나는 6, 70세쯤 될까, 머리는 새하얗고 장님 노파야. 포목점 처마 밑에서
구걸을 하더군. 남들 하는 소리를 들으니 그 딸애는 효녀인데, 늙은이는 제
할머니래. 구걸해서는 모두 제 할머니 먹게 하고 저는 배고픈 것을 참고 있다
는 게야. 그런데 이런 효녀한테 사람들은 과연 기꺼이 베풀고 있었는지 어떤
지." …… "허 참, 없더란 말씀이야." 마침내 스스로 대답하였다. "나는 오랫
동안 보고 있었어. 꼭 한 사람이 동전 한 닢을 주더군. 나머지는 모두가 보고
도 못 본 척, 멀리 에워싸고는 놀려대고만 있더란 말씀이야. 게다가 불한당
두 명이 뻔뻔스럽게 이런 소리를 주고받더군. '아발(阿發) 자네, 이 애를 더럽
다고 생각지 말아. 비누 두 개만 사다가 온 몸을 싹싹 씻겨 보라구. 썩 좋을
테니!' 당신 생각해보라구. 그게 말이나 되느냐구?"[79]

그래서 사명은 자기도 모르는 결에 비장한 심정으로 "열심히 해야지,
주위의 불량학생과 악덕한 사회에 대하여 선전포고를 해야지"[80] 하는
부르짖음을 듣기라도 한 듯이 더욱더 의기충천해졌던 것이다. 이러한
다짐은 자신의 아이인 학정(學程)에 대한 꾸지람으로 이어진다. "그 효

---

79) 『彷徨』, 『魯迅全集(2)』, pp.48~49.
80) 『彷徨』, 앞의 책, p.49.

녀를 본받아야 돼. 거지 노릇을 하면서까지 할머니에게 효도를 다하면 서, 저는 배고픔도 참고 있더란 말이다. 너희 학생들은 이런 일을 알기 나 해. 건방지기만 하니, 장차 그 불한당들처럼 될 수밖에……"81) 그러 나 사명의 학정에 대한 꾸지람도 그것이 허위였음이 드러난다. 사명 자 신은 그처럼 비난했던 '그 불한당들'의 말처럼 비누를 샀던 것이다. "어 째서 상관이 없어요? 당신이 특별히 그녀에게 사다 준 것이니까 당신이 싹싹 씻어 주구료. 나 같은 건 자격이 없으니까 필요 없어요. 나까지 효녀의 은혜를 입고 싶지 않아요."82)라고 사명의 부인이 항변했을 때, 사명은 말을 얼버무릴 수밖에 없었다. 그리고 여덟 살짜리 딸아이 수아 (秀兒)가 사명의 등뒤에서 "싸악 싸악, 아이고 꼴불견이야. 꼴불견……" 이라고 무심결에 반복했을 때, 이것은 「백광」에서 썩은 뼈의 치열이 진 사성을 비웃었듯이 사명의 허위의식을 비웃는 패러디인 것이다.

이러한 사명의 허위의식은 고이초에게도 그대로 나타난다. 고이초는 일주일 전까지만 해도 친구인 황삼(黃三)과 마작을 하기도 하고 굿도 보고 술도 마시고 여자도 쫓아다니고 하였으나, 그가 『대중일보』에 '중 국 국수 의무론'이라는 인구에 회자되는 문장을 발표하여 일약 현량(賢 良)여학교 교사로 초빙된 인물이다. 그런데 고이초는 역사강의의 내용 보다 자신의 왼쪽 눈썹 위에 난 쐐기 모양의 흉터가 여학생들로부터 비 웃음을 사지 않을까 조바심에 떠는 인물이다. "교단에서는 위엄을 보여 야 해. 이마의 흉터는 끝까지 숨겨야 해. 교과서는 천천히 읽어야 해. 학생들한테 눈길을 줄 때는 여유 있게 보내야 해."라고 다짐하는 고이 초였지만 실제로 다른 데서 여학생들로부터 비웃음을 사고 만다. '동진

---

81) 『彷徨』, 앞의 책, p.50.
82) 『彷徨』, 앞의 책, p.51.

(東晉)의 성립'을 '동진의 홍망'으로 읽음으로써 학생들의 웃음거리가 되고 말았다.

처음 얼마 동안은 자기 귀에 자기가 한 말이 들려 왔으나, 차츰 알아들을 수 없게 되었고, 나중에는 아무 것도 알 수 없게 되었다. '석륵(石勒)의 웅도(雄圖)'에 대한 설명으로 들어갈 무렵에는 킬킬거리는 숨죽인 웃음소리밖에는 이미 들려오지 않았다.

어쩔 수 없이 교단 아래로 눈을 돌렸다. 사태는 일변하여 이번에는 교실 가득히 눈들이 들어차 있었고, 아담한 이등변삼각형들이 있었고, 삼각형들에는 모두 콧구멍이 두 개씩 뚫려 있었다. 그것들이 범벅이 되어 마치 유동하는 깊은 바다같이 번쩍거리며 줄기차게 그의 시선을 향하여 밀어닥치고 있었다. 그러나 그의 시선에 부딪히자 왈칵 빛들이 움직이며 다시금 교실에 가득 찬 너풀머리들로 변하였다.[83]

웃음거리로 전락한 고이초는 오히려 "나는 이제 강의하러 가고 싶지 않아. 여학교라는 게 도대체, 어떤 꼴로 되어갈지 모르겠어, 우리같이 제정신 박힌 자가 끼어서야 되겠는가 말일세……"라고 자기변명을 늘어놓을 뿐이다. 이것은 사명이 신문화를 비판하고 여학생의 단발을 꾸짖었던 것과 같은 태도이며, 자신의 허위의식을 깨닫지 못한 채 봉건이데올로기를 고수하려는 태도이다. 그 봉건이데올로기란 사명의 친구인 도통이 이풍문사(移風文社)의 제18회 시문(詩文) 모집에 즈음하여 제목을 정하기 위해서 찾아왔을 때 내민 문구가 바로 그것이다. '모름지기

---

83) 『彷徨』, 앞의 책, p.80.

경전을 중히 여기고 맹모(孟母)를 숭상하며 나아가 퇴폐풍조를 바로잡고 국권을 보존키 위하여 특히 명령(明令, 명문화하여 공포하는 법령 — 인용자)을 반포(頒布)해 주기를 전국 인민이 일치하여 대총통 각하께 탄원을 올리는 글' 바로 그것이다.

봉건이데올로기의 희생양인 공을기와 진사성은 죽음으로 끝을 맺었지만, 사명은 예의 거지 효녀와 마찬가지로 '호소할 곳 없는 백성'이 되어버린 듯한 느낌이 들었고, 고이초는 예전의 방탕한 생활로 되돌아갔다. 봉건이데올로기는 성인의 제자인 공을기와 진사성에겐 〈죽음〉을 초래했지만, 성인의 제자를 지향하는 사명과 고이초에겐 〈허위의식〉을 가져다 주었던 것이다.

신지식인의 허위의식은 「행복한 가정」의 '그'에게서도 발견된다. 「행복한 가정」의 '그'는 소설가로서 행복한 가정을 주제로 소설을 집필하려한다. 이 작품은 현실 속의 가정과 그가 구상하고 있는 소설 속의 가정을 서로 대비 교차시킴으로써 소설가인 '그'의 허위의식을 풍자적으로 적나라하게 드러내고 있다. '그'의 소설 속의 행복한 가정은 다음과 같이 구상된다.

"안돼요, 안돼, 25근(斤)이란 말이오……" 창 밖에서 남자 목소리가 들렸으므로 그는 자기도 모르게 돌아보았다. 창에는 커튼이 드리워져 있고, 거기에 광선이 비쳐서 번쩍거렸으므로 눈이 어지러웠다. 이어서 작은 나무 조각들이 땅바닥에 흩어지는 소리가 났다. 나와는 상관없어, 그는 돌아앉아서 생각하였다. 뭐가 25근이란 말이야…… 그들은 우아하고도 고상하며 특히 문예를 애호한다. 물론 어릴 적부터 좋은 환경에서 자란 탓으로 러시아 소설은 좋아하지 않는다…… 러시아 소설은 하등 인간들만 묘사하므로 이런 가정에는 전혀 어울리지 않는다. '25근'이라, 아무래도 좋아. 그래서 그들은 어떤 책을 읽는가…… 바이런의 시? 키이츠? 안돼, 평온하지 못해……. 웅, 그래 그래 둘 다 『이상적인 남편』을 애독하고 있다. 나는 이 책을 본 일이 없지만, 대학 교수까지 칭찬하고 있으니 그들도 틀림없이 애독하고 있을 게 틀림없어. 너도나도…… 한 명에 한 권씩, 이 가정에는 합쳐서 두 권…… 뱃속이 약간 빈 것 같았으므로 그는 붓을 놓고, 두 개의 기둥으로 지구의를 받치듯이 두 손으로 자기머리를 받쳤다.[84]

아내가 배추를 사고 장작을 사고 아이가 울고 하는 현실의 가정을 버려 둔 채, 다만 머리 속으로만 행복한 가정을 구상하는 소설가인 '그'는 성인의 제자임을 자처했던 사명이나 고이초의 허위의식을 그대로 간직하고 있다. 새로운 지식인이라 하더라도 본질 면에서는 여전히 구지식인과 다를 바 없다. "그 명칭은 지금 사용하지 않게 되었지만 그러한 망령은 오히려 의연히 살아 있으며, 게다가 원래보다 더욱 나빠졌다"라고 魯迅이 언급했을 때, 의식구조의 변함 없는 중국현실을 魯迅은 간파하고 있었다. 이러한 변함 없는 지식인의 허위의식이 암흑사회 구조의 한 구성부분이다.

신지식인의 좌절

「술집에서」, 「고독자」, 「상서」는 각각 여위보, 위연수, 연생과 자군의 인물을 통해 신지식인의 운명이 중국사회의 거대한 구조 속에서 어떻게 파멸되어 가는가를 보여준다. 여위보는 한때 신사상을 추구했던

---

84) 『彷徨』, 앞의 책, pp.36~37.

교사였다. 위연수는 동물학을 전공했으며 현재는 어느 중학당에서 역사를 가르치는 교사로서 새로운 도덕을 위해 잡지에 글도 기고하는 신지식인이다. 연생은 가정의 전제에 관하여, 구습타파에 관하여, 남녀평등에 관하여 여자 친구인 자군에게 들려 줄 만큼 새로운 사상을 지향하는 인물이며, 관직에서 파면 당하고부터는 번역 일을 하는 등 문예에 관심이 있는 신지식인이다. 자군은 신식교육을 받았는지는 분명하지 않지만 연생의 이야기를 이해할 줄 알고 연생과 동거생활에 들어갈 즈음 숙부의 반대를 무릅쓰고 "나는 나 자신의 것, 그분들이라고 해서 나를 간섭할 권리는 없습니다"라고 말할 정도로 새로운 가치관을 가진 여성이다.

「술집에서」의 여위보는 작품 속의 '나'의 동창생이자 교원시절의 동료였다. 화자인 '내'가 고향을 방문한 다음 예전에 1년 간 교원생활을 하던 S시의 '일석거(一石居)'란 한 술집에서 우연히 여위보를 만난 것이다. 이때의 여위보는 동작이 유달리 느려진 것이 왕년의 민첩하고도 다기찬 여위보와는 자못 달라 있었다. 그의 얼굴은 머리도 수염도 함부로 자라 있어, 모습은 전과 다름이 없었으나 창백한 긴 얼굴에는 초췌함이 보였고 가라앉아 보인다기보다는 차라리 원기가 없었고, 짙고 검은 눈썹 아래의 눈도 생기를 잃고 있는 형상이었다. 여위보는 '나'에게 이렇게 고백한다.

"어렸을 때 말이야. 벌이나 파리가 한 곳에 머물러 있다가 사람이 날리면 곧 날아오르지만, 한 바퀴 돌고는 곧 제자리로 돌아와 앉지 않던가? 그걸 보고 여간 우스꽝스럽지 않았고, 또 가엾은 생각도 들었는데 말이야. 지금 생각해보면 나 역시 지금 한 바퀴 돌다가 다시 제자리로 돌아와 앉은 셈이지.

게다가 자네까지 돌아올 줄이야, 자네는 더 멀리 날지 못하나?"[85]

예전의 비상하려는 희망은 물거품이 되고, 다만 벌이나 파리가 제자리로 돌아오듯 그렇게 여위보도 제자리로 돌아오고 말았다. 그것은 '원점(原地點)'으로의 회귀이며, 변한 것은 아무것도 없었다. "단지 아무렇게나 하면 되는 거야, 아무렇게나 하며 새해를 맞이하고, 다시금 '공자 가라사대 시(詩)에 이르기를'로 돌아가면 되는 거야."라고 여위보는 자신의 좌절을 고백한다. 원점으로의 회귀는 원상회복이 아니라 후퇴를 의미한다. "내가 ABCD라도 가르칠 줄 알았나? 내 학생은 전에는 둘이 있었는데, 하나는 『시경』, 또 하나는 『맹자』야. 요즈음 하나 더 늘었지. 계집애가 말이야. 『여아경(女兒經)』을 배우고 있어. 산수도 하지 않아. 내가 가르치지 않는 게 아니라 그놈들이 배우려 하지 않는 거야. …… 그들의 부모들이 그런 책을 원하는 거야."[86] 魯迅은 여위보의 입을 통해 지식인의 좌절을 다시 한번 언급한다. "앞으로? ─모르지. 이 사람아! 그 무렵에 우리가 예상했던 일 중에 뜻대로 된 게 하나라도 있나? 난 이제 아무것도 모르겠어. 내일 어찌 되는지도, 아니 일분 뒤에 어찌 될는지조차도……"[87] 예전에 가졌던 희망이 뜻대로 되지 않았다는 고백, 내일을 알 수 없는 절망감, 이런 것들은 魯迅 자신의 현실인식과 깊은 연관이 있다. 魯迅은 원점으로의 회귀로 이끄는 거대한 힘의 존재를 의식하고 있었던 것이다. 魯迅은 이 작품에서 거대한 힘의 존재를 명확하게 드러내고 있는 것은 아니지만 '그들의 부모들'이라는 여위보

---

85) 『彷徨』, 앞의 책, p.27.
86) 『彷徨』, 앞의 책, p.33.
87) 『彷徨』, 앞의 책, p.34.

의 말에서 보듯 그 힘의 존재를 은연중에 드러내고 있다. 그런데 「고독
자」에서 그려지고 있는 위연수의 파멸과 죽음에 이르는 과정은 그러한
거대한 힘의 존재를 더욱 분명히 드러낸다.

「고독자」의 위연수는 거드름을 피우는 주제에 남의 일은 잘 돌봐주
고, 가정 따위는 파괴해야 한다고 입버릇처럼 떠들면서도 월급을 타면
그 날로 제 할머니한테 송금을 하는 등 여러 가지 소문으로 S시에서는
기이한 인물로 알려져 있는 사람이다. 그는 그토록 차가운 성격의 소유
자임에도 불구하고 실의에 빠진 사람에게는 매우 부드럽게 대하고 "어
른들의 나쁜 성질이 아이들에게는 없어, 후천적인 악, 자네가 항상 공
박하는 그런 악은 환경이 그렇게 시키는 거야. 원래는 악이 아니고 천
진(天眞) 그것이야…… 나는 중국에 희망이 있다면 그 점뿐이라고 생각
해."88)라고 여길 만큼 아이들에 대한 기대도 컸던 인물이다. 그러나
자신이 발표했던 문장 때문에 통속신문에 익명의 비난기사가 실리고
교육계에서도 그에 관한 풍문이 자주 떠돌아 마침내 교장으로부터 해
고당하고 만다. 이러한 해고는 곧바로 그를 궁핍한 생활로 몰아갔다.

그래서 나는 방문을 열고 객실로 들어갔다. '하루를 못 본 것이 삼추(三秋)
를 격(隔)한 것 같도다' 하는 말은 이를 두고 이름일까, 눈에 보이는 모든 것이
퇴색하여 썰렁하게 비어 있었고, 가구류가 몇 가지 남아 있지 않았을 뿐 아니
라, 책도 S시에서는 구할 수 없는 양장본 몇 권뿐이었다. 방 가운데의 둥근
탁자만은 아직 남아 있었으나, 전날 그 탁자를 에워싸고 떠들썩하게 앉아
있었던 번민하고 비분강개하던 그 청년이랄지, 불우한 천재형 기인(奇人)이랄
지, 더럽고 말썽 많은 아이들은 이미 볼 수가 없었고, 그곳은 이제 정적만

88) 『彷徨』, 앞의 책, p.91.

싸여 있었고, 가벼운 먼지의 막이 그 표면을 덮고 있었다.[89]

　가벼운 먼지의 막이 표면을 덮을 정도로 위연수의 생활이 궁핍하게
된 일차적 원인은 그의 실직 때문이다. 그의 실직이라는 것도 따지고
보면, 자신이 발표한 문장이 화근이 되어 생긴 일이다. "그가 근래에 즐
겨 문장을 발표하는 것이 원인임을 나는 알고 있었으므로 별로 괘념하
지 않았다. S시 사람들은 솔직하게 의견을 말하는 사람을 좋아하지 않
았고, 그런 사람에 대해서는 기필코 은밀히 골려주었다. 예전부터 그래
왔으므로 연수라 해서 그것을 모를 리가 없었다. …… 물론 이런 일도
예전부터 흔히 있던 일이지만, 다만 나는 나와 관계되는 사람이 그렇게
되지 않기를 바란 나머지 허를 찔린 듯한 느낌이 든 것뿐이지, S시 사
람들이 특별히 이번에 한해서 못되게 군 것은 아니었다."[90]라는 화자
인 '나'의 분석은 신지식인을 좌절로 이끄는 거대한 힘의 존재, 바로 그
것에 대한 분석이다. 'S시 사람들이 특별히 이번에 한해서 못되게 군
것은 아니었던', '예전부터 그래왔던', 그 거대한 힘의 존재 앞에서 연수
는 실직하였고, 그것이 결국 그의 생활을 극도의 궁핍으로 몰아갔다.
이 거대한 힘의 존재를 드러내는 것이 魯迅 소설의 의미이며, 그것은
암흑사회 구조의 본질적인 측면이다. 이 거대한 힘의 존재란 연수가 할
머니의 상을 당하였을 때 그를 '신당(新黨)'으로 몰아붙이고 요지부동의
구습의 틀 속에 가두려는 사회적 힘이기도 하다.

　상의가 되자 그들은 연수가 돌아오는 당일, 모두 상가로 모여들어 태세를

---

89) 『彷徨』, 앞의 책, p.94.
90) 『彷徨』, 앞의 책, p.93.

갖추고 힘을 합쳐 한 걸음도 물러서지 않고 담판을 벌이기로 작정하였다. 마을사람들은 모두 숨을 죽이고 이 결과를 기다렸다. 무엇보다도 '서양식 위주'의 '신당(新黨)'이어서 이제까지 해괴한 짓만 해 온 사람이었으므로 양편의 싸움은 까딱하면, 뜻밖의 구경거리가 벌어질지도 모른다는 생각이 들었기 때문이다.

연수가 집에 당도한 것은 오후였는데, 그는 곧바로 할머니 영전으로 가서 가볍게 머리를 숙였을 뿐이었다. 어른들은 즉시 계획대로 그를 넓은 객실로 끌어냈다. 먼저 길다랗게 서두를 늘어놓은 다음, 본론으로 들어가 여러 사람들이 연달아 나서서 상대방에게 반론의 여유를 주지 않도록 마음껏 공박해댔다. 마침내는 할 말을 다 하여버려서 더 이상 할말이 없게 되자 침묵이 객실을 채웠다. 모두들 조심조심 상대방의 입을 바라보고 있었다. 그러자 연수는 낯빛도 달라지지 않은 채로 간단히 대답했다. "그게 좋겠습니다."[91]

단지 '그게 좋겠습니다'라고 말할 수밖에 없도록 만드는 거대한 힘의 존재, 그것은 '문중어른', '가까운 친척', '할머니의 친정식구들', '한가한 사람(閑人)'과 같은 '그들'이며, 또한 뜻밖의 구경거리로만 생각하는 '마을사람들'이다. 이들은 연수를 실직케 한 사회적 힘과 동일하다. 이러한 사회적 힘이 연수를 파멸로 몰아갔고, 그것은 연수가 그토록 혐오했던 정반대의 모습으로 연수를 다시 태어나게 만든다. '나'에게 보낸 연수의 편지는 바로 정반대의 모습으로 다시 태어난 연수의 자기고백서이다.

나는 실패했네. 전에 나 스스로 패배자라 생각했었지만, 지금 생각하니 그

---

91) 『彷徨』, 앞의 책, pp.87~88.

건 틀린 생각이고, 지금이야말로 나는 진짜 패배자일세. 전에 내가 조금 더 살아 주기를 바라는 사람이 있어서 나로서도 살고 싶다고 생각했을 때는 살 수 없었네. 이제는 이미 필요가 없는데도 살아가고 있네. …… 나는 이제 전에 내가 증오하고 반대했던 짓들을 모두 실천하고 있네. 전에 내가 신봉하고 주장하던 것들을 모두 부정하고 있어. 나는 진짜로 패배했어 — 그러나 승리한 거야. 내가 미치기라도 한 줄 아나? 내가 영웅이나 위인이라도 된 줄 아나? 그렇지 않아. 이유는 극히 간단해, 내가 두(杜) 사단장의 고문이 된 것뿐이야. 월급은 80원이야. …… 아마 자네도 전일의 내 객실을 기억하고 있겠지? 자네와 성내에서 처음 만났었고, 그리고 작별할 때의 그 객실 말일세. 나는 지금도 그 객실을 사용하고 있네. 이곳에는 새로운 손님과 새로운 선물과 새로운 아부와 새로운 머리 조아림과 새로운 경례와 새로운 마작과 연회와 새로운 경멸과 적의와 새로운 불면증과 각혈이…….92)

연수의 실직과 파멸 그리고 새로운 승리로서의 파멸, 그것은 불면증과 각혈로 예정된 죽음의 세계였다. 신사상과 새로운 도덕을 꿈꾸었던 '전일의 객실'이 선물과 아부와 머리 조아림과 경례와 마작과 연회의 장소가 되었다는 연수의 고백은 파멸의 알레고리로 작용하고 있다.

이러한 연수의 파멸을 어떻게 해석할 것인가? 연수의 죽음이 개인의 사적 죽음으로 읽혀지지 않음은 몇 가지 이유 때문이다. 할머니 장례에서의 문중어른들의 구습 강요, 뜻밖의 구경거리로 생각하는 마을사람들의 마비된 의식, 천진난만한 아이들에 대한 믿음의 깨어짐, 자신이 발표한 문장이 사회와 교육계로부터 비난을 받을 수밖에 없는 변함 없

---

92) 『彷徨』, 앞의 책, pp.101~102.

는 사회, 이러한 거대한 힘의 존재가 결국 연수의 파멸을 가져왔고, 자신의 삶을 포기한 연수는 그들에 대한 보복으로서 그토록 자신이 비난했던 생활로 떨어지고 만 것이다. 그 생활은 이미 '불면증과 각혈'로 예정된 죽음의 세계였다. 그러므로 연수의 죽음은 개인적인 죽음이 아니라 그를 둘러싸고 있는 거대한 힘의 존재에 의한 죽음이며, 그것은 구조의 문제이다.

연수가 자신이 그토록 비난하고 경멸했던 생활로 돌아갔을 때, 이는 「술집에서」에서 여위보가 벌과 파리의 비유를 들어 자신의 처지를 설명했던 바로 그것이며, 변화를 거부하는 중국사회의 원점으로의 회귀를 보여준다. 위연수의 파멸은, 신지식인의 이상도 중국사회의 거대한 힘의 존재 앞에서, 즉 거대한 사회구조 속에서는 무효화되고 만다는 그러한 비극성을 보여주는 것이다. 그렇기에 이 거대한 힘의 존재를 자각하고 문학적 형상화를 통해 그 실상을 있는 그대로 펼쳐 보여주는 것이 魯迅 소설의 의미이다.

그런데 魯迅 소설이 닫힌 구조로서의 중국사회의 암흑을 드러내는 것이지만 완전히 닫힌 구조로서 완결되는 것은 아니다. 왜냐하면 암흑사회의 닫힌 구조에 약간의 틈을 열어 놓고 있기 때문이다. 이 틈은 「상서」에서 발견된다.

「상서」의 연생과 자군은 신지식인이다. 동거생활에 들어가기 전 그들의 희망은 대단히 컸다. 가정의 전제(專制)에 관하여, 구습타파에 관하여, 남녀 평등에 관하여, 입센에 관하여, 타골에 관하여, 셸리에 관하여 연생은 자군에게 이야기를 들려주었고, 그러한 이야기에 대해 그녀는 언제나 미소지으며 고개를 끄덕이고 두 눈은 티 없는 호기심으로 반짝거렸다. "아직도 낡은 사상의 속박에서 벗어나지 못하였지"만, "나

는 나 자신의 것, 그분들이라고 해서 나를 간섭할 권리는 없습니다"라
고 말할 정도로 자군은 자신이 있었다. 연생은 "중국의 여성은 염세주
의자들이 운운하는 바와 같이 구제할 수 없는 것이 아니라 가까운 장래
에 분명히 찬란한 새벽을 맞이할 것임에 틀림이 없다"라고 생각할 정도
로 자군에게 큰 기대를 가지고 있었다. 이에 연생과 자군은 동거생활에
들어갈 수 있었으며, 동거생활이 시작된 후 얼마간 행복이 지속되었다.

그런데 동거생활로 인하여 연생은 마침내 출근금지 통지서를 받게
되고, 실직한 연생은 생활을 도모하기 위해 번역에 손을 대지 않을 수
없게 된다. 연생의 실직은 그토록 애정으로 연결된 두 사람의 관계를
악화시킨다. 생활문제 때문이었다.

> 붓을 멈추고 궁리에 궁리를 거듭하다가 무심히 그녀 쪽으로 눈길을 돌리
> 니, 그녀 얼굴은 흐릿한 불빛 아래 유난히도 쓸쓸해 보였다. 이 정도의 하찮
> 은 사건이 저렇게 똑똑하고 두려움을 모르는 자군에게 이다지도 심한 변화를
> 줄 줄은 생각지도 못한 일이었다. 근래에 그녀는 확실히 마음이 약해져 있었
> 다. 물론 오늘밤에 시작된 일은 아니지만, 그 탓으로 내 마음은 더욱 어지러
> 워지고 평화로웠던 생활의 그림자—회관의 낡은 오두막의 정적이 갑자기
> 눈앞을 스쳤다. 그러나 다시 눈길을 모두어 바라보았을 때는 흐릿한 램프불
> 외에는 아무것도 없었다.[93]

"예의 크림의 젊은이는 국장 아들의 마작 친구니까 그럴 듯하게 나를
중상했을 것임에 틀림없다"라는 연생의 생각처럼 연생의 실직도 위연

---

93) 『彷徨』, 앞의 책, p.117.

수의 실직과 동일한 맥락에서 이해할 수 있다. 다만 연생은 실직을 오히려 새로운 도약의 기회로 여긴다는 점에서 파멸과 죽음에 이르는 위연수와는 다르다. "밖으로부터의 타격은 오히려 우리들에게 신정신(新精神)을 일깨웠다. 관리 생활이란 새장에 갇힌 새와 같이 하찮은 모이로 연명이나 할 뿐이지 살이 찔 수는 절대로 없었다. 날이 갈수록 깃이 쇠퇴하여 설사 새장에서 나오게 된다 해도 마음껏 날 수 없게 된다. 이제 어떻든 새장에서 나온 이상, 나는 곧바로 새로운 넓은 하늘을 향하여 날아오르지 않으면 안되었다. 내 날개가 날개짓하는 것을 잊어버리기 전에."94) '새장에 갇힌 새'로 비유되듯 암흑구조 속에 갇혀 있는 연생은 '밖으로부터의 타격'으로 인하여 오히려 그러한 닫힌 구조의 '새장'을 박차고 '새장에서 나온' 것이다. 그것은 '신정신'에 대한 자각에서 비롯되었다. 각성한 자만이 '새장'으로 비유되는 암흑구조 속에서 벗어날 수 있다. 이것은 닫힌 구조에 약간의 틈을 열어 열린 구조에의 변화 가능성을 보여준다.

　이러한 열린 구조에의 변화 가능성에도 불구하고 현실생활의 질곡은 자군에겐 무거운 짐으로 다가왔다. "자군이 원망하는 표정을 보였던" 것이다. "단련된 사상도, 자유를 위해서는 두려움을 모르던 언사도 결국은 공허 외의 아무것도 아니었고, 더구나 그 공허를 그녀는 조금도 자각하지 못하고 있는 것이었다. 진작부터 책도 읽지 않았고, 생활의 첫째 의의는 사는 것이며, 살기 위해서는 손을 맞잡고 전진하거나 아니면 고군분투하는 길밖에 없다는 것을 그녀는 잊어버리고 있었던" 것이다. 그것은 "남의 옷자락에 매달리기만 해서는 싸움하는 전사(戰士)에게도 장애만 될 뿐이

---

94) 『彷徨』, 앞의 책, p.118.

고, 그리되면 결국은 둘 다 멸망할 수밖에는 없다'라는[95] 연생의 생각으로 발전한다. 그리하여 "나 자신은 지난 반여 년을 오로지 사랑─맹목적인 사랑─때문에 인생의 근본적인 의미를 일체 소홀히 했었다는 사실을 깨달았다. 무엇보다도 먼저 사는 일이다. 사람은 살아 있음으로써 사랑도 거기에 따라 생겨나는 것이다. 이 세상에 분투 노력하는 자에게 활로가 열리지 않을 까닭이 없고, 나는 아직도 날개짓하는 법을 잊지 않고 있다."[96]라는 자각이 섰을 때, 연생은 자군과 헤어질 결심을 하고 그것을 실행에 옮긴다. 그 결과 자군은 고통을 견디지 못하고 자살을 선택하고 만다. 물론 자군의 죽음은 보이지 않는 거대한 힘의 존재와 관련이 있다. "엄한 성화와 차가운 눈길 속을 공허의 무거운 짐을 지고 이른바 인생 길을 걸어가려 해도 그녀로서는 이제 그것도 불가능하였다. 그녀는 내가 부여한 진실─사랑 없는 사람들에 에워싸여 죽을 운명이 점지되어 있었던 것이다."[97] '엄한 성화와 차가운 눈길'의 거대한 힘의 존재 앞에서, 즉 '사랑 없는 사람들에 에워싸여' 자군은 그 공허의 무거운 짐을 견디지 못하고 죽음으로 달려간 것이다.

그런데 자군의 죽음을 딛고 일어서려는 연생은 새로운 전진을 모색한다. 그것은 닫힌 구조를 상징하는 '새장'에서 벗어나듯, 닫힌 구조를 깨려는 움직임이다. '광대한 공허와 죽음의 정적', '사랑 없이 죽는 자의 눈앞에 펼쳐진 암흑', '고민과 절망의 신음소리가 뚜렷이 들리는 듯한' 절망감(닫힌 구조) 속에서도 연생은 새로운 생명의 길을 찾아 나선다.

---

95) 『彷徨』, 앞의 책, pp.122~123.
96) 『彷徨』, 앞의 책, p.121.
97) 『彷徨』, 앞의 책, p.128.

나는 다시 또 새로운 것이 찾아오기를 기대하고 있었다. 뭐라 이름 붙일 수 없고, 예측할 수 없는 새로운 것이 찾아오기를. 그러나 하루하루 죽음의 정적 외에는 아무것도 없었다. …… 죽음의 정적은 이따금 저절로 진동하며 저절로 물러갈 때도 있었고, 그럴 때는 그 단속의 틈새에서 뭐라 이름할 수 없는, 예기치 않은 새로운 기대가 번뜩이기도 하였다.[98]

새로운 살길(生路)은 아직도 있고, 나는 그곳으로 내딛지 않으면 안 된다. 나는 살아 있으므로, 그러나 그 첫걸음을 어디서부터 내딛어야 할지를 나는 알 수 없는 것이다. 때로는 생명의 길이 회색의 큰 구렁이처럼 서리서리 이쪽을 향하여 기어오는 모양이 보이는 것 같기도 하여 가만히 기다려 보지만, 기다리고 기다려 이제 당도하는구나 생각하자마자 갑자기 어둠 속에 모습을 감추어버린다.[99]

새로운 살길로 첫발을 내딛지 않으면 안 된다. 진실을 마음의 상처 속에 깊이 간직하고 묵묵히 전진하리라. 망각과 거짓을 내 길잡이로 삼아서…….[100]

연생의 새로운 생명의 길(새로운 살길) 찾기는 魯迅 소설이 지향하는 암흑사회의 구조에 '단속의 틈새'를 여는 것으로 볼 수 있다. 이것은 魯迅이 자신의 역할을 '암흑의 수문을 어깨로 걸머지는' 것이라 했던 그 행위와 동일하다. 魯迅 소설 중에 지식인을 다루고 있는 작품에서 「상

---

98) 『彷徨』, 앞의 책, p.128.
99) 『彷徨』, 앞의 책, p.129.
100) 『彷徨』, 앞의 책, p.130.

서」는 이제 완결적 의미를 가진다. 애초에 魯迅 소설은 보이지 않는 거대한 힘의 존재와 그 속에 갇혀 있는 '영혼'들의 존재방식을 드러내는 것이었고, 그것은 닫힌 구조로서 암흑사회였다. 그러나 「상서」에 오면 그러한 닫힌 구조로서의 암흑사회는 열린 구조에의 가능성으로 나타난다. 물론 열린 구조에의 가능성도 '이제 당도하는구나 생각하자마자 갑자기 어둠 속에 모습을 감추어버리는' '번뜩이는 기대'에 지나지 않지만 말이다. 또한 그것은 지식인을 다루는 작품에서 발견되는 열린 구조에의 가능성이다. 魯迅은 「자선집자서(自選集自序)」에서 "그 후 『신청년』 진영은 산산이 깨졌다. 어떤 사람은 출세 길에 오르고, 어떤 자는 은퇴하고, 어떤 자는 전진하였다. 싸움의 진열 중간에서조차 이러한 변화가 있을 거라는 것을 나는 또다시 경험한 것이다. …… 새로운 전우는 어디에 있는가? 나는 이것을 좋지 않다고 생각했다. 그래서 이 시기의 11편의 작품을 모아서 책으로 낼 때는 『방황』이라 이름하였다."101)라고 하였다. 魯迅은 처음 『방황』의 제목을 '새로운 전우는 어디에 있는가?'라고 할 작정이었다. '새로운 전우'란 魯迅이 변혁의 담당자로서 희망을 걸 수 있는 변혁의 주체일 텐데, 魯迅은 바로 이러한 '새로운 전우'의 가능성으로서 지식인을 생각하고 있었다. 魯迅 소설에서 그것은 연생의 새로운 전진에서 보듯 암흑사회의 구조를 깨는, 열린 구조에의 가능성으로 변형되어 나타난 것이다.

(6) 일반민중의 비극성

魯迅이 「아Q정전」의 러시아어 번역본을 위해 쓴 서문에 다시 한번

---

101) 「自選集自序」, 『南腔北調集』, 『魯迅全集(4)』, p.456.

주목할 필요가 있다. 서문은 1925년 6월 15일에 발표되었는데, 이 때
『납함』은 이미 출판되어 있었고(1923년 8월에 초판이 나옴), 『방황』의 11
편 중 「축복(祝福)」, 「술집에서」, 「행복한 가정」, 「비누」, 「장명등(長明
燈)」, 「조리돌림(示衆)」, 「고선생」등 7편이 이미 씌어졌다. 그렇다면 서
문은 『납함』·『방황』에 대한 魯迅 자신의 압축적인 비평으로 보아도 좋
을 것이다. 특히 '백성(百姓)'·'인민(人民)'의 '침묵하는 국민의 영혼'과
관련된 작품은 『납함』·『방황』 중에서 최후의 작품인 「이혼」을 제외하
고 이 때까지 모두 씌어졌기 때문에 서문은 일반민중(백성·인민)102)을
다루는 작품을 이해하는 데 크게 도움이 된다. 서문이 발표된 이후에
씌어진 작품으로는 「고독자」, 「상서」, 「형제」, 「이혼」 등 4편이 있지
만, 「이혼」을 제외한 나머지 3편은 모두 지식인과 관련된 작품이므로
일반민중의 비극성과 관련하여 서문의 의미는 매우 특별하다.

　　우리의 옛 사람들은 또 가공할 만큼 난해한 일종의 덩어리 문자(한자는
　한 글자가 한 덩어리로 되어 있음—인용자)를 만들어내었다. 그러나 나는
　그래도 크게 원망하지는 않는다. 왜냐하면 그들이 고의로 한 것은 아니라고
　생각하기 때문이다. 그렇지만 많은 사람들은 이것에 의지하여 대화를 나눌
　수가 없으며, 게다가 옛 사람들의 가르침이 축조해놓은 높은 담이 더욱더
　사람들에게 감히 사고할 수조차 없게 만들어 놓았다. 지금 우리가 들을 수
　있는 것들은 몇몇 성인들 제자들이 그들 자신을 위해 만들어 놓은 견해와

---

102) 魯迅은 1925년 전후까지 '백성(百姓)'과 '인민(人民)'이라는 말을 자주 사용하였고, 1927
　년에 이르면 '노동자(工人)'와 '농민(農民)'이라는 말을 자주 사용했다. 여기서는 지식인(讀
　書人)을 포함하는 봉건 지배층과 구별하여 일반민중이라는 말을 사용하기로 한다. 물론 魯
　迅이 '백성' 또는 '인민'이라고 할 때 거기에는 지식인도 포함되지만 魯迅이 '성인의 제
　자'와 구별하여 '백성' 또는 '인민'이라는 말을 사용하고 있으므로 지식인을 포함하는 봉건
　지배층과 구분된다는 점에서 일반민중이라는 말을 사용한다.

규칙에 지나지 않는다. 백성들은 오히려 묵묵히 태어나 살아가면서 마치 바위 밑에 깔린 풀처럼 누렇게 떠 말라 죽어간다. 그런지가 벌써 4천 년이 흘렀다.

침묵하는 이러한 국민의 영혼을 그려내기란 중국에서는 실로 어려운 일이다. 왜냐하면 이미 말한 바와 같이 우리는 도대체 혁신을 아직 거치지 않은 오래된 나라의 인민들이며, 그래서 여전히 서로가 마음이 통하지 않고 또한 자신의 손조차도 자신의 발을 이해하지 못하는 듯하기 때문이다. 나는 애써 사람들의 영혼을 모색하려 했으나 언제나 간극이 가로놓여 있음을 스스로 유감으로 느낀다. 장래에는 높은 담 안에 갇혀 있는 모든 사람들이 틀림없이 스스로 각성하여 밖으로 나와 입을 열게 되겠지만, 지금은 아직 극소수이다. 그래서 나도 내 자신이 느끼고 관찰한 바에 의지하여 내 눈을 통과한 중국인들의 인생 바로 그것을 외롭게나마 묘사할 수밖에 없다.[103]

위 인용문에서 魯迅은 '백성들은 오히려 묵묵히 태어나 살아가면서 마치 바위 밑에 깔린 풀처럼 누렇게 떠 말라죽어 가'며, '그런지가 벌써 4천 년이 흘렀다'라고 했다. 물론 이런 상태에 이른 것은 '몇몇 성인들 제자들이 그들 자신을 위해 만들어 놓은 견해와 규칙' 때문임을 글의 문맥상 어렵지 않게 파악할 수 있다. 그리고 魯迅 소설은 '침묵하는 국민의 영혼'을 그리는 것이며, 그것은 '높은 담 안에 갇혀 있는 모든 사람들이 틀림없이 스스로 각성하여 밖으로 나와 입을 열게' 되기를 바라는 마음에서 비롯되었음도 어렵지 않게 파악할 수 있다. 그렇다면 魯迅의 '눈을 통과한 중국인들의 인생'이 어떠한 것인지 해명되면 魯迅이 언급

---

103) 「俄文譯本 『阿Q正傳』序及著者自敍傳略」, 『集外集』, 『魯迅全集(7)』, pp.81~82.

한 4천 년이나 지속되어 온, '마치 바위 밑에 깔린 풀처럼 누렇게 떠 말라죽어 가는' '침묵하는 국민의 영혼'이 고스란히 드러날 것이다.

魯迅 소설에서 '성인들 제자들'이 아닌 '백성' 또는 '인민'으로서의 일반민중을 다루고 있는 작품으로는 「약」, 「내일」, 「풍파」, 「고향」, 「축복」, 「조리돌림」, 「이혼」등을 들 수 있다. 지식인을 다루고 있는 작품이라 하더라도 거기에 일반민중의 '침묵하는 국민의 영혼'이 묘사되고 있음은 물론이다. 「술집에서」의 여위보가 빨간 빌로드의 머리장식 조화(造花)를 선물하려 했던, 장부(長富)라는 뱃사공의 딸 아순(阿順)의 죽음은 그러한 예에 해당한다. 「장명등」은 '미치광이'가 길광둔(吉光屯) 사당의 장명등을 끄려한다는 내용으로 「광인일기」의 모티프와 비슷하며, '미치광이'는 지주의 아들이므로 일반민중이라 하기 어렵고, 그의 발광을 생각할 때 오히려 신지식인으로 분류할 수도 있을 것이다. 「조리돌림」은 중심인물이 존재하지 않고 중국인 일반을 문제삼고 있는데, 魯迅이 일본유학시기에 경험했던 환등사건을 새롭게 재구성한 것으로 볼 수 있다. 따라서 여기서는 「약」, 「내일」, 「풍파」, 「고향」, 「축복」, 「이혼」을 중심으로 일반민중의 비극성을 분석하고자 한다.

「약」은 다관(茶館)을 운영하는 화로전(華老栓)이 폐병을 앓고 있는 아들 화소전(華小栓)에게 혁명을 하려다 체포되어 처형당한 하유(夏瑜)의 피가 묻은 만두를 가져와 먹였지만 효험을 보지 못하고 아이가 죽고 만다는 줄거리를 가지고 있다.

어두운 새벽에 처형장 가까이 가서 은화를 주고 바꾸어온 피 묻은 만두를 화로전은 화대마(華大媽)와 함께 정성껏 익혀서 화소전에게 먹인다.

"먹어라, 병이 나을 테니."

소전은 그 검은 것을 들고 잠시 바라보고 있었다. 자기 생명을 손에 들고 있는 듯한, 뭐라 말할 수 없는 기묘한 기분이었다. 흠칫흠칫하면서 두 쪽으로 나누자 검게 탄 껍질 속에서 더운 김이 훅 솟았고, 더운 김이 사라지자 그것은 반쪽으로 나눈 두 개의 밀가루 만두였다. 이윽고 모두 뱃속에 집어넣었으나 어떤 맛이었는지 아무 생각도 나지 않았다. 눈앞에는 빈 접시만 남아 있었다. 그의 곁에는 한 편에 아버지, 다른 편에 어머니가 서 있었다. 두 사람의 시선이 마치 그의 몸에다 무엇인가를 부어넣고, 다시 무엇인가를 꺼내려는 듯이 그를 향하고 있는 것을 보자, 모르는 결에 가슴이 두근거려 그는 가슴을 누르며 다시금 한동안 기침을 하였다.

"조금 자거라, 그러면 나을 거야."[104]

소전이 먹은 피의 주인공이 혁명가 하유라는 것은 다관에 나타난 강대숙(康大叔)과 손님의 대화에서 밝혀진다.

"강대숙, 오늘 처형된 죄인은 하가(夏家)네 아들이었다던데. 누구 아들인고? 그리고 무슨 사건으로?"

"누구 아들? 그야 하가의 넷째 할머니의 아들이지. 그 젊은 애" 강대숙은 모두가 귀를 기울이고 있는 것을 보자 저으기 기분이 좋아져서, 안면의 군살을 흔들면서 더욱더 소리를 높였다. "그 녀석, 목숨도 필요 없대. 필요 없다면 할 수 없지. 하지만 이번 사건으로 나는 아무 덕본 일도 없어. 벗겨낸 옷가지까지 옥문지기인 빨간 눈 아의(阿義)가 빼앗아갔고 말이지. 제일 덕본 사람은 뭐니뭐니 해도 이집 노전(老栓)이지. 두 번째는 하가의 셋째 나으리이고, 은화

---

104) 『吶喊』, 『魯迅全集(1)』, p.443.

스무 닷 냥, 새하얀 은으로 상을 받았어. 한푼도 쓰지 않고 고스란히 제 주머
니에 넣어버렸지."[105]

혁명가 하유에 대한 주위 사람들의 반응은 당시 혁명에 대한 일반민
중의 반응으로 확대 해석할 수 있다. 이것은 신해혁명 과정에서 魯迅
이 직접 체험한 것이었다. 魯迅은 문언소설 「그리운 옛날」에서 이미
혁명(장발적의 소동)에 대한 일반민중의 반응을 문제삼았기 때문이다.
강대숙은 "그 죽은 놈도 그렇지, 옥에 갇혀서까지 옥문지기에게 모반
을 충동질하였으니"[106]라고 하였는데, 하유의 모반은, 강대숙이 전한
"대청제국(大淸帝國)의 천하는 우리 모두의 것"이라고 한 하유의 말을
통해 볼 때 공화혁명인 신해혁명을 가리킨다. 그렇다면 이 공화혁명을
꿈꾼 혁명가 하유의 피가 소전(小栓)에게 전달되었던 것이다. 그러나
"나을 게 틀림없지. 여느 물건과는 다르니까. 게다가 이 사람, 뜨거울
때 가져와서 뜨거울 때 먹었을 테니 말이야"라고 군살 투성이의 강대숙
이 근거 없는 희망을 주었으나, 그 뜨거운 혁명가의 피도 효험이 없어
소전은 죽고 말았다. "그(小栓)의 몸에다 무엇인가(피)를 부어넣고, 다
시 무엇인가(생명)를 꺼내려" 했지만 그것은 부질없는 짓이었다. 魯迅
은 이 작품 첫머리에서 화로전이 어두운 새벽에 만두를 사러갔을 때,
불끄진 초롱의 종이를 찢어서 피 묻은 만두를 쌌다고 했는데, 불꺼진
초롱의 찢어진 종이는 이미 소전의 죽음을 예감할 수 있는 상징적 장
치로 보인다.
　　표면적으로 보면 魯迅은 이 작품에서 사람의 피 묻은 만두가 폐병에

---

105) 『吶喊』, 앞의 책, p.445.
106) 『吶喊』, 앞의 책, p.445.

효험이 있다는 봉건적 민간요법의 무근거성을 문제삼고 있다. 봉건적 민간요법을 맹신하는 중국인들의 몽매를 형상화하고 있는 것이다. 魯迅은『납함』의 「내일」에서 봉건적 한방치료법과 선사 아주머니의 무식함이 결국 아들 보아(寶兒)를 죽게 만들었다는 점을 묘사하였고, 『방황』의 「형제」에서도 한방치료가 전혀 도움이 되지 않는다는 점을 비판적으로 묘사했다. 이는 魯迅의 어릴 때의 체험과 관련이 있다. 魯迅은 아버지의 병을 치료하기 위해 전당포와 약방을 드나들었으나 아무런 효험이 없어 결국 아버지가 죽게 된 경험이 있었다. 약을 처방한 사람이 유명한 의원이었지만 그 처방이 "겨울의 갈대 뿌리, 3년 서리맞은 사탕수수, 교접하고 있는 상태의 귀뚜라미……" 등등 무의미한 것이었으므로 "아버지의 병세는 날로 깊어 마침내 세상을 뜨고 말았던" 것이다.107) 魯迅이 일본유학시기에 의학을 전공하기로 결정한 이유 중의 하나가 "졸업하고 고국으로 돌아가면, 아버지같이 그릇된 치료를 받고 있는 병자의 괴로움을 구해주리라"108)라고 다짐했기 때문인데, 봉건적 민간요법 또는 한방치료에 대한 魯迅의 비판적 형상화가 몇몇 작품 속에 드러나는 것은 당연한 일인지도 모른다.

「내일」의 선사 아주머니는 무식한 여자였으므로 이 '설마'라는 말의 무서움을 몰랐으며 많은 나쁜 일이 그 말 덕택으로 좋게 될 때도 물론 있지만, 허다한 좋은 일이 그 말 때문에 나쁘게 된다는 것을 그녀는 알지 못했다. 그래서 "엄마, 아빠 만두 팔았지? 나 크면 만두 팔겠어. 많이 팔아서 돈 많이 벌어서 엄마한테 다 줄 거야"라고 말했던 자기 생명과도 같은 보아가 병이 났을 때, 재수점괘도 뽑아보았고 원(願)도 걸었

---

107) 「自序」, 『吶喊』, 『魯迅全集(1)』, p.415 참조.
108) 「自序」, 앞의 책, p.416.

고 약도 먹였으나 효험이 없자 선사 아주머니는 다른 방도를 생각하지
않을 수 없었다.

"선생님, 우리 아기가 무슨 병인가요?"

"중초(中焦)가 막혔소"

"괜찮을까요? 우리 아기가……"

"한두 첩 써보시오"

"우리 아기가 숨이 가쁘고, 코구멍이 씰룩씰룩 열렸다 닫혔다 하는데요"

"화(火, 간)가 금(金, 폐)을 이긴다(剋) 말이지요?"

하소선(何小仙)은 반절까지 말하고는 눈을 감았다. 선사 아주머니는 그 이
상 묻는 것이 나쁠 것같이 생각되었다. 하소선의 맞은 편에 앉아 있는 30세
남짓한 사내는 이미 약처방전을 다 쓰고 있었는데, 이 때 약처방전에 쓴 글자
를 가리키며 말하였다.

"이 제일미보영활명환(第一味保嬰活命丸)은 가(賈)씨네의 제세노점(濟世老
店)에만 있어요."[109]

선사 아주머니의 노력에도 불구하고 의원의 약처방도 전혀 효과가 없
어 보이는 마침내 집으로 돌아오는 도중에 죽고 말았다. 「약」이 1919
년 4월에 씌어졌고 그 다음 작품으로 1년 뒤인 1920년 6월에 「내일」이
씌어졌는데, 1년을 격하고 魯迅은 「약」에 이어 「내일」에서 다시 한번
봉건적 치료법의 폐해를 문제삼고 있다. 따라서 魯迅은 「약」에서 일차
적으로, 피 묻은 만두가 폐병에 효험이 있다는 봉건적 민간요법의 폐해
를 환기시키기 위한 계몽적 의도를 가지고 있었던 것이다.

---

109) 『吶喊』, 앞의 책, pp.451~452.

이 점도 「약」이 담고 있는 의미임에는 틀림없다. 그러나 더욱 중요한 것은 혁명가 하유의 죽음과 소전의 죽음과 관련된 것이다. 혁명가 하유의 생명의 〈피〉가 화로전과 화대마라는 일반민중의 〈몽매〉를 매개로 어린아이 소전에게 전달되었지만 효험을 보지 못하고 소전은 죽고 만다. 「아Q정전」의 러시아어 번역본 서문의 앞 인용문에서 魯迅이 언급한 '높은 담'이란 일반민중의 몽매와 그들의 마비된 의식 바로 그것이다. 소통을 불가능하게 만드는 이 높은 담으로 말미암아 혁명가 하유의 생명의 피가, 「광인일기」에서 魯迅이 '아이를 구하자'라고 외쳤던 바, 바로 그 아이인 소전에게 전달되었지만 소전은 새 생명으로 살아나지 못한 것이다. 어쩌면 "사람의 고기를 먹지 않은 아이가 혹시 있을까? 아이를 구하자"라고 魯迅이 외쳤지만, 소전은 이미 사람의 고기(피)를 먹어버린 것이다. 「광인일기」의 광인이 스스로 자기도 모르는 사이에 자신의 여동생의 고기를 먹었을지도 모른다고 했듯이 소전은 자신도 모르는 사이에 사람의 고기(피)를 먹었으며, 죽음으로 귀결될 수밖에 없는 운명에 놓여 있었다. 결국 소전은 부모(사회구조)를 통해(사회화) '식인'의 역사에 참여한(구조의 재생산) 것이다. 중국사회의 비극성의 근원이 바로 여기에 있다는 魯迅의 심각한 사유의 소설적 형상화이다.

하유의 죽음과 소전의 죽음 사이에는 〈몽매〉(마비된 의식)라는 뛰어넘을 수 없는 높은 담이 가로놓여 있어 이미 대화는 단절되어 있다. '높은 담 안에 갇혀 있는 모든 사람들이 틀림없이 스스로 각성하여 밖으로 나와 입을 열게' 될 때는 요원하다. 魯迅이 '지금은 아직 극소수이다'라고 했을 때 그 극소수란 하유의 외침으로 이해되는 것도 이 때문이다.

하유의 죽음과 소전의 죽음 사이에 가로놓여 있는 높은 담을, 魯迅은 하유의 무덤과 소전의 무덤 사이에 '작은 길(小路)'을 설정함으로써 다시 한번 상징적 수법으로 처리한다.

> 중간을 가로지른 꾸불꾸불한 작은 길은 지름길로 가려는 사람들의 발걸음
> 으로 어느덧 길이 되어 자연스럽게 경계를 이루고 있었다. 그 길 왼편은 모두
> 사형이나 옥살이로 목숨을 잃은 사람들이 묻혀 있었으며, 오른편은 가난한
> 사람들의 공동묘지로 되어 있었다. 양쪽 다 이미 무덤들이 가득 들어차, 마치
> 부잣집 생일 잔치상에 만두110)를 쌓아놓은 듯했다. …… 그 무덤(하유의 무덤
> ―인용자)과 소전의 무덤은 한 일 자로 줄지어 있었고, 그 사이에는 작은
> 길이 가로질러 있었다.111)

하유의 무덤과 소전의 무덤 사이에 난 '작은 길'은 표면적으로는 '작
은' 길이지만, 그것은 魯迅이 산문적 진술로 표현한 뛰어넘을 수 없는
높은 담을 상징적으로 보여준다. 물론 소전의 어머니 화대마가 '작은
길'을 건너 하유의 어머니에게로 다가감으로써 뛰어넘을 수 없는 높은
담은 넘나들며 대화할 수 있는 소통의 가능성으로 제시된다. 그러나 魯
迅은 「납함·자서」에서 "나는 이따금 멋대로 곡필을 희롱하여 「약」의
주인공 유아의 무덤에는 이유 없는 화환을 바쳤으며……"라고 하였으
므로, 두 무덤과 그 사이에 난 '작은 길'의 설정은 상당히 의도적인 것으
로 보이며, 소통의 가능성으로 제시된 소전의 어머니와 하유의 어머니
의 상면은 작가의 의도된 '희망'의 표현으로 보인다. 그러므로 '작은 길'
을 뛰어넘어 대화할 수 있는, 소통의 가능성으로 제시된 '희망'은 〈소설
가〉로서 魯迅의 현실인식에서 비롯된 것이 아니라, 현실인식으로부터

---

110) 魯迅은 무덤을 '만두'에 비유하고 있는데, 소전(小栓)이 먹은 피묻은 만두를 생각하면,
　　만두는 소전의 죽음(무덤)을 상징한다고도 볼 수 있다.
111) 『吶喊』, 『魯迅全集(1)』, pp.446~447.

유래하는 자신의 '적막'(암흑사회의 구조)을 '달콤한 꿈을 꾸고 있는 청년
들에게 전염시키고 싶지 않았던'〈계몽가〉로서 魯迅의 의도된 장치이
다. 이 점을 두고 魯迅 소설이 '희망'을 제시하고 있다고 생각해서는 안
된다. 魯迅 소설에서 묘사되고 있는 '희망'은 다분히 전략적인 의미를
띠고 있는 것이다.

앞서 「그리운 옛날」이 「풍파」의 모티프와 비슷하다고 했다. 「풍파」
는 천자가 보위에 올랐다는 소문에 변발이 없는 칠근(七斤)의 가정에
한바탕 소동이 일어나고 다시 평온을 되찾는다는 줄거리이다. 천자가
보위에 올랐다는 소문은 신해혁명 이후 袁世凱의 칭제(稱帝)와 張勳의
복벽(復辟)운동과 관련되어 있다. 변발의 문제는 「머리털 이야기」에서
도 형상화되어 있거니와 魯迅이 직접 체험한 바 있었다. 그 체험을 통
해 魯迅은 봉건이데올로기의 구체적인 상징인 변발을 마비된 중국인의
영혼(정신)의 한 표현형식으로 이해했다.

변발이 없는 칠근에 대해 위협을 가한 인물은 학문이 다소 있고 유로
(遺老)같은 냄새를 풍기는 조칠(趙七) 영감이었다. 그는 金聖歎의 비평
본(批評本) 『삼국지』를 10여 권이나 가지고 있으며 '오호장(五虎將)'의
이름을 말할 수 있을 뿐 아니라, 황충(黃忠)의 자가 한근(漢斤)이며, 마
초(馬超)의 자가 맹기(孟起)라는 것도 알고 있는, 혁명 후에는 변발을 머
리 위에 말아 올리고 있던 인물이다. 봉건이데올로기의 구체적 상징인
변발을 머리 위에 둘둘 감고 있다는 묘사는 조칠 영감이 전통을 고수하
는 인물임을 외형적으로 보여준다. 이러한 조칠 영감은 칠근댁(七斤嫂)
에게 위협을 가한다. "그런데, 자네 집 칠근의 변발은 어떻게 된 거야,
변발은? 이게 요긴한 거야. 자네들도 알고 있겠지, 장발적(長毛)의 난
당시에, 모발이 있으면 목이 없고, 목이 있으면 모발은 없도다……",

"별 수 없지. 변발이 없으면 어떤 죄에 해당되는지 책에 버젓이 조목조목 적혀 있으니 말이야. 가족이 있든 없든 그런 건 상관없어."112) 조칠 영감의 이러한 위협에 대해 칠근댁은 학문이 있는 조칠 영감이 그렇게 말한 것으로 보아 사태는 극히 심각하여 이미 돌이킬 수 없으리라 생각했으며, 사형선고라도 받은 듯한 느낌을 받았다. 특히 책에 적혀 있다는 조칠 영감의 말을 듣고 칠근댁은 완전히 절망하고 만다. 그래서 칠근댁은 변발이 없는 남편 칠근에게 소리를 질러댄다.

> "이 웬수야. 자업자득이야. 그래서 내가 혁명 소동(造反)이 일어났을 때 말하지 않았어. 배를 젓지 말라고, 성안에 가지 말라고 말이야. 그런데 이 웬수가 기어코 성안으로 가겠다 하고서는 성안으로 가더니, 성안에 가자마자 변발을 잘려버리지 않았느냐 말이야. 윤기 나는 새까만 변발이었는데, 지금은 중도 아니고 도사도 아니야. 이 죄인은 자업자득이라 치더라도 딸린 우리 식구들은 어떻게 될꼬. 이 웬수놈의 죄 덩어리야……"113)

칠근댁은 칠근의 목숨이 부지될 수 없으리라 단정하였고 며칠 간 집안의 공기는 침울하였으며, 마을 사람들도 칠근을 경원하는 편이었고 성안의 소식을 들으러 찾아오는 사람도 없었다.

그러나 조칠 영감이 다시 변발을 말아 올리고, 천자가 보위에 올랐다는 소문이 근거 없는 것으로 판명 나자 칠근의 집안도 다시 평온을 되찾게 된다. ① 천자가 보위에 올랐다는 소문과 조칠 영감의 위협 → ② 칠근댁의 분노와 절망감 → ③ 소문이 거짓이었음이 판명 나고 다시

---

112) 『呐喊』, 앞의 책, p.471.
113) 『呐喊』, 앞의 책, pp.471~472.

예전의 모습대로 평온을 되찾음으로 이어지는 「풍파」의 줄거리는 문언
소설 「그리운 옛날」의 장발적의 소동과 비슷한 모티프를 가지고 있다.
「그리운 옛날」은 '혁명에 대한 구지식인의 반응'을 묘사하고 있고 「풍
파」는 '복벽에 대한 일반민중의 반응'을 묘사하고 있어 주제 면에서 「풍
파」는 「그리운 옛날」과 거울처럼 대응하는 일면이 있다. 그렇다면 魯
迅이 「풍파」에서 다루고자한 것은 중국인의 국민성이다. 칠근, 칠근
댁, 마을사람들과 같은 일반민중의 마비된 정신세계가 문제된다. 몇
가지 문자나 쓰는 조칠 영감의 말을 진실로 받아들이고 책에 조목조목
적혀있다는 말에 절망하고 마는 칠근댁의 마비된 의식, 조칠 영감의
말을 듣고 보인 마을사람들의 반응, 소설 사이사이에 끼여 있는 구근
(九斤) 할머니의 "대를 내려올수록 나빠진다(一代不如一代)"라는 불평 등
등은 모두 魯迅이 드러내고자 한 중국인의 국민성 바로 그것이다. 특
히 마비된 의식의 절정은 이러한 풍파가 일어났음에도 불구하고 노진
(魯鎭)의 강촌은 아무런 변함 없이 원점으로 회귀하고 만다는 점이다.

　이제 칠근은 칠근댁이나 마을 사람들한테서도 상당한 존경과 상당한 대우
를 받는 몸이 되어 있었다. 여름이 되자, 그들은 여전히 자기 집 앞마당에서
밥을 먹었다. 사람들은 얼굴을 마주하면, 미소를 지으며 인사를 나눈다. 구근
할머니는 이미 80세의 잔치를 마쳤지만, 여전히 불평이 많고 건강하였다. 육
근(六斤)의 쌍뿔머리도 이제는 한 가닥의 큰 변발로 변하고 있었다. 그녀는
요즈음 전족(纏足)을 시작하였으나 칠근댁을 도와 집안 일을 할 수 있었고,
열 여섯 개의 구리 못으로 때운 주발을 안고 마당을 뒤뚱뒤뚱 걸어다니고
있었다.114)

---

114) 『吶喊』, 앞의 책, p.475.

한바탕 풍파는 사라지고 육근의 쌍뿔머리가 '한 가닥의 큰 변발로 변하였'듯이 중국사회는 원점으로 회귀하고 말았다. 이러한 원점으로의 회귀가 변함 없는 중국사회의 비극성이다.

「축복」은 소설 속의 '내'가 세모에 고향인 노진(魯鎭)을 방문하게 되었을 때 옛날 '나'의 사숙어른 집에서 일하던 상림댁(祥林嫂)을 만났고, 노진에서 중요한 행사의 하나로 경건하게 축신(福神)을 맞이하여 다가오는 일년 동안의 행운을 비는 '축복(祝福)'이 있던 섣달 그믐날 밤 상림댁이 객사하였으며, 그로 인해 '내'가 상림댁의 과거를 회상하는 내용이다. 이 작품의 중심은 상림댁의 과거 이야기이다. 상림댁이 실성하게 되는 과정 그리고 죽음에 이르게 되는 과정이 중심적 내용이다.

26, 7세의 나이로 처음 사숙어른 집에 왔을 때, 용모도 무던하고 수족도 튼튼하였고, 눈을 아래로 깔고 말수도 적고 참을성이 있어 부지런히 일을 잘 했던 상림댁은 '내'가 이번에 만났을 때 거지꼴로 변해 있었다.

　　5년 전에는 희끗희끗하던 머리가 이제는 완전히 하얗게 되어 있어서 도저히 사십 전후로는 보이지 않았다. 얼굴은 야위고 핏기 없는 거무충충한 빛이었으며, 옛날에 볼 수 있었던 슬픔의 빛조차도 이제는 사라져 버리고 흡사 목각(木刻)과도 같았으며, 이따금 눈동자가 움직이는 것으로 겨우 살아 있다는 것을 알 수 있을 정도로 변해 있었다. …… 그녀는 분명 거지꼴이었다.[115]

거지꼴이 되어버린 '목각(木刻)'과도 같은 상림댁은 처음 열살 아래의

---

115) 『彷徨』, 『魯迅全集(2)』, p.6.

나무꾼에게 시집갔으나 남편이 죽자, 위(衛)노파의 소개로 사숙집에서 일하게 되었다. 사숙집에서 열심히 일을 하였으나 어느 날 상림댁 시가의 큰아버지가 그녀를 데리러 왔고 그때까지 상림댁의 급료는 고스란히 시어머니에게 전달되었다. 그리고 상림댁은 본인의 의사와 관계없이 다시 팔려서 하가오(賀家墺)의 하노육(賀老六)에게 개가하지 않으면 안되었다.

　　"승낙이고 뭐고 있습니까. 좀 소동을 부리는 것이야 누구라도 할 수 있는 일이지만, 새끼로 꽁꽁 묶어 가마에 태우고, 신랑집에 메고 가서, 족두리 씌우고 절을 시키고 그런 뒤에 방문을 닫아버리면 그걸로 끝이지요. 하기야 상림댁은 유별나서 소동이 예사롭지 않았던 모양이지만 말입니다. …… 가마에서 끌어내어 남자 두 사람과 시동생이 힘껏 머리를 눌렀는데도 절을 시키지 못했다더군요. 게다가 잠시 방심하여 손을 풀었더니, 이 무슨 꼴이래요, 글세 갑자기 제단 모서리에 머리를 부딪쳤대요. 머리에 크게 구멍이 뚫리고 빨간 피가 펑펑 쏟아졌는데, 허둥지둥 향을 태운 재를 발라주고 빨간 천으로 둘둘 감아줬는데도 유혈이 그치지 않았데요. 그러고 나서 모두 달려들어 손발을 붙들어다 신랑과 두 사람을 간신히 방안에 가두었는데도, 계속 고함을 지르며 야단을 피웠다니, 정말, 글세……" 여기까지 말하고 그녀(위노파―인용자)는 눈을 내리깔며 입을 다물었다.

　　"그리고는 어찌되었나?" 숙모가 다그쳤다.

　　"다음날도 기동을 하지 않았데요" 내리깐 눈을 치키며 말을 이었다.

　　"그리고는?"

　　"그리고는―기동을 했지요. 그 해 세모에는 아이를 낳았지요, 아들을요. 해가 바뀌니 두 살이지요. 며칠 동안 친정에 있을 때 하가오(賀家墺)에 갔다온 사람이 있었는데, 그 사람 말로는 모자를 만나봤더니 어미도 몸이 붇고 아이도 토실토실 하더래요. 잔소리하는 시어미도 없고, 서방은 근력이 좋아 일 잘하고, 게다가 집도 제 차지니. 정말, 복이 틔었지요."116)

이러한 상림댁의 복도 오래 지속되지 못하고 개가한 남편이 염병에 걸려 병사하고 자신이 낳은 아모(阿毛)가 늑대에게 물려 죽고 만다. 또 본가의 시숙이라는 자가 상림댁의 집을 차지하고 상림댁을 내쫓음으로써 외톨이가 된 상림댁은 다시 위노파의 소개로 사숙집에 오게 되었다. 그러나 이젠 예전과 달리 그녀는 전혀 딴사람이 되어 있었다. 그녀의 움직임이 예전같이 민첩하지 않았고 기억력도 나쁘고 얼굴은 무표정하여 웃음의 그림자도 보이지 않게 되었다. 그리하여 상림댁은 늑대에 물려 죽은 아들 아모의 이야기로 주위 사람들로부터 동정을 사려 하지만 아모의 이야기도 거듭되면서 주위 사람들로부터 냉대를 받게 된다. 이러한 냉대 속에서 상림댁은 서서히 실성의 단계에 이르고 개가할 때 생겨난 머리의 상처까지 놀림감이 되고 말았다.

상림댁은 하루종일 입을 다물고, 남들이 치욕의 낙인으로 생각하는 상처를 이마에 얹은 채 말없이 심부름과 청소와 채소 씻기와 쌀 씻기에 정성을 다하였지만, 이미 상림댁은 개가한 몸으로 유가의 법도를 어겼으므로 제사 때 손을 댄다는 것은 있을 수 없는 일이었다.

"관 둬. 상림댁!" 숙모는 황급히 큰 소리로 말하였다.

침이라도 맞은 듯 얼른 손을 움츠리며 금새 얼굴에 핏기가 가시었다. 이제는 촛대를 가지러 가려 하지 않고 실신한 듯이 서 있었다. 이윽고 사숙께서

116) 『彷徨』, 앞의 책, p.14.

향에 불을 붙일 때가 되어 나가라는 말을 듣고서 밖으로 나갔다. 이번에는 그녀의 변화가 유달리 컸다. 다음날에는 눈두렁이 움푹 들어갔을 뿐 아니라 거의 기력을 잃었다. 게다가 매우 겁이 많아지고, 어두운 밤이거나 검은 그림자에도 놀랄 뿐 아니라 사람한테도 겁에 질리고, 자기 주인에 대해서도 마치 대낮에 구멍에서 끌려나온 쥐새끼처럼 벌벌 떨었다. 그렇지 않을 때는 나무 인형처럼 멍하니 앉아 있었다. 반년도 채 지나지 않았는데도 흰머리가 섞이기 시작하였고, 건망증이 심해져서 자주 쌀 씻는 일조차 잊어먹을 정도였다.117)

이제 상림댁은 실성한 사람(정신이상자)이 되었고 그 후 사숙집에서 쫓겨났으며 '내'가 노진을 방문하였을 때는 이미 거지꼴이 되어 있었다. 그리고 섣달 그믐날 밤 한참 '축복'의 행사가 있을 즈음 상림댁은 객사체로 발견되었다.

이렇게 죽음에 이르는 상림댁의 철저한 파멸은 상림댁을 둘러싸고 있는 보이지 않는 거대한 힘의 존재 때문임은 물론이다. 魯迅은 「축복」에서 단순히 상림댁의 기구한 운명을 말하고 있는 것이 아니라 그의 운명을 좌우하는 보이지 않는 거대한 힘의 존재, 다시 말하면 결혼과 관련된 중국여성이 짊어지고 가야할 봉건적 억압기제를 다루고 있는 것이다. 중국 여성이 짊어지고 가야할 봉건적 억압기제에 대해서 魯迅은 이미 「내 절열관」에서 비판적으로 지적하였던 터였다. 상림댁에 대한 시댁의 핍박, 개가와 관련된 사회적 통념 등등 봉건적 억압기제가 결국 상림댁을 정신이상자로 몰아갔고, '내'가 다시 노진을 방문했을 때 상림

---

117) 『彷徨』, 앞의 책, pp.20~21.

댁은 거지꼴이 되어 있었으며, 마침내 죽음을 선택하지 않을 수 없었다. 상림댁이 보이지 않는 거대한 힘의 존재로부터 아무리 벗어나려고 노력해도 그것은 거의 불가능하다는 그런 비극성, 그것이 중국사회의 암흑이다. 또한 하가오에 개가하였을 때 "그리고는―기동을 했지요"라는 위노파의 설명처럼 상림댁의 저항이라는 것도 무위로 끝나고 마는, 각성하지 못한 일반민중의 마비된 의식은 魯迅이 이 작품에서 반복적으로 사용하고 있는 '목각(木刻)'·'목우인(木偶人)'의 비유에서 드러나듯, 일반민중의 정신구조의 비극성을 보여준다. 따라서 「축복」은 봉건 이데올로기의 보이지 않는 거대한 힘의 존재와 그에 맞서 저항할 수 없는 마비된 중국인의 정신세계가 교직하여 만들어 놓은, 상림댁의 운명(죽음)으로 표상되는, 중국사회의 총체적 비극성을 형상화하고 있는 것이다.

『방황』에서 그려지고 있는 일반민중(상림댁)의 비극성은 이미 『납함』에서 윤토(閏土)의 운명을 통해 묘사되었다. 『납함』의 세계가 일정한 시간을 격하여 『방황』의 세계로 그대로 이어지고 있다면, 이는 어쩌면 중국인의 비극성이 더욱 심화되고 있다는 魯迅의 현실인식을 반영하고 있는지도 모른다. 왜냐하면 윤토의 운명보다 상림댁의 운명이 더욱 비극적이기 때문이다.

「고향」은 윤토의 운명을 그리고 있다. 「축복」과 마찬가지로 「고향」도 화자인 '내'가 고향인 노진(魯鎭)을 방문하여 예전에 천진하게 함께 놀았으나 어릴 때의 이상은 간데 없고 다만 생활고에 시달려 석상(石像)으로 변해버린 윤토를 만나게 되었다는 내용이다.

내가 온다는 말을 들은 윤토가 꼭 한 번 나를 만나고 싶어하더라는 어머니의 말을 듣고 나는 과거의 윤토를 떠올린다.

이 때 내 머리 속에는 갑자기 신비로운 화면이 펼쳐졌다. 짙푸른 하늘에 하나의 금빛 둥근 달이 떠 있었다. 그 아래는 해안의 모래밭인데, 온통 초록색 수박이 심어져 있었다. 그 사이에 열 한두 살의 한 소년이 서 있는데, 목에 은목걸이를 하고, 손에 쇠작살을 거머쥐고 한 마리의 '오소리(猹)'를 겨누어 힘껏 찔렀다. 그러자 '오소리'는 슬쩍 몸을 피하여 그의 가랑이 사이로 도망쳐버렸다. 이 소년이 윤토였다.118)

아아, 윤토의 가슴속에는 무궁무진한 신비가 가득 쌓여 있구나! 그것은 내 동무들 중의 아무도 알지 못하는 것들뿐이었다. 그 애들은 아무 것도 모른다. 윤토가 해변에 있을 때 그들은 나와 마찬가지로 뜰 안의 높은 벽에 둘러싸인 네모진 하늘만을 쳐다보고 있었던 것이다.119)

이러한 천진난만한 윤토는 내가 이번에 다시 만났을 때 그 모습이 예전과는 판이하게 달라 있었다.

찾아온 사람은 윤토였다. 첫눈에 보아도 그가 윤토임을 곧 알 수 있었으나, 내 기억 속의 윤토와는 자못 다른 모습이었다. 키는 배나 되었고, 옛날의 검붉은 둥근 얼굴은 이제는 회색으로 변해 있었고, 게다가 깊은 주름이 새겨져 있었다. 눈은 또한 자기 아버지처럼 가장 자리가 부어오른 듯 불그레하였다. 나는 알고 있었다. 해변에서 농사일을 하는 사람은 온종일 갯바람을 쐬어야 하는 탓으로 이렇게 되는 경우가 많다는 것을. 머리에는 털모자를 쓰고, 몸에는 매우 엷은 솜옷을 한 벌 입었을 뿐이어서 전신이 추위에 굳어 있었다.

---

118) 『吶喊』, 『魯迅全集(1)』, p.477.
119) 『吶喊』, 앞의 책, p.479.

손에는 종이 꾸러미 하나와 긴 담뱃대를 들고 있었다. 그 손도 내 기억 속에 있는 혈색 좋고 동글게 살이 오른 손이 아니라, 굵고 마디가 불거진, 게다가 갈라 터져 소나무 껍질 같은 손이었다.120)

이러한 윤토의 변화 속에서 '나'는 "우리 사이에 이미 슬퍼해야 할 두 터운 장벽이 놓여 있다는 것을 깨달았다."121) '내'가 느끼고 있는 '두터운 장벽'은 대화할 수 없는, 소통이 불가능한 장벽이며, 이미 魯迅이 산문적 진술로 밝혔던 그 뛰어넘을 수 없는 높은 장벽이다. "얼굴에는 숱한 주름이 새겨져 있었고, 그 주름은 조금도 움직이는 법이 없어 마치 석상과도 같은", "깊은 고통을 느끼고는 있으나 그것을 말로 표현할 재간이 없는 듯한" 윤토와 '나' 사이에는 세월이라는 시간적 간극으로 말미암아 높은 장벽이 가로놓여 있었다. 물론 세월이란 단순히 물리적 시간을 의미하는 것은 아니다. 중국사회가 가지고 있는 보이지 않는 거대한 힘의 존재, 바로 그것의 시간적 변이이다. '어머니'의 말처럼 "자식 부자에다 흉년의 연속, 가혹한 세금, 군벌, 비적, 관리, 지주 등이 마구잡이로 그를 괴롭혀 그를 목석 같은 인간(木偶人)으로 만들어버린 것이었다."122)

그런데 '나'와 윤토 사이의 높은 장벽은 '나'의 조카 굉아(宏兒)와 윤토의 아들 수생(水生) 사이에 다시 예고되고 있다는 점에서 일반민중의 비극성은 가중된다. 윤토의 눈이 "자기 아버지처럼 가장 자리가 부어오른 듯 불그레하였다"라고 했을 때, 윤토의 운명은 아버지의 운명을 고

---

120) 『吶喊』, 앞의 책, pp.481~482.

121) 『吶喊』, 앞의 책, p.482.

122) 『吶喊』, 앞의 책, p.483.

스란히 이어받고 있었다. 그리고 그것은 다시 수생에게 이어질 것이라는 이 비극성의 대물림이 魯迅 소설의 한 특징을 구성한다.

> 그는 뒤를 돌아보며 "수생아, 나으리께 인사드려라"고 말하였다. 그리고 뒤에 숨어있던 아이를 앞으로 내세웠다. 그 애야말로 바로 30년 전의 윤토였다. 단지 약간 마르고 안색이 좋지 않은 점과 목에 은목걸이를 하지 않은 것만이 다를 뿐이었다. "이놈이 다섯 번째 아이입니다. 세상 구경을 못해놔서 부끄럼이 많아 가지고……" ……
>
> "이 애가 수생이라고? 다섯 번째랬지? 낯선 사람들뿐이니 수줍어하는 것도 무리는 아니지. 굉아야, 데리고 가서 같이 놀아주렴" 어머니는 말했다.
>
> 말을 들은 굉아는 수생을 손짓해 불렀다. 수생도 활달하게 굉아를 따라 나갔다.[123]

'아버지'의 비극이 윤토에게 이어지고 윤토의 비극이 다시 그 아들 수생에게 이어질 것 같은 비극의 대물림으로서 일반민중의 비극성은 지식인을 다루고 있는 작품과는 달리, 완전히 닫힌 구조로 종결되어 열린 구조에의 가능성은 전혀 보이지 않는다. 왜냐하면 『방황』의 마지막 작품인 「이혼」의 '애고(愛姑)'가 그 가능성을 시도해 보았지만 결국 보이지 않는 거대한 힘의 존재 앞에서 원점으로 회귀하고 말기 때문이다.

1925년 11월 3일에 쓰여진 「이혼」은 『방황』의 마지막 작품으로서 일반민중의 비극성을 묘사하고 있는 최후의 작품인 셈이다. 그런데 이 최후의 작품 역시 시댁의 부당한 대우에 대해 애고(愛姑)가 항변하지만 결국 칠대인(七大人)의 "이리 오너라"라는 "엄청나게 크고 길다란 소리"

---

123) 『吶喊』, 앞의 책, pp.482~483.

에 어쩔 수없이 "실은 저도 칠대인 말씀대로 하려고……"라고 말하지 않을 수 없었다. "뜻밖의 사태가 금방 벌어질 것에 틀림없다고 애고는 생각하였다. 무슨 일이 벌어질지는 예측할 수도 없었고 막을 수도 없었다. 칠대인의 위엄을 이제야 알 수 있었고, 이제까지 공연히 멋대로 두서 없는 짓을 한 것을 잘못이었음을 깨달았다. 후회하는 마음에 쫓기듯이 그녀는 자기도 몰래 중얼거렸던 것이다."124) 따라서 일반민중의 비극성은 魯迅 소설에서는 완전히 닫힌 구조로 종결되고 있다.

앞서 언급하였듯이 적어도 신지식인의 좌절은 약간의 틈을 열어 보이는 열린 구조에의 가능성으로 나타났지만 일반민중의 비극성은 완전히 닫힌 구조로 종결되고 있다. 이것은 魯迅이 기대했던 지식인의 역할, 즉 일본유학시기부터 지속적으로 탐색해왔던 '정신계의 전사'라는 변혁의 주체와 관련이 있다. 魯迅은 「납함·자서」에서 일본유학시기의 문학활동의 실패에 대해서 "이 경험이 나를 반성케 하고 스스로를 볼 수 있게 하였고", "팔을 휘두르며 크게 외치면 사람들이 구름처럼 모여드는 그런 영웅은 아니라는 것"을 깨달았다고 했다.125) 청년시절 魯迅은 니체 사상에 경도되어 있었고, 니체의 '초인(超人)'과도 같은 '영웅'이 나와 중국을 구제할 것을 기대했다. 「마라시력설」에 나오는 '정신계의 전사'란 바로 그런 역할을 담당할 주체였고, 魯迅 자신도 그 역할을 스스로 떠맡는다고 생각했다. 그러나 魯迅은 실패를 경험한 뒤 적막감을 느끼면서 스스로의 반성을 통해 니체 식의 '초인'이나 '영웅'을 기대한다는 것은 무의미한 일이라는 자각에 이른 것이다. 그렇다고 이러한 자각으로부터 魯迅이 변혁의 주체로서 곧바로 일반민중을 발견한 것은 아

---

124) 『彷徨』, 『魯迅全集(2)』, p.152.

125) 「自序」, 『吶喊』, 『魯迅全集(1)』, p.417.

니었다. 「광인일기」에서 「이혼」에 이르는 시기까지 그가 변혁을 담당
할 주체로 상정한 것은 일반민중은 아니었다. 이 시기에 발표된 「천재
가 없다고 하기 전에(未有天才之前)」라든지 『야초』의 「이러한 전사(這樣
的戰士)」 등등의 글을 보아 알 수 있듯이 魯迅은 여전히 변혁의 주체로
서 각성한 지식인을 생각하고 있었다. 이러한 변혁의 주체로서 지식인
에게 거는 기대로 말미암아 魯迅의 작품에서 묘사되는 지식인의 좌절
은 열린 구조에의 가능성으로 나타났고, 일반민중의 비극성은 완전히
닫힌 구조로 종결되고 있는 것이다. 혁명문학논쟁에서 혁명문학파가
魯迅을 비판했던 것도 이와 관련이 있음은 부연설명이 필요치 않을 것
이다. 따라서 魯迅이 일반민중의 비극성을 닫힌 구조로 종결하고 있는
것은 중국사회에 대한 냉철한 현실인식에서 비롯되었지만, 달리 보면
이때까지도 그가 변혁의 주체를 각성한 지식인에서 찾고 있었기 때문
이다.

　魯迅 소설에서 일반민중의 비극성이 닫힌 구조로 종결되고 있는 것
은 魯迅이 생각하는 '평민문학(平民文學)'과도 깊은 연관이 있다. 魯迅
은 1927년 4월 8일 황포군관학교(黃埔軍官學校)에서의 강연에서 "지금
은 평민―노동자나 농민―을 소재로 삼아 소설이나 시를 쓰는 이도
있지만, 그리고 우리도 그것을 평민문학이라 부르고 있지만 사실은 그
것은 평민문학이 아닙니다. 왜냐하면 평민은 아직 입을 열고 있지 않기
때문입니다. 그것들은 다른 사람이 옆에서 평민의 생활을 바라보고 평
민의 말투를 흉내내어 쓴 것입니다."126)라고 하였고, 다시 "현재의 문
학가들은 모두 지식인입니다. 노동자, 농민이 해방되지 않는 한 노동

---

126) 「革命時代的文學」, 『而已集』, 『魯迅全集(3)』, p.422.

자, 농민의 사상은 언제까지나 지식인의 사상 그대로입니다. 노동자, 농민이 진정한 해방을 획득함으로써 비로소 진정한 평민문학이 태어나는 것입니다. '중국에는 이미 평민문학이 있다'고 하는 주장은 사실은 잘못된 것입니다."127)라고 하였다. 魯迅은 자신이 지식인으로서 노동자·농민(일반민중)의 '진정한 해방'을 의미하는 평민문학을 말한다는 것 자체가 〈진정성〉의 입장에서 용납할 수 없었다. 그리고 魯迅은 1927년까지도 '평민은 아직 입을 열고 있지 않다'고 보고 있었으므로 '평민이 입을 여는' 열린 구조에의 가능성을 魯迅 소설이 담고 있다면 〈진정성〉의 측면에서 자기 모순이 되고 만다. 이러한 이유 때문에 魯迅 소설에서 일반민중의 비극성은 완전히 닫힌 구조로 종결되고 있는 것이다. 魯迅의 입장에서 보면 '높은 담 안에 갇혀 있는 모든 사람들이 틀림없이 스스로 각성하여 밖으로 나와 입을 열게' 될 때가 진정한 '평민문학'이 시작되는 것이므로, 완전히 닫힌 구조로서의 비극성을 있는 그대로 보여줌으로써 '평민'이 '스스로 각성하기'를 기대하는 것이 魯迅 소설의 의미이다. 그러므로 魯迅 소설은 텍스트 속의 '평민'(일반민중)의 각성을 다루고 있는 것이 아니라 텍스트 밖의 독자로서 '평민'(일반민중)의 각성을 촉구하고 있는 것이다.

4. 魯迅 소설의 근대적 문학의식

지금까지 魯迅 소설을 구체적으로 분석하였다. 이제 이러한 분석을 토대로 魯迅 소설이 중국의 근대적 문학의식의 형성과 어떠한 연관을

127) 「革命時代的文學」, 앞의 책, p.422.

가지는지 검토하고자 한다.

먼저 魯迅에게 글쓰기는 무엇을 의미하는지 살펴볼 필요가 있다. 소설창작이 문학적 실천으로서 글쓰기의 하나라고 할 때 魯迅의 글쓰기 의미가 해명되면 魯迅 소설의 의미도 해명될 수 있기 때문이다.

魯迅은 「납함·자서」에서 "나는 마침내 그에게 글을 쓰겠다고 응답했다. 이것이 처녀작인 「광인일기」이다. 그때부터 이왕 발을 내디딘 이상 되돌릴 수도 없고 해서, 친구들의 부탁이 있을 때마다 소설 비슷한 글을 써서 그럭저럭 지내왔는데, 그렇게 쌓이게 된 것이 십여 편에 이르렀다."라고 하였다. 여기서 魯迅은 「광인일기」 및 그의 소설을 두고 '글(文章)' 또는 '소설 비슷한 글(小說模樣的文章)'이라는 말을 사용하고 있다. 이것은 겸손한 표현일 수도 있겠으나 여타의 상황을 고려하면 달리 해석할 수도 있다. 즉 魯迅에게 「광인일기」는 애초에 '문장(文章)'을 쓰는 행위, 즉 글을 쓰는 행위이지 소설을 쓰는 행위는 아니었다. 魯迅은 또 「나는 어떻게 소설을 쓰기 시작하였는가」에서 "나는 자신에게 소설을 쓸 재능이 있다고 여겨 소설을 쓰기 시작한 것은 결코 아니다. 그 무렵엔 북경의 회관에 살고 있었는데, 논문을 쓰려 해도 참고서가 없었고, 번역을 하려 해도 원본이 없었기 때문에, 할 수 없이 소설 비슷한 걸 써서 책임을 다할 요량이었다. 그래서 나온 것이 「광인일기」였다."[128]라고 했다. 이 글에서 魯迅은 자신의 소설을 두고 다시 한 번 '소설 비슷한 것(一點小說模樣的東西)'으로 언급하고 있다. 「납함·자서」가 1922년 12월에 씌어졌고 위 인용문이 1933년 3월에 씌어졌으니 魯迅은 10년을 격하고 다시 한 번 자신의 소설을 '소설 비슷

---

128) 「我怎麽做起小說來」, 『南腔北調集』, 『魯迅全集(4)』, p.512.

한 것'으로 표현하였다. 위 인용문은 錢玄同이 찾아왔을 때, 그의 요구
에 동의하고 번역이나 논문도 생각했지만 결국 여의치 않아 소설을 쓰
기로 하였다는 설명이다. 물론 魯迅은 이미 「그리운 옛날」을 창작한
경험이 있어 소설 쓰기의 가능성을 어느 정도 생각하고 있었을 것이
고, 게다가 魯迅은 그때까지 중국의 고전소설에 대한 연구를 진행해오
던 터였으므로 그에게는 소설 쓰기가 훨씬 수월했을지도 모른다. 그렇
지만 魯迅 자신의 설명으로 미루어 보아 당시 魯迅에게는 글을 쓰는
행위가 더욱 중요했던 것으로 보이며, 그것이 어떤 장르적 양식을 취
해야 하는지는 오히려 부차적이었던 것 같다.

　그렇다면 魯迅의 글쓰기의 목적은 무엇이었던가? 이 점을 이해하기
위해서는 魯迅이 최초로 본격적인 문학활동에 들어갔던 일본유학시기
의 그의 글쓰기에 대해 살펴보아야 한다. 우선 魯迅의 글쓰기는 '진실
한 소리내기'와 관련되어 있었다. 그것이 어떤 장르적 양식이든지 문제
될 것은 없었다. 魯迅은 일본유학시기에 발표한 낭만주의 시인들을 소
개한 「마라시력설」에서 "지극히 진실한 소리(至誠之聲)를 내어 우리들
로 하여금 선량하고 아름다우며 강건한 영역으로 인도할 사람이 있는
가? 온화하고 훈훈한 소리를 내어 황폐하고 차가운 영역에서 우리들을
구원해줄 사람이 있는가?"라고 하여 '지극히 진실한 소리'를 내는 '정신
계의 전사'의 출현을 희망했다.129) 魯迅의 글쓰기는 바로 '지극히 진
실한 소리'를 내는 '정신계의 전사'로서의 책임이었다. 그리고 그것은
앞서 설명되었듯이 '황폐'하고 '적막한(蕭條)' 암흑상태의 중국을 구제하
기 위한 제2의 유신으로서의 정신혁명 또는 신문화운동을 담당할, '신

---

129) 「摩羅詩力說」, 『墳』, 『魯迅全集(1)』, p.100.

문화를 소개할 지식인(介紹新文化之士人)'으로서의 책임이었다.

魯迅은 1908년 12월 5일 동경의 『하남(河南)』 잡지에 발표한 「파악성론(破惡聲論)」에서 '정신계의 전사'로서의 책임을 이렇게 언급했다.

근본이 무너지고 정신이 방황하고 있어 화국(華國, 중국―인용자)은 장차 후손들의 내분에 의해 스스로 말라죽을 것이다. 그런데도 온 천하에 충직한 말 한마디 없으니 정치는 적막하고 천지는 닫혀 있을 따름이다. 광포한 독충이 사람들의 마음 속에 들어 있고, 망령된 자들은 날마다 번창하여 독을 뿌리고 칼을 휘두르며 마치 조국이 하루빨리 붕괴되기를 바라는 것 같다. 그런데도 온 천하에 충직한 말 한마디 없으니 정치는 적막하고 천지는 닫혀 있을 따름이다. 나는 아직 미래에 대한 큰 희망을 잃지 않고 있기 때문에 지자(知者)의 마음의 소리(心聲)를 경청하고 그 내요(內曜, 마음 속의 밝은 빛―인용자)를 자세히 살피고자 한다. 내요(內曜)란 어둠을 파괴하는 것이며, 마음의 소리란 거짓과 거리가 멀다. 인간 사회에 이것이 있으면 그것은 마치 맹춘(孟春)에 우레가 발동하여 온갖 풀들이 그로 인해 싹이 트고, 여명이 동쪽에서 밝아와 깊은 밤이 물러가게 되는 것과 같다.[130]

「마라시력설」이 1908년 2월과 3월에 『하남』에 발표되었으니까 이 글은 10개월이 지난 뒤에 씌어진 글이다. 魯迅의 글쓰기와 관련하여 이 글에서 주목할 것은 「마라시력설」에서 언급한 '지극히 진실한 소리'의 연장으로서의 '내요(內曜, 마음 속의 밝은 빛)'와 '마음의 소리(心聲)'이다. 魯迅의 설명에 따르면, '내요'란 '어둠을 파괴하는 것'이며, '마음의 소리'란 '거짓과 거리가 먼 것'이다. 그러므로 위 인용문에 근거할 때,

---

130) 「破惡聲論」, 『集外集拾遺補編』, 『魯迅全集(8)』, p.23.

'천하에 충직한 말 한 마디도 없으니 정치는 적막하고 천지는 닫혀 있을 따름인' 암흑상태의 중국현실에서 거짓 없는 '마음의 소리' 또는 어둠을 파괴하는 '내요'를 '지자(知者)'의 책임으로서 표현하는 것이 魯迅의 글쓰기 목적이었다. 여기서 '지자'란 「마라시력설」에서 언급한 '정신계의 전사'와 동일한 의미를 가지고 있다. 이렇게 볼 때 魯迅의 글쓰기 목적은 자명하다. 중국사회를 암흑사회로 규정하고 그러한 중국현실의 암흑을 파괴하기 위한 진실한 '마음의 소리' 또는 '내요'를 발하는 것이다.

따라서 魯迅의 글쓰기는 '진실한 소리내기' 바로 그것이다. 魯迅이 소설 이외에 잡문의 형식으로 신문학에서 중요한 위치를 차지하고 있다는 점도 魯迅의 글쓰기 목적이 '진실한 소리내기'에 있었다는 사실을 방증한다. 왜냐하면 진실한 소리를 내는 데 소설형식보다 좀더 직접적인 잡문형식이 훨씬 효과적일 수 있기 때문이다. 말하자면 소설은 작가의 개성을 허구 속에 용해시켜 언제나 간접적으로 드러나게 해야 하지만, 비평적인 글은 비평가의 '나'를 순수한 기호로 변환시켜 개성을 허구 속에 용해시킬 필요 없이 비평가의 '목소리'가 직접적으로 전달될 수 있기 때문이다. 魯迅의 대부분의 글이 잡문형식을 띠고 있는 것도 이와 관련이 있을 것이다.

魯迅의 '진실한 소리내기'는 1927년에 이르러 다시 한번 표출된다.

자기의 사상을 발표하거나 감정을 남에게 알리기 위해서는 글(文章)이 필요합니다. 그런데 글로서 의사를 전달한다는 것은 보통 중국인은 지금도 하지 못합니다. 이것은 우리들 잘못이 아닙니다. 문자라는 것이 우리의 조상으로부터 우리에게 전해진 가공할 유산이기 때문입니다. 오랜 세월을 들여 배워도 여전히 그 문자를 구사하는 것이 쉽지 않습니다.[131]

먼저 청년이 솔선하여 중국을 소리 있는 중국으로 바꾸는 것입니다. 대담하게 말을 하고 용감하게 전진해야 합니다. 모든 이해관계를 잊어버리고 낡은 패들을 밀어내고 자기의 참된 생각을 발표해야 합니다. ─진실(眞), 그것은 물론 쉽지는 않습니다. 이를테면 태도만 하더라도 진실되다는 것은 쉽지가 않습니다. 제가 이렇게 강연하고 있습니다만 이것이 나의 진실된 태도라고는 보기는 어렵습니다. 왜냐하면 친구나 아이들과 이야기할 때는 이런 태도를 취하지 않으니까요─하지만 될 수 있는 한 진실에 가까운 말을 하고 진실에 가까운 목소리를 냅니다. 진실한 목소리일 때 비로소 중국인과 세계인을 감동시킬 수 있는 것입니다. 진실한 목소리가 있을 때만이 세계인과 더불어 세계에서 함께 살아갈 수 있는 것입니다.[132]

「마라시력설」과 「파악성론」이 1908년에 발표되었고 위 인용문이 1927년에 발표되었는데, 「마라시력설」의 '지극히 진실한 소리' 혹은 「파악성론」의 '거짓과 거리가 먼' '마음의 소리'는 20년이 지난 시점에서 '진실한 목소리(眞的聲音)'라는 말로 다시 한 번 표출되어 나온 것이다. 이는 '진실한 목소리'에 대한 魯迅의 대단한 집착을 보여준다. 이렇게 볼 때 魯迅의 글쓰기는 '진실한 목소리'를 내는 하나의 실천적 방법이었던 셈이다. '자기의 사상을 발표하거나 감정을 남에게 알리기 위해서는 글이 필요합니다'라고 했던 것도 바로 이 때문이다. 따라서 魯迅의 글쓰기에서 장르문제는 부차적이며 '진실한 소리내기'가 더욱 중요하다. 魯迅에게 문학은 그것이 소설이냐 시냐하는 문제 너머에 있었다. 그 결과 魯迅 문학에서 압축적이고 상징적인 서사기법은 『납함』과 『방황』의

---

131) 「無聲的中國」, 『三閑集』, 『魯迅全集(4)』, p.11.
132) 「無聲的中國」, 앞의 책, p.15.

소설에서는 '소설의 시화(詩化)'라고 할 수 있는 특성을 형성하고 있으며, 『야초』의 여러 시에서는 '시의 소설화' 내지 넓은 의미에서 '시의 산문화'적인 특성을 만들고 있는 것이다.133) 어쩌면 '소설의 시화' 혹은 '시의 소설화(시의 산문화)'라고 하는 형식의 실험에 魯迅 문학의 특징이 있는 것이 아니라 장르개념을 넘어선다는 데 魯迅 문학의 특징이 존재하는 것인지도 모른다. 다시 말하면 魯迅에게는 '진실한 소리내기'로서의 문학적 실천이 중요할 뿐 장르나 양식은 부차적인 문제에 지나지 않는다.

그렇다면 魯迅 소설은 문학적 실천으로서의 '진실한 소리내기'라는 상위의 글쓰기 행위 개념 아래에 놓여 있는 하위적 양식개념이다. 〈진실한〉에 초점을 맞춘다면, 魯迅 소설은 중국현실의 암흑구조를 문학적 형상화를 통해 적나라하게 드러내고 있다는 의미가 된다. 이렇게 볼 때 '진실한 소리내기'로서의 魯迅의 소설창작은 근대적 주체의 자아각성의 구체적인 실천이라고 할 수 있다. 이 점에서 魯迅 소설은 중국소설의 근대적 변화의 출발점이 된다.

이제 魯迅 소설의 근대적 변화를 문학의식 면에서 검토할 수 있을 것이다. 魯迅은 대체로 1923년부터 1925년에 이르는 사이에 소설에 대한 이론적 탐구를 진행했고, 구체적으로는 세 가지 작업을 동시에 해나갔다. 첫째, 1909년 일본유학을 청산하고 귀국한 이후 시작했던 중국 고전소설 정리작업의 완결로서 『중국소설사략』(1923년에서 1924년 사이에 집필)을 집필했다. 둘째, 1924년부터 외국의 문학사조와 방법을 번역소개하기 시작하여 일본의 문학이론가인 廚川白村의 『고민의 상징』

---

133) 劉世鐘, 『魯迅 『野草』의 象徵體系 硏究』(韓國外國語大學校 博士學位論文, 1993), p.173 참조

등의 저작을 번역했다. 또 이 기간에 미명사(未名社)를 조직하여 러시아 문학을 소개하는 데 주력하여 도스토예프스키, 안드레예프 등의 러시아 작가에 관심을 가졌다. 셋째, 개인적인 창작 경험과 외국 문학이론을 종합하여 자신의 문학적 태도를 밝히는 많은 잡문, 서문, 후기를 썼다. 예를 들면 「납함·자서」, 「다시 뢰봉탑이 무너진 데 대하여(再論雷峰塔的倒掉)」, 「「아Q정전」 러시아어 번역본 서 및 저자 자서 전략(俄文譯本『阿Q正傳』序及著者自敍傳略)」, 「눈을 크게 뜨고 볼 것에 대하여(論睜了眼看)」, 「「아Q정전」의 유래(『阿Q正傳』的成因)」, 「문예와 정치의 기로(文藝與政治的歧途)」 등이 그것이다.

魯迅은 이러한 세 가지 작업을 진행하면서, 특히 '기만문예(瞞和騙的文藝)'를 비판하는 데 주력했다. 魯迅은 "문예는 국민정신에서 나온 불꽃이요 국민정신의 앞길을 밝히는 등불이"134)라고 보았기 때문에 "진지하고 심각하고 대담하게 인생을 직시하고 인생의 피와 살을 묘사하는" 문예가 나와야 한다고 했다.

> 중국 사람들은 지금까지 인생을 정시하지 못하고 다만 기만할 줄밖에 몰랐다. 이로부터 기만문예가 나온 것이다. 이러한 문예는 중국 사람들을 더 깊은 기만의 늪에 빠지게 하였는데, 심지어는 스스로 그렇다는 것을 느끼지 못할 정도였다. 세계는 날마다 변화한다. 우리나라의 작가들이 가면을 벗고 진지하고 심각하고 대담하게 인생을 직시하고 인생의 피와 살을 묘사해야 할 날은 벌써 와 있다.135)

---

134) 「論睜了眼看」, 『墳』, 『魯迅全集(1)』, p.240.
135) 「論睜了眼看」, 앞의 책, pp.240~241.

신문학 초기의 작가들은 주로 전통적인 '문이재도(文以載道)'의 문학과 '소일거리'의 문학을 반대하는 데 주력했는데, 특히 문학연구회의 '인생파' 작가들은 '소일거리'의 문학에 대해 강하게 반대했다. 魯迅은 이러한 입장을 긍정하면서 한발 나아가 전통문학을 비판하는 데 '기만문예'라는 개념을 사용했다. 신문학 초기에 전개된 '사상혁명'으로 말미암아 신문학 작가들은 문학의 '효용'과 '소명'을 주장하였으므로 이 또한 '재도(載道)'와 근본적으로 다른 것은 아니었다. 다만 거기에 '담는' 것은 새로운 도덕, 새로운 사상이라는 '도(道)'였을 뿐이었다.136) 또한 문학은 본질적으로 '일종의 여유의 산물'이므로137) '소일거리' 문학이라는 개념만으로 전통문학을 비판할 수는 없었다. 그래서 魯迅은 '기만문예'라는 범주로 전통문학을 비판하게 되었다.

魯迅은 1925년 8월 3일 『어사』 제38기에 발표한 「눈을 크게 뜨고 볼 것에 대하여」라는 글에서 『홍루몽』과 관련하여 이렇게 설명했다.

> 『홍루몽』 중에 나오는 작은 비극은 사회에서 흔히 볼 수 있는 일인데, 작가도 비교적 대담하게 사실적으로 썼고 그 결론도 그리 나쁘지 않다. …… 그렇지만 나중에 나온 속작의 경우나 개작의 경우를 보면, 시체를 빌어 혼을 불어넣지 않으면 저승에서 달리 짝을 맺어주어 반드시 '남녀 주인공을 당장에 원만하게 결합시켜주고' 그제야 손을 놓는다. 이는 바로 자기를 속이고 남을 속이는 중독이 너무 심하기 때문이며, 그래서 조그마한 속임수를 보는 것으로는 만족하지 못하고 반드시 눈을 감고 한바탕 제멋대로 지껄인 다음에야 흐뭇해한다.138)

---

136) 溫儒敏, 『新文學現實主義的流變』(北京大學出版社, 1988), p.53 참조.

137) 「革命時代的文學」, 『而已集』, 『魯迅全集(3)』, p.423 참조.

어떤 결함이라도 일단 작자에 의해 분식되면 그 결말은 아주 달라지며 독자는 완전한 속임수에 떨어져 이 세상은 그 얼마나 행복하고 광명에 가득 차 있는가 라고 생각하게 된다. 만약 불행한 사람이 있다면 그것은 그 사람의 자업자득이다.139) 이렇게 魯迅은 중국인의 심리적 병폐를 날카롭게 지적하며 '자기를 속이고 남을 속이는' '기만문예'의 특징을 분석했다. 魯迅은 이러한 '기만문예'의 구체적 표현으로서 전통소설의 한 특징인 '대단원'주의를 문제삼았다. "중국 사람의 심리는 화해를 좋아한다. 그래서 이 지경에 이르렀을 것이다. 중국 사람들도 인생 현실의 결함을 잘 알고는 있겠지만 말하기는 싫어한다. 말을 하면 '그러면 어떻게 이 결함을 고치느냐' 하는 문제가 생기거나 번민을 면할 수 없고 또 개량하고자 하면 번거로워지기 때문이다. …… 그래서 무릇 역사에서 화해하지 못한 것은 소설에서 화해시켜주고 보답이 없는 것은 보답을 받게 하면서 서로서로 기만한다. 이것은 실로 국민성의 문제이다."140) 그래서 魯迅은 중국에서는 비극 작가나 희극 작가가 하나도 나올 수 없었다고 보았던 것이다.141) 魯迅 소설은 '중국인의 영혼'을 해부하여 그것을 적나라하게 펼쳐 보이는 것이라고 이미 지적하였는데, 魯迅은 '영혼의 심부를 파헤치는' 묘사법이 독자들에게 '정신적 고문을 받고 정신적 외상을 입게' 하여 마침내 '고통스러운 세탁', 즉 비극적 정화를 거쳐 정신적으로 승화되어 '재생의 길로 나아가게' 할 수 있다고 했다.142)

---

138)「論睜了眼看」,『墳』,『魯迅全集(1)』, p.239.

139)「論睜了眼看」, 앞의 책, pp.239~240 참조

140)『中國小說史略』,『魯迅全集(9)』, p.316.

141)「再論雷峰塔的倒掉」,『墳』,『魯迅全集(1)』, p.193 참조

142)「『窮人』小引」,『集外集』,『魯迅全集(7)』, p.1053 참조

이미 밝혔지만, 魯迅 소설은 중국의 암흑사회 구조를 객관화시키는 것이고, 그것은 '진실한 소리내기'로서의 문학적 실천이었다. 이 점을 魯迅의 문예에 대한 이론적 탐구와 연결하여 검토할 수 있다. 문학은 기만적 이데올로기를 담는 것도 아니며 그렇다고 소일거리로서의 완상의 대상도 아니다. 그것은 각성한 근대적 주체의 '감정'과 '사상'의 진실한 소리를 전달하는 매개체이다. 魯迅 소설의 대부분이 비극적인 결말을 가지고 있고, 거기에 등장하는 대부분의 인물들이 비극적인 인물인 것은 문학(소설)이 인생과 사회의 모순을 해소하는 공간이 아니라 오히려 인생과 사회의 모순을 적나라하게 보여주는 공간이기 때문이다.143) 魯迅은 '진지하고 대담하게 인생을 직시하고 인생의 피와 살을 묘사하는' 문학의 '진실성'을 추구했다.

사실 만청 시기의 '신소설(新小說)'가들도 소설의 진실성을 대단히 중시하였으나 역사를 보는 눈으로 소설을 읽는 전통적인 편견에 사로잡혀서 이러한 '진실성'은 대부분 소재의 진실성으로 전락하였다. 曾樸, 林紓가 역사사실을 증거로 사용하고, 梁啓超, 吳趼人이 스스로 비평어를 덧붙여 그 말의 근거를 설명하고, '신소설'가들이 신문뉴스를 상용적으로 삽입하거나 외부인의 편지를 부각시키고 있는 것은 모두 독자들을 설득하여 소설 소재의 진실을 믿게 하려는 것이었다.144) 따라서 만청 시기의 신소설은 여전히 중국의 전통소설을 문학의식 면에서 그대로 답습하고 있었다. 그러나 魯迅 소설이 '진실한 소리내기'로서 문

---

143) 茅盾은 『아Q정전』이 신해혁명에 대한 측면적 풍자를 띠는 것은 결코 작가의 비관주의 때문이 아니라고 생각한다고 하고, "이것은 바로 지극히 충실한 형상화이며 지극히 정확하게 당시의 인상에 근거하여 묘사한 것이다"라고 하였다.(茅盾, 「讀『吶喊』」, 『茅盾論中國現代作家作品』, 北京大學出版社, 1980, p.148)

144) 陳平原, 『中國小說敍事模式的轉變』, p.100 참조.

학적 실천이라고 할 때 그것은 '계몽을 위한 선전'은 아니며 각성한 근
대적 주체의 '진실한 소리내기'였다. '진실한 소리내기'란 현실의 모순을
정시할 때 가능하다. 그러므로 魯迅 소설은 현실의 모순을 문학(소설)
을 통해 해소하는 것이 아니라 그러한 모순을 가장 예리하게 반영하여
독자들에게 보여줌으로써 그를 통해 비극적 정화를 가져오게 한다. 즉
독자는 魯迅 소설이라는 추도대회장에 직접 참가함으로써 비로소 비극
적 정화를 거쳐 새로운 도덕의 세계로 나아갈 수 있게 된다. 이 점은
魯迅이 '역사에서 화해하지 못한 것은 소설에서 화해시켜주고 보답이
없는 것은 보답을 받게 하는' 전통적인 '기만문예'를 비판한 데서 분명
히 드러난다. 따라서 魯迅 소설은 근대적 주체의 확립을 구체적인 문학
적 실천을 통해 보여주고 있으며 공식문화에 편입되지 않으려는 이데
올로기 비판적 성격을 지닌다는 점에서 중국의 근대적 문학의식의 형
성에 중요한 역할을 하였다고 판단된다.

　이 때문에 魯迅 소설에 등장하는 인물의 성격은 중국의 고전소설이
나 만청 시기 신소설의 그것과는 판이하게 다르게 나타난다. 그것은 등
장인물의 비극성에서 두드러진다. 선각자로서의 신지식인의 좌절과 죽
음, 구지식인의 몰락과 죽음, 마비된 정신의 소유자로서 일반민중의 죽
음, 「광인일기」에서 광인이 사람의 고기를 먹지 않은 아이가 혹시 있다
면 아이를 구하자고 외쳤던 바로 그 아이들의 죽음 등등이 그것이다.
또한 죽음은 아니지만, 魯迅이 『야초』에서 '과객'을 통해 형상화했듯이
'무덤(墳)'으로 나아가는 과정으로서의 '광기표출'도 그에 해당한다. 魯
迅 소설에 나타나는 이러한 등장인물의 죽음이나 광기표출은 魯迅 소
설의 두드러진 특징을 이룬다. 魯迅 소설에 등장하는 인물의 광기표출
과 죽음을 표로 나타내면 다음과 같다.

〔표 4〕 魯迅 소설에 등장하는 인물의 광기표출과 죽음

	소설 제목	인물의 이름과 신분	광기의 내용	죽음의 원인
광기의 표출	광인일기	광인(지식인)	'인의도덕'이 사람을 잡아 먹는다고 외침	
	장명등	미치광이(지식인)	사당 안의 장명등을 끄려 함	
	술집에서	여위보(지식인)	신상(神象)의 수염을 뽑 아버림	
	이혼	애고(농촌여인)	시댁과 투쟁	
	내일	선사 아주머니 (농촌여인)	죽은 아이를 그리워함	
	상서	연생(지식인)	자유연애, 애인과 동거	
광기의 표출과 죽음	술집에서	순고(농촌소녀)	나쁜 사람에게 시집갈지 도 모른다는 생각에 매일 움	폐병을 감추다가 어머 니처럼 죽음
	약	하유(혁명가)	사람에게 모반을 권하고 대청(大淸) 천하는 인민 의 것이라 주장함	청정부에 체포되어 사 형당함
	고독자	위연수(지식인)	반전통을 주장하며 행위 가 매우 괴상함	피를 토하고 죽음
	상서	자군(지식인)	가정과 결별하고 연생과 동거	주위의 차가운 눈길 속에서 자살함
	아Q정전	아Q(고농)	혁명을 하려 함	모반죄로 총살당함
	장명등	미치광이의 아버지 (지주의 아들)	사당의 장명등을 끄려함	미 상
	백광	진사성(구독서인)	16차례나 과거시험에 떨 어져 정신이상자가 됨	익사함
	축복	상림댁(농촌여인)	저승이 있다는 말에 공포 에 떪	물에 투신자살함
죽음	공을기	공을기(구독서인)		곤궁하여 죽음
	내일	보아(선사 아주머니의 아들)		잘못된 한방치료로 죽 게됨

소설 제목	인물의 이름과 신분	광기의 내용	죽음의 원인
약	화소전 (화로전의 아들)		민간요법에 의한 폐병 치료로 죽게 됨
축복	아모(상림댁의 아들)		늑대에 물려 죽음
술집에서	세 살 박이 어린 동생(여위보의 동생)		미 상
고독자	조모(산촌의 노부인)		유행하던 이질에 전염 되어 죽음
광인일기	여동생 (광인의 여동생)		형이 잡아먹음
장명등	연각장(連各莊)에서 맞아 죽은 사람		미치광이와 같이 후손 의 도리를 모른다는 이유(반봉건이 원인)
광인일기	낭자촌에서 맞아 죽 은 대악인(大惡人)		지주와 대립

魯迅 소설에 나타나는 이러한 인물의 성격은 바로 魯迅이 암흑의 중국현실을 문학적으로 형상화하는 데서 비롯되었다. 이러한 魯迅 소설의 인물성격이 전통소설의 한 특징인 '대단원주의'에 대한 비판적 의미를 띠고 있음은 물론이다. 전통소설의 '대단원주의'는 魯迅 소설에 오면 등장인물의 광기표출이나 죽음과 같은 비극성으로 나타나고, 전통소설의 재자가인이나 영웅인물은 지식인이나 일반민중으로 바뀌게 된다. 이것은 문학의식의 변화를 전제로 한다. 특히 魯迅 소설이 '이야기 중심소설'이 아니라 '인물중심소설'이라는 점에서 그것은 자아의 각성과 개성의 표현이라는 근대적 이념을 반영하고 있다. '인물중심소설'은 인물이 중심이 되므로 등장인물의 시각에서 사건이 묘사되고, 인물의 심리를 통해 해석이 이루어진다. 인식론적으로 볼 때 전근대적 인식의

주체는 신이나 성현이 될 텐데, 이것이 소설적으로 반영되어 전통소설인 '이야기중심소설'에서는 영웅인물이나 재자가인이 등장인물로 나타난다. 그러나 근대적 인식의 주체는 〈실재하는 인간〉이므로 그것이 소설적으로 반영되면 근대적 주체로서 실재하는 인간인 지식인이나 일반민중이 소설의 등장인물로 나타난다. 따라서 魯迅 소설이 '인물중심소설'이며 거기에 등장하는 인물이 지식인이나 일반민중이라는 점에서 그것은 인식주체의 근대적 변화를 문학적으로 반영하고 있는 것이다.

서양문화에 대한 태도와
근대문학의 방향

　　김윤식은 한·중·일 삼국의 문학의 근대화와 관련하여, 일본은 청
일(淸日)전쟁, 노일(露日)전쟁 이후 급속한 자본주의 성장과 함께 타인
의식(他人意識)을 철저히 동화 수용하여 서구와 동질성 획득을 목표로
하였으며, 한국과 중국은 초기에 일본에 유학함으로써 서양문화 수용
을 체득하게 되었다고 했다. 김윤식은 그럼에도 불구하고 중국적 특징
을 이렇게 지적했다. "중국 근대문학의 출발은 현저히 중국적인 강인성
으로 방향지우고 있음에 주목할 필요가 있다. 중국근대문학의 방향성
은 魯迅의 경우에도 근대가 근본적으로 〈악〉으로 규정된 곳에 놓여 있
었고 민족성 회복 그 연대 속의 개인의 자각자아각성이 주류를 형성해
온 것이다. 이와 대립되는 자유인 지식인으로서의 胡適, 林語堂이 주
류가 아닌 방계적 존재에 놓여 있음은 문화유형으로서의 양식의 고집
성과 개별 민족의 주체적 측면이 방법론적으로 결합되어 이룩한 역사
의 준엄하고도 자연스런 평가라고 나는 생각한다."1) 김윤식의 이러한
관점은 한국근대문학사를 보는 그의 시각에서 비롯되었으며, 전면서구

화를 내세웠던 자유주의자로서의 胡適과 중국인의 정신을 고민하고 서
양근대를 근본적인 〈악〉으로 규정했던 민족주의자로서의 魯迅을 강하
게 염두에 둔 것이다. 물론 김윤식의 평가는 최근까지도 견지되어왔던
중국인들의 시각과 유사한 측면이 있으며, 일본인 竹內好의 관점과도
상통한다. 김윤식은 "동양에는 본래 서양을 이해하는 능력이 없을 뿐만
아니라 동양을 이해하는 능력도 없다. 동양을 이해하고 동양을 실현한
것은 서양에 있어서의 어떤 서양적인 것이었다."(『중국의 근대와 일본의
근대』)라는 竹內好의 글을 인용하고, "이러한 발언의 밑바닥에는 패전
이후의 일본의 자기 의식을 가능화(可能化)하기 위해서는 중국에 있어
서의 어떤 중국적인 것이어야 한다는 명제가 감추어져 있는 것으로 판
단된다"라고 했다.2) 竹內好의 언급과 그에 대한 김윤식의 해석 속에
胡適과 魯迅을 변별적으로 이해할 수 있는 근거를 발견할 수 있다. "한
국 민족주의의 처녀성의 본질은 마침내 혼(魂, Seele)에 관련된 문제였
던 것입니다. 나에게 이 혼과 논리의 갈등 문제가 강박 관념으로 작용
해 올 때 내 의식은 한번도 자유로울 수가 없었습니다"3)라는 김윤식의
언급에 이르면 더욱 분명해지는데, 민족혼을 매개로 문학사를 이해하
려는 기본적인 시각과 관련되어 있다.

　毛澤東이 「신민주주의론(新民主主義論)」에서 魯迅을 중국 신문화운
동의 주장(主將)으로 내세움으로써4) 魯迅은 중국에서 신문학의 대표
적 작가요 민족정신의 횃불로 자리잡게 되었으며, 그 후 수많은 연구자

---

1) 김윤식, 『韓國文學의 論理』(一志社, 1974), pp.174~175.

2) 김윤식, 『韓日文學의 關聯樣相』(一志社, 1974), p.212 참조.

3) 김윤식, 앞의 책, 「머리말」, p.3.

4) 毛澤東, 「新民主主義論」, 『毛澤東選集(第二卷)』(北京, 1966), p.658 참조.

에 의해 다양한 측면에서 연구되어 왔고 그 성과도 다른 어느 문학가보다 양적으로나 질적으로 축적되어 왔다. 그에 비해 胡適에 대한 연구는, 1930년대 瞿秋白의 호적파(胡適派)에 대한 비판이 있었고, 그것이 1950년대의 胡適사상 비판으로 이어지면서 그 후 중국에서 크게 진행되지는 못했다. 다만 대만(臺灣)에서 다소 진행되어 왔을 뿐이다. 이러한 현상은 중국과 대만의 정치체제와 이념의 차이로 인해 발생한 자연스런 현상으로 볼 수 있다. 그런데 1980년대 이후 개혁·개방과 더불어 중국에서는 魯迅에 대한 연구가 더욱 활발해졌을 뿐 아니라 胡適에 대한 연구도 상당히 진전되어 개혁·개방 이전의 상황과는 상당히 다른 양상으로 전개되어 왔다. 이러한 현상은 획일화보다 다양화를 추구해온 1980년대 이후 중국의 문화적 상황을 반영하는 것이기도 하지만, 다른 측면에서, 연구대상에 대한 객관적인 탐구가 가능하게 되었다는 점을 보여준다. 이는 20세기이래 민족적·국가적 위기에 처해 중국 지식인들이 그러한 위기를 극복하기 위해 모색했던 여러 가지 방법론을 현재적 의미에서 유연성 있게 포용하겠다는 것을 의미하며, 또한 그것을 참고삼아 현재 중국이 직면하고 있는 여러 가지 문제를 해결해보려는 새로운 방법론 찾기로 이해된다.

개혁·개방이 추진되기 이전까지는 어떤 인물의 정치적 경향을 곧바로 문화적 경향으로 귀결시키던 단순논리가 지배적이었으나 그러한 논리를 비판하고 문화적 경향과 정치적 경향이 다를 수 있다는 관점이 대두한 것도 시대상황의 변화를 반영하고 있다. 鄭大華는 정치적 경향을 문화적 경향으로 곧바로 연결시키는 그간의 일면적인 태도에 대해 다음과 같은 비판적 관점을 제시하고 있다. "문화적 경향과 정치적 경향이 완전히 일치하지 않는다는 것은 현대중국의 서구화사조(西化思潮)와 문화보수주의사조(文化保守主義思潮)의 또 다른 하나의 선명한 특징이다. 현대중국의 문화보수의자 또는 서구화파에 대해 말하자면, 그들의 문화적 경향과 정치적 경향의 관계는 역사적인 것이며 논리적인 것은 아니다. 일종의 문화적 경향의 서구화파는 필연적으로 정치적 경향이 자유파 또는 급진파일 어떠한 이유도 없다. 같은 이유로 어떤 문화적 경향의 보수주의자도 반드시 정치적 경향의 보수주의자일 어떠한 이유도 없다."5) 鄭大華는 구체적인 예를 들어, 章太炎은 고문경학가(古文經學家)로서 '국수파(國粹派)'의 정신적 지주였고 문화적 경향 면에서 보수적이었지만, 혁명단체인 광복회와 동맹회의 주요한 지도자 중의 한사람이었으며 혁명당원으로서 정치적 경향 면에서 급진적이었다는 것이다. 또 熊十力은 신해혁명에 참가한 적도 있으며 보황파(保皇派)의 입장을 반대하고 민주혁명에 대해 끝까지 깊은 애정을 가지고 있었지만, 그의 문화적 경향은 보수적이며 신유가(新儒家) 연구의 중심 역할을 하였다는 것이다. 그리고 문화적 경향이 서로 다른, 예를 들면, 서구화파였던 胡適과 문화보수주의자였던 梅光迪은 정치적 경향 면에서는 동일하였다는 것이다. 鄭大華의 이러한 관점은 연구에 있어 정치적 간섭을 되도록 적게 받고 객관적인 연구를 해보자는 것이고, 그럴 때만이 올바른 연구가 가능하고 또 하나의 방법론으로 참고할 수 있다는 것이다. 이는 그동안 중국의 학술연구가 지닌 정치적 편향에 대한 극복을 의미한다.

본 장에서는 이러한 최근의 연구경향을 염두에 두고 胡適과 魯迅의 서양문화에 대한 태도의 차이를 중심으로 그들이 기획했던 근대문학의 방향을 검토하고자 한다. 胡適의 백화문운동과 魯迅 소설이 문학사적

---

5) 鄭大華, 『梁漱溟與胡適 ─文化保守主義與西化思潮的比較』(中華書局, 1994), p.9.

측면에서 근대적 문학의식의 형성이라는 점에서는 등가이지만, 중국
현대사가 진행되는 과정에서 胡適과 魯迅은 서양문화에 대한 서로 상
이한 태도를 보임으로써 그들이 구상했던 중국문학의 근대화의 방향이
다르게 나타났다고 판단되기 때문이다. 이는 근대적 문학의식이 문학
사적 의의에 있어서는 등가이지만 방향은 다를 수 있다는 점을 시사해
준다. 물론 그 상이함은 중국문학에 대한 胡適과 魯迅의 근대화기획의
차이일 수도 있겠지만 당시 시대상황 속에서 胡適과 魯迅으로 대표되
는 지식인 그룹의 방향의 차이와도 연결된다.

1. 胡適의 '전면서구화(全盤西化)'와 이성 낙관

서양문화를 어떻게 볼 것인가의 문제는 서양충격 이후 중국에서는
끊임없이 제기되어 왔다. 만청 시기에 제기되었던 '서학중원설(西學中源
說)', '중체서용론(中體西用論)' 등도 서양문화를 어떻게 볼 것인가 하는
문제였다. 『신청년』 진영이 신문화운동을 전개할 당시 중서문화의 비
교에 주력했던 것도 동일한 맥락이었다. 또한 백화문운동에 반대했던
학형파와 문학혁명파 사이에 논쟁이 벌어졌던 것도 그 밑바탕에는 서
양문화와 중국문화를 어떻게 볼 것인가 하는 문제가 깔려 있었다. 이처
럼 서양문화에 대해 어떠한 태도를 취할 것인가 하는 문제는 만청 시기
이후 중국 지식인들이 직면했던 가장 절박하고도 중요한 사안의 하나
였다.

胡適의 서양문화에 대한 태도를 이해할 때 우리는 그가 주장한 '전면
서구화(全盤西化)'라는 말을 떠올릴 수 있다. 사실 전면서구화의 주장은

胡適만이 제기한 것은 아니었다. 나중에 국수주의자가 되었지만 梁漱溟이 1921년『동서문화와 그 철학(東西文化及其哲學)』을 강연할 때 서양문화를 전면적으로 받아들일 것을 주장한 일이 있었고, 역시 나중에 태도가 바뀌었지만 吳稚暉가 1925년에 같은 의견을 표명한 일이 있었다. 또한 胡適과 거의 동시에 林語堂이 강력하게 전면적인 서구화를 주장했다.

　1935년 胡適은 당시 잡지나 신문에서 '중국문화중심(中國本位文化)' 과 '전면서구화(全盤西化)' 사이에 논쟁이 진행되고 있음을 보고 서양문화에 대한 자신의 태도를 이렇게 밝혔다.

　　그 해(1929년) 중국기독교연감(中國基督敎年鑑)에서 나에게 한 편의 글을 청했다. 그 때 나의 글은 「중국의 오늘날 문화충돌(中國今日的文化衝突)」이라는 제목이었다. 나는 여기서 중국인들은 이 문제(서양문화에 대한 태도—인용자)에 대해 세 가지 경향의 주장이 있다고 지적하였다. 첫째 서양문화에 대한 저항, 둘째 절충적인 선택, 셋째, 충분한 서구화가 그것이다. 나는 서구화에 대한 저항은 오늘날에는 이미 과거가 되어버려 주장하는 사람이 없다고 말하였다. 그러나 소위 '절충적인 선택'의 주장은 매우 일리가 있지만 그 골자는 일종의 변형된 보수론이라고 말하였다. 그래서 나는 전면적인 서구화를 주장하고 한결같은 마음으로 세계화의 길로 나아가야 한다고 주장했다.[6]

　위 인용문에 따를 때, 胡適은 1929년『중국기독교연감』에 「중국의 오늘날 문화충돌」이라는 글을 발표하여 서양 근대문화에 대한 중국인

---

6) 「充分世界化與全盤西化」,『胡適文存(第四集)』, p.541

의 태도를 셋으로 나누고, 자신은 '전면적인 서구화(全盤的西化)'를 주장
하며 "한결같은 마음으로 세계화의 길로 나아가야 한다"고 했다. 이어
지는 胡適의 설명에 따르면, 이러한 胡適의 주장에 대해 潘光旦이『중
국평론주보(中國評論週報)』에 영문으로 비판하는 글을 실었다. 潘光旦
은 胡適이 말한 두 가지 의미를 다음과 같이 의미의 위상을 구별하여
표현하였다. 첫째, 영어의 'Wholesale westernization'은 '전면서구
화(全盤西化)'로 번역할 수 있으며, 영어의 'Wholehearted modern-
ization'은 '한결같은 마음의 현대화(一心一意的現代化)', '전력을 기울이
는 현대화(全力的現代化)', '충분한 현대화(充分的現代化)'로 옮길 수 있다
는 것이다. 그리고 자신은 '전력을 기울이는 현대화'에 찬성하며 '전면
서구화'는 반대한다는 것이었다. 이에 대해 胡適은 '전면(全盤)'의 뜻이
100%을 의미한다면 99%라도 그것은 '전면(全盤)'이 되지 않을 것이지
만 자신이 '전면서구화'에 찬성하는 것은 최근 10여 년 동안 '충분(充
分)' 세계화를 주장해왔기 때문에 '전면'이란 '충분'을 의미한다는 것이
다. 그리고 100%라는 숫자상의 해석에 구속되어서는 안 된다고 지적
하고, 문자나 어휘상의 논쟁을 피한다는 견지에서 '전면서구화'보다는
'충분세계화(充分世界化)'가 나으며, '충분'은 수량 면에서는 '거의(儘量)'
를 뜻하고 정신 면에서는 '전력을 다한다(用全力)'라는 뜻이라고 설명했
다.7) 그렇다면 胡適이 주장하는 '전면서구화'란 '충분세계화' 또는 '충
분한 현대화'일 터이고, 세계화 또는 현대화란 서구화를 의미한다. 따
라서 胡適이 생각하는 중국의 근대화(현대화)란 곧 서구화로 풀이할 수
있다. 또 胡適은 서구화를 세계화와 동일한 의미로 사용하고 있는데,

---

7)『充分世界化與全盤西化』, 앞의 책, pp.541~542 참조.

서구화와 세계화를 동일한 의미로 사용하고 있다는 것 자체가 胡適이 서양문화에 대한 낙관을 전제하고 있었음을 보여준다.

胡適이 '전면서구화'를 주장한 것은 그의 서양문화를 보는 태도에서 기인한다. 1926년 6월 6일에 쓴 「서양근대문명에 대한 우리의 태도(我們對于西洋近代文明的態度)」라는 글에서, 胡適은 서양문명은 유물적이고 동양문명은 정신적이라고 주장하는 사람들에 대해, 서양 근대문명은 인류의 정신상의 요구를 경시하지 않았고 서양 근대문명이 인류의 심령(心靈)상의 요구를 충분히 만족시킬 수 있으며, 이것은 동양의 구문명이 꿈도 꿀 수 없는 것이라 하였다. 또 서양 근대문명을 유물적인 것이 아니라 오히려 이상주의적(Idealistic)이고 정신적인(Spiritual) 것으로 보았다.[8] 胡適은 이상주의적이고 정신적인 서양 근대문명의 특징을 설명한 뒤 이렇게 결론을 내렸다.

> 이러한 일련의 문명은 '인생의 행복 추구'라는 기초 위에 세워져 있어 확실히 인류에게 적지 않은 물질적 향수(享受)를 증진시켰다. 그렇지만 그것은 또한 분명 인류의 정신상의 요구를 매우 만족시킬 수 있었다. 그것은 이지(理智)적인 면에서 정밀한 방법을 사용하고 부단히 진리를 추구하여 자연계의 무궁한 비밀을 벗겨내었다. 그것은 종교와 도덕 면에서 미신적인 종교를 무너뜨리고 합리적인 신앙을 세웠다. 즉 신권을 타파하고 인화(人化)의 종교를 세웠으며 불가지(不可知)의 천당과 정토(淨土)를 버리고 '인간의 낙원', '인간세상의 천국'을 세우는 데 노력하고 있다. …… 동방문명의 최대의 특색은 지족(知足)이다. 서양 근대문명의 최대의 특색은 부지족(不知足)이다. 지족의 동방인

---

8) 「我們對於西洋近代文明的態度」, 『胡適文存(第三集)』, p.4 참조.

들은 간단하고 누추한 생활에 자족하여 물질향수의 제고를 추구하지 않는다. 우매함에 자족하고 '불식부지(不識不知)'에 자족하여 진리의 발견과 '기예기계(技藝器械)'의 발명에 주의하지 않는다. 현재 만들어진 환경과 운명에 자족하여 자연을 극복하려 하지 않고 '낙천안명(樂天安命)'만 추구하며, 제도를 개혁하려 하지 않고 '안분수기(安分守己)'할 뿐이며, 혁명을 생각하지 않고 순민(順民)할 따름이다.[9]

이처럼 열등한 동방문명에 대한 비판과 그에 대립되는 서양문명에 대한 긍정은 바로 胡適을 전면서구화로 이끌었다. 서양문화와 중국문화에 대한 이러한 해석과 태도는 물론 신문화운동 초기에 새로운 지식인들 사이에서 일반적으로 받아들여졌던 관점이었다. 즉 1915년 이후 『신청년』을 중심으로 추진되었던 신문화운동의 이념적 기반이기도 했다. 胡適은 이러한 서양 근대문명과 동양문명의 차이를 인식한 위에 '전면서구화'를 주장했던 것이다.

그런데 胡適이 주장한 '전면서구화'가 재고의 대상이 된 것은 1920년대 중반부터 서양문화에 대한 일방적인 긍정의 태도가 지식인들 사이에서 새롭게 쟁점화 되고 있었기 때문이다. 이 시기에 오면 중국 지식인들은 서론에서 언급하였던 〈실패감〉에 대한 내면적 저항에서 어느 정도 벗어날 수 있게 되어 근대화 논리로서 일방적인 서구화의 주장은 설득력을 잃게 되었다. 또한 1920년대 후반부터 서양문학의 일방적인 소개 자체만으로는 일반독자들을 신선한 충격으로 이끌지 못했다는 사실도 중첩된다. 胡適이 1919년 11월 1일에 쓴 「신사조의 의의(新思潮

的意義)」에서 "우리가 만약 먼저 타협을 말하여 50리만 간다면 그들은
한 걸음도 가지 않을 것이다. 그러므로 혁신가(革新家)의 책임은 단지
'옳음'만을 아는 방향을 잡아가야지 고개를 돌려 타협해서는 안 된다.
사회에는 물론 무수한 게으름뱅이, 겁쟁이가 있어 타협을 한다."10)라
고 하여 비타협적인 자세로 신문화운동을 전개할 것을 주장하였다. 이
러한 주장은 바로 그의 '전면서구화'의 관점에서 비롯되었다. 그러므로
胡適의 비타협적 서구화도 1920년대 후반부터는 지식인들 사이에서
일방적으로 수용될 수는 없었다.

그리고 胡適의 '전면서구화'의 방법은 '문제의 연구와 개량'에 있었다.
胡適은 1919년 「문제와 주의(問題與主義)」라는 글을 통해 정식으로 '문
제를 더 많이 연구하고 주의를 적게 말하자'라는 명제를 제기하였다.
胡適은 "모든 정력을 기울여 문제를 연구하고, 모든 학리(學理)를 절대
적인 진리로 보지 않고 단지 문제를 연구하는 참고자료로 삼고, 모든
학리를 우리 스스로에게 절실한 여러 가지 문제에 응용하고 문제를 연
구하면서 학리 수입에 노력하고, 문제를 연구하는 노력을 가지고 문제
를 연구하는 태도를 제창하여 문제를 연구하는 인재를 양성할 것"11)을
주장했다. 胡適의 입장에서 '전면서구화'의 목적은 중국문명을 개조(再
造)하는 데 있었다. 그 개조의 방법은 구체적인 하나 하나의 문제를 해
결하는 개량적인 것이었다. "문명은 한꺼번에 이루어진 것이 아니고 조
금씩 조금씩 이루어진 것이다. 진화는 하룻밤 사이에 한꺼번에 된 것이
아니고 조금씩 조금씩 진화한 것이다. 오늘날 사람이 '해방과 개조(改
造)'를 즐겨 말하는데 해방이란 한꺼번에 되는 것이 아니고 개조도 한꺼

---

10) 「新思潮的意義」『胡適文存(第一集)』, p.734.
11) 「新思潮的意義」, 앞의 책, p.733.

번에 되는 것이 아님을 알아야 한다."12) 이렇게 볼 때 胡適의 근대화
기획은 점진적인 개량을 통한 전면적인 서구화에 초점이 맞춰져 있었
고, 그 서구화는 대체로 서양의 근대적 방법론을 도입하는 측면이 강하
게 부각된다. 胡適의 서구화의 구체적인 내용은 서양적인 이성의 방법
론으로 인식한 과학적 방법론을 중국에 적용하는 것이었다. 그리하여
胡適은 실험정신과 실증주의적인 방법을 제창하고 과학적 사유방식으
로 중국의 전통문화를 새로이 검증하고 정리하는 일에 힘을 쏟을 수가
있었다.

2. 魯迅의 '가져오기주의(拿來主義)'와 이성 비판

　魯迅의 서양문화에 대한 태도와 관련하여 우리는 그가 문화수용의
방법으로서 제시한 '가져오기주의(拿來主義)'라는 말을 떠올릴 수 있다.
이는 魯迅의 서양문화에 대한 태도를 단적으로 보여주는 용어라고 할
수 있다. 魯迅은 1934년 「가져오기주의(拿來主義)」라는 글을 발표하였
는데, 여기서 그는 '가져오기(拿來)'를 강조한다. 魯迅은 그때까지 중국
인들은 외국사람들의 '보내온(送來)' 물건 때문에 질겁했다고 보고 '머리
를 쓰고 눈으로 잘 살펴서 자기 손으로 가져와야 한다'고 했다. 사람은
저절로 새 사람이 될 수 없으므로 가져와야 하고 문예도 저절로 새 문
예가 될 수 없으므로 가져와야 하는데, 어떤 것은 사용하고 어떤 것은
보존해두고 어떤 것은 없애버려야 하므로 문제는 그 가져옴에 있다.13)

---

12) 「新思潮的意義」, 앞의 책, p.736.
13) 「拿來主義」, 『魯迅全集(6)』, pp.38~39 참조.

말하자면 '머리를 쓰고 눈으로 잘 살펴서 자기 손으로 가져와야 한다'는 것이다. '보내온' 물건은 사람을 질겁케 할 뿐이다. 여기서 魯迅은 '가져오기주의' 방법을 제시함으로써 문화수용에 있어서 주체적인 태도를 강조한 것이다. 그러므로 '가져오기주의'는 문화수용의 방법이지만 이를 확대하면 서양문화에 대한 魯迅의 태도로 해석할 수 있다.

魯迅이 서양문화 수용의 태도로서 '가져오기주의'를 강조했던 맥락을 이해하기 위해서는 먼저 청년시기 그의 서양문화에 대한 태도를 검토할 필요가 있다. 魯迅은 1908년 「파악성론」에서 당시 중국인들의 주장을 정리하고 그것에 대한 비판적 입장을 개진하였다. "첫째가 '여러분은 국민(國民)입니다'라는 것이고, 둘째가 '여러분은 세계인(世界人)입니다'라는 것이다. 전자는 아마도 그렇게 하지 않으면 중국이 망하게 된다는 것이며, 후자는 아마도 그렇게 하지 않으면 문명에 위배된다는 것이다. 이 말의 진정한 뜻을 살펴보건대, 비록 일관된 주장은 없지만 모두 인간의 자아(自我)를 멸하고 독특한 개성을 가지지 못하도록 획일화하여 대중 속에 매몰시키는 것이다."14) 魯迅은 '국민'이라는 말로 표명된 서양의 정치제도의 도입과 '세계인'이라는 말로 표명된 서구화의 추구는 모두 개인의 자아각성을 억압하고 있다는 점에서 비판한다. '국민'과 '세계인'의 두 주장은 구체적인 내용은 다르지만 '개성을 말살시킨다는 점에서는 대동소이하다'고 보고 魯迅은 이렇게 역설했다.

갑의 주장은 '미신을 타파해야 한다', '침략을 숭배하여야 한다', '의무를 다해야 한다'는 것이며, 을의 주장은 '문자를 공통으로 사용해야 한다', '조국을 버려야 한다', '일치단결을 중히 여겨야 한다'는 것이다. 만일 그렇게 하지

---

14) 「破惡聲論」, 『集外集拾遺補編』, 『魯迅全集(8)』, p.26.

않으면 20세기에서 살아남지 못할 것이라고 한다. 이러한 주장을 고수하기 위해 방패막이로 이용하는 것이 과학이고, 적용(適用)에 관한 일이고, 진화이고, 문명이다. 이 말들은 고상하기 때문에 쉽게 바꿀 수 없을 것 같다. 그런데 과학이란 무엇이며, 적용이란 어떤 일이며, 진화는 어떤 형태로 이루어지는지, 문명의 뜻을 어떻게 해석해야 할지 등등에 대해서 모호하여 명확하게 언급하지도 못한다. 심지어는 자기 창으로 자기 방패를 찌르는 자가당착의 경우도 있다. 아아, 근본이 이렇게 동요하고 있으니 그 가지와 잎들은 무엇에 의지할 것인가! 어찌하여 파도가 일렁이는 대로 내맡기고 스스로 중심이 되지 못하여, 잠시 남의 의견에 부화뇌동하고 스스로를 미혹하게 하는가?[15]

여기서 魯迅은 '과학'이나 '문명'이라는 미명 하에 이루어지는 서양문화의 수용도 철저한 자아각성이 선행되지 않을 때 무의미하며, 오히려 자기 창으로 자기 방패를 찌르는 자가당착에 빠지고 만다는 사실을 지적하고 있다. 이처럼 魯迅은 청년시절부터 서양문화에 대한 태도로서 주체의 자아각성을 강조하며 '가져오기주의'적 관점을 견지하고 있었다.

청년시절에 형성된 魯迅의 서양문화에 대한 태도는 문학혁명 이후에도 그대로 이어진다. 魯迅은 1919년 5월 『신청년』에 발표한 「59 '성무'(五十九 '聖武')」라는 글에서 "우리 중국이란 본래 새로운 주의(主義)가 생겨날 고장이 아니며 새로운 주의를 용납할 장소도 아니라고 나는 생각한다. 설사 우연하게 외래사상이 들어왔다 해도 대번에 색깔이 변해 버린다."[16] 라고 했다. 여기서 魯迅의 비판의 초점은 중국에 수입된

---

15) 「破惡聲論」, 앞의 책, p.26.
16) 「五十九 '聖武'」, 『熱風』, 『魯迅全集(1)』, p.354.

서양사상의 〈변질〉에 있다. 서양에서는 '주의(主義)'로 기능하던 사상도 그것이 중국에 수입되면 대번에 색깔이 변하여 주체적인 '주의'로 기능하지 못함을 지적하고 있는 것이다. 말하자면 외래사상이라는 것도 그것이 중국에 수입되면 원래의 기능을 상실하여 주체의 사상으로 작동하지 못하고 있음을 지적하고 있다. 이러한 魯迅의 지적은 외래사상의 수입을 강조하기 위한 것이 아니라 수입된 외래사상이 원래의 기능대로 주체적인 사상으로 작동해야 함을 강조하기 위한 것이다.

사실 魯迅은 이러한 생각을 시적으로 형상화하기도 하였는데, 1918년 7월 15일 『신청년』에 발표된 백화시 「그들의 화원(他們的花園)」이 그것이다.

꼬마 아이, 머리를 틀어 올리고,
은황색 얼굴에 연분홍빛이 감도는데 ― 보아하니 바로 생명이 피어나는 듯.
달려가 대문을 박차고 이웃집을 바라보았다.
그들의 큰 화원에는 온갖 꽃들이 피어 있어,
조심스레 백합 한 송이를 꺾었다.
희고 눈부셔서 마치 방금 내린 눈과 같았다.
조심스레 집으로 들고 와 그 얼굴을 비쳐보니 유달리 핏빛이 어리어 있었다.
파리가 꽃을 감싸고 소리내며 방에서 어지럽게 날고 있다 ―
"이렇게 깨끗하지도 않은 꽃을 좋아하다니, 바보 같은 아이로구나!"
얼른 백합을 보니 이미 여러 군데 파리 자국이 있었다.
차마 볼 수 없고, 안타까웠다.
눈을 부릅뜨고 하늘을 향해 바라보며 그는 할 말을 잊었다.
아무 말 못하고 이웃집을 생각하였다.

그들의 큰 화원에는 얼마나 많은 꽃들이 있는가.[17]

물론 이 작품은 시적으로 성공하고 있는 것은 아니다. 다만 이를 통해 서양문화를 수용하는 중국인들의 왜곡된 태도에 대한 魯迅의 비판적 시각을 읽을 수 있다. '그들의 화원'이란 서양을 상징하고, '온갖 꽃들'이란 서양의 문화와 사상을 상징하며, '꼬마 아이'는 '5·4운동' 전야의 새로운 지식인을 가리킨다. 그들은 대담하게 서양의 신사상을 들여온다. "달려 가 대문을 박차고", "조심스레 백합 한 송이를 꺾었다." 그러나 '백합'은 원래 깨끗한 것이었으나 불행하게도 꺾자마자 핏빛이 어리고 가져오자마 자 파리 자국이 생기고 말았다. 들여온 서양의 신사상은 이미 원래의 모습을 잃어버린 것이다. 魯迅은 1919년 1월 15일 『신청년』에 발표한 「수감록 43」에서 "애석하게도 외국의 사물이 한번 중국에 들어오면 곧장 검은 색 안료 통에 떨어진 것과 같아서 색을 잃지 않은 것이 없다."[18]라 고 하였다. 이것은 魯迅이 「그들의 화원」에서 풍자하고자 했던 서양문화 의 왜곡된 수용을 산문적 진술로 다시 한번 비판하고 있는 셈이다. 그리 고 1922년 魯迅은 당시 비평가의 폐단을 지적하면서, "오로지 한두 권의 '서방'의 낡은 비평론에 기대고, 아니면 생각이 굳어버린 선생들이 내뱉 은 찌꺼기를 주어들고, 아니면 중국의 고유한 그 무슨 영원히 바꿀 수 없는 도리라는 것들에 의지해서 문단에 뛰어들어 마구 짓밟는 것만은 그야말로 비평의 권위를 남용하는 것이라고 나는 생각한다"[19]라고 했 다. 여기서도 魯迅은 주체성이 결여된 중국인들의 서양문화의 왜곡된

---

17) 「他們的花園」, 『集外集』, 『魯迅全集(7)』, p.32.
18) 「隨感錄 四十三」, 『熱風』, 『魯迅全集(1)』, p.330.
19) 「關于批評家的希望」, 앞의 책, p.401.

수입을 비판하고 있는 것이다.

魯迅은 「그들의 화원」의 마지막 구절에서 '그들의 큰 화원에는 얼마나 많은 꽃들이 있는가'라고 하여 서양문화에 대한 애착을 보이고 있다. 하지만 서양문화에 대한 애착도 주체적인 태도가 결여되면 그것은 파리 자국이 난 '백합'이 될 뿐이며, '생각이 굳어버린 선생들이 내뱉은 찌꺼기'와 다를 바 없다. 서양문화 수용의 태도로서 魯迅이 제기한 '가져오기주의'는 바로 이러한 맥락에서 이해해야 한다. 따라서 魯迅은 서양문화에 대한 맹목적 수용이 아니라 그것에 대한 일정한 비판이 전제된 주체적인 수용을 주장하고 있는 것이다. 그리고 주체적인 수용의 내면논리 속에는 이미 서양문화에 대한 일정한 비판이 숨어있다. 왜냐하면 맹목적인 수용이 아니라 주체적인 수용일 때 거기에는 필시 서양문화에 대한 가치판단이 선행되어야 하기 때문이다. 이러한 의미에서 '가져오기주의'는 서양문화 또는 그 밑바탕에 흐르는 서양근대이성에 대한 일정한 비판을 전제로 하는 魯迅의 서양문화에 대한 태도라고 볼 수 있다.

魯迅은 중국 청년들에게 중국 책은 되도록 적게 읽거나 아예 읽지 말기를 권하고 오히려 외국 책을 더 많이 읽을 것을 기대했다.

중국 책은 비록 세상에 나서도록 사람들을 권고하는 말이 들어 있기는 하지만 대부분은 굳어버린 시체의 낙관(樂觀)이다. 외국 책은 설령 퇴폐적이고 염세적이라 할지라도 살아있는 사람의 퇴폐요 염세이다. 나는 중국 책은 적게 보거나—아니면 아예 보지 말아야 하며, 외국 책은 많이 보아야 한다고 생각한다. 중국 책을 적게 보면, 그 결과란 그저 글을 지을 수 없는 것뿐이다. 그러나 지금의 청년들에게 가장 긴요한 것은 '행(行)'이지 '언(言)'은 아니다.

살아있는 사람이기만 하면 글을 지을 수 없다해도 뭐 그리 대수롭지 않은 일이다.[20]

이 글은 1925년 2월 21일 『경보부간(京報副刊)』에 발표되었는데, 魯迅이 청년들에게 중국 책을 적게 읽거나 아예 읽지 말고 외국 책을 많이 읽어야 한다고 권하고 있는 이 대목에 이르면, 魯迅은 오히려 서구 편향에 기울고 있는 것이 아닌가 생각할 수도 있다. 그러나 이것은 서양사상을 무비판적으로 수용하자는 것이 아니며, 중국에서는 "한대(漢代) 이후 언론기관이 '전업 유자(業儒)'에 의해 장악되었고 송원대(宋元代) 이후에는 그 폐해가 더욱 심해져, 전업 유자가 아닌 사람의 책은 거의 한 권도 볼 수 없으며 사인(士人)이 아닌 사람의 발언은 거의 한 마디도 들을 수 없기"[21] 때문이다. 즉 '살아있는 사람'이 되는 데 '굳어버린 시체의 낙관'에 지나지 않는 중국 책을 읽어서는 전혀 도움이 되지 않기 때문이다. '굳어버린 시체의 낙관'이 아니라 〈살아있는 사람〉의 퇴폐와 염세가 더욱 절실하다. 그러기에 외국 책이라 하더라도 살아있는 사람의 주체의 각성과 관련된 외국 책만이 魯迅의 관심영역에 포섭된다. 따라서 위 인용문의 내용은 서구편향과는 상당한 거리를 두고 있으며, 서양의 문화사적 맥락에서 '살아있는 사람의 퇴폐와 염세'라는 말 자체가 이미 서양근대이성에 대한 일정한 비판을 전제하고 있는 만큼 서양근대이성에 대한 비판을 내적으로 간직하고 있는 셈이다.

그리고 魯迅은 '행(行)'과 '언(言)'을 구분하여 사고하고 있는데, '행'이란 살아있는 사람의 주체적인 실천과 관련되어 있고, '언'이란 고문과

---

20) 「靑年必讀書」, 『華蓋集』, 『魯迅全集(3)』, p.12.
21) 「我之節烈觀」, 『墳』, 『魯迅全集(1)』, p.122.

같은 죽은 문장을 의미할 뿐 아니라 표면적이고 기술적인 측면을 가리
킨다고 할 수 있다. '행'과 '언'의 구분에서 우리는 魯迅과 胡適을 변별
적으로 이해할 수 있는 주요한 단서를 발견할 수 있지 않을까?

1927년 「소리 없는 중국」에서 魯迅은 청년들에게 '진실한 소리내기'
를 강조하면서 결론 부분에서 "우리에게는 이제 두 가지 길만이 있을
뿐입니다. 고문을 품고 죽느냐, 그렇지 않으면 고문을 버리고 사느냐입
니다."[22]라고 하였다. 魯迅에게 백화냐 문언(고문)이냐 하는 문제는 그
것으로써 '진실한 소리내기'가 가능한가 그렇지 않은가의 문제였다. 魯
迅에게는 문학형식이나 문학진화법칙의 문제를 넘어서는 곳에 백화와
고문의 문제가 놓여 있었다. '언'의 관점에서가 아니라 '행'의 관점에서
백화와 문언을 문제삼았는데, '진실한 소리내기'는 문학적 실천으로서
'행'의 문제이기 때문이다.

5·4운동이 발발하고 얼마 지나지 않은 시점인 1919년 8월 胡適은
'국고정리'를 지지하면서 "한 글자의 옛 뜻을 발견하는 것은 항성을 하
나 발견하는 것과 같이 그것은 대단한 성과이다"[23]라고 하여 '국고학
(國故學)'의 사회적 의미를 높이 평가하였다. 또 1920년 3월에는 梁啓
超와 호흡을 맞추어 '국학서목(國學書目)'을 열고 '중국 국문의 교수(中學
國文的教授)'라는 제목으로 강연회를 가졌다. 여기서 그는 청년학생들은
많은 양의 고문을 읽고 문언문으로 작문해야 한다고 주장했다.[24] 胡
適의 이러한 주장은 魯迅과 다른 입장에 서는 것이다. 사실 문학혁명
시기에 魯迅은 胡適의 백화문운동에 적극적인 지지를 보냈다. 魯迅이

22) 「無聲的中國」, 『三閑集』, 『魯迅全集(4)』, p.15.
23) 「論國故學」, 『胡適文存(第一集)』, p.441.
24) 「中學國文的教授」, 앞의 책, pp.219~220 참조.

胡適의 백화문운동에 적극적인 지지를 보낸 것은 백화문운동이 '언'에서 '행'으로 나아가는 출발점이 된다고 판단했기 때문이다. 胡適도 신문학 초기에 백화문운동을 전개할 때 그러한 측면을 충분히 염두에 두고 있었다. 胡適의 백화문운동이 근대적 주체의 자아각성을 전제로 하는 것이었던 만큼 그것은 '언'에서 '행'으로 나아갈 수 있는 기초였다. 하지만 胡適은 5·4퇴조기에 이르러 오히려 '언'의 방향으로 선회하게 되는데, '국고정리'며 고문에 대한 강조가 이를 뒷받침한다. 따라서 '행'과 '언'의 문제에서 魯迅과 胡適은 약간 다른 방향에 서게 되는 것이다. 다른 측면에서, 胡適이 백화문운동을 적극적으로 전개하여 언어문자의 측면에서 근대적 문학의식을 확립하였지만 거기에는 魯迅이 말한 '언'의 수준에 머무를 수 있는 가능성이 이미 내재해 있었다. 胡適의 백화문운동은 사실 서양 근대문학사에 대한 이해를 바탕으로 그것의 중국적 적용을 고려한 측면이 강하였고, 또 백화문의 전용이 문학진화의 법칙에 따른 자연스런 현상으로 보고 있었기 때문이다.

　5·4퇴조기에 이르러『신청년』진영의 지식인들이 분열되면서 胡適과 魯迅이 약간 다른 방향에 서게 되는 것은 胡適의 백화문운동이 애초부터 '언'의 문제에 가까웠으며, 魯迅은 적어도 그의 문학적 실천을 통해 '행'의 단계까지 나아갔기 때문인 것으로 보인다. 胡適은 방법론이라든지 기술적인 문제에 집착했다고 한다면 魯迅은 정신의 문제를 되씹고 있었다. 胡適의 서구화 혹은 근대화가 서양의 방법론을 도입하는 측면이 강하였다면 魯迅은 좀더 깊은 곳으로부터의 변혁을 꿈꾸지 않으면 안 된다고 생각했다. 魯迅이 말하고 있는 '행'이란 깊은 곳의 변혁을 위한 구체적인 실천의 문제인 반면 '언'이란 방법론적인 문제로 보이기 때문이다. 魯迅은 언제나 '언'보다 '행'의 관점에서 당면문제를 사고

하고 있었으므로 청년들에게 살아있는 사람의 퇴폐와 염세를 담고 있는 외국(서양) 책을 더 많이 읽고, 중국 책은 되도록 적게 읽으라고 권할 수 있었다. 외국 책을 많이 읽어서 '행'의 영역으로 나아갈 것에 대한 기대는 근대화 과제가 표면을 뚫고 들어가 깊은 곳의 성찰과 변혁을 통해서 달성될 수 있다는 魯迅의 근대화 논리의 일면을 보여준다.

3. 이성 낙관과 이성 비판의 대립

魯迅은 문언을 대신한 백화문의 전면적 수용이라는 백화문운동에 대해 胡適의 입장과 동일한 태도를 취했다. "인간으로 태어나 신선이 되려 하며 지상에 살면서 하늘에 올라가려 하며 분명히 현대인으로서 현재의 공기를 마시면서도 기어이 썩어빠진 명교(名敎)와 죽은 언어를 강요함으로써 현재를 여지없이 모멸하는 자들은 모두 '현재의 도살자'들이다. '현재'를 죽이면 '미래'도 죽이는 것이다. ―미래는 후손들의 시대이다."[25] 여기서 魯迅은 백화문 사용의 당위성을 언급하고 있으며 胡適이 고문을 죽은 글이라고 했던 주장을 그대로 수용하고 있다. 胡適은 '죽은 글(死的文字)'이라고 했고 魯迅은 '죽은 언어(僵死的語言)'라고 했을 뿐이다. 魯迅은 胡適의 백화문운동에 적극적으로 동조했다. 「광인일기」가 백화로 씌어졌다는 것 자체가 魯迅이 문학적 실천을 통해 직접적으로 胡適의 백화문운동에 호응했다는 점을 보여준다. 또 魯迅은 1922년 학형파(學衡派)를 비판하면서, "글이라고 하면 설령 '도를 담지는(載道)' 못한다 하더라도 '뜻은 통해야(達意)' 한다. 그런데 불행

---

25) 「五十七 現在的屠殺者」, 『熱風』, 『魯迅全集(1)』, p.350.

하게도 국학(國學)을 장황하게 늘어놓는 제씨의 글이 잘 통하지 않아 자신도 어찌할 수 없는 형편인데, 어떻게 남을 '가늠(衡)'할 수 있겠는 가?"26)라고 풍자했다. '뜻이 통하지' 않는, 생명력이 없는 '가짜 골동품'을 소중하게 여기는 학형파에 대한 魯迅의 비판은 胡適의 입장과 동일하다. 다만 백화문의 사용만으로 끝날 수 없다는 데서 魯迅은 胡適과 약간 다른 방향에 선다.

앞서 魯迅은 '언'과 '행'의 구분에서 '행'을 강조하였다고 했는데, 그에게 주체적인 인간의 '행'이란 '생명의 길'로 통한다.

> 생명의 길은 전진하는 길이다. 그것은 언제나 무한한 정신삼각형의 사변을 따라 위로 올라갈 것이며 그 어떤 힘도 그것을 막지 못한다. 자연이 인간에 부여한 부조화적인 것이 아직도 매우 많으며 인간자체가 위축되고 타락하여 뒷걸음질치는 현상도 아직 매우 많다. 하지만 생명은 절대 이 때문에 돌아서지 않는다. 그 어떤 암흑이 사조를 가로막는다 해도, 그 어떤 비참함이 사회를 습격한다 해도, 그 어떤 죄악이 인간도덕을 모독한다 해도 완벽을 갈망하는 인간의 잠재력은 언제나 이러한 가시철망을 짓밟으며 앞으로 나아간다. 생명은 죽음을 두려워하지 않는다. 그것은 죽음 앞에서 웃고 날뛰면서 멸망하는 인간들을 뛰어넘어 앞으로 나아간다.27)

魯迅이 胡適의 백화문운동을 지지하고 학형파를 비판한 것은 백화문이 '행'으로 나아갈 수 있기 때문이었다. 즉 백화문이 '생명의 길'로 전진할 수 있는 문학적 실천의 도구가 될 수 있기 때문이었다. 그런데 胡適

---

26) 「估『學衡』」, 앞의 책, p.377.
27) 「六十六 生命的路」, 앞의 책, p.368.

에게 백화문운동은 '행'의 문제나 '생명의 길'로 전진하는 문제보다 방법론의 문제에 훨씬 가까웠다고 할 수 있다. 胡適의 백화문운동이 '언'의 문제에 머무를 수 있다고 했던 것도 바로 이 때문이다. 胡適의 백화문운동이 중국의 근대적 문학의식의 형성에 기초를 제공했지만, 그것은 어디까지나 서양의 근대적 방법론을 도입한 결과였다. 胡適이 백화문운동을 제창할 때 서양근대 각 국의 문학사를 준거로 제시한 것은 이 때문이다. 胡適의 백화문운동이 방법론의 문제에 가까웠기 때문에 그것이 성공한 뒤 胡適은 '국고정리'에서 보듯 실증주의적인 과학적 방법론의 도입으로 나아갈 수 있었다. 물론 胡適의 국고정리는 서양의 근대적 학문방법론의 도입이라는 점에서, 학문의 객관성 확보라는 점에서 중요한 의미를 지닌다.

그렇다면 胡適은 근대화를 주로 방법론적인 측면에서 사고하고 있었고 魯迅은 그러한 방법론의 차원을 넘어서 정신의 문제로 사고하고 있었다. 이 점에서 胡適과 魯迅이 생각한 중국문학의 근대화의 방향은 약간 다른 차원에 놓인다. 이는 그들의 서양근대이성에 대한 낙관과 비판이라는 문화적 태도의 차이에서 기인한 것으로 보인다.

1927년 魯迅은 "침묵하고 있을 때 나는 충실함을 느낀다. 입을 열면 곧 공허를 느낀다."28)라고 하였고, 또 "돌난간에 기대어 멀리 바라보고 있을 때 나는 내 마음의 소리를 듣는다. 사방은 온통 무한한 비애와 고뇌와 영락과 사멸이 가득 차, 모두 이 적막 속으로 파고드는 것 같다."29)라고 하였다. 魯迅은 왜 '공허'와 '적막'을 느끼고 있었을까? 그것은 출로가 없는 막힌 길 때문인데, 이 시기에 魯迅은 '전진의 방향'

---

28) 「題辭」, 『野草』, 『魯迅全集(2)』, p.159.
29) 「怎樣寫」, 『三閑集』, 『魯迅全集(4)』, pp.18~19.

을 발견하지 못하고 '방황'하고 있었던 것이다. 서양근대를 잘 알고 있었던 魯迅의 입장에서 보면 그러한 공허나 적막은 자연스러운 일인지도 모른다. 왜냐하면 중국의 국가적 위기를 초래한 것이 일차적으로 서양이며 또 그것을 극복할 정신사적 거점도 역시 서양에서 찾아야 한다고 할 때 그것은 자기모순에 빠지고 말기 때문이다. 이미 魯迅은 「파악성론」에서 서양근대이성을 '수성(獸性)'에 비유한 터였으므로 魯迅의 공허와 적막은, 당시 중국의 정치적 상황에서 문제를 극복할 대안이 없다는 점에서 당연한 것이었는지도 모른다. 그러나 胡適에겐 이러한 공허나 적막이 발견되지 않는다. 胡適은 '전면서구화'의 관점에서 서양근대이성에 대한 믿음을 전제하고 있었고, 그것의 방법론적 운용으로서 '국고정리'라는 몰두할 과제가 있었기 때문이다.

魯迅은 일본유학시기부터 서양근대이성에 대한 비판에서 나온 니체사상에 경도되어 있었고, 또한 서양근대이성 자체가 현재 중국의 위기를 초래한 근원일 수 있다고 인식하고 있었다. 물론 서양근대이성의 긍정적인 부분은 놓칠 수 없는 일이다. 魯迅은 「마라시력설」에서 서양의 낭만주의 시인의 정신을 소개하였고, 동유럽 약소민족의 단편소설을 번역한 『역외소설집』을 통해 '천재의 사유'를 전하고자 했다. '가져오기주의'도 이러한 맥락에서 나온 것이다. 그리고 魯迅은 중국의 현실문제를 해결할 수 있는 정신사적 거점을 발견하지 못한 데서 유래하는, 즉 '전진의 방향'을 찾지 못한 데서 유래하는 공허와 적막을 극복할 어떤 가능성을, 혁명문학논쟁을 거치면서 발견하게 된다. 그렇지만 그 가능성은 혁명문학파가 주장한 '구호문학' 역시 새로운 서양이성에 대한 맹신으로 전락할 수 있다는 경계 속에서 발견한 가능성이었다. 魯迅 소설이 중국의 암흑사회 구조를 드러내고 있는 것은 봉건이데올로기가 집

적된 암흑의 중국현실에 대한 예술적 형상화의 결과이지만, 서양근대
이성도 중국적 현실 속에서는 무의미할 뿐임을 魯迅은 현실의 통찰 속
에서 발견했기 때문이다. 따라서 胡適이 확립해 놓은 근대적 문학의식
에 기초하여 魯迅이 중국 소설의 근대화에 성공한 것은 그의 냉철한 현
실인식과 서양문화에 대한 태도에서 기인한 것으로 보인다.

4. 魯迅과 胡適의 중국 고전문학 연구

1923, 4년에 출판된 魯迅의 『중국소설사략』(상·하)30)은 중국 고전
소설에 대한 연구결과이며 지금까지도 중국소설사의 전범으로 평가
되고 있다. 또 1926년 하문대학(廈門大學)에서 중국문학사 강의를 위
해 마련한 『한문학사강요(漢文學史綱要)』31)도 魯迅의 중국 고전문학
에 대한 연구결과이다. 胡適은 『백화문학사』를 집필하였고 「수호전고
증(水滸傳考證)」, 「홍루몽고증(紅樓夢考證)」을 비롯하여 고전작품의 고
증작업으로 많은 업적을 남겨놓고 있다.32) 魯迅과 胡適은 동일하게

---

30) 1925년에는 상·하책을 하나로 묶어 北京의 北新書局에서 출판되었다. 鄭振鐸은 『中國小
  說提要』의 「短序」에서 "최근 출판된 魯迅 선생의 中國小說史略은 비록 얇은 두 책이지만
  아주 체계적인 책이다."(鄭振鐸, 『中國文學論集(下冊)』, 港靑出版社, 1979年, p.494)라고 하
  였다.

31) 1926년 廈門大學에서 강의할 때는 『中國文學史略』이라 하였으나, 이듬해 廣州 中山大學
  에서 강의할 때는 『古代漢文學史綱要』라고 하였고, 1938년 『魯迅全集』에 수록될 때는 『漢
  文學史綱要』라는 이름으로 바뀌었다.

32) 만청 시기 이후 중국문학사와 관련된 저작을 살펴보면, 黃人의 『中國文學史』와 林傳甲의
  『中國文學史』가 1900년에서 1910년 사이에 출판되었다. 그 후 1912년 王國維의 『宋元戱曲
  史』, 1918년 謝無量의 『中國大文學史』가 나왔고 謝好像의 『中國婦女文學史』도 나왔다. 5·
  4운동을 전후해서 劉師培의 『中古文學史』, 魯迅의 『中國小說史略』·『漢文學史綱要』, 胡適
  의 『白話文學史』가 나왔다. 30년대 초에는 鄭振鐸의 『揷圖本中國文學史』(미완성)가 나왔고,
  40년대 초에는 劉大杰의 『中國文學發達史』상권이 출판되었고, 1949년에는 하권이 출판되

신문학운동을 전개하였지만 그에 못지 않게 고전문학 정리작업도 꾸준히 진행했다. 魯迅은 1909년 일본유학을 청산하고 귀국하여 처음으로 손을 댔던 것이 고소설의 정리작업이었다. 그 결과 문학혁명 이전에 이미 『중국소설사략』을 집필할 때 중요한 기초자료가 되었던 『고소설구침(古小說鉤沈)』을 출판하였다. 그 후 『당송전기집(唐宋傳奇集)』, 『소설구문초(小說舊聞鈔)』를 집록 교감하여 내놓았다. 胡適은 '문제와 주의' 논쟁 이후 '국고정리'를 표방하여 중국 고전백화소설의 고증작업에 많은 노력을 기울였다. 이러한 동일한 고전문학 연구작업에서 魯迅과 胡適은 서로 자료를 교환하며 연구를 진행했던 것으로 보인다.

魯迅이 胡適에게 보낸 편지는 자료를 서로 교환하고 연구결과를 서로 참고한 사정을 보여준다.

『서유기』작자의 사적(事迹)에 관한 자료를 지금 종이 다섯 장에 기록하여 보내니 꼭 다시 보내올 필요는 없습니다. 『산양지유(山陽志遺)』의 마지막 단락의 논단은 아주 잘못되어 있습니다. 아마 오산부(吳山夫)는 장춘(長春) 진인(眞人)의 『서유기』를 보지 못하였을 것입니다. …… 만약 『사양존고(射陽存稿)』를 살 수 있으면 귀중한 자료가 될 것으로 생각합니다만, 아마 매우 어려울 것입니다. 명나라 때 중각(重刻)한 이옹(李邕)의 『사라수비(娑羅樹碑)』의 원본은 사양산인(射陽山人)이 소장하고 있던 것인데, 거기에는 '매득유지운림화죽(買得油漬雲林畵竹)'이라는 제목의 시(詩)가 있습니다. 이 사람도 역시 골동품 닦기를 좋아한 사람 같습니다. 동문국(同文局)에서 인쇄한 『품화(品花)』고증에 필요한 귀중한 책이 있으면 편리한 때에 한번 빌려 보고자 합니다.(1922년 8월 14일)[33]

_____

었다.(季羨林, 「現代中國文學史研究回顧」, 『北京大學學報』1995年 第3期, p.57 참조)

저번에 나에게 많은 책을 빌려주었고 후에 또 편지도 받았습니다. 책은 모두 대략적으로 보았습니다. 지금 돌려보냅니다. …… 지금 원고(胡適이 魯迅에게 보내온 胡適 자신의 「50년 동안의 중국 문학」을 가리킴—인용자)를 되돌려 드리며 이백원(李伯元)의 생졸년(生卒年)을 그 위에 써 두었습니다.(1922년 8월 21일)34)

魯迅은 「광인일기」 발표 이후 『신청년』이나 『신조(新潮)』에 소설과 잡문을 발표하면서도 고전소설과 관련된 고전문학 정리작업을 간단없이 지속해나갔다. 특히 1921년부터는 『혜강집(嵇康集)』을 다시 교정하기 시작하였고, 1923년 7월부터 북경여자고등사범학교에서 강의를 담당하면서 그때까지 정리해 놓은 중국 고전소설에 관한 자료를 토대로 10월 13일부터는 중국소설사를 강의하기 시작했다. 그 결과 1923년 12월 11일에는 『중국소설사략』상책을 북경의 신조사(新潮社)에서 출판했고, 동년 6월 20일에는 『중국소설사략』하책을 역시 신조사에서 출판했다. 胡適은 '문제와 주의' 논쟁 이후 국고정리를 내세우면서 고전정리작업에 들어가 1920년 7월 27일에는 「수호전고증」의 원고를 완성하였고, 1921년 3월 27일에는 「홍루몽고증」의 초고를 완성하였다. 위 인용문의 편지에서 보듯 이러한 고전문학 연구과정에서 魯迅은 胡適의 자료를 빌려 참고하였으며 연구결과를 서로 교환하기도 했다.

그런데 胡適은 '전면서구화'를 제기하였고 魯迅은 중국의 고전은 전혀 읽지 말기를 청년들에게 권하기까지 하였는데, 그들의 고전문학 연구가 일견 모순인 것처럼 보인다. 그러나 胡適의 '전면서구화'는 1919

33) 「致胡適」, 『書信』, 『魯迅全集(11)』, pp.410~411.
34) 「致胡適」, 『書信』, 앞의 책, pp.412~413.

년 4월 「신사조의 의의」에서 밝히고 있듯이, '문제연구, 학리수입, 국
고정리, 문명개조'35)라는 일련의 신문화운동의 과정에서 학리(學理)
수입을 위한 것이었다. 胡適은 이 글에서 서양의 신사상, 신학술, 신문
학, 신신앙을 학습하여 일체의 학리를 중국의 구체적인 문제에 응용하
고 또 과학적 방법으로 국고를 정리하길 희망한다고 하였고, 그 최종적
인 목적은 '문명개조'에 있다고 했다.36) 또한 魯迅은 "다른 사람은 몰
라도 나 자신은 확실히 옛 서적을 많이 보았으며, 가르치기 위해서 지
금도 보고 있다"고 말하고, 그 이유를 이렇게 설명했다. "대부분은 나태
한 때문이겠지만, 종종 나 스스로 마음이 풀어져서, 일체의 사물은 변
화하는 가운데 어쨌든 중간물이라는 것이 다소 있다고 생각한다. 동물
과 식물 사이에, 무척추동물과 척추동물 사이에 다 중간물이 있다. 아
니 진화의 연쇄고리 중에서 일체의 것은 다 중간물이라고 간단히 말할
수 있다."37) 魯迅이 고전에 관심을 갖게 된 것은 '중간물'로서의 자기
규정성 때문이다. "나는 내가 가는 길을 청년들이 함께 가기를 권하고
싶지 않은 것입니다."38)라고 하여 청년들은 자신과 동일한 길을 밟을
필요가 없으며, 다만 자신의 역할이 그러한 위치에 놓여 있을 뿐이라고
여겼다. 이렇게 볼 때 胡適과 魯迅의 고전문학 연구를 두고 자기 모순
에 빠진 것으로 이해할 필요는 없을 것 같다.

　여기서 서구편향과 자국의 고전문학으로의 회귀라는 문제에 주목할
필요가 있는데, 한·중·일 삼국의 문학의 근대화는 상호 연관이 있으
므로 일본과 한국의 근대문학에서 서구편향과 자국의 고전문학으로의

---

35) 「新思潮的意義」, 『胡適文存(第一集)』, p.727 참조.
36) 「新思潮的意義」, 앞의 책, pp.729~736 참조.
37) 「寫在『墳』後面」, 『墳』, 『魯迅全集(1)』, pp.285~286 참조.
38) 「北京通信」, 『華蓋集』, 『魯迅全集(3)』, p.51 참조.

회귀에 대해 살펴보면 중국 신문학에서의 그것을 이해하는 데 도움이
될 것이다. 서구와의 비교에서 시대적 사회적 낙차를 극복하는 일이 거
의 불가능할 때 선택할 수 있는 가능의 지평이란 조만간 자기 것으로의
회귀로 향하는 것이 될 것이다. 서구 근대의 사정을 투철하게 파악하고
있으면 있을수록 그에 따라 수반되는 열등 의식으로 말미암아 더욱 그
러한 경향에 눈을 뜨게 된다는 사실이다.

우선 이러한 실례를 일본의 고바야시 히데오(小林秀雄)를 통해 확인
할 수 있다. 면밀한 프랑스 문학사의 검정(檢定)과 도식으로 일본 문학
을 재단하고 그 낙차를 드러내었을 때 나타나는 것이 서양 작가에 있어
서의 사(私)의 개념이 사회화되어 있음에 반해 일본의 사(私)는 사회화
되지 못하였다는 것에 이르게 된다면, 그것은 사회적 시대적 조건의 차
이도 포함될 것이며, 이를 극복하기 위해서는 시대적 사회적 차이를 극
복하든가, 그렇지 않으면 일본적 회귀로 환원하든가, 혹은 잡종 상태로
머물 수밖에 다른 방도는 없을 것이다. 시대적 사회적 낙차를 극복하는
것이 거의 불가능한 일이라면 열려진 가능의 지평이란 조만간 일본적
회귀로 향하게 되지 않을 수 없을 것이다. 특히 서구 근대 사정을 투철
히 파악하면 할수록 이러한 경향에 눈뜨게 되는 것으로 그러한 대표적
인 경우가 고바야시 히데오가 전쟁 말기부터 도달한 일본고전에의 지
향, 「무사(無私)정신」 바로 그것이었다.39)

한국근대문학에서도 특히 최남선, 김억, 주요한 등과 같이 초기에 서
구를 철저히 경험한 시인일수록 오히려 그 반대로 그 후 가장 깊은 전
통적인 경험을 강조하고 나섰다. 그 누구보다 서구적인 경험의 세련을

---

39) 김윤식, 『韓日文學의 關聯樣相』, pp.200~201 참조.

철저히 받은 최남선이 오히려 1920년대 중반을 고비로 전통적 경험에
로 시각을 돌린 것이다.40) 또 1920년대의 한국문학의 복합적이고 중
층적인 문학적 현상을 일관적인 체계로 파악하고 포괄적으로 설명한다
는 입장에서, 1920년대 초의 한국 근대문학은 낭만적 상상력이 중심
을 이루었고 그것이 1920년대 중반부터는 현실적 상상력으로 변화하
게 되었다고 할 때, 이러한 변화는 프로문학의 한국적 전개만이 아니
라, 전통적 경험을 통한 자기회복의 과정과 무관하지 않을 것이다. 즉
시조가 전통적 시형식으로 강조되고 민요의 가치가 역설되고 또한 일
본심(日本心)과 대립되는 개념으로 조선심(朝鮮心)·조선혼(朝鮮魂)이
강조되었던 것이다.41) 여기서 주목할 것은 '전통적 경험을 통한 자기
회복의 과정'으로서의 우리 것에 대한 새로운 관심의 표명이다. 이것은
일본심에 대한 반발로서 조선심 혹은 조선혼을 찾고자 하는 노력의 일
환이긴 하지만, 식민지 상황에서 서구화된 일본적인 것과의 비교 속에
느껴지는 커다란 낙차를 우리 것을 되찾는 행위 속에서 극복하려는 것
으로 해석할 수 있다. 이것은 식민지 상황에서 일본에 대한 저항이라는
적극적인 의미를 띤다. 이처럼 한국이나 일본은 모두 서구편향(한국의
경우는 서구화된 일본 편향)에 대한 반발로서 자국의 전통으로 회귀하는 경
향을 보이고 있다. 물론 일본의 전통으로의 회귀와 한국의 전통으로의
회귀 사이에는 질적 차이가 있음은 자명하다. 우리에게는 식민지 상황
이라는 정치적인 문제가 개입되어 있기 때문이다.

　이러한 측면에서 魯迅과 胡適의 고전문학으로의 회귀를 설명할 수도

---

40) 朴喆熙, 「韓國 近代文學에서의 幻想과 現實」, 『韓國 近代文學의 爭點(1)』(한국정신문화연
　구원, 1991), p.145 참조.
41) 朴喆熙, 앞의 글, 앞의 책, p.127 참조.

있을 것이다. 그러나 魯迅과 胡適의 고전문학으로의 회귀는 서로간 또다른 의미의 차이를 내포하고 있다. 그것은 胡適이 제기한 '국고정리'에 대해 魯迅이 비판적인 입장에서 일정한 거리를 두고 있었기 때문이다. 魯迅의 유일한 중편소설이며 대표작인 「아Q정전」(1921년 12월 4일부터 『신보부간(晨報副刊)』에 연재 됨)은 제1장이 서(序)로 되어 있다. 여기서 魯迅은 자신의 소설 제목을 '아Q정전'이라 하게 된 경위를 장황하게 설명하고 있는데, 왜 '정전(正傳)'이라는 제목을 달았으며 왜 주인공의 이름을 '아Q'라 하게 되었는지에 대해 상세한 설명과 고증을 가하고 있다. 그런 다음 서의 마지막에 이르러 "그 나머지에 대해서는 학식이 얕은 나로서는 깊이 파고들 수도 없으며, 다만 '역사벽(歷史癖)'과 '고증벽(考證癖)'이 있는 胡適之(즉 胡適) 선생의 문하생들이 장래에 여러 가지 새로운 단서를 찾아낼 수 있기를 희망한다"[42]라고 말했다. 소설의 형식에서 제1장의 서는 사족에 지나지 않는다. 魯迅은 그 점을 잘 알고 있었을 것이다. 그런데도 魯迅은 왜 굳이 장황하게 고증하고 있는 것일까? 아마 魯迅은 이 글을 이용하여 당시 胡適 등이 내세운 국고정리의 고증벽을 풍자하려는 의도를 가지고 있지 않았을까 한다. 胡適은 1919년 7, 8월 '문제와 주의' 논쟁을 거치면서 점차 국고정리라는 명분 하에 고증작업에 들어갔다. 「아Q정전」이 1921년 12월에 씌어졌으므로 魯迅은 이 소설의 제1장을 할애하여 胡適의 고증작업을 풍자하고자 했던 것으로 보인다. 소설의 형식에서 아Q의 이름을 고증한다든지 아Q의 출신지역을 고증한다는 것은 그다지 큰 의미가 없을 것이다. 왜냐하면 소설이란 이미 허구이기 때문이다. 魯迅은 바로 소설이 허구라

---

42) 「阿Q正傳」, 『吶喊』, 『魯迅全集(1)』, pp.489~490.

는 점을 빙자하여 자신이 직접 아Q의 이름을 고증하고 있으므로 넌센스임이 분명하다. 그렇지만 이렇게 장황하게 고증을 진행하고 있는 것은 胡適의 국고정리로서의 고증작업도 결국 허구에 지나지 않을 수 있다는 점을 지적한 것으로 보인다. 胡適이 '국고정리'의 목적은 '문명개조'에 있다고 했지만 '국고정리' 자체가 곧바로 '문명개조'로 연결되는 것은 아니다. '국고정리'라는 고증작업으로서의 〈분석〉이 〈반성〉을 거쳐 새로운 〈해석〉으로 나아가지 않을 때 그것은 의미 없는 분석에 머무를 수 있기 때문이다. 따라서 胡適의 고증작업에 대한 魯迅의 일정한 거리 두기는 이러한 맥락에서 이해해야 한다.

이렇게 볼 때 胡適의 '국고정리'는 그 방법론이 실증주의적 방법이었으므로 객관성의 확보라는 긍정적인 가치에도 불구하고 비판의 여지는 남아 있다. 다시 말하면 중국의 고전정리 작업이 학문의 객관성 확보와 과학적 방법의 적용이라는 긍정적 가치에도 불구하고, 현재적 의미에서가 아니라 그 당대적 의미에서 보자면 비판의 여지는 있는 것이다. 胡適의 국고정리에 대한 魯迅의 비판적 거리 두기는 바로 이러한 맥락에서 행해졌던 것으로 보인다.

VI

결론

1978년부터 시작된 개혁·개방 이후 중국에서는 현대화론이 제기되면서 문학연구에 있어서도 그에 상응하는 변화가 뒤따랐다. 문학의 현대화라는 관점에서 중국 신문학이 연구되기 시작했는데, 전통문학에서 현대문학(근대문학)으로의 변화에 주목한 것이다. 현대화론은 우리의 문맥에서는 근대화론이 될 텐데, 문학의 근대화는 문학의 근대성에 대한 관심의 표명이라고 할 수 있다. 문학의 근대성 문제는 1990년대에 들어 국내에서도 관심거리가 되어 왔다. 1993년『창작과비평』겨울호의 '한국근대사회의 형성과 근대성 문제'의 특집 속에「문학과 예술에서의 근대성 문제」가 논의된 것은 좋은 실례가 될 것이다. 문학의 근대성이 문제가 되는 것은 동아시아의 전통문학이 서양충격 이후 서양문학의 영향을 받으면서 질적 변화를 겪었다고 인정되는 신문학이 시작되었으므로, 그 질적 변화의 구체적인 내용이 무엇인지 탐구하지 않으면 안되기 때문이다. 이러한 논의는 앞으로 달리기만 했던 전진의 추진력을 되돌려 과거를 돌아보면서 그것에 대한 새로운 가치정립을 위해 노력한다는 점에서 적극적인 의미를 띤다. 문학현상에 대한 기초적인 연구로 끝나는 것이 아니라 그러한 연구를 바탕으로 문학사의 전체 틀 속에서 개별연구를 종합하고 그 의미를 밝히는 자리가 되기 때문이다. 이런 점에서 중국의 근대적 문학의식의 형성은 중국문학의 근대성 문제를 논의하는 출발점이 될 수 있다. 문학〈의식〉은 구체적이고 개별적인 문학현상의 기저에 깔려 있는 근본적인 문제일 수 있기 때문이다. 즉 중국의 근대적 문학〈의식〉의 형성에 대한 검토는 중국문학의 근대화 또는 근대성을 이해하는 기본적인 출발점이 될 수 있다. 이러한 문제의식에서 출발하여 본 연구는 신문학 초기에 중국의 근대적 문학의식의 형성에 중요한 역할을 했다고 판단되는 胡適의 백화문운동과 魯迅의 소설창작을 중심으로 분석을 시도했다.

　백화문운동은 만청 시기부터 진행되어 왔다. 梁啓超는 '신문체'라는 '이해하기 쉽고 유창한' 문체로 글을 썼고, 裴廷梁은 백화문을 '유신의 근본'으로까지 높이면서 백화문의 중요성을 강조했다. 또 20세기 초에는 백화문으로 된 다양한 신문잡지들이 발행되었다. 陳獨秀도 『안휘속화보』를 창간하여 속화(백화)로 소학교 국어교육을 실시할 것을 거론하였으며, 胡適도 상해 유학시기에 『경업순보』의 편집을 담당하면서 백화문으로 글을 써서 발표했다. 이러한 만청 시기의 백화문운동은 대체로 글자를 모르는 일반대중들에게 이해하기 쉬운 백화문으로 새로운 문화와 사상을 전달하고자 하였다는 점에서 모두 동일하였다. 이른바 '민지'를 열고 '실학'을 보급한다는 계몽적 색채를 띠고 있었다. 위로부터의 계몽 혹은 계몽을 위한 선전이 주된 목적이었다.

　『경업순보』에서 백화문에 대한 훈련을 쌓은 胡適은 미국유학을 경험하면서 서양근대문학사에 대한 이해를 바탕으로 문학도구로서 백화문

의 전용이라는 문학혁명에 대한 생각을 구체화하였다. 그리하여 1917
년에는 『신청년』에 「문학개량추의」를 발표하여 백화문운동으로서의
문학혁명을 본격적으로 추진하였다. 이 때 胡適이 가장 중점을 두었던
것은 중국의 언어문자를 개혁하는 일이었다. 전통적으로 문학의 도구
로 사용되어온 문언문인 고문을 폐기하고 백화문을 전용하자는 것이었
다. 그 방법은, 만청 시기에 운위되었던 가르치기 쉽게 하고 의사교환
의 수단으로 사용하자는, 학교교육을 통한 백화문의 확립이 아니라,
'살아있는 글'로서의 '문학의 국어', '살아있는 문학'으로서의 '국어의 문
학'에서 보듯 문학언어의 개혁을 통한 국어의 확립과 그러한 국어로 된
문학의 수립이었다. 이렇게 신문학 초기에 胡適의 문학혁명론은 언어
문자의 개혁에 중점이 두어졌다. 이것이 그의 정치적 경향과 결부되어
최근까지도 胡適은 형식주의자로 비판되어 왔다. 그러나 胡適의 백화
문운동은 결코 형식주의라는 틀에서만 평가할 수 없는 일이며, 정치적
인 평가에서 떨어져 나와 오히려 새로운 형식의 확립이라는 데서 그 의
미를 찾아야 한다. 그것은 중국의 근대적 문학의식의 형성에 기초를 제
공했다는 점 때문이다. 즉 백화문운동이 1915년 陳獨秀가 『신청년』을
창간하면서 『신청년』진영이 추진했던 사상혁명운동의 한 부문운동이
었다는 점, 그리고 백화문운동이 사상혁명의 의미를 지녔던 것은 글쓰
기 주체의 자아각성을 전제로 하는 것이었다는 점 때문이다.

　전통적으로 중국에서의 글쓰기는 대체로 '문이재도'의 관점에서 조화
로운 우주의 질서를 구현하는 형이상학적이고 신성한 철학적인 의미를
지녔으며, 우주 질서가 구체적으로 드러난 성현의 도를 구현하는 행위
였다. 그래서 전통적인 글쓰기는 일상어와는 구별되는 상징성이 뛰어
난 문언문으로 씌어지지 않으면 안되었다. 그러나 만청 시기를 거치면

서 근대적 주체에 대한 관심이 확대되어 전통적인 글쓰기에 변화가 시작되었다. 胡適이 본격적으로 백화문운동을 전개하면서 이제 글쓰기는 이전의 '문이재도'의 관점에서 벗어나서 근대적 주체인 개인의 '감정'과 '사상'을 중시하게 된다. 이것은 개인의 감정과 사상을 미학적 감수성에 귀속시키는 것이며, 그리하여 미학적 감수성으로서의 개인의 감정과 사상의 자발적 표출이 곧 문학이라는 관념이 형성된다. 개인의 감정과 사상의 자발적 표출로서의 문학은 말하는 것과 동일하게 표현될 때 온전하게 구현될 수 있는데, 이 때 언문일치의 백화문이 문학도구로 확정되는 것이다. 이처럼 문학도구로서 백화문의 전용이라는 胡適의 백화문운동은 근대적 주체의 확립을 전제로 하는 것이었다. 이러한 맥락에서 胡適의 백화문운동을 이해해야만 비로소 그것이 사상혁명의 의미를 지니고 있었음이 밝혀진다. 나아가 그것은 중국문학의 근대적 변화를 가져오는 출발점이 된다.

또한 胡適의 백화문운동은 전통적으로 유지되어 왔던 중국문학사의 이원적 구조를 일원적 구조로 통합하는 것을 의미한다. 胡適의 분석에 따르면 중국의 전통문학은 '고문전통사'와 '백화문학사'가 길을 달리하여 나란히 병행하여 왔다는 것이다. 이러한 이원적 구조를 단일한 구조로 통합하는 것이 중국문학의 근대화에 기초가 되는데, 근대적 주체의 이념에 따를 때 '백화문학사'를 중심으로 중국문학사의 이원적 구조를 일원적 구조로 통합하는 것은 자연스런 일이다. 이제 중국문학은 근대적 주체의 확립을 문학적으로 구현할 수 있는 백화문이 문학도구로 확정되고 중국문학사가 단일한 구조로 통합되면서 근대문학으로서의 신문학이 수립될 수 있는 토대가 마련된 것이다.

그런데 근대적 주체의 자아각성을 문학적으로 구현할 수 있는 문학도구가 확정되고 중국문학사가 단일한 구조로 통합되었다고 하여 곧바로 근대문학으로서의 중국 신문학이 완성되었다는 것을 의미하지는 않는다. 周作人이 「사상혁명(思想革命)」이라는 글을 통하여 근대적 문학형식의 확립 이후에 문학의 내용을 문제삼지 않을 수 없다고 했던 것도 이 때문이다. 백화문운동을 통해 새로운 문학형식의 확립에 기초를 제공했고 백화시를 창작하여 시체(詩體)의 해방에 노력했던 胡適은 창작면에서 더 이상 나아가지 못했다. 최초의 백화시집인 『상시집(嘗試集)』의 제목에서 보듯 胡適의 백화시가 실험으로 끝난 측면이 있었다. 그래서 구체적인 창작이 절실히 요청되었다.

魯迅의 「광인일기」가 1918년 5월 『신청년』에 발표되면서 중국 신문학이 본격적으로 시작되었음은 주지의 사실이다. 최초의 근대적 백화소설인 「광인일기」는 내용과 형식 면에서 전통문학과는 전혀 다른 새로운 면모를 보여주었기 때문이다. 그런데 魯迅은 「광인일기」의 발표에 앞서 1911년 문언소설 「그리운 옛날」을 창작하여 1913년 상해에서 발행되는 『소설월보』에 발표했다. 「그리운 옛날」은 문언문으로 씌어졌기 때문에 胡適의 백화문운동 이후부터 시작하는 중국 신문학과는 구별하는 것이 일반적이다. 그러나 의미내용을 중시할 때, 「그리운 옛날」은 「광인일기」이후의 魯迅 소설의 원형이 이미 구현되어 있고, 또 작품의 주제로 볼 때 근대지향성을 지니고 있으므로 결코 경시할 수 없는 작품이다. 등장인물의 목소리가 아니라 작가의 목소리가 직접적으로 드러나는 논리의 전개라든지 독자가 아니라 청자를 가정하는 전통소설에서 발견되는 설서인의 입담이 그대로 드러나는 등 전통소설의 형식에서 완전히 벗어난 것은 아니지만, 국민성 개조를 목적으로 지배층의 허위의식과 일반민중의 마비된 의식을 문제삼는, 봉건이데올로기에 대한 비판적 성격을 지니고 있으므로 근대지향성을 지니고 있다고 할 수 있다. 그렇기에 「그리운 옛날」은 魯迅 소설을 이해하는 출발점이 될 수 있을 뿐 아니라 중국 신문학의 형성경로를 검토하는 데도 중요한 단서를 제공해 준다.

전통적으로 중국에서 소설은 자질구레한 이야기라는 점에서 대도(大道)가 아닌 소도(小道)로 인정되어 왔다. 그러나 만청 시기에 이르면 梁啓超의 '소설계혁명'의 제창에 힘입어 소설은 그 지위가 격상되어 '문학의 최상승'의 지위를 차지하게 되었다. 이것은 만청 시기의 지식인들이 문학효용론에 입각하여 소설의 사회적 가치를 새롭게 발견했기 때문이다. 그렇다고 하더라도 소설에 대한 작가나 독자들의 의식은 전통적인 문학관념에서 크게 벗어나 있지는 않았다. 만청 시기의 정치소설도 중국의 전통적인 '문이재도'의 문학관념에서는 쉽게 받아들여질 수 있었고, 또 중국의 고전소설이 이야기중심소설이었던 만큼 만청 시기에 애정소설, 탐정소설 등 이야기중심소설이 크게 유행하게 된 것도 당연한 일이었다. 그러나 문학혁명시기에 접어들면서 상황이 크게 달라져 작가나 독자들이 소설을 서양의 단편소설과 동일시하는 경향이 나타났다. 이제 소설은 문학의 중심장르가 되었으며, 동시에 전통적인 소설관념이 타파되고 서양의 단편소설에 대한 이해가 깊어지게 되었다. 이러한 배경 속에서 魯迅의 「광인일기」가 나올 수 있었다.

「광인일기」는 광인이 '역사' 속에서 '인의도덕'의 봉건이데올로기를 찾아내고 그것이 사람을 잡아먹는, 즉 사람의 정신을 잡아먹는 근원임을 규명하는 가장 추상적인 주제를 다루고 있는 작품이다. 그에 비해 「아Q정전」은 「광인일기」에서 다루었던, '인의도덕'이 식인현상으로 나타남을 아Q의 구체적인 개성을 통해 보여주고 있는 작품이다. 「광인일기」가 '역사'와 '인의도덕'이라고 하는 가장 추상적인 주제를 다루는 일 반성(보편성)을 문제삼고 있는 작품이라면, 「아Q정전」은 그 일반성이 구체적인 아Q의 개성 속에서 어떻게 드러나고 있는가 라는 특수성을 문제삼고 있는 작품이다. 魯迅 소설 중에서 「광인일기」와 「아Q정전」 이 가장 대표적인 작품으로 알려진 것도 이 때문일 것이다.

魯迅이 「납함·자서」에서 '창문도 없고 절대로 부술 수 없는 쇠로 된 방'으로 비유한 중국적 현실이 그대로 드러난 모습이 魯迅 소설이라 할 때, 魯迅 소설은 중국의 암흑사회 구조를 보여준다. 魯迅 소설은 '존재 할 생명력과 가치가 이미 상실된', '기형적인 도덕'에 대해 '이견'을 제시 하는 것이 일차적 목표였고, 거기에 등장하는 인물은 '역사의 중량과 수적 우세라는 무의식적 덫에 걸려 이름 없는 희생이 되고 만' 사람들이 다. 이들은 '체질과 마찬가지로 정신도 기형화해 버렸기 때문에 그런 기형적인 도덕에 대해서 이견을 가질' 수 없는 사람들이다. 작가의 입 장에서 보면 魯迅 소설은 그러한 사람들에 대한 추도대회를 주관하는 것이고 텍스트(작품)로서의 魯迅 소설은 추도대회장이며 독자로서 魯 迅 소설을 읽는 행위는 죽어간 사람들에 대한 추도대회에 참가하는 것 이 된다. 그 추도대회에 참가함으로써 비로소 독자는 '자신이나 다른 사람이나 모두 순결하고 총명하고 용감하게 전진해야 할 것과 허위의 가면을 벗어야 할 것과 자기를 해치고 남을 해치는 세상의 모든 몽매와 폭력을 제거할 것' 맹세하여 새로운 도덕의 세계로 나아갈 수 있다. 말하자면 魯迅 소설은 중국의 암흑사회 구조를 드러내는 것이므로 이 미 질서파괴의 의미를 지니며, 독자는 읽는 과정에서 비극적 정화를 거 쳐 새로운 도덕의 세계로 나아갈 것을 맹세하게 된다.

그런데 魯迅 소설이 완전히 닫힌 구조로서의 암흑사회를 드러내고 있는 것은 아니다. 열린 구조에의 가능성을 발견할 수 있다. 그것은 「상서」에서 연생의 새로운 전진에서 보듯 신지식인을 다루고 있는 작품에서 발견된다. 연생의 '새로운 살길' 찾기는 魯迅 소설이 보여주고 있는 암흑사회의 구조에 '단속의 틈새'를 여는 것으로 볼 수 있다. 이것은 魯迅이 스스로의 역할을 '암흑의 수문을 어깨로 걸머지는' 것이라 했던 그 행위와 동일하다. 애초에 魯迅 소설이 봉건이데올로기라는 보이지 않는 거대한 힘의 존재와 그 속에 갇혀 있는 '영혼'들의 존재방식을 드러내는 것이고, 그것은 닫힌 구조를 이루고 있었다. 그러나 「상서」에 오면 이제 그러한 닫힌 구조는 열린 구조에의 가능성으로 나타난다. 물론 열린 구조에의 가능성도 '이제 당도하는구나 생각하자마자 갑자기 어둠 속에 모습을 감추어버리는' '번뜩이는 기대'에 지나지 않지만 말이다. 또한 그것은 신지식인을 다루고 있는 작품 속에서 발견되는 열린 구조에의 가능성이다. 魯迅은 처음 『방황』의 제목을 '새로운 전우는 어디에 있는가?'로 할 것을 생각하였다. '새로운 전우'란 魯迅이 변혁의 담당자로서 희망을 걸 수 있는 변혁의 주체일 것이다. 魯迅은 바로 이러한 '새로운 전우'의 가능성으로서 지식인을 생각하고 있었으며, 그것은 연생의 새로운 전진에서 보듯 암흑사회의 닫힌 구조를 깨는, 열린 구조에의 가능성으로 변형되어 나타난 것이다.

　魯迅의 글쓰기는 기본적으로 문학적 실천으로서의 '진실한 소리내기'였다. 이는 근대적 주체의 자아각성과 관련되어 있으며, 만청 시기의 위로부터의 계몽과는 본질적으로 다른 측면이다. 魯迅은 胡適의 백화문운동이 제시한 근대적 주체의 자아각성의 문학적 구현을 구체적인 문학실천을 통해 보여주고 있다. 魯迅이 「광인일기」를 창작할 때, 그의 글쓰기의 목적은 단순히 소설을 쓰는 데 있지 않았다. 그것은 '진실한 소리내기'로서의 문학적 실천에 있었다. 그의 소설이 시적 풍격을 닮아가고 있는 것도 그의 글쓰기의 주된 목적이 장르를 넘어서서 '진실한 소리내기'에 있었기 때문이다. 산문시집이라 불리는 『야초』가 다양한 장르적 형식을 취하고 있는 것도 같은 이유로 설명할 수 있다. 魯迅의 글쓰기는 근대적 주체의 자아각성을 구체적으로 체현하고 있음을 보여준다.

魯迅 소설이 중국의 암흑사회 구조를 드러내고 있는 것은 당시 시대정신을 반영한 결과이기도 하지만 魯迅 특유의 예리한 현실인식에서 기인한다. 魯迅 소설이 중국의 암흑사회 구조를 있는 그대로 드러내는 것이라고 할 때, 그것은 이미 이데올로기 비판적 성격을 지니며 반봉건 사상혁명으로 연결될 수 있음을 뜻한다. 암흑사회의 구조를 있는 그대로 드러내는 것 자체가 질서 파괴의 의미를 지니기 때문이다. 그리하여 魯迅 소설은 현실의 모순을 문학(소설)을 통해 해소하는 것이 아니라 그러한 모순을 가장 예리하게 반영하여 독자들에게 보여줌으로써 그를 통해 비극적 정화를 가져온다. 魯迅에게 문학은 인생과 사회의 모순을 해소하는 공간이 아니라 인생과 사회의 모순을 적나라하게 펼쳐 보여주는 공간이다. 이 점은 魯迅이 '역사에서 화해하지 못한 것은 소설에서 화해시켜주고 보답이 없는 것은 보답을 받게 하는' 전통적인 '기만문예'를 비판한 데서 적나라하게 드러난다. 따라서 魯迅 소설은 공식문화에 편입되지 않으려는 이데올로기 비판적 성격을 지니며, 그것은 근대적 문학의식의 구체적인 구현인 것이다.

胡適의 백화문운동과 魯迅의 소설창작이 중국의 근대적 문학의식의 형성에 중요한 공헌을 했다는 것은 의심의 여지가 없다. 그런데 胡適의 경우에는 그러한 근대적 문학의식을 철저하게 발전시켜 나가지는 못하였던 것 같다. 그것은 胡適을 받쳐주고 있는 그의 사상과 서양문화에 대한 태도와 관련이 있다. 胡適은 서양근대이성에 대한 낙관에서 비롯된 '전면서구화'를 주장하였고, 그 '전면서구화'도 대체로 서양의 과학적 방법론을 도입하는 것이었다. 胡適의 백화문운동이 사실 서양근대문학사를 준거로 제시하였던 만큼 서양의 과학적 방법론을 도입한 결과였다. 그리하여 백화문운동이 어느 정도 성공을 거둔 뒤 胡適은 서양의 과학적 방법론을 중국의 고전문학연구에 도입하는 쪽으로 나아갔다. 그러나 魯迅은 서양근대이성에 대해 비판적 입장을 견지하였다. 이미 청년시절에 서양근대이성에 대한 비판에서 나온 니체 사상에 경도되었던 적이 있으며, 그것을 발전시켜 그의 유명한 '가져오기주의'적 관점을 견지하였다. 魯迅은 서양근대이성이라는 것도 중국의 위기를 초래한 근원일 수 있다는 판단이 섰으며, 서양근대이성이 '수성(獸性)'으로 떨어질 수 있다는 점을 간파하고 있었다. 그리하여 魯迅은 서양의 과학적 방법론을 도입하여 중국의 고전을 정리하려는 胡適의 '국고정리'운동에 대해 비판적인 입장에서 일정한 거리를 두고 있었다. 魯迅 소설이 중국의 암흑사회 구조를 철저하게 드러내고 있는 것은 기본적으로 당시 중국사회에 대한 魯迅의 예리한 현실분석에 근원을 두고 있지만, 서양근대이성이라는 것도 중국적 현실 속에서는 무의미하게 나타날 뿐임을 魯迅은 통찰하고 있었기 때문이다.

이제까지 胡適의 백화문운동과 魯迅의 소설창작을 중국의 근대적 문학의식의 형성이라는 범주에서 검토하였다. 중국의 근대적 문학의식의 형성은 한두 사람에 의해 완성된 것이 아니므로 신문학 시기의 다양한 작가들의 문학의식을 함께 검토해야 마땅할 것이다. 기초연구가 실답지 않은 상태에서 일반적 연구가 진행될 때 그것은 추상화로 떨어질 위험이 있다. 중국 신문학은 胡適과 魯迅만의 노력으로 완성된 것이 아니므로 기초연구로서 다양한 작가·작품에 대한 연구가 좀더 진행되어야 할 것이다. 다만 신문학 초기의 모든 작가·작품을 연구대상으로 삼을 수는 없으므로 우선 가장 대표적인 작가를 선별하여 접근할 필요가 있다. 그래서 신문학 초기 중국문학의 근대화를 기획했던 대표적인 인물이라 할 수 있는 胡適과 魯迅을 중심으로 그들의 근대적 문학의식을 검토하였고, 그것이 중국의 근대적 문학의식의 형성으로 연결됨을 논하였다.

또한 문학생산자의 근대적 문학의식만을 문제삼는 것도 일면적일 수 있다. 수용자 주체로서의 독자 문제도 함께 고려해야 한다. 다만 독자는 문학생산이 가능하도록 받쳐주고 있는 기반이며 토양이기 때문에 어떤 문학생산이 가능하다는 것은 이미 독자 문제가 해결되고 있음을 뜻한다. 그러므로 중국의 근대적 문학의식의 형성에서 독자의 문제는 상대적으로 비중이 약하다고 하겠다. 그렇다고 하더라도 본 연구에서는 수용자 주체인 독자의 측면에서 근대적 문학의식의 형성에 대한 깊이 있는 논의는 진행되지 못하였다. 앞으로 중국문학의 근대화의 특징을 좀더 폭넓게 구명하기 위해서는 기초연구로서 다양한 작가·작품을 연구대상으로 삼아야 할 뿐만 아니라 독자 문제에 대해서도 좀더 관심을 기울여야 할 것으로 생각한다.

후기

이 책의 원고가 처음 완성된 지는 꽤 오래되었다. 그러니까 1996년 8월에 획득한 박사학위논문으로 제출된 것이다. 그 뒤 중국도서문화중심에서 박사학위논문을 책자로 만든다고 하기에 우연히 원고를 보냈더니 간단한 책자로 나왔다. 뜻하지 않게 책자로 만들어졌으니 매우 고마운 일이었다. 다만 이 때 나온 것은 극히 소량으로 찍어 일반서점에는 배포되지 않았고, 또 출판 여부를 검토해 달라는 뜻에서 보낸 학위논문 원고를 그대로 찍어내는 바람에 수정할 기회를 갖지 못해 그동안 아쉬움이 많았다.

묵은 원고를 지금 단행본으로 출판하는 것이 시의 적절하지 않을지도 모르겠다. 그동안 국내의 문학적 지형이 크게 달라져 이전 논의가 현재 어느 정도 설득력을 가질 지 자신할 수 없기 때문이다. 하지만 좀 더 가다듬어야 할 부분도 있고, 참고하고자 하는 독자들도 있지 않을까 하는 생각에서 정식으로 출판하고 싶었다. 훌륭한 글이라고 할 수는 없지만, 그래도 지난 과거 나 자신의 사유의 흔적이며 땀의 결실이란 점에서 제대로 된 책으로 펴내고 싶은 사적인 바램도 있었다. 이제 원고를 약간 수정하여 정식으로 출판할 기회를 갖게 되었으니 기쁜 일이다.

1990년대 초·중반, 그 때만 해도 국내에서 중국현대문학 연구로 박사학위를 받은 경우는 드물었다. 중국현대문학 연구가 이제 막 본 궤도에 오르기 시작하던 때였다. 그 후 중국현대문학에 대한 연구로 박사학위를 받은 연구자들이 많이 나왔고, 연구대상도 크게 넓어지고 연구주제도 다양화되었다. 저자가 처음 박사학위논문을 준비할 당시 국내에서는 '근대성'(modernity)에 대한 논의가 활발하게 진행되고 있었고, 저자는 그러한 분위기 속에서 중국 신문학의 형성을 근대성 논의와 결부시켜보고 싶은 욕망이 있었다. 말하자면 중국 신문학이 전통문학과 구별되는 것은 바로 그 속에 근대적 문학의식이 구현되어 있기 때문이라는 판단 하에 중국의 근대적 문학의식의 형성과정을 연구하고 싶었던 것이다. 특히 중국 신문학의 성립에 절대적인 기여를 했던 胡適과 魯迅을 중심으로 논의를 전개하고자 하였는데, 胡適은 백화문운동을 통해 문학도구인 언어문자의 측면에서 근대화에 공헌했고, 魯迅은 소설창작을 통해 문학의 내용과 형식의 측면에서 근대화에 공헌했다는 점을 어렴풋하게 알고 있었기 때문이다.

　상당한 기간 동안 자료를 모으고 읽고 분석하는 과정에서 애초에 가졌던 관점을 논증할 수 있다는 확신이 섰으며, 확신이 서자 곧 원고집필에 착수했다. 지금 돌이켜보면, 오로지 원고 집필에만 매달렸던 6개월 남짓 기간은 매우 힘든 과정이기도 했지만 연구하는 보람도 나름대로 컸던 것 같다. 집필하는 과정에 난관이 없었던 것은 아니지만 그래도 짧은 기간 동안 집중하여 써서 원고를 완성할 수 있었고, 그것을 곧바로 박사학위논문으로 제출했다. 그 결과 '중국의 근대적 문학의식의 형성에 관한 연구'라는 제목으로 박사학위를 받게 되었고, 연구자로서 반드시 거쳐야 하는 관문을 하나 넘어서게 되었다.

　지금 학위논문을 단행본으로 출판하는 마당에 책제목을 학위논문제목 그대로 하면 적절하지 않을 것 같아 그 의미를 좀더 분명하게 나타낼 수 있도록 '중국의 근대적 문학의식 탄생'이라는 제목으로 고쳤다. 자료를 읽고 분석하는 데 많은 정력을 바쳤지만 논의의 허술함이나 논리의 비약이 없지 않을 것이다. 지금은 후배 연구자들이 더 열심히 공부하고 있다는 사실을 잘 알고 있으니, 저자의 한계임은 물론이거니와 당시 국내의 중국현대문학 연구성과가 많이 축적되지 못한 한계의 일면으로 보아 그 한계를 딛고 넘어서 주길 바란다.

2006년 겨울
저자 씀

중국의 근대적 문학의식 탄생

2007년 2월 20일 초판인쇄
2007년 2월 25일 초판발행

지은이 홍석표
펴낸이 이찬규
펴낸곳 선학사
등 록 제10-1519호
주 소 서울시 마포구 공덕2동 173-51
전 화 02-704-7840
팩 스 02-704-7848

값 15,000원

ISBN 978-89-8072-196-2 93820